구원 방정식

보엠1800
장편소설

The Redemption Equation | 2

구원 방정식

어나더

해당 소설은 역사적 사실에서 영감을 받았으나,
등장인물과 단체는 실재와 무관하며 모든 일치는 우연에 기반하고 있습니다.

2권

11. 크리스마스	007
12. 햄튼의 밤	053
13. 꿈결 같은 시작	091
14. 예상을 빗나간	141
15. 감히 짐작할 수 없는	173
16. 드디어, 드디어	223
17. 농담이라도	275
18. 어째서	319
19. 아름다운 당신을	355

11. 크리스마스

뉴욕에서 최고라는 팔레 드 루와얄 호텔에는 엄격한 규칙이 있다. 물론 영국 사교계의 온갖 잡다한 규칙들에 비하면 새발의 피지만.

프랑스 출신 지배인은 아침에 호텔에서 일하는 사람들을 불러내 브리핑을 하는 버릇이 있었다. 오늘은 모나코 왕족이 식사를 한다, 지금 스위트룸에 퍼시픽웨스트 철도회사의 창업자가 묵고 있다, 그의 동행인 숙녀분에 대해서는 철저히 함구할 것, 구두가 윤이 나게 닦을 것, 몸이 불편한 노신사 부부를 각별히 신경 써라 등등.

매들린의 시력이 나쁜 것은 메이드로서는 오히려 장점이었다. 호텔에서 일하는 웨이터, 웨이트리스들, 침구를 갈아주고 시중을 드는 메이드들은 그림자와 같아야 했다. 유명한 이라고 아는 체를 해서는 안 됐다. 존재감을 드러내는 건 금기시되는 행동이었다.

매들린도 그림자처럼, 무색무취한 인간처럼 손님들 사이에 자신을 숨기는 방법을 터득했다. 그녀의 창백한 얼굴과 어쩐지 순종적인 표정은 연기에 도움이 되었다. 그날은 무언가가 달랐지만 말이다.

매들린이 차를 내는 동안 두 남녀의 시선이 그녀에게로 꽂혔다. 터번 같은 것을 둘러쓴 중년 여성과, 파이프를 꼬나문 늙은 남자였다. 남자가 커피를 내오는 매들린에게 대뜸 물었다.

"아가씨, 이름이 어떻게 되지?"

"매들린 로엔필드라고 합니다."

"흠."

남녀가 서로 눈빛을 교환했다.

"연기를 해봐도 좋을 것 같은데요. 자태도 곱고, 키도 적당하고, 너무 마른 게 아쉽지만, 살이야 찌우면 되니까요."

여자의 직설적인 품평에 매들린이 당황했다. 한 달간 일해오면서 온갖 손님들을 다 겪어봤으나 저렇게 대놓고 무례한 이는 좀처럼 없었다.

"죄송하지만……."

"론필드 양. 나이가 어떻게 됩니까."

로엔필드를 론필드라고 부르는 건 어제오늘의 일이 아니었다. 그게 기분 나쁜 건 아니었으나 나이는 또 왜 물어보는 것인지.

"스물… 네 살, 입니다."

잠깐의 정적 후, 여자가 담배를 재떨이에 비벼 끄며 한숨을 쉬었다.

"나이가 너무 많아. 아쉽게 됐네."

노인이 안타까운 듯 고개를 도리도리 저었다. 그게 다였다면 차라리, 괜찮을 터였다. 다음날, 동료의 난리 법석에 매들린은 다시금 피로해질 수밖에 없었다.

옷을 갈아입으며 무례한 손님들에 대한 불평을 늘어놓았다. 같은 층에서 일하는 제니 쉴즈와는 나름 잡담을 나누는 사이가 되었다. 매들린의 이야기를 들은 제니가 별안간 매들린의 어깨를 붙들었다. 그녀가 믿을 수 없다는 듯 반문했다.

"매디, 그이들이 누군지나 알고 그러는 거야?"

"누군데……?"

"그야, 할리우드에서 난다긴다하는 제작자 루스버거 부부잖아! 넌 오늘 아주 큰 기회를 놓친 거야. 명함은 받았어?"

"아. 어차피 나이가 너무 많다던걸."

매들린이 어깨를 으쓱했다. 하기야, 사회적 통념에 따르면 매들린은 이미 결혼을 하고도 남을 나이였다. 그러나 그런 것들을 일일이 신경 쓰기에는 이미 너무 많은 일을 겪은 그녀였다. 나이고 뭐고, 웃어넘기는 수밖에.

"아니! 너무 아깝다구! 나이야 속이면 되지! 글래디스 쿠퍼도 그 나이가 아니라는 소문이 있는데!"

제니가 발을 동동구르며 난리 법석을 부렸다.

"다음에 다시 오면 무릎을 꿇고 바짓가랑이를 잡으라고! 뭐든지 할 준비가 되어있다고 결기를 보이란 말이야."

"됐어. 제니, 그곳에 갔다가는 벌이보다 쏨쏨이가 많아질 거야."

매들린이 옷을 갈아입고 호텔 밖으로 나서자 대로변에서 마리아와 엔조가 차에 탄 채 그녀를 기다리고 있었다. 빵빵. 뒤차가 경적을 울려대건 말건 신경 쓰지 않고 차를 대고 있는 모습이었다. 뒤늦게 놀란 매들린이 허겁지겁 좌석에 올라탔다.

"이 개자식아! 빨리 비키지 못해!"

뒤에서 운전사들이 욕설을 내지르자, 엔조가 차창 너머로 고개를 내밀며 응수했다.

"죄송합니다!"

그가 시동을 걸자 차체가 부르르 떨렸다. 새로 산 차에는 독한 냄새가 났다. 가죽 시트는 부드러웠다. 마리아의 반짝이는 보석 목걸이와 엔조의 새 차는 라오네의 사업이 날로 번창한다는 증거였다. 매들린이 타자마자 마리아가 터진 댐처럼 말을 쏟아부었다.

"아무튼 제이나 고모가 매들린을 무척이나 보고 싶어 해. 아주 학수고대하고 있지."

"아, 진짜. 마리아, 그런 이야기는 하지 마. 부담스럽게."

엔조가 팍, 짜증을 냈다. 그의 귀 끝이 새빨갰다.

"아니, 뭐. 그게 어때서? 매들린, 명심해. 여긴 아주 대가족이라고. 바글바글 대가족! 할머니가 서열이 제일 높은 것만 알아둬."

"마리아, 하늘에 맹세하건대 지금 입 안 다물면 택시 타고 가야 할 거야."

"으이구. 사촌 누나에게 버릇없이."

마리아가 운전하고 있는 엔조의 어깨를 세게 후려쳤다. 둘이 투닥거리는 것을 본 매들린의 입가에 미소가 그려졌다. 엔조는 마리아와 대거리를 하면서도 후면 미러를 통해 흘깃흘깃 매들린이 웃는 양을 바라봤다. 마리아는 그 모습을 가만 놔두지 않았다.

"아이고, 좋아 죽네."

"마리아. 너나 곧 매형 될 사람 정식으로 소개해 줘. 베네치아 사투리 심하던데. 그래서 우리랑 말이나 통하겠나."

"말 돌리지 마."

그렇게 매들린을 제외한 둘이 옥신각신하는 소리가 뉴욕의 소음을 압도했다. 라오네의 집인 3층짜리 벽돌 주택에 차를 대고 나서야 둘의 언쟁도 그쳤다.

집 앞에 도착하자마자 따스하고 맛있는 냄새가 났다. 토마토 소스에 구운 치즈 냄새. 절로 군침이 도는 맛있는 냄새에 셋의 얼굴이 환해졌다. 포치 안으로 들어간 엔조가 대문의 벨을 울렸다. 그러자 안에서 우당탕탕 왁자한 소리가 났다.

"왔다! 빨리 토미 세수시키지 않고 뭐해!"

"할머니, 아직 포카치아가 말랑말랑해요!"

"조니, 그거 꺼내지 마!"

이번엔 엔조의 얼굴이 전체적으로 빨개졌다.

"……."

제 가족이 안에서 부리고 있을 추태에 절로 걱정스러운 모양이었다. 몇 초가 지났을까, 안에서 문이 열렸다. 그곳에는 부리부리한 눈썹에 강한 턱을 지닌 다부진 여성이 서 있었다. 그녀의 얼굴이 갑자기 상냥하게 변하더니 매들린의 어깨를 강한 힘으로 붙들었다.

"매들린, 어서 와요!"

제이나 라오네. 엔조의 어머니. 오며 가며 몇 번 인사를 나눈 게 전부인데도, 그녀는 오랜 친구를 대하는 것 마냥 매들린을 대했다. 엔조가 말했었다, 주정뱅이 아버지가 사망하고 남은 가족들을 돌본 건 어머니였다고. 그런 생명력과 강인함이 눈빛에서부터 뿜어져 나오는 이였다.

매들린이 실내로 들어오자마자 검은 머리의 라오네가 형제가 그녀에게 인사를 건넸다. 첫째 마테오, 둘째 조니, 셋째 엔조, 그리고 막내 토미. 아들만 넷인 대가족이었다. 그런 데다가 할머니와 사촌 누나들인 마리아와 페넬로페까지 포함해 바글바글한 곳이었다. 마테오와 조니가 다소 부리부리하고 투박한 인상이라면, 엔조는 작고한 아버지를 닮아 생김새에 우아한 데가 있었다. 그만큼 형제들에게 플레이보이라며 놀림을 당한다고도 했지. 지금도 마테오와 조니는 한시바삐 엔조를 놀리고 싶어 학수고대하고 있는 것 같았다.

따뜻한 환대와 고소한 음식 냄새에 매들린의 긴장도 눈 녹듯 사라졌다. 그녀가 한 사람 한 사람을 눈에 담았다. 어린 토미에게는 허리를 숙여 눈을 맞추며 자기소개를 했다. 사슴처럼 큰 눈을 가진 토미는 넋이 나가 있었다.

"누나는 영국인이에요?"

"응. 영국에서 왔어."

"누나는 공주님 같네요."

"하하."

그런 토미를 바라보는 엔조의 얼굴에 약간의 장난기가 떠올랐다. 매들린이 그를 곁눈질하며 뭐라고 좀 해보라고 하려는 때였다. 멋쩍음을 모면할 훌륭한 핑계가 생겼다. 제이나가 모두를 불러모은 것이었다. 제이나가 서둘러 모두를 커다란 테이블로 불렀다. 건장한 사내들이 작달막한 여성의 지휘 아래 일사불란하게 움직이는 모양이 신선했다.

실내는 무척이나 넓었다. 가구는 전부 새것이었고, 카펫이나 천은 전부 값비싸 보였다. 그러나 딸린 식구가 워낙 많은 데다가 (심지어 사용인들까지), 갑자기 부유해진 집이 으레 그렇듯 정신 사나운 구석이 있었다. 물론 그게 나쁘다는 건 아니었다. 그보다는 오래간만에 느끼는 시끌벅적함과 생기가 기꺼웠다. 매들린이 자리에 앉고 모자를 벗자마자 질문이 쏟아졌다.

"여자 혼자 미국으로 온 게 사실입니까?"

"무섭지는 않았어요?"

"맥도먼드 씨가 잘해줘요?"

보다 못한 엔조가 그들을 제지했다.

"아직 밥도 안 먹었는데 벌써부터 호구조사들이야. 그만 좀 해."

"오오… 엔조, 이 자식. 너도 드디어……."

"놈이 저러는 거 한 번도 못 봤는데. 형, 이거 뭘까."

"아… 진짜."

엔조는 적잖이 당황한 상태였다. 매들린에게 필사적으로 미안하다는 메시지를 보냈다. 소동을 중지시킨 건 나나 할머니였다. 그녀는 나이가 들었음에도 정정하고 건강했다. 그녀가 푸짐하고 자애로운 미소를 지으며 숟가락으로 접시 가장자리를 두드렸다.

"손님을 배고프게 놔둘 순 없잖니? 시작하자꾸나."

성공한 사업가 집안답게, 라오네 집안도 사용인을 여럿 두고 있었다. 다들 이탈리아 북쪽 출신으로, 평상복에 앞치마를 두른 일상적인 차림새였다. 그들이 접시를 내오자 다들 혀를 내둘렀다. 버섯 소스로 맛을 낸 도미, 거대한 커스터드 푸딩, 전채로 먹을 포카치아, 라오네표 안심 스테이크까지. 고급스럽지는 않지만 먹음직한 요리들로 한 상이 부러지게 나왔다.

"차린 건 없지만 많이 드세요."

제이나가 어깨를 으쓱했다. 아까부터 그녀는 계속해서 매들린을 예의주시하는 중이었다.

"감사합니다. 이런 분에 넘치는 대접을 받아도 괜찮은지는 모르겠지만……."

그녀가 포크를 들기 직전이었다. 갑자기 나나 할머니가 큰소리로 호통을 쳤다.

"아이쿠. 식전 기도를 빼먹을 뻔했네."

그러더니 라오네 가족이 일사불란하게 성호를 긋는 게 아니겠는가. 성부와 성자와 성령의 이름으로 아멘……. 이탈리아어라 알 수 없는 말이었다.

노팅엄 저택에서 식전 기도 같은 걸 한 기억은 없다. 형식적으로나마 성공회 신자였던 선대 백작과 달리, 이안에게는 종교가 없었다. 전쟁 전에도 종교와는 거리가 먼 남자였다. 우물쭈물 어쩔 줄 모르는 매들린의 손을 누군가가 살짝 잡았다 놓았다. 엔조 역시 성호경을 긋지 않은 채로, 매들린에게 눈으로 괜찮다고 말하고 있었다.

"자, 이제 먹자꾸나."

식사가 시작되자 아까 전에 느꼈던 민망함은 의식 저편으로 사라졌다. 도미는 포크와 칼로 부드럽게 해체되었다. 흰 생선살을 입에 집어넣으니 레몬과 향신료, 올리브의 맛이 절로 어우러져 감탄이 일어났다.

"어때요?"

"맛있어요. 정말, 맛있어요. 부인."

"아무렴, 내가 이 요리 솜씨로 남편을 쟁취한 거나 다름없지요."

라오네 부인의 어깨가 절로 으쓱거렸다. 상대를 탐색하려던 시선은 온데간데없었다. 이어 맛본 스테이크 역시 환상적이었다. 이렇게 질 좋은 고기라니. 역시 그들의 사업이 날로 번창하는 데에는 이유가 있었다. 붉은 고기를 그다지 좋아하지 않는 매들린의 입에도 잡내 하나 없이 입끝에서 살살 녹았다.

"대단하네."

"내가 말했죠?" 이번에는 엔조가 으쓱거릴 차례였다.

한참을 식사하던 때였다. 갑자기 주방에서 비명이 들렸다. 어린 토미의 목소리였다. 소변이 마렵다며 자리를 비웠는데, 아이의 비명이 저편에서 들리자 제이나가 혼비백산했다. 모두가 뛰쳐들어간 자리에는 어린 토미가 상처를 부여잡고 울고 있었다. 손바닥에서 피가 철철 나는 것이, 식칼을 가지고 놀다가 스스로를 찌른 모양이었다.

"……."

모두가 의사를 부르느니 마느니, 누가 식칼을 거기에다 뒀느니 하고 있었을 때였다. 매들린이 침착하게 토미 옆에 웅크리고 앉았다. 자지러지듯이 울고 있는 토미의 등을 천천히 두드리며 속삭였다.

"쉬… 걱정하지 마. 괜찮을 거야."

그녀가 아이의 손바닥 상처의 깊이를 살폈다. 깊지만 다행히 신경이 손상될 정도는 아니다. 하지만 이대로 피가 많이 나거나, 상처가 벌어지면 문제가 심각해진다. 그녀가 외쳤다.

"알코올이 필요해요. 아니, 와인 말고요."

조니가 와인병을 다시 제자리에 두었다. 마테오가 대신해서 위층으로 올라갔다. 그 사이 매들린은 제 목에 두른 스카프를 풀어 토미의 손바닥을 감았다. 붕대를 수도 없이 감아본 그녀로서는 눈 감고도 할 수 있는 일이었다. 기진하기 전까지 울어대던 아이도 이내 잠잠해졌다. 일체의 동요도 없는 매들린을 보고서 안심이 된 모양이었다.

결국, 의사가 도착하고 나서야 모든 게 일단락되었다. 응급처치를 잘해서 다행이지, 상처가 얕지는 않다고 했다. 한바탕 일어난 엄청난 소요가 가라앉았으나 식탁 위 음식은 식은 지 오래였다.

이걸 어쩌나, 제이나가 당황하는 사이 매들린은 자리에 앉았다. 그리고 아무 일도 없었다는 듯 스테이크를 썰어 먹기 시작했다. 그 모습을 본 니나와 마리아가 마주 보며 은근하게 웃었다. 어느덧 식탁은 다시 활기를 찾았다.

식사가 끝나고 매들린은 레몬맛 칵테일로 입가심했다. 금주법은 말뿐인가 싶었다. 가정집에서 어엿하게 술을 구비해두고 있는 광경이라니. 게다가 지하 창고에 여러 개가 더 있다며 뽐내는 조니를 보니, 궤짝으로 있는 모양이었다.

한 잔뿐이었는데도 살짝 알딸딸해지기 시작했다. 도수가 꽤 높았다. 술이 들어가자 제이나는 이탈리아어로 말하기 시작했다. 매들린으로서는 무슨 소리인지 알 수 없었지만 엔조의 볼이 새빨갛게 익고, 다른 형제들이 허허롭게 웃는 걸 보아 나쁜 이야기는 아닌 것 같았다.

마침내 자리를 털고 일어나자 니나와 제이나가 매들린을 껴안았다. 포근하고 다정한 품은 매들린의 잿빛 유년 시절을 떠올리게 했다. 차가운 어머니의 얼굴. 그녀와 손을 잡고 호숫가를 돌던 기억 같은 것들. 그런 것들과 다른, 따뜻함이 있었다.

마지막으로 매들린은 엔조와 함께 길을 나섰다. 거리의 밤은 위험하니 반드시 바래다줘야 한다는 그의 고집을 꺾을 수 없었다. 그리고 위험한 건 정말 사실이었으니까. 엔조가 머뭇머뭇 일전의 일을 언급했다.

"매들린. 오늘 소동이 있어서……."

"괜찮아."

"스카프는, 반드시 보상할게요. 비싼 거잖아요."

그래놓고는 배는 더 비싼 물건을 사줄 거면서. 엔조의 성정을 잘 아는 매들린으로서는 말리기도 뭐 했다. 그녀가 어깨를 으쓱하며 너스레를 떨었다.

"똑같은 걸로 사줘야 해. 꼭."

"네. 반드시! 어떻게서든 구해올 테니까……."

"하하."

매들린이 손가방을 흔들었다. 어두운 거리에 가스등만이 빛을 냈고, 그 앞에서 둘의 그림자가 한없이 일렁거렸다. 엔조가 조용히 말했다.

"우리 가족이 무례했다면 먼저 사과할게요."

"전혀… 전혀 무례하지 않았어."

비록 매들린으로서는 낯선 방식의 환대였지만, 기분 상하지는 않았다.

"하지만… 내 가족을 당신이 좋아했으면 했어요."

"……."

둘은 매들린이 머무는 맥도먼드 식료품 백화점 여사환 기숙사 앞에 당도했다.

"고마워. 엔조."

"……."

엔조가 한참 동안 매들린을 바라봤다. 키스를 기대하는 걸까. 하지만 그런 것 같진 않았다. 대신 어리고 침윤된 목소리가 들렸다.

"매들린, 당신이 무슨 일을 겪었고, 왜 이곳에 온 건지… 난 몰라."

"……."

매들린의 단정한 눈썹이 가라앉았다. 둘의 숨이 멈췄다.

"당신에 대해서 나는 아는 게 아무것도 없어요. 젠장… 그게 좀 초조한 것도 사실이고."

"……."

"하지만 괜찮아요. 중요한 건 지금 이 순간이잖아요? 뉴욕에 온 순간부터 누구든 새사람이 되는 거니까."

"그래. 중요한 건 미래지, 과거가 아니야. 하지만 나는…, 누군가를 쉽게 좋아할 수 없어……."

당장 눈앞의 남자에게 마음을 바치고 싶어도, 매들린의 심장은 정작 그녀 자신에게 없었다. 재가 되어 타버렸건, 대서양 너머에 있건 간에 지금 그녀의 가슴에 붙어 뛰고 있지 않았다.

"뒤의 말은 안 들은 걸로 할게요."

엔조가 고개를 돌렸다. 그의 옆얼굴이 그림자에 잠겼다. 청년의 눈 속 물기가 반짝였다.

"잘 자요. 매들린."

그의 목소리가 어쩐지 가라앉은 것처럼 들린 것은, 착각이었을 거다.

"부자야. 라오네들. 그런 사람이 진짜 부자라고. 뭐, 좀 드센 사람들이긴 한데." 제니 쉴즈가 화장을 고치며 중얼거렸다.

"음. 그래. 그런 것 같아."

그럴 거다. 매들린은 덤덤하게 인정했다. 라오네 형제의 사업이 어디까지 확장될지는 알 수 없었다.

"너 같이 덤덤한 척하는 사람이 제일 무서워."

"아이고……."

매들린은 대꾸를 않기로 했다. 엔조의 마음을 모르는 것은 아니었다. 그러나 그는 지나치게, 지나치게 밝고, 전도유망하고, 어리다. 어려움이 있어도 굴하지 않고, 사랑하는 상대를 위해서는 무엇이든지 맹목적으로 돌진하는 패기가 있는 어린 청년.

매들린은 그런 엔조 라오네가 부러웠다. 열등감. 질투라고 해도 좋았다. 자신의 젊음은 그렇게 반짝이지 않다는 생각이 들었다. 그도 그럴 것이 매들린은 상대방을 아낌없이 사랑해보지 못했다. 근심 걱정 없이. 매들린이 아무 말도 않자 제니가 그녀의 기운을 북돋웠다.

"뭘 걱정해. 매디. 그 애송이를 단단히 홀려놓을 일만 남았는데."

"엔조는 애송이가 아니야. 열두 살부터 장사를 배웠대."

"어련하시겠어."

제니가 또르르 눈을 굴렸다. 둘은 옥신각신하며 로비로 나갔다.

매들린의 일은 일견 고상해 보이나, 사실은 우아함이나 산뜻함과는 거리가 멀었다. 거나하게 제 잘난 맛에 취한 작자들이 이것저것 헛소리를 늘어놓는 걸, 그저 가만히 듣고만 있어야 하기도 한단 이야기였다. 그들이 찔러주는 팁을 받으면 기분이 묘하게 나쁘기도 했다.

차를 따르는 역할일 뿐인데도 퇴근할 때쯤 되면 감정적으로 진이 다 빠졌다. 물론 기분이 나쁘고 좋음을 따질 처지는 아니었다. 돈이면 기쁘게 받고, 모욕이라면 잊으면 그만이란 걸 머리로는 알았다. 중요한 손님에게 잘못 보였다가는 해고는 따놓은 당상이다. 그리고 다들 최고의 호텔에서 일할 기회를 놓치고 싶진 않았다. 이러나저러나 급여도 좋고, 지체 높은 사람들과 가까이 일할 수 있어 만족도가 높은 일이었다. 특히 지방에서 상경한 젊은 여성들에게는 꿈의 직장이었다.

매들린으로서는 높은 급여를 제외한 장점이 그다지 와닿진 않았다. 특히 그 '지체 높은' 사람들이 얼마나 잔인해질 수 있는지 잘 아는 그녀로선 오히려 단점에 가까운 사항이었다. 맥도먼드 식료품 백화점에서는 가격 문제로 실랑이를 벌이는 일은 있어도 제 부를 뽐내며 남을 깔보는 사람은 없었던 것이다. 지금처럼.

"곱게 술이나 따를 것이지, 어디서 빼고 있는 거야."

졸부라는 칭호가 아깝지 않았다. 주식과 채권으로 돈을 쓸어 담은 젊은 부자들은-선부가 그런 건 아니지만-꽤 상대하기 사나운 부류였다.

"……."

매들린이 입을 다물었다. 대낮부터 저리 추태를 부리는 이들을 어떻게 쫓아내야 좋을까. 곤란하기보다는 짜증스러운 일이었다. 매들린이 냉랭한 눈빛으로 그들을 쳐다보자 남자가 발끈했다.

크리스마스

"뭐야. 팁이 더 필요한 거야? 위스키 쟁여놓고 있는 거 다 알아. 차를 섞든 어떻게 해서라도 빨리 내오란 말이야."

"자네, 이제 그만하게. 아이고, 죄송합니다. 술은 다른 곳에서 마시자고."

"이거 놓게! 저 여자가 나를 업신여기잖아! 술 달라고!"

"죄송합니다. 이곳에서 술을 파는 건 불법이라서요."

아무리 종이호랑이 같은 금주법이라고 해도 말이다. 뉴욕 최고의 호텔에서 대낮부터 버젓이 술을 팔 수야 있겠는가. 남자는 지금 범법을 부추기는 거나 다름없었다.

매들린이 남자의 동행에게 필사적으로 눈빛을 보냈다. 제발 저 놈팽이 좀 데리고 나가주세요. 그리고 그렇게 한참 대치하던 바로 그때였다. 갑자기 미지근한 물이 얼굴에 끼얹어졌다.

"아……!"

매들린이 반사적으로 몸을 움츠렸다. 식은 차의 냄새가 훅 끼쳐왔다. 그녀가 고개를 들자 찻물이 얼굴을 따라 뚝뚝 흘러내렸다. 매들린이 가늘게 눈을 뜨고 정면을 바라봤다. 눈앞의 남자는 그런 짓을 저질러놓고 제 발 저린 도둑처럼 어쩔 줄 몰라 했다. 장내 일대 소란이 일어나자 모든 이목이 세 사람에게로 집중되었다.

그리고 그때였다. 문가에서 수선거리는 또 다른 소리가 들렸다. 매들린이 조심스레 고개를 돌린 곳에서는 지배인이 웬 키 큰 남자 옆에 서서 굽실굽실 쩔쩔매고 있는 게 보였다. 지배인이 중언부언했다.

"별일은 아닙니다. 아주 약간의 소란이……."

"흐음……."

아. 저 사람이 바로 그 특별한 손님인 것일까. 그러나 일단 눈앞의 일부터 수습해야 했다. 매들린은 서둘러 바닥에 굴러떨어진 찻잔을 주웠다. 미적지근한 얼그레이 찻물이 그녀의 앞치마를 물들였다. 다행히도 금세 제니와 다른 티레이디들이 와서 뒷수습을 같이 해주었다. 손님들이 밖을 나서는 동안 제니는 걸레를 가지고 와 식탁 주변을 훔쳤다.

지배인 옆에 선 남자는 한참 동안 매들린을 쳐다보고 있었다. 그러나 매들린은 그를 신경 쓸 일말의 겨를도 없었다. 게다가 안경을 쓰지 않아 그의 얼굴조차 보이지 않았다.

홀츠먼은 눈앞의 여성을 보고 쾌재를 불렀다. 아니, 이런 낯선 곳에서 익숙한 얼굴을 볼 줄이야. 매들린 로엔필드가 메이드옷을 입고 호텔 로비를 청소하고 있었다. 매들린 로엔필드. 수심 깊은 옆얼굴과 이따금 반짝이는 푸른 눈으로 기억되는 여자. 별장에서 뻔뻔한 낯을 하고 나타난 그녀를 두고 사람들 간에 말이 많았던 게 기억난다.

이안의 약혼을 걷어찬 주제에 뻔뻔하다며, 어딜 감히 기어오느냐며 분개하던 노팅엄 가문 어르신들의 모습이 아직 눈에 선하다. 그러나 홀츠먼은 그녀가 싫지 않았다. 우선 그는 처연한 미녀를 좋아했다. 매들린 로엔필드에게는 북구적인 아름다움이 있었다. 하지만 두 번째 이유가 가장 결정적이었다. 그녀 때문에 쩔쩔매는 이안 노팅엄을 보는 재미가 쏠쏠했기 때문이었다.

어렸을 때부터 봐왔지만 이안 노팅엄같이 자신만만한 이가 여자 앞에서는 당황한 낯을 숨기지 못한다는 게 재밌었다. 그 낙차가 어쩐지 흥미롭다고 해야 할까. 짜릿했다. 악취미겠지. 악취

미란 걸 알면서도 멈출 수 없다. 이안에게 알려줘야 하나. 그는 순간 갈등했다. 이안 노팅엄이 여자를 못 잊어 속으로 점점 미쳐 돌아가는 꼬락서니를 알면서도 말이다. 하지만 그건 또 그것대로 위험하다. 결국엔 단 하나의 선택지뿐. 그는 전보를 날리기로 했다.

그날도 매들린은 밤늦게까지 물건의 재고를 확인하고, 그날 맥도먼드 식료품 백화점의 수입과 지출을 장부에 옮겨적는 중이었다. 맥도먼드 씨의 배려하에 얻은 야간 일이었다. 그뿐만이 아니었다. 맥도먼드 부부는 매들린이 계속해서 여사환 숙소에서 싸게 머무르도록 편의를 봐주었다. 여러 가지로 고맙기 짝이 없는 부부였다.

영국의 감옥에 갇힌 수지에게 꼬박꼬박 영치금을 내주고 기도도 하고, 그녀의 친구라면 묻지도 않고 도와주는 걸 보면, 퍽 다정한 사람들이기도 했다. 다정한 정도가 아니라, 사실 성인의 반열에 든 사람들이라고 해도 무리가 없었다.

열심히 해서 도와드려야지. 그녀가 한참 등불에 의지해 주판알을 만질 때였다. 갑자기 와장창. 유리가 깨지는 소리와 사람들의 비명이 들렸다. 매들린이 다급하게 가게가 있는 3층 계단 아래로 내려가는 때였다. 밑에서 웬 손아귀가 그녀의 어깨를 붙들었다. 맥도먼드 부인이었다.

"매들린. 지금 내려가선 안 돼. 얼른 올라가렴."

"하지만, 부인······."

"갱들이야. 마피아들이라고."

"네?" 매들린이 입을 가렸다.

"이탈리아 아니, 아니야. 매들린. 어서 들어가렴. 여긴 위험해."

부인이 서둘러 매들린을 위로 올려보냈다. 다음날 동이 트자 눈앞에 무슨 일이 일어났는지가 보였다.

"……."

매들린은 빗자루로 깨진 유리 조각들을 쓸어 담았다. 가게 유리창이 박살이 났을 뿐만 아니라 진열대에 있는 식료품들이 전부 털렸다. 이탈리아 마피아 '갈까마귀'들의 짓이란 소문이 파다했다.

이탈리아 마피아들과 아일랜드 마피아들 간의 알력다툼이야 모르는 바는 아니지만, 그 불똥이 맥도먼드 식료품점에까지 튈 줄이야. 맥도먼드 씨가 제대로 상납금을 내지 않는다며, 아일랜드 상점들에 대한 본보기로 이런 짓을 저질렀단다.

매들린조차 속이 쓰린데 맥도먼드 부부는 어떤 심정일까. 그들은 당장의 손해보다는, 걱정 때문에 이만저만이 아니었다. 갈까마귀에게 상납금을 내자니 그들이 요구하는 액수도 큰 데다가, 아직 아일랜드 세력이 없는 것도 아니어서 문제였다. 마피아들은 세를 막론하고 금주법을 계기로 활개를 치기 시작했다. 결국, 죽어나는 건 가운데에 낀 상인들과 서민들이었다.

"……."

"어떡하죠?"

결국에는 맥도먼드 부인이 먼저 눈물을 왈칵 터트리고 말았다.

"그들이 말한 액수를 일주일 만에 어떻게 마련해요."

"경찰에 이야기하면 안 되나요?"

"샐리. 말도 안 되는 소리 하지 마. 경찰이 이 동네가 어떻게 되든 신경 안 쓰는 건 알잖나."

가게 확장을 하느라 이미 자금을 많이 써버렸다. 곧 맏아들도 대학교에 가고, 둘째 딸은 결혼까지 한다. 이런 상황에서 상납금까지 두 배로 내라니. 어떻게 해야 하나. 매들린은 조용히 상념에 잠긴 채로 유리 조각을 마저 쓸어 담았다. 잔해 위에 작은 눈송이가 내리기 시작했다.

지척에 크리스마스 캐럴이 들려왔다. 남녀노소 국적과 인종을 넘어 다들 희망에 부푼 채로 선물 상자를 사들고 길거리를 돌아다녔다.

"……."

엔조와의 세 번째 저녁 식사였다. 상념에 젖어 묵묵히 아티초크를 칼로 자르는 매들린을 바라보며 마주 앉은 청년이 눈을 불안스레 굴렸다.

"무슨 일이에요. 매들린. 괜찮다는 말은 마요."

"엔조. 미안. 집중을 못 해서. 요즘 이런저런 일들이 많았잖아."

"그 개자식 이야기라면, 내가 언젠가는 혼을 내줄 거예요."

엔조는 여전히 진상 손님의 이야기로 이를 바득바득 갈고 있었다. 매들린은 한숨을 쉬었다.

"그럴 필요 없어. 늘 있는 일이니까."

그녀가 힘을 주어 입꼬리를 당겼다. 그러나 억지웃음인 게 오히려 티가 나버렸다. 엔조가 매들린을 거의 다그치다시피 하며 캐물었다.

"진짜 무슨 일이에요. 매들린, 항상 씩씩한 당신이 이렇게 슬퍼 보이는 건 분명······."

"맥도먼드 씨가 힘들어."

"아······."

갑자기 엔조의 얼굴이 딱딱하게 굳었다. 매들린이 그의 표정을 살폈다.

"갈까마귀들의 짓이라는데. 짚이는 게 있어?"

"······."

엔조가 갑자기 입을 꾹 다물었다. 매들린은 갑자기 묘한 직감에 사로잡혀, 눈앞의 남자를 다시 보게 되었다. 한없이 순진하고 다정하기만 해 보였던 엔조는······.

"엔조."

"친하진 않아요. 하지만 말해볼 순 있어요." 엔조가 손수건으로 입을 닦으며 중얼거렸다. "매들린이 부탁하는 거라면, 내가 직접 나설 수 있으니까."

"위험한 짓을 하라는 건 아니야. 마피아들이잖아."

"아니에요. 친한 사이니까 그 정도 부탁은 들어줄 거예요."

아.

"친한 사이?"

"······."

다정하던 분위기는 어느새 얼음장이 되었고 긴장감이 테이블 주위를 맴돌고 있었다. 매들린은 얼이 빠져 입을 벌리고만 있었다.

"엔조······."

"됐어요. 식사 끝났으니까 일어설까요?"

엔조가 과장된 미소를 지으며 자리를 털고 일어났다. 매들린은 눈을 내리깔고 미약한 두통을 이겨내려고 애썼다. 그래. 이제 모든 퍼즐을 스스로 짜 맞출 수 있을 법도 했다. 고급술이 궤짝으로 있던 라오네 부인의 부엌이 떠올랐다. 그리고 갑자기 엄청나게 성장한 그들의 사업까지.

엔조의 집안은 이탈리아 마피아들과 어떤 방식으로든 연관되어 있는 게 분명했다. 얼마나 깊숙이 연관되어 있는지는 모른다. 안면만 튼 사이인지, 아니면 동업자 관계인지. 하지만 어떻게든 호의적인 관계인 것만큼은 분명했다. 그러지 않고서야……

"매들린. 지금 무슨 생각하고 있는 건지 다 알아요." 엔조의 목소리가 자못 떨렸다.

"글쎄. 무슨 생각하고 있는 것 같니." 반면, 매들린은 냉정하게 응수할 수밖에 없었다.

"나는 그런 사람이 아니에요."

"그런 사람이 뭔지 설명해줄 수 있어?"

"정말……"

그 순간을, 매들린은 잊기 어려울 거다. 엔조의 장난기 어린 얼굴에서 웃음이 사라지고, 형언하기 어려운 분노가 서렸을 때를. 완전히 다른 사람 같았다. 냉랭하고 첨예한 암살자 같은 얼굴에 매들린이 당황해서 자리를 박차고 일어섰다.

"먼저 일어나야겠다."

가게 문 밖을 나선 매들린의 뒤를 엔조가 따랐다.

"화났어요?"

"아니."

매들린은 빠르게 걸었다. 그 뒤를 보폭이 큰 엔조가 뒤따르는 데에는 별 무리가 없을 테지만 말이다.

"화났잖아요."

"화 안 났어. 그냥 좀 당황했을 뿐이야. 그런 위험한 사람들이랑 엮여있다는 게 믿기지가 않아서."

"그 사람들… 아니, 젠장. 매들린. 갈까마귀들이랑은 아무 사이도 아니……."

"믿어."

매들린이 몸을 홱 돌렸다. 굳은 표정의 엔조 라오네는, 전혀 아이 같지 않았다. 노회한 사업가, 폭력에 둔감한 비즈니스맨이라는 인상이 두드러졌다. 살짝 충격적일 지경이었으나 매들린이 최대한 냉정함을 유지하려 애썼다.

"나무라는 거 아니야. 내가 무슨 자격으로 너를 나무라겠어. 그러기엔, 넌 날 너무 많이 도와줬는걸. 그냥 걱정돼서 그래."

"아니니까요. 나는 그 빌어먹을 마피아들과는… 젠장……." 엔조가 고개를 푹 숙였다. "어느 정도 친분이라든지, 사업적인 제휴 관계가 있는 건 맞아요. 그래요, 젠장. 맞다구요. 친한 형들이에요. 하지만 나쁜 사람들은 아니……."

"……."

매들린은 다시 그로부터 몸을 돌렸다. 결국, 엔조는 부정하지 못했다. 마피아. 그래. 그런 거로구나. 다음날, 갈까마귀들은 맥도먼드 식료품점을 건드리지 않겠다 연락해왔다.

메리 크리스마스! 메리 크리스마스! 소복소복 눈이 내린다. 모두가 크리스마스를 축하하며 저마다 웃음꽃을 피운다. 매들린도 매들린 나름대로 행복했다. 엔조와 관련된 일만 아니라면 말이다. 사실 감옥에서 보낸 지난 해의 크리마스를 떠올려보노라면 올해는 정말 괜찮은 크리스마스였다. 지난 생의 크리스마스들을 떠올려보자. 이번 생에는 서른 번째 크리스마스를 맞을 수 있을까. 한숨이 절로 나왔다.

그때였다. 길의 저편에서 흰색 고깔모자를 쓴 사람들이 우르르 나타나기 시작했다. 그들이 등장하자 흑인 소녀가 반대편으로 재빠르게 도망쳤다. 뭐지?

"신이 내려주신 미국을 정화하는 한 해가 되길 바랍니다! 성탄절을 맞이하여 KKK단에 헌금하세요!"

"……"

매들린은 그 흰색 무리를 지나쳤다. KKK단. 이민자들, 특히 유색인종들에게 굉장히 적대적이고 공격적인 집단으로 알고 있다. 그런 사람들이 백주 대낮에 길거리에서 모금을 하고 돌아다니다니. 매들린은 그들을 보면 피가 생각났고, 자연히 피투성이 고문 장면을 떠올리게 됐다. 마음속 신경 줄이 팽팽하게 당겨져 끊어질 것 같았다.

지난 생에서라면 꺼림칙하지만 그러려니 넘겼을 광경이 지금은 굉장히 불편하게 느껴졌다. 옥살이가 어느 정도 교훈을 준 셈이었다. 그 교훈을 의연하게 받아들여야 하는데, 그러기 어려웠다. 이사벨……. 이사벨이었다면 그들을 보고 뭐라고 말했을까. 수많은 책을 읽은 그녀였다. 그녀라면 무언가 명쾌하게 답을 내려줄 것도 같았다. 보고 싶구나…….

옛친구에 대한 그리움에 사로잡혀 길을 걷는 사이, 매들린은 백화점 앞으로 당도했다. 크리스마스를 맞이하여 친구들과 도움을 준 사람들에게 답례 선물을 사기 위해 들른 곳이었다. 아까 전의 마주침으로 기분이 가라앉은 상태였지만 사람들을 따라 들어갔다. 와글거리는 군중 속에 파묻히다 보니 땀이 났다.

인기 많은 어린이 코너를 지나자 조금 한산해져, 숨을 쉴 수 있었다. 매들린은 맥도먼드 가족에게 줄 목도리, 커프스, 책, 장난감 기차를 샀다. 수지에게 나중에 전해줄 목걸이도 하나 구입했다. 라오네 가족을 위한 선물도 샀다. 그들에 대한 껄끄러운 감정이 풀린 건 아니었지만, 그들이 편의를 베풀어준 건 사실이었다. 그 호의를 계속해서 되갚아야 했다. 라오네 부인에게 직접 전달해야지.

제니를 위해서는 립스틱을 하나 샀다. 그녀가 좋아하는 브랜드의 진한 빨간색으로다가 말이다. 부지배인인 파르네 씨를 위해서는 작은 향수를. 당연히 그가 늘 뿌리는 공방의 것으로 사는 건 잊지 않았다. 그렇게 여러 가지 사고 나니 거금을 지출해버리고 말았다. 매들린의 손에는 어느새 한가득 쇼핑백이 들려 있었다. 몇 개는 맥도먼드 식료품 백화점으로 부쳤지만, 여전히 매들린의 손에는 묵직한 세 개의 종이 가방이 들려 있었다.

택시를 타고 아일랜드 거리에서 내렸다. 조심스럽게 눈이 쌓인 거리를 걸어가는 사이, 다시 흰 눈이 내리기 시작했다. 어린이 성가대들이 연습하는 소리가 지척에서 들려왔다. 매들린은 천천히 맥도먼드 식료품 백화점 문 앞에서 발걸음을 멈췄다.

눈이 천천히 매들린의 발치에 쌓였다. 소복소복. 흰 눈으로 덮인 길가를 따라 불규칙한 발자국이 나 있었다. 그녀가 발자국을 따라 천천히 시선을 올렸다. 그러자 그곳에는 어두운 기둥처럼 우뚝 서 있는 남자가 있었다. 쇼윈도를 무연히 바라보고 서 있는 남자가.

"아……."

쇼핑백을 가득 들고서, 이러지도 저러지도 못한 채 서 있었다. 남자가 서서히 고개를 돌렸다. 한쪽에는 지팡이를 쥐고 선 그가 그제서야 매들린을 돌아보았다. 한쪽 얼굴이 불에 타 일그러졌지만, 다른 한쪽은 흰 살결, 균형 잡힌 얼굴에 번듯한 상체까지. 남자는 이전에 기억했던 것보다 훨씬 키가 컸다. 어깨도 넓었고, 무언가 더 압도적인 구석이 있었다. 전쟁 직후의 그 위태로운 모습과는 거리가 멀었다. 그 격차가 아득했다.

얼굴은 더욱더 매섭고 날카로워진 듯했다. 이목구비가 잘 벼려진 칼처럼 서늘했다. 그리고 그 비수가 매들린의 심장을 그대로 살점 없이 도려낸다. 뜨거운 피가 솟구치는 것 같다. 숨을 쉴 수가 없다. 그녀는 사냥개와 눈이 마주친 사슴처럼 그렇게 얼어붙었다.

매들린이 할 말을 잊고 입술을 하릴없이 뻐금거리는 동안 남자가 천천히 모자를 벗었다. 그의 머리 위로 눈이 내렸다. 계속해서, 영원히 내릴 것 같은 눈이 말이다.

"음……."

맥도먼드 내외는 분주하게 그릇을 옮기고 식탁보를 폈다. 그렇게 하면 식사 자리의 어색함이 감춰지기라도 할 것처럼 말이다. 감자 포리지에 거친 빵 몇 조각이 전부인 식사였으나 손님은 개의치 않아 했다. 그는 묵묵히 제 앞에 놓인 식사를 해치워 나갔다. 특유의 손놀림에서 귀족적인 제스처가 어쩔 수 없이 묻어났다. 맥도먼드 부부는 서로 눈빛을 교환했다.

매들린과 대화를 나누던 낯선 남자를 들인 것이 실수였을까. 남자는 자신을 이안 노팅엄이라 소개했다. 매들린의 전 고용주였고, 아는 사이였노라고. '아는 사이'라니. 매들린을 의심하는 건 아니었으나, 맥도먼드 씨는 그녀가 잘못된 연애 사건에 휘말려 도망친 거라 생각했단 말이다. 하긴, 그럴 만할지도. 그도 그럴 것이, 남자는 기이했다.

　기이하다는 표현이 적합하다면 말이다. 상당히 곧고 바른 풍채에 비해 다리 한쪽을 절었고, 얼굴의 일부가 화상으로 일그러져 있었다. 그러나 전반적으로 아름답고 고귀한 느낌이 물씬 나서, 고딕 소설에 나오는 고성의 주인 같은 분위기를 풍겼다. 저런 남자로부터 도망친 거니? 역시 원치 않는 정략결혼인 걸지도 모른다. 어쩌면 매들린 로엔필드는 매들린 노팅엄일지도 몰랐다. 아니, 어쩌면 금단의 관계일지도? 상상의 나래는 계속해서 가지를 치고 뻗어 나갔다.

　찰스 맥도먼드는 재빨리 매들린을 곁눈질했다. 그녀는 포크질을 하는 둥 마는 둥, 잿빛이 된 낯으로 접시만 바라보고 있었다. 여러모로 둘 사이에 얽힌 관계가 심상치 않다는 심증만 더해 갔다. 침묵 속의 식사는 얼마 안 가 끝이 났다. 이안 노팅엄이 나이프와 포크를 내려놓으며 손목 부근을 어몄다. 완벽하게 재단된 양복은 허름한 실내와 부조화를 이루면서도 남자에게 모자람 없이 맞았다.

　"노팅엄 경께서는 이곳에는 친구의 일로 오셨다고요?"

　결국, 맥도먼드 부인이 뒤늦게 말을 붙였다. 이안이 살짝 고개를 끄덕였다.

　"사업 건도 있고, 친구의 일도 있어서 방문하게 되었습니다.

그 김에 이곳에 들른 건데, 결국 이렇게 결례를 범하게 되었군요. 송구합니다."

"아, 아닙니다. 저희야 영광이지요. 백작님의 방문이라니……."

그때 이안이 싱긋 웃었다. 진심으로 유쾌한 건지, 아니면 가장하는 건지 알 수 없는 미소였다. 엄숙한 얼굴에 그림 같은 미소가 걸리자 인상 자체가 뒤바뀌었다. 그가 매들린을 마주 보며 여상한 투로 말했다.

"정말 좋은 분들 곁에서 잘 지내고 있군요. 로엔필드 양."

"……."

"영국을 떠나서 잘 지내는 모습을 봤으니 마음이 놓입니다."

"노팅엄 경. 저는……."

매들린의 목소리는 어색하고 경직되었다. 이안의 빛 하나 없는 눈동자가 침잠했다. 그가 식탁 위의 식어가는 포리지로 시선을 돌렸다.

"실례했습니다."

이안이 조용히 자리에서 일어났다. 덜그럭 의자가 바닥을 끄는 소리와 함께 수행원이 함께 자리에서 일어났다. 그가 서둘러 이안에게 모자를 건넸다. 그는 문을 열고 바람같이 사라졌다. 수행원이 맥도먼드 씨의 뒤로 수표 다발을 건넸다. 그걸 본 매들린의 얼굴이 빨갛게 익었다. 참을 수 없는 기분에 그녀가 곧장 밖으로 나갔다.

코트도 입지 않고 문밖으로 나가자 주택가에서 차에 타려는 이안이 보였다. 그는 이곳에서 무엇을 확인한 걸까. 매들린 로엔필드가 죽지 않고 살아있는 것? 둘 사이에서 있었던 일은 전부 거짓이었던 것 마냥 구는 건 괜찮다. 하지만……. 매들린이 성큼성큼 걸어가 차의 뒷문을 닫으려는 손길을 막아냈다. 그녀가 사납게 쏘아붙였다.

"맥도먼드 씨에게 웬 수표예요?"

"식사 값이야."

이안은 매들린을 쳐다보지도 않았다. 무슨 소리야. 한눈에 봐도 거금을 쥐여줬으면서. 감자 포리지가 그 정도 값어치가 있다고 생각하긴 어려웠다.

"이곳에는 왜 온 거냐고요. 내가 힘들어하는 거, 비참하게 사는 거 구경하고, 즐기러 온 거예요? 그런 거라면 굳이 이곳에서 하지 않아도 되었어요……."

아일랜드인 거리에서 둘의 실랑이를 쳐다보는 눈들이 있었다. 그러나 그러건 말건 매들린은 남자에게 사력을 다해 쏘아붙였다. 앞으로 다시 만나지 못할 사람이라면 확실히 해두고 싶었다. 다시는 그가 찾아오지 않기를 바랐다. 이안이 한숨을 쉬었다. 그가 분노를 간신히 억누르며 한 문장 한 문장 천천히 끊듯이 뱉어냈다.

"당신이 화를 낼 염치가 있을 거라고는 생각 못 했는데, 다행으로 여겨야 하는 건가." 빈정거림이 역력한 어조였다. "어차피 당신은 내 호의를 거절했어. 난 내 뒤통수를 친 사람을 다시 믿을 만큼 순진하지 않아."

"……."

"이건 그러니까 마지막이라고 해두고 싶군. 다시는 당신을 귀찮게 하는 일은 없을 테니까."

남자의 싸늘한 초록 눈을 보자, 매들린의 심장이 창자 밑으로 꺼지는 것처럼 추락했다. 그런 여자의 창백한 얼굴을 확인한 남자의 눈에 은근한 만족감이 깃들었다. 그러나 그것도 잠시였다. 곧 그 역시 그녀를 뿌리쳐야 한다는 걸 떠올렸다. 정말 마지막 만남이 될 수도 있는 순간이었다. 그가 결국 눈을 감고 망연히 고개를 숙였다. 반듯한 콧날과 옆얼굴이 두드러졌다. 하…, 그가 결국 긴긴 천년 같은 한숨을 내뱉었다.

"정말이지, 단 한순간도. 단 한순간도 말이야. 보고 싶은 적이 없었나?"

주어는 생략되어 있었으나 짐작할 수 있었다.

"……."

"없었던 걸로 알겠네."

"이안."

"약속하겠어. 당신을 다시는 귀찮지 않게 하지."

가만히 귀를 기울이면 숨소리는 물론, 눈이 내리는 소리까지 들을 수 있을 것 같았다. 그 가운데서, 이안이 창백한 얼굴로 나직이 속삭였다.

"메리 크리스마스. 즐거운 성탄절 보내시오. 매들린."

맥도먼드네에서 더부살이하는 매들린 '론필드'가 사실 영국의 지체 높은 '백작'과 연인관계였다가 집안의 반대로 인해 영국을 떠났다는 이야기가 온 거리에 자자했다. 길거리에서 잠시 이안을 봤던 사람들이 꾸며낸 낭만적인 이야기는 크리스마스에 때맞추어 아일랜드 마을을 소소하게 달구어냈다. 설상가상으로 맥도먼드 부부는 무언의 긍정으로 이야기를 더 퍼뜨리는 데 일조했다.

키 크고 한쪽 다리를 살짝 저는 훤칠한 백작의 이미지는 모두의 상상 속에서 점점 신화화되었다. 게다가 그가 영국 최고의 부자인 멜버른 공작에 버금가는 부호라는 소문까지 더해지자 매들린은 그야말로 비극의 주인공이 되었다. 길거리를 지나가는 사람들마다 은근한 미소를 짓거나 적대적인 눈초리를 보냈다. 후자는 당연한 일일지도 모른다. 아일랜드 사람이 어찌 영국 귀족을 좋게 생각할 수 있을까. 그나마 맥도먼드 부부의 인망이 좋기에 다행인 일이었다.

매들린은 어차피 어느 쪽도 바라지 않았다. 더 넓은 세계로 도망쳐왔다고 생각했는데, 오히려 더 좁은 어항 속에 갇힌 기분이었다. 하지만 괜찮았다. 이안은 약속했던 것처럼 다시는 찾아오지 않으니까. 정말 괜찮은 거였을까. 매들린은 마지막 순간에 제 앞에서 고개를 떨구던 남자를 생각했다. 고통과 묵직하게 피어오르는 욕망 같은 것들이 그녀의 몸을 진동시켰다. 그를 품 안에 안고 아무도 모르는 곳으로 사라지고 싶었다. 그리고 그 욕망은 잘못된 것이었다. 그녀가 알고 배워왔던 모든 상식을 배반하는 일이었다. 그에겐 내가 없는 게 나아.

매들린은 옥살이까지 한데다가 가진 것 하나 없는 여자였고, 이안은 상처에도 불구하고 멋지게 피어난 강철의 꽃 같은 사람이었다. 그는 더 나은 미래를 찾아 나설 권리가 있었다. 아니, 그건 의무였다. 지난 생에서 이안이 망가진 건 어쩌면 자신 때문이라는 생각이 들었다. 내가 없었으면 그는 스스로 일어날 수 있었을 거야. 해묵은 죄책감과 고통이 그녀의 의식을 거대하게 짓눌렀다. 크리스마스가 지나고 연말을 보내면서 새해를 기원하는 것 따위를 생각할 틈도 없었다.

"그 자식 뭐예요."

결국, 엔조 라오네가 먼저 이렇게 말할 지경이면, 사태가 원체 심각한 걸지도 몰랐다. 이탈리아 동네까지 이야기가 퍼진 거니까. 엔조야 이곳저곳에 워낙 발이 넓으니 자연스럽게 알게 된 사실일지도 몰랐다. 그는 차분하게 물어봤지만, 눈빛은 채 갈무리되지 못한 채 불타오르고 있었다. 치기 넘치는 질투심과 호승심이 그 안에서 이글이글 끓고 있었다. 매들린은 그를 바라보며 쌀쌀맞게 응수했다.

"지난 고용주."

"그 사람이 괴롭혀서 이곳으로 온 거예요?"

"어. 완전 악덕 고용주였어. 볼셰비키 혁명을 일으켜도 시원찮은 사람이었지."

"장난하지 말고요."

"정말 그뿐이야. 엔조. 내 편의를 봐준 사람이야. 예전에 병원에서 간호사 일을 했었다고 했잖아. 그곳 병원의 소유주였어. 됐니? 그 사람이 도와준 덕분에 많은 걸 배웠다고."

"그런 사람이 갑자기 아일랜드 거리에 나타나니까 걱정이 되는 건 어쩔 수 없잖아요."

"지나가는 김에 들렀대."

"그 말을 믿어요? 혹시 그 작자가 무슨 짓이라도 하면……."

지금 남자는 퍽 끈질기게 굴고 있었다. 그 원인이 불안감에 있다는 건 분명했다. 웬 백작이니 하는 작자가 나타나더니 매들린과 무언가가 있다는 뉘앙스까지 풍기는데, 자존심상 도저히 가만히 있을 수 없었을 거다.

이해가 가는 한편으로 안쓰럽기도 하고, 화가 나기도 했다.

매들린은 눈앞의 젊은 남자를 어떻게 대해야 할지 알 수 없었다. 자신보다 훨씬 몸집도 큰 데다가 짙은 눈썹의 남자다운 얼굴을 가진 청년이었다. 매들린 앞에서나 이렇게 전전긍긍하지 밖에서는 벌써부터 사람 부리는 법을 아는 어른이었다.

매들린은 그가 번듯한 자신만의 사업체를 운영하는 모습이 머릿속으로 쉽게 그려졌다. 얼마 안 가면 크게 될지도 모르지. 그에게는 가정적인 아내와 충직한 아들들, 귀여운 딸이 필요할 거다. 매들린이 제이나 라오네에게 며느리로서 합격점을 받은 것도 리틀 토미를 살갑게 치료해줘서였다. 그 생각을 하면 어쩐지 속으로 살짝 거부감이 이는 것은 왜일까. 이유를 딱 짚어낼 수 없었지만, 그랬다.

"저기, 엔조. 지금까지 나를 도와준 건 고마워. 이 은혜는 평생을 갚아도 다 갚을 길이 없을 거야. 하지만 노팅엄 경… 아니, 노팅엄 씨에 대해서 함부로 말하는 건 삼가줘. 내게는 고마운 분이라고."

"……."

엔조가 입을 다물었다. 그가 볼 안의 살을 씹는 듯 얼굴이 움푹 패었다.

"서로가 가장 힘들 때 곁에 있어 준 친구 같은 존재고, 내가 모신 분이야. 그뿐이야. 다들 호들갑 떨고 있는데 그런 사이는 아니었어. 감히 쳐다볼 수도 없는 존재였지."

매들린은 진심이었다. 이안 노팅엄이 객관적으로 좋고 나쁜 사람이냐를 떠나서, 이런 식으로 엮이는 건 사양이었다. 그는 최선을 다했고, 그를 저버린 건 매들린 쪽이었다.

둘은 침묵 속에 길을 걸었다. 엔조는 매들린을 식료품점 바로 앞까지 배웅하고 나서야 제 갈 길을 갔다. 실내로 들어가자 그 안에는 연말 음식을 차리려는 사람들이 몇몇 있는 한편으로, 부자연스럽게도 키 큰 남자 한 사람이 수상할 정도로 오래 절임 코너에 서 있었다. 어쩐지 낯이 익은 사람이었다. 호텔에서 봤던, 지배인 옆에 있던 형상을……. 가까이 다가가고 나서야 명확해졌다. 그는 바로 그레고리 홀츠먼이었다.

"안녕하세요. 매들린 로엔필드 양."

"……."

이제야 퍼즐이 전부 짜 맞춰지는 것 같았다. 이안이 어떻게 자신이 있는 곳을 알았는지 알 수 있었다. 호텔에서 일하던 매들린을 홀츠먼이 먼저 봤던 것이다. 그가 이안에게 알렸겠지.

"이곳에는 웬일이신가요." 매들린이 그에게 무뚝뚝하고 공격적으로 질문했다.

"피클 좀 사려고요."

"절임 음식에 관심이 있으신 줄은 전혀 몰랐는데요."

"스테이크보다야 하겠습니까. 그나저나 꽤 육류 쪽에 조예가 있으시더군요."

그가 매들린을 향해 은근한 눈빛을 보냈다. 엔조 라오네와의 관계를 묻는 건가. 어쩌면 매들린이 너무 지나치게 많이 생각하고 있는 걸지도 몰랐다. 하지만 홀츠먼은 언제나 기분 나쁜 사내였다. 멀끔한 영화배우 같은 안면에 환한 미소까지, 그는 전체적으로 얄팍한 포드 T형 자동차의 외관 같은 인상을 줬다. 미국제이고, 아름답고 눈부시지만 겉과 달리 속은 알 수 없는 남자.

"이곳에서 말씀 나누고 싶으신가요? 절임 코너에 어울리는 대화가 되진 않을 것 같지만."

홀츠먼이 헛웃음을 지었다.

"그때보다 많이 강단 있어지셨네요. 로엔필드 양. 좋은 일이라고 하겠습니다. 혼자 살아남는 데에는 많은 용기가 필요하니까요."

"……."

"건너편에 카페가 있는 걸 확인해뒀습니다. 이야기가 길어질 테니 그곳으로 자리를 옮기지요."

싸구려 카페의 커피는 묽을 대로 묽어서 잔의 밑바닥이 훤하게 들여다보일 정도였다. 홀츠먼은 음료에는 손도 대지 않은 채로 매들린을 응시했다.

"많이 세련되어지셨네요." 화장법도, 머리 모양도. 그의 눈이 장난기로 번들거렸다.

"칭찬으로 받아들일게요."

"칭찬 맞아요. 신세계로 오신 걸 환영합니다. 당신은 이곳이 어울려요."

"본론으로 들어가죠. 이안에게 알려준 거죠? 내가 일하는 장소나, 사는 곳 전부……."

"제가 달리 그렇게 하지 않을 수 있었겠습니까? 입장 바꿔서 생각해요."

"……."

"하지만 제 개인적으로도 당신이 재밌긴 합니다. 단어를 어떻게 골라야 할까요. 이안에게 그렇게 엿을 먹인 사람은 얼마 없거든요. 존경스럽다고 해야 할까……." 직설적인 어조였지만 놀랍지 않았다.

"미안한 마음은 있어요."

"미안한 마음이라. 그 정도입니까?"

"무엇을 원하세요?"

홀츠먼이 조용히 품 안에서 담뱃갑을 꺼냈다. 그가 매들린에게로 한 개비를 건넸다. 매들린은 살짝 주저하다가 그것을 받았다. 불을 붙이고 나니 매캐한 후추 향이 매들린의 폐부를 괴롭혔다. 콜록거리는 여자를 보는 홀츠먼의 눈빛이 치밀해졌다.

"이사벨 노팅엄이 어디 있는지 아십니까."

이사벨 노팅엄? 홀츠먼의 입에서 별안간 이사벨의 이름이 나오자 기묘했다. 어울리지 않는 조합이었다. 반사적으로 질문이 튀어나올 수밖에 없었다.

"이사벨에게 무슨 일이 일어났나요?"

"젠장. 당신도 모르는군……."

그가 뒤로 늘어진 채 담배를 뻐끔뻐끔 피웠다.

"……."

"미국의 로자 룩셈부르크라도 될 생각인 건지, 무슨 일을 하고 있는 건지 아무도 아는 사람이 없어요. 한 명은 와이오밍에서 그녀를 봤다고 하고, 다른 한 명은 시카고에서 그녀를 봤다고 하고. 심지어 러시아로 건너갔다는 이야기도 있는데 그건 아닌 것 같고."

그는 그제야 갈증이 일어난 듯 커피를 물처럼 들이켰다. 그레고리 홀츠먼과 이사벨 노팅엄이라니. 남자는 그야말로 이사벨이 제일 혐오할 것 같은 부류였다. 속물적이고, 이기적이고…….

"이안이 그렇게 내버려 둘 리가 없잖아요. 동생을 지키기 위해 뭐든 할 사람이에요."

"흥. 하나는 알고 둘은 모르는군요. 이안은 제 체면을 지키기 위해 이사벨의 체포를 막은 겁니다. 그래도 당신이 잡혀들어가는 건 못 막았지만, 어쨌건 그녀를 묶어둘 수 없다고 판단한 이상, 어쩌겠습니까."

가둘 수 없는 영혼이지요, 이사벨은. 한때 이안과 나눴던 대화를 떠올렸다.

"이사벨을 가두진 않았을 거예요."

"이안을 10년도 안 본 당신이 그를 잘 알까요, 갓난쟁이 때부터 본 내가 그를 더 잘 알까요? 그는 제 혈육을 전적으로 소유물로 생각하는 한에서 아낄 따름입니다. 물론 그게 나쁘다는 건 아니에요. 대다수의 사람들이 그렇게 사고하고 행동하니까."

지난 생에서 이사벨은 스스로 목숨을 끊었다. 이안의 지나친 통제와 억압 때문에. 하지만 지금의 그는 달랐다. 제 곁에 있어도 날 수 있노라고, 자유로울 수 있다고 약속까지 했었다.

"이안에게 물어보기는 했어요? 이사벨이 어디에 있는지? 물어보고서 지금 그렇게 말하는 거예요?"

"말로는 스페인의 어떤 고명한 후작 가문으로 시집을 보냈다고 하더군요. 물론 그런 가문은 없습니다. 빼돌린 겁니다. 이 세상에서 이사벨의 존재를 지워버린 거예요."

"어쩌면 몰래 숨겨주고 있을 수도 있지요. 이사벨은 이 세상 어딘가에서 잘살고 있을 거예요."

"……."

홀츠먼이 입을 다물었다. 이제야 그의 의도가 명확했다. 그는

크리스마스 43

이안이 이사벨을 숨기고 있다고 생각하는 중이었다.

"하지만 제가 어떻게 도와드릴 수 있을지는 모르겠네요. 저도 제 친구를 보고 싶은 마음은 굴뚝 같지만, 그녀가 어디에 있는지 전혀 몰라요. 어쩌면 우리가 부러 찾지 않는 게 최선일지도 모르고요."

"이안의 마음을 쥐고 있는 건 당신이지요."

매들린은 식을 대로 식은 커피를 재떨이에 쏟을 뻔했다.

"오, 모르는 척 말아요. 당신이 모르는 척하면 정말 곤란하단 말입니다. 이안 노팅엄의 마음을 쥐락펴락하고 여전히 놓아주지 않는 욕심 많은 사람이잖아요? 당신은."

그가 젖힌 상체를 다시 앞으로 숙이며 매들린에게 속삭였다.

"이안 녀석은 당분간 뉴욕에 머문다고 합니다. 이유가 뭐겠습니까? 왜 그 공사다망하신 양반이 이곳에 머물며 시간을 보내는 것이겠어요? 당신이 그의 축이요, 세상의 중심이기 때문입니다."

홀츠먼이 카페의 냅킨에 전화번호를 휘갈겼다.

"이사벨을 보고 싶은 건 나나 당신이나 같잖아요. 우리는 한배에 탔습니다. 당신은 이안의 상처를 달래주고 나는 이사벨을 만나고, 일거양득의 기회를 그대로 놓치지 맙시다." 그리고 그가 곧장 일어섰다. "전화를 기다리겠습니다."

아주 잠깐, 매들린은 득의만면한 사내의 눈빛에서 일말의 불안함을 읽어냈다. *시간을 지배하는 사람은 모든 것을 지배한다.* 그가 예전에 했던 말이 갑자기 떠올랐다.

롱아일랜드주의 사우스햄튼은 부유층들이 주로 기거하는 동네였다. 푸른 바다가 있는 데다가 맨하탄으로부터 멀지 않아 별장이 밀집되어 있었다. 뉴욕의 번잡스러움이 불편한 이안으로서는 당분간 머물기 적당한 곳이었다. 자동차들의 경적소리를 들을 때 소스라치진 않아도 뼛속 깊이 거북스러운 건 도저히 고칠 수 없었다. 게다가 사람이 너무 많아 원활하게 도보를 걷는 게 불가능할 지경이었다.

햄튼에 줄지어있는 아름다운 석조주택들 가운데 단연 눈에 가장 띄는 것은 홀츠먼의 으리으리한 3층짜리 집이었다. 언뜻 조지안 양식으로 지어진 크림색 집은 드넓은 발코니와 아름다운 정원이 갖추어져 있었고, 밤마다 다채로운 파티가 열리는 것으로 유명했다. 홀츠먼은 이안의 크리스탈 잔에 버번위스키를 따랐다.

"불법 아닌가?"

이안이 아무렇지 않게 묻자 파티에 참석한 사람들이 침묵했다.

"떼잉. 금주법 같은 거 신경 쓰는 사람은 아무도 없다네. 백작 각하."

홀츠먼의 유들유들한 대꾸에 다들 너털웃음을 지었다. 홀츠먼의 예일클럽 친구들이 모두 모였다. 다들 재계와 정계에서 한가락 하는 인사들로, 영국의 낯선 귀족 사내에게 지대한 호기심을 보이는 이들이었다.

"오히려 그런 법 때문에 아일랜드인들, 이탈리아인들만 이득을 보고 있지. 하루하루 구슬땀 흘리며 일하는 정직한 서민들만 손해를 보고 있단 말야."

시가를 입에 물고 콧수염을 기른 사내가 투덜거렸다. 이름이 뭐였는지 이안은 기억조차 나지 않는 자였다.

"자아, 자아. 다들 심각한 이야기는 마세. 노팅엄 경에게 미국식 환대를 제대로 보여주자고."

"미국식 환대라. 메리 픽포드라도 오는 건가?"

남자들이 큭큭거렸다. 이안은 웃지 않았다. 그때 벨이 울렸다. 연미복을 입은 사용인들이 분주히 돌아다니기 시작했다. 파티의 제대로 된 시작이었다.

뒤늦게 도착한 손님들의 면면은 다양했다. 비행기 조종사라는 멋들어지게 생긴 남자, 신문 재벌인 에머스트 일가의 총수인 존 에머스트 2세, 러시아의 추방된 귀족까지. 여성들도 제각각이었지만 다들 화려하게 차려입은 건 마찬가지였다. 은사가 수놓인 하늘하늘한 드레스와 짧게 친 머리, 길게 빼올린 눈꼬리와 붉은색 입술 하며 팔색조 같았다. 그래봤자 다들 지체 높은 가문의 아가씨들일 터였다.

이안은 자리에서 일어나 그들을 맞이해야 하는 게 적잖이 귀찮았으나 유년기에 받은 엄격한 예절 교육이 효과를 발휘했다. 그는 예의 바르게 같은 손님 된 도리를 다해 사람들을 맞이했고, 사람들은 즐거워했다.

"홀츠먼 씨가 싸고돌던 손님이 당신이로군요."

누가 그렇게 이안을 맞이했다. 그는 눈을 한번 깜빡였다.

작은 파티는 성황리에 진행되고 있었다. 홀츠먼은 눈앞의 남자와 적당히 대거리하면서도 이안 쪽을 끊임없이 곁눈질했다. 여자들은 그에게 완전히 빠져 있었다. 아니, 비단 여성들만 그런 건 아니었다. 예일 동문들이 그에게 넋이 나가 있는 걸 보면.

"그 끔찍한 솜강의 전투에서 영웅적인 일을 하셨다면서요."

"영웅적인 일은 아니었고, 당연히 군인으로서 해야 할 일을 한 것뿐입니다."

"정말이지, 참 애국자세요……."

게다가 이안 앞에서 눈을 반짝이고 있는 릴리안 해블러가 눈에 들어왔다. 연극 배우인 어머니를 닮아 눈부시게 아름다운 여자였다. 그에 비하면 그 매들린인지 하는 여자는… 수수하지. 릴리안은 낯선 영국 남자에게 완전히 반해 있었다. 독신이지, 귀족이지, 돈 많지. 그런 요소들이 다 중요하긴 했으나 지금 그를 감싸는 신묘한 아우라는 모두를 도취시켰다. 낭만주의 소설의 주인공 같은 아우라 있잖은가. 아무튼 홀츠먼은 신경 쓰고 싶지 않은 주제였다.

차라리 이안 노팅엄이 릴리안에게 마음을 둔다면 일이 얼마나 편하게 풀릴까 싶었다. 릴리안을 부추겨서 이안을 움직일 수 있다면 노팅엄 가족 회사에서 제 위치도 확고해질 테고 말이다. 이사벨이고 뭐고 다 술술 불게 할 수 있을 거고. 저 여자에게 판돈을 걸 수 있으면 좋겠군. 그는 계속해서 술이 끊어지지 않게 신경 썼다. 그리고 저녁 식사 자리를 교묘하게 바꾸었다. 이안 노팅엄 옆에 꼭 해블러가 앉도록 말이다.

파티가 끝나고 사용인들이 기민하게 홀을 치웠다. 술에 기분 좋게 취한 사람들은 쌍쌍이 비싼 차를 타고 흩어졌다. 릴리안 해블러는 무척이나 아쉬운 표정으로 이안을 계속 흘끔거렸다. 이안은 그녀에게 눈길 하나 주고 있지 않았다. 대신 그는 에머스트 영감과의 이야기에 집중하고 있었다. 무슨 이야기를 서로 속삭이는 건지. 이안이 답지 않게 머뭇거리는 낌새를 보였다. 그가 초로의 사내의 귓가에 작게 속삭이더니, 고개를 저었다.

"그것참 안 됐군."

에머스트 2세가 그 말을 남기고 사라졌다. 사람들이 완전히 떠나고 남은 저택은 황량했다. 그레고리 홀츠먼은 그 황량함이 주는 끔찍한 기분을 사랑했다. 먼지처럼 덧없기에 더 가치 있는 것도 있다. 이사벨은 별처럼 영원한 걸 꿈꿨으나, 과학자들에 따르면 별들도 빛나는 먼지 덩어리들이었다. 홀로 남은 이안이 남은 버번을 비우는 홀츠먼을 향해 빈정거렸다.

"쓸데없는 짓을 벌이는 이유를 모르겠군." 이안이 홀츠먼을 돌아보지도 않고 말했다.

"쓸데없는 짓이라니. 이 파티를 자네도 즐기지 않았나."

"릴리안 해블러는 지나치게 어려."

자리를 바꿔 놓은 걸 알아차린 모양이었다. 식사 내내 릴리안이 이리저리 말을 붙여오는 걸 무뚝뚝하게 대답하느라 성가셨겠다. 그러나 그 무뚝뚝함은 또 젊은 여자의 승부욕에 불을 지필 터. 결국 이안만 귀찮아진 셈이었다.

"난 다 자네를 생각해서……."

"경고하지. 더는 내 생활에 끼어들지 말게. 내가 어떤 여자를 만나건, 만나지 않건. 자네가 신경 쓸 이유는 없어."

"매들린 로엔필드에 묶여 사는 꼴이 안쓰러워서 그래."

홀츠먼도 모르게 이죽이는 말투가 나와버렸다. 그래. 잘나시고 고고한 귀족 나으리. 빈한한 가문이었던 홀츠먼을 일으켜 세워준 게 전부 노팅엄 가문이었다. 그 가문을 전부 집어삼켜 소화시키는 게 내 목표야. 이사벨 노팅엄은 그러기 위한 내 첫 단추고.

"후회할 말은 하지 마."

이안이 소파에 앉았다. 어둠 속 그의 그림자는 끔찍하게 외로워 보였다. 그 순간만큼은 무척이나 여위어 약해 보였다.

"매들린 로엔필드가 우리의 사업에 영향을 끼치고 있어. 이런 말 용서하게. 정말 미안하지만, 자네가 결혼하지 않으면 최후엔 에릭 녀석만 웃을 판이라고." 그리고 에릭은 그렇게 사업 머리가 뛰어나지 않아. 그 자식은 10년 안에 저택을 경매에 넘길 게 분명해.

"고작 사업 때문에 결혼하고 자식을 생산해야 하나." 이안의 말투가 술기운에 살짝 느려져 있었다.

"어떻게 그런 말을 할 수 있나? 우리가 어떻게 이 사업을 일궈 왔는데 그걸……."

"첫째로, 이건 우리의 사업이 아니란 걸 명확하게 해두어야겠군."

"……."

"두 번째로, 매들린 로엔필드는 내게 어떤 영향도 미치지 못해. 나는 날 저버린 사람을 다시 신용하지 않아. 자선사업가가 아니라고."

"……."

"그런 건 내 인생의 오점에 불과한 거야. 전쟁도, 그녀도 나를 변하게 하지 않았어."

정말 독사 같은 인간이야. 혀를 내두를 수밖에 없었다. *당신이 그의 축이요 세상의 중심이기 때문입니다. 당신이 없으면 이안은 무너져요.* 그런 현란한 말을 입에 침 하나 안 바르고 술술 나

불댈 수 있는 배짱과 비위가 참으로 대단했다. 하기야. 그래서 그렇게 많은 채권과 주식을 팔아댈 수 있는 거겠지.

주식을 판다는 건 희망을 판다는 것과 같은 일이었다. 주식을 살 때 회사의 현재 가치를 보는 게 아니라 미래를 보고 산다는 건 매들린도 아는 상식이었다. 다만 어디까지가 환상인지, 다가올 미래인지 파악하기 어려웠다. 몇 달 전 증권거래소에 주가를 표시하는 기기가 설치되고 나자 사람들은 열광하면서 주식을 더 사들였다. 제니도 매들린 보고 빨리 장에 들어가라며 몇 가지 종목을 추천해줄 정도였다. 전쟁이 끝나고 유럽으로부터 미국으로 흘러들어온 돈은 모두의 시야를 덮을 정도로 넘쳐 흘렀다.

홀츠먼은 그런 떠들썩한 광란의 시대에 걸맞은 인물이었다. 이사벨과는 물과 기름처럼 섞이지 않을 자였다. 그런 사람이 이사벨을 만나봤자 뭐가 달라지겠어. 이사벨이랑 잘 되어보려고 저러나 본데 말이나 되는 소린가. 피식, 웃음이 나왔다. 이사벨이 남자를 흠씬 두들겨 패는 상상을 하니, 어쩌면 둘은 나름 어울리는 한 쌍일 수도 있겠다 싶었다. 하지만 목에 가시처럼 걸리는 게 한가지 있었다. 이안이 무너진다고? 약속하겠어… 당신을 다시는 힘들게 하지 않겠다고……. 몸통을 울리는 낮은 목소리를 머릿속에서 떠올렸다. 주판알을 더듬는 손이 미세하게 떨리기 시작했다.

이안은 그녀를 보고 싶었다고 했다. 마치 수치스러운 고백을 하는 것처럼. 전투에서 진 검투사가 관중을 향해 목숨을 구걸하는 것처럼 말이다. 그 순간 그를 껴안으려는 지나친 욕망으로, 매들린은 제 마른 몸이 터져버리는 것 같았다. 그런 게 사랑인 걸까.

 아니다. 그럴 순 없는 법이었다. 사랑은 본디 온유하고, 다정하며, 잔잔한 너울 같은 게 아니었던가. 사랑은 질투하지 않는다. 사랑은 감히 상대방을 구속하려 하지 않는다. 한때나마 노팅엄 병원에서 이안과 함께하면서 보냈던 시간은 그러했다. 부드러운 아기의 손가락같이 간질간질한 기분이 도처에 그 둘과 함께했다. 그때의 매들린은 이안을 진심으로 사랑했다고 할 수 있었다. 그렇기에 그를 기꺼이 포기하면서 행복까지 기원해줄 수 있었던 거다. 너무 오랜 시간 낯선 땅에서 떨어져 있다 보니 폭력적이거나 육체적인 욕망을 주체하지 못하는 거야.

 매들린은 스스로를 달랬다. 남자를 껴안거나 입 맞추고 싶다니. 아무튼 구속하는 욕망은 사랑이어서는 안 된다. 지난 생애, 자신을 죽음으로 몰고 간 감정이었으니까. 그녀는 자리에서 일어나 홀츠먼이 건네준 쪽지를 갈기갈기 찢어버렸다. 몇 번이고 헛손질을 거듭한 건, 순전히 손가락이 얼어서였다. 다른 이유는 없었다.

12. 햄튼의 밤

이안은 홀로 응접실 소파에 앉아 타닥타닥 이는 잔 불씨를 응시했다. 홀츠먼은 온갖 욕설을 지껄이며 밖으로 나갔으나 그가 무얼 하고 있건 알 바 아니었다. 어떤 여자와 시시덕거리며 제 욕을 하건 신경 쓸 일도 아니었다. 그보다 그를 계속 손바닥 밑의 숯불처럼 괴롭히는 문제가 하나 있었다. 정말 사소한 문제 하나가 말이다.

매들린의 손목에 걸려있던 시계가 그의 신경을 완전히 잠식하고 있었다. 하늘색 스트랩의 시계는 백화점에서 구입한 것으로, 사환 급여만으로는 살 수 없을 것처럼 보였다. 남자인가. 예리한 송곳이 두개골에 들어간 것처럼, 온통 그 한심한 생각뿐이었다.

매들린의 손을 다른 남자가 잡고 유유히 걸어가는 장면을 생각하면 내장의 일부가 꼬이는 것처럼 불쾌했다. 그뿐이랴. 상상 속의 남자는 매들린에게 자신이 결코 줄 수 없는 것들을 줄 터였다. 행복하고 평범한 삶. 그런 삶을 살아가는 매들린과 남자를 생각했다. 그 가족사진을 갈가리 찢어발겨도 시원찮았다.

매들린 로엔필드는 행복해서는 안 되었다. 그래야 공평하지 않은가. 그는 생각했다. 자신을 저버리고, 도망까지 치고 나서는, 새로운 사람들 사이에서 그럴듯한 모습으로 살아간다고? 그녀가 없는 동안 이안 노팅엄은 자신을 스스로 재촉하고 몰아붙였다. 마치 자신이 조금이라도 보기 그럴싸한 존재가 되면 매들린 로엔필드가 돌아올 것처럼 말이다. 물론 그런 일은 일어나지 않았다.

출소한 매들린 로엔필드가 저택으로 돌아왔더라면 그는 그녀를 기꺼이 맞이했을 것이다. 그녀가 어떤 모습이어도, 사람들이 그녀에게 무슨 손가락질을 해도 상관없었다. 남자는 매들린의 방문을 위해 저택을 전면 보수했다. 현대식 가전을 들여놓고, 녹이 슬거나 곰팡이 진 곳 없이 모든 곳을 편리하게 닦아놓았다.

머저리 같은 짓이란 게 곧 분명해졌다. 매들린은 그에게로 돌아오지 않았으니까. 그녀는 저택을 영영 떠나 바다를 건넜고, 지금은 이름도 얼굴도 모르는 타인이 준 시계를 차고 있었다. 저도 모르게 턱에 힘이 들어갔다. 용서할 수 없다. 보고 싶고, 뼈가 으스러지게 안고 싶은 것과 별개로 꺾인 자존심과 해묵은 원한의 감정이 그를 목 졸랐다.

이안은 자조했다. 결국, 자신이 미국까지 와서 보고 싶었던 건 매들린 로엔필드의 불행이었나. 졸렬하게도 그러했다. 그는 매들린처럼 이타적인 사랑을 몰랐다. 자신이 불행한 만큼 그녀 또한 불행하기를. 그녀를 품 안에 안을 수 없는 만큼, 그 누구도 그녀를 안을 수 없기를. 매들린이 자신을 계속해서 그리워하며 살고 있기를. 결국, 그는 그 정도의 존재였다. 외로움에 고여서는 빠져나오지 못하는 물고기. 난 그저……

이안은 눈을 감았다. 예리한 송곳 같은 고통이 어느새 커다란 망치가 되어 사정없이 그의 뒤통수를 내리치기 시작했다. 어쩌면 이안은 그저 매들린이 단 한 번이라도 자신에게 용서를 구하기를 바란 건지도 몰랐다. 아니, 용서는 되었다. 그 역시 모든 사정을 알지는 못하니까. 다만 오롯이 스스로의 자유의지로 자신을 선택해주기를 바랐다.

저택에 돌아와 주기를 바랐다. 그러면 전부 처음에서 다시 시작할 수 있었을 거다. 처음부터. 아아. 나는 천치 같게도 모든 것을 그르쳤구나. 깨달음은 언제나 몽상 후에 숙취처럼 다가온다. 술기운에도 몽롱한 정신은 자책했다. 그는 그 자리에서 꿈쩍도 하지 않은 채 아주 깊은, 죽음 같은 잠을 잤다.

이안 오빠에게.

이 편지가 도착하는 때 즈음이면, 오빠는 대서양을 건넜겠구나. 미국은 번쩍번쩍하겠지. 하지만 그만큼 명암이 짙은 곳이란 걸 알아. 물론 이 편지에서 구구절절 내 생각이 이렇고 저렇고 따지고 싶진 않으니까 조용히 할게.

바이에른은 참으로 격정적인 동네야. 괴테와 쉴링이 글을 쓰던 고적한 도시라고는 생각하지 못할 정도로 말이지. 매일 같이 많은 일들이 벌어져. 새로운 사상들과 인물들이 내게 마구 영감을 불어넣어 주고 있어. 이곳에서라면 진정한 변화를 이끌어낼 수 있을 것 같은 예감이 들어.

내가 하고 있는 일들 중 어느 하나도 제대로 알려주지 못해서 미안해. 물론 오빠는 단 한 가지도 부러 알고 싶어 하진 않겠지만… 이해해. 오빠같이 감정적으로 꽉 막히고 보수적인 사람이 노력이라도 한다는 게 얼마나 황송한지(물론 농담이야).

내가 왜 독일을 선택했는지, 오빠가 이해할 거라 기대하지 않아……. 몇 년 전 총부리를 맞대고 싸운 적국이니까. 하지만 미네르바의 부엉이는 황혼이 깃든 뒤에야 날아오른다는 금언을 기억해. 가장 어두워 보이는 때야말로 빛을 앞두고 있는 순간이야. 나는 그 변화의 순간을 목격하는 사람이 되고 싶어.

이제 지루한 이야기는 그만하도록 하자. 오빠는 지금 그 잘난 그레고리의 집에서 머물고 있겠구나? 돈을 좀 만지기 시작한다더니 얼마나 으스댈지 궁금한걸. 그에게 내 안부를 전해달라고는 안 할게. 아니, 절대 하지 말아줘. 그 녀석도 어렸을 때는 꽤 귀여웠는데, 점점 돈만 알더니 해괴해지고 말았단 말이지.

새로운 곳에서는 새로운 생각들로 마음을 다스리길 바라. 대서양의 맞은편에선 적어도 지루한 인수 합병과 가족 회사의 지분에 대해서 골머리를 썩이진 말란 이야기야. 그보다 신선한 생각들을 해봐.

여전히 매들린 로엔필드를 생각해? 원한으로든, 그리움으로든 어떤 감정으로든 말이야. 부디, 부디… 그녀를 미워하진 말아줘. 전부 내 잘못이란 걸, 오빠도 알잖아?

안녕.

추신 : 집안 노인네들이 나를 늙은 후작에게로 결혼시키려는 걸 결사적으로 막아줘서 고마워. 내가 이곳을 떠날 수 있게, 내가 하고 싶은 걸 할 수 있게 해줘서 고맙고.

맹위를 떨치던 추위의 기세가 가시고, 따뜻한 봄기운이 도시를 지펴 올리기 시작했다. 거리를 활보하는 사람들의 옷차림도 제법 가벼워져 형형색색 다채로워지기 시작했다. 매들린 역시 푸른 모자를 쓰고 얇은 코트를 걸친 채 거리를 걷고 있었다.

그녀의 옆에는 엔조 라오네가 있었다. 그는 쓰리피스 슈트를 멋들어지게 차려입은 채로 매들린을 에스코트하는 중이었다. 꽤 잘 나가는 양복점에서 차려 맞춘 옷은 남자에게 번듯하게 잘 맞아떨어졌다.

사실 매들린은 손에 든 지도와 눈앞의 길거리에 온 신경이 집중되어 있었다. 홀츠먼은 그날의 접근 이후로 두 번 다시 매들린에게 다가오지 않았고 이안 역시 마찬가지였다. 인정하기 싫었지만, 온종일 신경이 그 둘에게 곤두선 나머지 일에 집중하기 어려울 지경이었다. 그 둘, 특히 이안에 대해서 생각하지 않아야 한다는 사실을 이성으로 알수록 그를 떠올리지 않는 게 더 어려웠다. 끼니를 거르는 이안, 다쳐서 끙끙거리는 이안, 고개를 푹 수그린 이안……. 그런 남자의 모습들을 상상하고는 지레 겁에 질리는 것이었다. 마치 그가 잘못되면 전부 자신의 잘못이라도 될 것처럼.

어찌 되었든 이 교착 상태에서 벗어나기 위해선 반전의 계기가 절실했다. 그래서일까. 그녀는 간호학 공부를 다시 시작하기로 결심했다. 노팅엄 저택에서 열심히 간호사로서 훈련을 받았으나 일을 그만둔 지 오래된 지금, 모든 것이 꿈결처럼 느껴졌다. 게다가 조금 더 심도 있는 훈련을 받았으면 하는 마음이 늘 있었던 것도 사실. 그녀는 새로운 땅에서 새로운 사람들과 부대끼며 공부를 다시 시작하고 싶었다.

몇 년 전 간호계에도 변화의 바람이 크게 불었다. 전쟁을 생각해보면 당연한 일이었다. 간호사 면허가 신설되는 한편으로 인가를 받은 간호사 학교들이 속속들이 생겨나고 있었다. 노동운동가이자 개혁가인 조세핀 골드마크 같은 사람들이 이룬 업적이었다. 면허를 가지고 싶어. 아무것도 없이 몸만 남아있는 것 같은 이런 때에 자신의 가치와 능력을 증명할 수 있는 작은 증명이 절실했다. 그녀는 주위 사람들의 도움을 받아 학교를 수소문했고, 지금 원서를 접수하러 가는 중이었다.

길을 잘 안다며 동행을 제안하는 엔조를 뿌리치지 않은 이유는 단 하나였다. 매들린은 절대로 길을 잃어버리고 싶지 않았다. 이런 중요한 날엔 절대로 말이다. 아무리 1년이 넘게 살았다 해도 뉴욕의 거리는 복잡했고, 다시 소매치기 같은 걸 당한다면 정말 당해낼 자신이 없었다. 게다가 갈까마귀가 물러선 이후로, 어쭙잖게 화해까지 한 터였다. 물론 아직은 서로 어색한 기운이 남아 있었다.

엔조는 잔뜩 긴장한 매들린의 옆얼굴을 흥미진진하게 지켜봤다. 늘 살짝 처연함에 물들어있던 얼굴에 처음으로 독한 열의가 떠오르자 재밌는 모양이었다.

"긴장 풀어요. 그래봤자 원서의 내용을 바꿀 순 없잖아요."

"누, 누가 긴장을 했다고 그래."

물론 거짓말이었다. 접수처에서 자신의 범죄 이력을 알아내는 악몽을 이틀이나 연달아 꾸었다. 물론 알 방법은 없었다. 유명한 범죄자가 아닌 이상, 알아내기 힘들었으며 알아낼 필요도 없었다. 그리고 아직까지 뉴욕은 불한당들의 도시였다.

접수는 시답잖게 빨리 끝났다. 당연한 일이었다. 서류 전형은 아직 시작도 안 한 데다가 접수대에 앉아있는 사람들이 무슨 심안이 있어서 사람을 꿰뚫어볼 수 있는 것도 아니고 말이다. 오히려 옆에 서 있는 엔조를 보고 은근한 눈길을 보내는 것이, 꼭 '아내의 꿈을 응원해주러 온 남편'을 보는 눈빛이라 기분이 묘했다. 그런 것 아닌데요. 속으로 덧붙인 말도 어쩐지 사족으로 느껴져 머쓱했다. 하지만 서류를 한가득 내자, 무거웠던 마음이 홀가분해진 느낌이었다.

돌아오는 내내 둘은 정답게 이야기를 나눴다.

"간호사는 왜 하고 싶은 거예요?"

"사람들을 돕는 게 좋아서."

"착하다는 말하면 건방진가······. 신기하긴 하네요."

"난 착한 사람이 아니야. 간호사라고 해서 다 착한 건 아니야. 나이팅게일이 얼마나 무서운 사람이었는데."

매들린이 뼈있는 농담을 던졌다. 노팅엄 저택에서 그녀는 일에 집착하다시피 했다. 환자들을 꼼꼼히 몇 번이나 살피고 그들의 이야기를 들어주고, 이안의 편지가 더디게 오는 날들은 더욱더 심했다. 어느 날 오츠 부인이 그녀에게 경고했다. *매들린. 환자에게 매달리면 안 돼요. 명심하세요.* 그때의 기억이 씁쓸한 모래알처럼 그녀의 입가에 맴돌았다.

"잊고 싶은 걸지도 모르지. 어쩌면 직면하고 싶지 않은 내 모습을 애써 생각하고 싶지 않아서 다시 이 일을 하고 싶은지도 모르겠어."

남을 돕는다는 느낌. 진득하게 쌓이는 육체의 피로, 정신적인 소모가 필요했다. 그러나 간호사는 성직자가 아니고, 일을 한다고 해서 면죄부가 주어지는 것도 아니었다. 답지 않게 엔조에게 진지한 이야기까지 해버렸다만, 평소라면 농담으로 응수했을 남자는 침묵했다.

"이유가 어찌 됐든 고귀한 일은 고귀한 일이니까요. 마찬가지로 나쁜 일은 나쁜 일이고."

"······."

"나도 노력하고 있어요. 질 나쁜 녀석들, 사람 가지고 협박하는 녀석들이랑 선 긋고 제대로 우리 형제들의 힘으로 일어서려고 방법을 찾는 중이에요. 당신은 안 믿겠지만."

"……."

"이름도 바꾸려고요. 젠장. 여기서 이런 식으로 이야기하기엔 너무 쪽팔린데…, 엔조 대신 토니, 어때요?"

"토니야말로 진짜 이탈리아인의 이름 같은데……."

"……."

"엔조. 정말 그런 이유 때문에 이름을 바꾸려는 거야?"

"돈을 아무리 벌어도. 그 돈으로 강을 메우고 황금으로 된 신전을 지어도, 올라갈 수 없는 한계가 있어요. 아니 애초에 그런 돈을 만지지 못하고 늘 삼류 깡패 놀이나 하는 이유는 다 그런 데에 있죠……."

말을 잇지 못한 그의 눈에서 일견 화염 같은 것이 타올랐다.

"난 최고가 되고 싶어요. 누군가가 내 길을 막으면, 돌아서라도 갈 거예요."

"……."

"그리고 당신은 내가 본 것 중의 제일이에요. 그런 당신 앞에서 떳떳해지고 싶어."

'그리고 당신은 내가 본 것 중의 제일이에요'라니……. 어떤 점에서. 매들린은 놀랍기보다는 한없이 남자가 걱정되고 안쓰러웠다. 매들린은 최고라는 수식어와는 거리가 멀었다. 그녀의 첫 번째 인생은 우스꽝스러운 희비극이었고 작금의 두 번째 인생 역시 그다지 성공적이라고는 할 수 없었다.

일단 감옥에 간 것 자체가 그렇게 썩, 훌륭하진 않으니까. 물론 그게 유감은 아니었다. 이 세상에는 매들린 로엔필드의 세속적인 성공보다 중요한 일들이 많았다. 그녀는 그런 점에서 세상을 한 번도 원망하지 않았다. 그저 엔조 라오네가 철없는 짝사랑 중이라는 심증만 굳어지는 중이었다.

"미안해."

매들린이 고개를 저었다. 해가 진 브루클린의 거리는 점점 쌀쌀맞아졌다. 초봄의 추위는 여전했다.

"왜요. 왜 생각은 안 하고 거절부터 하는 거예요."

호소하는 목소리를 들은 매들린이 고개를 들었다.

"그야 넌 더 좋은 사람을 만날 자격이 있으니까."

"당신을 좋아하지만 이해할 수 없어요. 삶의 좋은 것들을 왜 누리려고 하지 않는 거예요?"

"좋은 것들을 누리려고 하지 않는다니……?"

"자 봐요. 지금 노을, 아이들의 웃음소리, 저기 핀 허접한 꽃 같은 거. 지금 즐길 수 있을 때 즐기고 거머쥘 수 있을 때 거머쥐어야죠. 당신은 젊고, 나도 젊고. 이 순간을 같이 하는 게 뭐가 어때서요."

"……."

"솔직히 난 당신의 과거를 잘 모르지만, 하지만 옛일에 얽매여서, 지금 눈앞에 있는 사람의 눈도 제대로 못 마주치는 건 납득할 수 없다고요."

"지금 눈 마주치고 있잖니……."

매들린이 고개를 들고 그의 얼굴을 바라봤다. 생기로 약동하는, 오로지 현재와 미래를 향해 활짝 열린 청년의 얼굴에서는 가공할 만한 집중력이 느껴졌다.

"그 백작인지 공작인지 하는 자식이랑 잘 될 생각하는 건 아니죠?"

"무슨 소리야……!" 매들린이 처음으로 평정을 잃었다.

"그렇담, 내게 기회를 줘요."

엔조가 한 손으로 매들린의 장갑 낀 손목을 부드러이 감싸 쥐었다. 매들린이 끙끙거리며 안절부절못해도 아랑곳하지 않았다.

"내가 잘할게요. 정말 잘할게요. 매들린이 하고 싶은 거 다 해요. 간호사가 되고 싶건, 비행기 조종사가 되고 싶건. 환갑이 되어서 에버레스트 등반을 하러 간다 해도 좋아요. 오히려 같이 가면 좋죠."

의도했는지 알 길이 없었으나 남자의 그 말에 매들린의 속이 일렁였다. 위가 묵직해지는 기분이었다. 엔조의 얼굴이 햇빛을 난반사하는 잔잔한 호수의 수면처럼 일렁였다. 깊이 사귀었지만, 단편적으로만 알았던 사람의 모든 면을 갑자기 너무 많이 본 것 같은 착각이 일었다.

남자의 숨이 가빠졌다. 제 초라한 고백이 도대체 어떤 점에서 여자를 흔든 건지 알 수 없었다. 싸구려 같지 않았는가. 애새끼 같지 않았는가. 사랑은 바라지도 않으니 손민 잡아달라는 이야기나 별반 다름없었다. 한마디로 내뱉어놓고도 쪽팔린, 비굴한 동냥이었다. 매들린이 조용히 말했다.

"엔조. 나는 널 사랑할 수 없어."

"거절은 아니네요."

"사실…, 감옥도 다녀온 사람이야. 나는."

"상관없어요. 분명히 잘못했을 사람은 아니니까."

"잘못 저지른 거 맞아. 도대체가, 넌 상식이 없어."

매들린의 목소리가 얇은 유리처럼 떨렸다.

"상식 같은 건 필요 없어요."

그가 조용히 말했다. 그가 매들린의 목을 감싸 안았다. 키스를 하려는 걸까 싶을 정도로 가까이 오던 얼굴이 이내 그녀의 목덜미에 파묻혔다. 그가 숨을 들이쉬었다. 따뜻했다.

"과거로 돌아가는 배는 전부 불태워버려요. 이곳에서 나랑 같이 사는 거야."

릴리안 해블러는 결국 귀찮은 패가 됐네. 홀츠먼은 씁쓸하게 웃었다. 그는 프랑스에서 몰래 공수해온 발포주를 들이켜며 사태를 관망했다. 그가 매주 열기로 유명한 파티에는 언제나 새로운 얼굴이 나타났다. 유럽의 고관대작에서부터 서부의 영화감독까지. 각계각층의 새로운 유명인사들이 찾아왔다.

일견 잡탕처럼 대충 섞어놓은 것 같은 손님들의 면면은 사실 오랜 시간을 들인 세심한 선정의 결과였다. 한 사람이 지나치게 스피커를 독점하지 않게 하면서, 모두를 만족시키는 게 쉬운 일은 아니다. 그러나 홀츠먼의 파티는 대부분 사람들을 만족시켰고, 일부를 분개시켰다. 분노와 역겨움은 언제나 무료함보단 나은 법이니, 그의 파티는 백 퍼센트 성공적이었다.

그러나 요새 그의 '햄튼 나잇'은 단순한 유명세를 넘어 사교계의 열렬한 관심을 받는 중이었다. 고고한 동부 명사들이 초대장을 손에 넣고 싶어 눈에 쌍심지를 켜는 광경이 꽤 볼 만했다. 홀츠먼으로선 얼떨떨한 일이었으나 원인을 알고 나자 이내 그럭저럭 수긍할 수 있었다.

이안 노팅엄. 좌중의 시선과 관심을 한 몸에 받으면서도 전혀 내색하지 않는 남자. 언제나 생각하는 거지만 사람들의 영국인들에 대한 동경은 참 잘못되었어. 홀츠먼은 한껏 비꼴 대로 비꼬았지만, 남자가 흥미로워 보인다는 사실 자체는 인정할 수밖에 없었다.

그를 둘러싼 무용담이 한두 개가 아니었다. 남자의 그럴싸한 풍채, 거기에 10대 백작이라는 작위의 광휘까지 덧씌워지니 사람들은 침을 줄줄 흘려댔다. 하긴 10대째 평민인 이 나라 사람들이 보기에는 대단해 보일 법도. 그게 당최 무슨 차이인지는 알 수 없지만 말이다. 적어도 런던 사교계에서 다른 영국 귀족 나리들을 많이 접한 홀츠먼으로서는 냉소적일 수밖에 없었다.

이안 노팅엄은 이안 노팅엄밖에 없다. 그는 자신이 봐온 사람들 가운데 가장 빈틈없고 공격적이며 냉정한 사업가였다. 폭력적일 정도로 현실적인 세계관을 용케 귀족적인 태도와 예법으로 치장할 줄 아는 유일한 사람.

다른 귀족들은 하나 같이 기대 이하였다. 아니, 심지어 노팅엄 가문 사람들조차 존경할 위인들이 못되었다. 굼뜨지, 허례허식 차리지. 그러면서도 돈 달라며 이안을 은근히 보챘다. 에릭 노팅엄은 한마디로 짜증 나는 애새끼였고, 이사벨은, 뭐. 이사벨은 그 말도 안 되는 이상주의만 아니면 똑똑한 여자였다. 결과적으로 노팅엄 가문이란 자들은 거의 다 꼴같잖았다. 자신만 얽혀있는 게 아니라면 다 같이 망해버려도 상관없는 치들이었다.

아. 젠장. 릴리안 해블러가 눈에 띄었다. 분명 초대장을 보내지 않았을 텐데. 집안의 위세가 대단하긴 한 모양이었다. 분명 홀츠먼의 사용인 중 하나가 마지못해 들였을 거다.

릴리안 해블러는 보송보송했다. 솜털은 애초에 다 빠진 성숙한 여성이었으나 무척이나 생기발랄해 보여 나이를 가늠하기 어려웠다. 플래퍼 패션의 선도주자답게 한껏 치장한 모습이었다. 고양이처럼 눈꼬리를 빼고, 입은 분홍빛으로 칠했다. 한껏 주위를 둘러보던 그녀는 어렵지 않게 목표물을 찾아낼 수 있었다. 이안 노팅엄은 난롯가에 앉아 담배를 피우고 있었다. 다행이라고 해야 할지, 지금 그의 앞에 앉은 건 작고 마른 노부인이었다(물론 그녀는 미국 남부에서 가장 큰 목장을 가진 사람이지만).

이안은 얇고 긴 궐련형 담배를 자주 피웠다. 시가나 파이프는 그다지 선호하지 않았다. 지금 그는 대화에 집중한 채로 궐련을 검지와 중지 사이에 끼워놓고 있었다. 미국의 옥수수 가격과 그것이 가축의 품질에 미치는 영향에 관한 이야기라니. 오랜만에 진심으로 흥미진진한 이야기를 듣는 것 같았다. 그렇게 한껏 경청하느라 그는 누군가가 제 담배를 뺏어가는 것도 몰랐다.

"노팅엄 경, 정말 흥미로운 대화를 하고 계시네요."

"음."

모처럼 재밌는 이야기를 웬 불청객에게 방해받다니. 적잖이 언짢아진 이안이 그답지 않게 대놓고 한숨을 쉬었다. 그러나 그녀는 아무렇지 않게 이안의 옆에 의자를 끌고 와 한 자리를 차지했다.

"헤이스팅스 부인, 부디 제 무례를 용서해주세요. 저도 부인의 이야기를 듣고 싶답니다."

흠. 헤이스팅스 같은 여걸에게 저런 무례를 범하다니. 홀츠먼은 릴리안이 이안에게 치대는 광경을 눈치껏 관전 중이었다. 헤이스팅스 부인의 미간이 사정없이 구겨졌다. 거기에다 이안의 한숨까지. 웬만한 사람이었다면 거기서 이미 게임이 끝났을 거다. 그러나 릴리안은 굴하지 않았다. 그만큼 그녀는 절박한 것일 터였다. 이게 다 자네가 결혼을 하지 않아서야. 그랬으면 좀 좋아. 이런 거추장스러운 일이라곤 일어나지 않았을 테니까.

여자에게 사적인 관심 같은 건 안 두는 이안의 모습을 처음엔 오해도 했었었다. 혹시 전쟁터에서 성 기능이라도 불구가 되어 온 게 아닐까. 저 녀석에게도 약점이 있는 건 아닐까, 그런 지극히 합리적인 의심을 했었단 말이다. 물론 그런 의심은 몇 개월 전 이탈리아 근교의 노천 욕장에서 깡그리 말소되고 말았다. 이안은, 음, 그러니까 지극히 멀쩡했다. 멀쩡하고도 남았다. 그렇다면 역시 매들린 로엔필드가 문제란 말인가. 참 순애보기도 하시지. 사실은 순애보라기보다는 질환에 가까울지도 모른다. 매들린 로엔필드라는 여자의 어떤 점이 도대체 그런 강박을 불러일으키는지 알 수 없었다. 웬 이탈리아인까지 집적대는 걸 보면 말이지.

홀츠먼은 사전 조사를 철저히 하고 사업에 뛰어드는 타입이었다. 얄팍한 성정과는 달리 작전을 실행에 옮기는 데에 있어서는 끈기와 철저함도 중요하다 여겼다. 그런 그인 만큼 매늘린의 회신을 오래 기다린 것이었다. 그러는 동안 철저히 뒷조사도 해두고 말이다.

엔조 라오네. 마피아 놈들이랑 같이 일하는 라오네 형제 중 셋째. 동북부 소고기 도매중개업으로 꽤 짭짤한 돈을 벌었다지만 이곳에 있는 사람들에 비하면 새 발의 피였다. 그래도 기백 하나는 대단했다. 아. 그때 샴페인의 기포가 터지듯, 한 발상이 그의 뇌리를 스치고 지나갔다. 이거 잘만 하면……. 그 풋내기를 이 판에 끌어들이는 거다.

홀츠먼은 그런 부류를 알았다. 자존심이 없는듯하면서 강하고, 호승심은 그보다 더 큰 부류. 끈기 있고 머리 좋지만 태생적인 약점 때문에 더더욱 테이블 위의 판돈에 목숨 거는 부류 말이다. 그는 점잖게 쾌재를 불렀다.

엔조 라오네는 자신의 행운을 믿을 수 없었다. 잿빛 같은 유년기를 지나자 총천연색 세상이 제 발밑에 융단처럼 깔리는 기분이었다. 구닥다리 사제 권총을 휘두르며 저를 쏴 죽이겠다고 협박하던 아버지, 그런 아버지는 여느 때처럼 술을 퍼마시다가 시비에 휘말려 죽어버렸다. 가족들은 도망치듯 토스카나 마을을 떠나야 했다. 대양을 건너 뉴욕 브루클린의 비좁은 집에서 새로운 삶이 시작되었다.

그렇게 쪼들리는 세월을 보냈다. 엔조는 낮에는 신문을 팔고 저녁에는 불량배들의 담배 심부름을 하며 악착같이 돈을 모았다. 그렇게 형제들이 합심해서 모은 코 묻은 돈으로 정육점을 시작했다. 그 후로부터였을까, 일이 술술 잘 풀리기 시작했다. 물론 그간 형제들이 쌓아온 신뢰 관계와 성실하다는 평판이 먹혀들어 가기 시작한 것도 있었다. 납품 기한은 목에 칼이 들어와도 지키고, 하자 있는 물건은 취급도 안 한다는 소문은 빠르게 돌았다. 하지만 그보다 더 근본적인 변화가 있었다. 아닌 척하지만, 독기가 바짝 올라와 있던 자신이 세상을 바라보는 틀 자체가 바뀌었다는 말이다. 같은 이민자 출신임에도 맹한 건지, 바보인지, 착한 건지 알 수 없는 여자를 봤기 때문이었다.

맥도먼드네를 뭐를 믿고 저렇게 신뢰하며 은혜를 갚으려고 하는 건지.

물론 맥도먼드 씨는 좋은 사람이었다. 그러나 그렇다고 잠을 아껴가며 무료 노동을 할 필요는 없었다. 약간의 가욋돈을 얹어주긴 하지만, 엔조는 이해할 수 없는 행동이었다. 게다가 무슨 일이 생기면 제게 도움을 줬던 사람들에게 편지를 써준다거나, 선물을 해준다거나, 웃을 때면 환하게 웃는다든가. 일을 열심히 하면서도 다른 공부까지 한다든가. 처음에는 그 여자의 순진한 모습에 반했으나 갈수록 진취적인 면모가 있단 걸 알게 되었다.

엔조 라오네는 소고기의 품질을 재빨리 판별하는 재주가 있었다. 사람은 소고기가 아니지만, 사람에게도 윤기가 나는 부류가 있다는 건 알았다. 매들린은 그런 사람이었고, 함께하면 같이 성장해나갈 수 있단 확신이 들었다. 과거에 다소 신경 쓰는 점만 제외한다면 모든 점에서 좋았다.

결혼해서 애도 있는 형들이 안다면 미친 듯이 웃어 재낄 생각이었다. 새파랗게 어린놈이 벌써 미래를 운운한다고 말이다. 뭐. 사랑도 있고. 말주변이 없는 저로서는 발설하기 어려운 마음 같은 거 말이다. 그런 건 남에게 발설하기엔 너무 낯간지러운 이야기였다.

각설하고 남자의 행운에 대해서 더 말해보자. 엔조 라오네의 행운은 매들린을 껴안으면서 한 차원 도약했다. 그녀는 거절하지 않았다! 사랑할 수 없다? 사귀어 줄 수 없다는 말은 아니잖은가. 그녀는 결국 어느 정도 시간을 가져보자는 말에는 얼굴을 붉힌 채 고개를 끄덕일 뿐이었다. 장장 1년을 넘게 공들인 계획이 드디어 결실을 보기 시작했다. 슈바이처 박사도 아닐진대, 순진하게 호의만 베풀 생각은 없었다. 하지만 행운은 거기서 끝나지 않았다. 그는 투박한 손가락 끝으로 날렵한 편지봉투를 쓸었다. 우아한 필기체로 쓰인 편지의 시작은 이러했다.

친애하는 라오네 씨. 햄튼의 밤에 당신을 초대합니다!

"파티?"
"네. 파티예요."
"흠……."

라오네는 양손으로 무거운 교본을 아무렇지 않게 옮기며 말했다. 어조에서 뿌듯함이 가시질 않은 걸 보니 무언가 대단한 파티인가 싶었다. 문득 전쟁 직전의 런던 사교계가 떠올랐다. 그 모든 격식을 생각하면 허무함이 밀려왔다. 인사를 해야 하는 순서, 빠짐없이 외워야 했던 작위와 영지의 이름들…….

뉴욕의 사교계는 무엇이 다를지 몰랐다. 이곳도 전쟁을 겪으며 많은 것이 바뀌었을 것이다. 하지만 그만큼 변하지 않는 부분들도 있겠지. 사람의 허영심이란 건 원체 안 바뀐다. 이러나저러나 눈앞에서 자랑스러움으로 두 눈에 이채가 도는 엔조를 보니, 기분이 과히 나쁘지만은 않았다. 그동안 노력해온 만큼 축하받을 자격이 있었다.

파티의 주최자는 억만장자라고 했다. 오로지 지역의 유명인사를 까다롭게 선별해 저택에 초대한다고 하는데, 그 리스트에 엔조가 특별히 올라간 거였다.

"축하해. 유명해진 것 같은데?"
"그래요. 드디어 사업가로서 성공한 거라고 볼 수 있다고요. 이제 좀만 있으면 저도 햄튼의 모래사장 옆에 별장 하나를 마련

할 수 있…….."

"됐어. 넌 너무 미래만 생각한다. 지금은 온전히 축하할 차례야."

매들린이 엔조의 손아귀에서 무거운 책을 빼앗아갔다.

"재밌게 놀다 오라구."

"매들린이랑 같이 갈 건데요?"

"응?"

엔조가 짐짓 화내는 듯한 얼굴을 했다. 말해 무엇하냐는 식이었다.

서로 얼굴을 모르는 사람들인데도 금방 말을 붙여온다. 유쾌하고 발랄한 겉의 이면에 서로 무슨 생각을 하고 있는지 알려고 하지 않는다. 초대받은 것만으로도 그들은 충분히 즐거움을 누릴 자격이 있었다.

턱시도를 빼입은 젊은 남자들이 대문을 열어줬고, 체크무늬 대리석 바닥 너머로 화려한 옷을 입은 남녀들이 춤을 추고 있는 게 보였다. 단발머리의 여성들은 한 손에는 칵테일 잔을 들고 다른 한 손에는 남자의 손을 붙들고 있었다. 남자들도 마찬가지였다. 홀 중앙에는 재즈 악단이 시끄럽게 스윙을 연주하고 있었다.

엔조의 눈이 소년처럼 반짝였다. 진주의 저택이라고 불리는 곳답게 보는 곳이 우윳빛이며 옥빛이었다. 우아한 곡선으로 이루어진 금색 기둥과 문설주는 마치 투탕카멘의 무덤 속 보석들 같았다. 샹들리에는 황금 소나기처럼 보였다. 그 아래에서 사람들이 짝을 이루어 미친 듯이 춤을 추고 있었다.

으르렁거리는 20년대. 발광하는 20년대. 먼 훗날 사람들이 그리 부르는 줄, 이곳의 사람들은 까맣게 모르고 있었다. 그리고 그렇다 한들 크게 관심도 가지지 않을 터였다. 과거 없이 오로지 현재를 살아가고, 만끽하고, 탕진하는 데에 골몰하는 젊은 부자들의 모습은 매들린의 시야에 영원토록 각인될 것이었다.

엔조와 매들린이 들어서자마자 낯선 사람들이 그들에게 술잔 하나씩을 건넸다. 프랑스 최고급 발포주인데 항구에서 몰래 들여오느라 주인장이 고생깨나 했다는 말이 덧붙여졌다. 한 모금의 술은 몸을 덥혔고 정신을 몽롱하게 만들었다. 샹들리에에서 내리쬐는 불빛이 마치 금빛 모래바람 같았다. 여인들의 반짝이는 은색 드레스는 마치 바다의 파문 같아 이것이 현실인지 실감하기 어려웠다. 노팅엄 저택에서의 장엄한 화려함과는 달리 사람을 마약처럼 도취시키는 미국식 부의 황홀경이었다.

춤에는 자신이 없는 매들린조차 어깨가 들썩거리는 곡조였다. 들뜬 마음을 애써 추스르고 구석 자리에 앉았다. 비단 식탁보가 있는 둥그런 테이블에는 세 사람이 이미 자리해 있었다. 일행으로 보이는 그들은 전부 젊은 남녀였는데, 매들린과 엔조를 자못 떨떠름하게 맞이했다.

"처음 보는 분들이네요." 여자가 먼저 말을 걸어왔다.

"엔조 라오네라고 합니다."

"제 이름은 매들린이에요."

엔조가 품에서 명함을 꺼냈다. 명함에 적힌 글귀를 흘깃 곁눈질한 남자 둘이 어깨를 으쓱했다.

"아, 됐습니다. 어차피 우리는 다 그 '초대장'을 받았잖아요. 서로 자기소개는 생략해도 될 것 같은데……."

그의 옆에 앉은 여자는 까르르 종달새처럼 웃었다.

"초대장이라고 해봤자, 위층에는 못 올라가지만 말야."

다른 남자가 파이프 담배를 피우면서 중얼거렸다.

"왜죠? 위층에 거대 다이아몬드라도 있나요?"

언제 긴장했냐는 듯, 엔조가 다소 공격적으로 되물었다. 파이프 담배를 피우는 남자가 뭐 이런 걸 다 모르냐는 듯이 어이없다는 표정을 지었다.

"진주 저택의 주인은 아주 소수의 사람들만 위층의 응접실로 들여요. 다들 올라가고 싶어 안달이지만 어쩌겠습니까."

"주인 양반이 어떤 사람이길래."

"거, 좋은 질문이군요. 이곳의 주인이 영국 귀족이라는 이야기도 있고, 정유회사 가문의 날라리 장남이란 소리도 있소. 아무도 그 실체를 정확히 알진 못하지만 말이야. 이런 대단한 파티를 계속해서 여는 걸 보면 뭔가 있겠지요."

"위층으로 가려면 또 다른 티켓을 얻어야 합니까?"

그 질문에 세 남녀가 서로 눈빛 교환을 했다. 파이프를 문 남자가 빙긋 웃었다. 그가 매들린과 엔조의 차림새를 위아래로 훑어보았다.

"글쎄. 일단 당신이 무얼 하느냐에 달렸지요. 아무래도 고기 장사로는 힘들지 않겠어요?"

"……."

노골적인 조롱에 엔조의 얼굴이 붉으락푸르락해졌다. 매들린 역시 그들의 경우 없는 무례에 깜짝 놀라 할 말을 잃었다. 처음 보는 사이에 저리 공격적으로 굴 이유가 있나? 그녀가 테이블 밑으로 엔조의 주먹 쥔 손을 일단 참으라는 뜻을 담아 부드럽게 그러쥐었다. 그리고 그때였다. 그림자 하나가 그들의 테이블에 드리워졌다.

"음?"

매들린이 뒤를 돌아보자, 그곳에는 뒷짐을 진 노신사 하나가 서 있었다. 저택의 관리인이었다. 그가 누군지 모르는 엔조와 매들린은 반사적으로 얼굴을 찌푸렸다. 관리인이 무표정한 얼굴로 물었다.

"매들린 로엔필드 양 되십니까?"

"네. 맞습니다. 그런데 무슨 용무시죠?"

"주인님이 뵙고 싶어 하십니다."

그 순간 테이블 위가 경악으로 물들었다. 그뿐만 아니라 춤을 추고 있는 사람들, 술을 마시고 있는 사람들이 전부 매들린을 향해 시선을 던졌다. 밴드가 연주하는 스윙이 그나마 연회장의 분위기를 유지하고 있었다.

"하지만 저는 동행이 있는데요. 주인 되는 분이 누구신지도 모르고요."

매들린이 얼떨떨하게 응수하자 남자가 난감한 듯 고개를 저었다.

"죄송하지만, 주인님께서는 로엔필드 양을 뵙고 싶어 하시는 군요."

"다시 말하지만, 저는 그분을 잘 모르는데."

그때였다. 하나의 또 다른 그림자가 드리워졌다.

"아니. 서운하게 그러네. 우리는 같은 배를 탄 사이잖아요?"

이제는 밴드도 연주를 멈췄다. 사람들은 춤을 추지 않고 멀뚱히 서서 매들린 앞에 선 남자를 바라봤다. 시간이 갑자기 멈추고, 모두를 드리운 환각이 갑자기 거두어진 듯했다. 고개를 들자, 시선의 끝에는 홀츠먼이 서 있었다. 여느 때처럼 멀끔한 미소를 걸친 채로.

"홀츠먼 씨."

급격한 통증이 송곳처럼 그녀의 두개골을 쪼개는 것 같았다. 옅은 분홍색의 쓰리피스 슈트를 입은 남자는 동화 속의 왕자님 같은 모양새였으나 매들린에게는 악마처럼 보였다.

"당신 누구야?" 엔조가 노기등등한 눈빛으로 홀츠먼을 쏘아보았다.

"라오네 씨. 당신에게 초대장을 보낸 게 바로 나인데, 참 서운하군요."

홀츠먼이 방긋방긋 웃으며 엔조를 내려다봤다. 그가 매들린에게 손을 내밀었다.

"로엔필드 양, 그렇게 간곡하게 부탁을 했는데도 내게 연락 한 번 주지 않다니 너무한 것 아닙니까. 결국, 이런 치사한 수를 써서라도 부를 수밖에 없었어요. 라오네 씨가 이렇게 좋아하시니 뜻하지 않은 보람도 있네요."

어금니가 절로 앙다물렸다. 엔조의 황망한 표정에 매들린의 가슴도 철렁였다.

"그렇다고 이렇게……." 그녀가 자리를 박차고 일어섰다. "엔조. 잠시만 기다려요. 곧 내려올게요."

표정이 가라앉는 엔조를 보자마자 피가 거꾸로 치솟는 것 같았다. 홀츠먼은 엔조에게 초대장을 보내는 척하면서 매들린이 이곳에 오기를 바란 것이다. 그러니까, 초대장은 일종의 미끼였다. 그것도 모르고 잔뜩 들떠서 자신이 드디어 성공했다고, 인정

받았다고 기뻐하던 엔조를 생각하니 속이 상했다. 매들린이 그 분노를 간신히 억누른 채로 홀츠먼을 노려봤다.

"위로 올라가죠. 그래야 당신에게 실컷 화낼 수 있을 테니까."

"아아. 무섭네요."

말만 그렇지 전혀 무섭지 않다는 표정의 홀츠먼을 보자 더 기분이 나빠졌다.

"당신이 내 뺨을 치기 전에 먼저 안내를……."

그러거나 말거나. 매들린은 성큼성큼 앞장서나갔다. 브라스 밴드의 연주자들까지 그녀의 뒤꽁무니를 쳐다봤다. 사람들이 영화를 관람하듯 매들린의 옆얼굴을 훑었다. 그러나 그것도 잠시, 모두의 시선은 파트너 없이 혼자 남은 엔조에게 향했다.

홀로 남은 남자는 얼굴이 붉어졌다. 지독한 수치심과 열패감이 그의 척추 가장자리를 타고 솟구쳤다. 모두가 남겨진 자신을 안쓰럽게 쳐다보게 놔둘 수는 없었다. 분노와 혐오는 응당 참을 수 있어도, 동정심은 아니었다. 그는 곧장 자리를 박차고 일어났다. 상류 사회에 대한 고약한 증오의 감정이 그의 가슴에 싹트는 순간이었다.

뒤따라가던 홀츠먼이, 계단을 다 올라갈 때쯤엔 매들린의 앞에 있었다. 그는 경직된 분위기를 정리하려는 어떤 시도조차 하지 않았다.

"당신이 무슨 수작을 부리려는지는 상관없는데, 나는 거기서 빼줘요. 말했잖아요. 이안과는 이제 끝이라고요."

"이야기는 안에 들어가서 하죠."

그가 앞에 와있는 것을 어떻게 아는지, 거대한 나무문이 저절로 열렸다. 안에서는 축음기를 통해 잔잔한 재즈가 들려오고 있었고, 어두침침한 조명은 시가 연기로 자욱했다. 시끄러운 아래층과 달리 남녀가 도란도란 담소하는 소리로 가득한 공간이었다. 매들린이 안에 들어가지 못해 엉거주춤하자 홀츠먼이 먼저 들어섰다.

"아래층은 너무 시끄럽지 않았나요. 이곳이라면 당신의 작은 목소리도 충분히 들리겠죠. 자, 이제 욕하면서 내 뺨을 치세요."

홀츠먼이 한쪽 뺨을 자랑스럽게 보였다. 치라면 치라는 식이었다.

"장난 마세요." 뺨이 아니라, 주먹질이 될 것 같으니까.

두 사람은 방 안으로 들어갔다. 2층의 응접실은 1층보다는 작았지만 층고가 대단히 높았고, 그 때문에 목소리가 웅웅거렸다. 고풍스러운 공간이었다. 벽을 가득 채운 조각상과 회화는 흡사 어느 왕족의 수장고 못지않았다. 그러나 그곳에 있는 사람들의 면면이 훨씬 대단했다. 미국의 물정을 잘 모르는 매들린조차 눈에 익은 인사들이 곳곳에 포진해 있었다.

사람이야말로 홀츠먼의 진정한 컬렉션이었다. 대통령 후보로 거론되는 상원의원, 시장, 영화배우, 그리고 난롯가에 두 사람이 앉아 있었다. 단발의 금발 여성은 연예인은 아니어도 패션 잡지에 오르내리는 부호의 딸이었다. 릴리안 해블러. 유명인도 직업이라면, 그녀는 유명인이 직업이었다. 여자의 붉은 입술이 난로 불빛에 번들거렸다.

이내 시선이 닿은 다른 한편에는 키가 큰 남자가 앉아 있었다. 피우지 않는 담배를 중지와 검지 사이에 끼운 채 미동도 하지 않는 이였다. 측면만 보이는 데다가 움푹 들어간 눈두덩이 밑으로 그림자가 져 있었다. 그의 정돈된 검은색 머리칼은 살짝 헝클어져 있었다. 음영만으로도 돋보이는 외모라는 걸 누구나 알 수 있었다. 번듯한 이목구비와 강인한 턱, 그리고 분위기. 미동도 하지 않는데도, 우아하고 간결한 모습이었다.

매들린은 미동도 하지 않고 서서 그 남자를 쳐다봤다. 안경을 쓰지 않아 그가 누군지 알 수 없었고, 알 리도 없었다. 그런데 묘하게 익숙해서 그런가, 계속 빤히 쳐다보게 되는 무언가가 있었다.

남자가 움직였다. 담배를 그대로 재떨이에 던지고, 의자에 기대어 놓은 곤색 지팡이를 쥐었다. 그는 이제 완전히 매들린 쪽으로 고개를 돌리고 있었다. 매들린은 당황해서 고개를 저었고, 미간을 찌푸렸다. 남자의 형체가 서서히 일어서더니, 절뚝거리며 매들린에게로 다가왔다. 그 모습이 익숙해서, 매들린은 잠시, 시간 감각을 잃었다.

전생에서 이안 노팅엄은 영혼을 믿지 않았고, 영혼도 그를 굳이 찾지 않았다. 그는 텅 비어서, 욕망 없이 작동하는 기계장치 같은 이였다. 지난 삶에서 그에게는 단 두 가지 소명밖에 없었다. 회계장부 속 숫자를 늘리는 것과, 여자를 곁에 붙들어놓는 것. 그것은 그의 무덤이었다. 일과 사랑이 그의 업이요, 형벌이었다. 매들린 노팅엄은 그의 수감생활을 끝까지 지켜봐야 하는 증인이었다.

사람들은 그가 자식도 없이 죽어버리면, 남겨진 매들린만 좋은 꼴이 되는 거라고 입방아를 찧어댔다. 어쩌면 잘 된 거지. 부부가 서로를 지독히도 싫어한대잖아? 새로 시집을 가면 남자를 골라잡을 수 있을 거야. 긴긴 독수공방 생활에 대한 보상이 되는 거지. 호호.

만약 매들린의 삶에 거대한 흉터 하나를 남길 수 있다면, 이안은 죽음까지 고려했을 것이다. 그러나 그는 매들린에게 집착하는 만큼 그녀를 믿을 수 없었다. 자신이 죽고 나면 매들린은 막대한 유산을 안고 곧 그를 잊을 게 분명했다. 새로운 남자의 품에 안겨 행복해하는 모습을 상상하면 견디기 힘들었다. 그래서 끈질기게 살았다. 때로는 가장 졸렬하고 하찮은 이유가 사람을 살게 한다. 치졸한 발상이라는 건 이안 본인도 알았다. 그는 제 손길 닿지 않는 연인의 행복을 빌어줄 수 있을 만큼 좋은 사람이 아니었다.

매들린이 고개를 들어 올리자 바로 앞에 이안 노팅엄이 서 있었다. 매들린의 손에 땀이 찼다.

"오랜만이네요."

"……."

화상 가득한 흉터 밑 눈동자가 번뜩였다. 매들린이 고개를 사선으로 젖혔다. 그녀가 중언부언했다.

"홀츠먼 씨가 저를 초대했어요. 이곳에 당신이 있는지는 몰랐어요. 지금이라도 가야겠네요……."

그의 미간이 순식간에 구겨졌다. 그러나 원체 표정이 없는 남자라서인지, 매들린만이 그것을 눈치챘다. 남자는 한참을 말을 잇지 못하다가 간신히 한마디를 툭, 던졌다.

"옷이 멋지군."

"아. 네… 새로 샀어요."

오래간만에 만나서 내뱉은 첫인사치고는 다소 싱거웠다. 하지만 매들린이 그의 얼굴을 살폈을 때 놀랍게도 그곳에는 잔뜩 쑥스러워하는 얼굴이 있었다. 어찌할 줄 모르는 채로, 손가락을 달싹거리면서 부끄러워하는 남자가.

매들린이 자신이 입은 드레스 자락의 표면을 손가락으로 문질렀다. 새로 산 금색 드레스는 유행에 맞게 얇고 똑 떨어졌다. 몸의 실루엣이 보일 듯 말 듯하면서도 단아했다. 게다가 목덜미가 그대로 드러나는 것이, 이안은 매들린의 이러한 모습은 처음 봤을 터였다.

"당신의 머리카락 색과 어울려."

아아. 이번에는 매들린의 얼굴이 완전히 붉어졌다. 남자가 고개를 기울인 채로 답지 않은 낯간지러운 말들을 내뱉는 모양이 지나치게 자극적이었다. 그래선 안 되지. 그녀는 자신이 이곳에 온 목적도, 아래층에서 기다리고 있는 다른 남자도 잊을 뻔했다. 정신을 차리지 않으면 안 된다.

"잘… 지내시는 것 같아서 다행이에요. 저는 그럭저럭 잘살고 있어요."

남자가 뭐라 대답하기 전에, 매들린이 먼저 선수를 쳤다.

"사실 이곳엔 애인과 함께 왔어요. 다시 돌아가야 할 것 같아요."

그녀가 황급히 몸을 돌렸다. 꿈과 환상에서 벗어나야 했다. 그녀가 속한 현실이라는 지표면 위에 다시 두 발을 디뎌야 했다. 그리고 그녀가 그렇게 떠나려는 순간, 남자가 손목을 잡았다.

짜릿, 전기 충격이 가해지듯 정수리부터 발가락 끝까지 불붙은 심지처럼 뜨거웠다. *그 허우대 밑에서 어떻게 울었는지 궁금하군.* 그때의 그 손길과는 거리가 멀었다. 애처롭고 어딘가 주저하는 듯한 손의 힘이 점점 더 굳건해졌다. 고개를 돌리면 남자의 얼굴을 볼 수 있을 터였다. 날것의 얼굴. 절박한 얼굴. 봐서는 안 된다.

매들린이 서둘러 그 손을 뿌리쳤다. 그리고 빠른 걸음으로 계단을 내려가기 시작했다. 넘어지지 않게 사력을 다하면서. 계속에서 발이 헛돌았다. 윤기 나는 대리석 계단 위의 흰 다리가 휘청거렸다.

1층을 샅샅이 뒤졌지만 엔조는 어디에도 없었다. 맡겨둔 코트를 받은 다음 저택의 현관으로 나갔다. 주차된 번지르르한 차들을 제외하고는 그 누구도 보이지 않았다. 파티는 아직 한창이었고, 집으로 돌아가기에는 어중간한 시간이었다.

차가운 바람이 매들린의 뺨을 헝클였다. 택시를 불러달라 부탁해야 할 것 같았다. 사용인을 찾아 서성이는 사이, 인기척이 느껴졌다. 보지 않아도 누구인지 알 것 같았다. 매들린이 고개를 푹 수그렸다. 그 많은 계단을 이리 빠르게 내려올 수 있다니.

"정말… 몰랐어요."

"알고 있소. 홀츠먼 짓이겠지." 그건 진심으로 미안하오. 이안이 중얼거렸다.

돌아본 그의 얼굴은 붉었다. 그가 가쁜 숨을 몰아쉬었다.

"그래도 안심이야. 난, 당신이……."

"저도요. 지난번 끝이 모질어서 신경이 쓰였어요. 건강해 보여서 안심이에요." 그리고 침묵이 이어졌다. 그 팽팽한 적요를 깨뜨린 건 남자였다.

"동행이 안 보이는데……."

"먼저 간 것 같네요."

"……."

"들어가서 택시를 불러야겠어요."

그 말을 들은 남자가 고통스럽게 미간을 찌푸렸다. 가스등의 불빛이 그의 그림자를 길게 당겼다. 뒤돌아선 매들린에게 절박한 울부짖음 같은 한마디가 꽂혔다.

"당신은 끝까지 잔인하군."

"……."

그대로 발걸음이 멈추어 섰다. 몸이 뻣뻣하게 굳어버렸다.

"어째서, 어째서……."

단 한 번도 먼저 돌아봐 주지 않는 건가. 먼저 손 내밀어 주지 않는 건가. 포기하고 외면하는 건가. 따져 묻는 그의 낮은 목소리는 이미 산산이 조각나 있었다.

"이안……."

"나는 줄곧 당신이 금방 찾아올 수 있도록…, 여기서 기다리고 있었어. 그런데 당신은……."

"……."

이안이 눈을 감았다. 옅은 불빛 아래에 선 남자가 소리 없이 울고 있단 걸 알아차리는 데에는 찰나가 걸렸다. 그리고 그 차갑고 날카로운 통찰이 매들린의 둔한 마음을 갈기갈기 찢어놓았다. 재판정에서도, 감옥에서도, 지금 이곳에서도 남자는 계속해서 손 내밀고 있었다. 기다리고 있었다. 하지만 그녀는, 도망쳤다.

"잠깐만 이안…, 울지 마요."

매들린이 품 안에서 손수건을 꺼냈다. 남자의 큰 손 너머로 흘러내리는 뜨거운 눈물을 조심스럽게 닦아냈다. 손등은 화상 흉터와 핏줄로 울퉁불퉁했다.

"젠장……."

"아니, 울어도 괜찮아요. 이안. 미안해요. 내가 잘못했어요."

울고 있는 이안을 달래느라 매들린도 제정신이 아니었다. 그때, 정문 쪽에서 사람 소리가 들렸다. 매들린은 이안의 손을 가볍게 쥐고 인적이 드문 분수대 쪽으로 움직였다.

분수대의 그림자가 둘을 완전히 감쌌다. 숨죽인 어둠 속에서 둘의 숨소리만 가만가만 들릴 뿐이었다. 매들린이 이안이 있음 직한 곳으로 손을 뻗었다. 중지와 검지 끝에 물기와 살갗이 닿았다. 그녀는 조심스럽게, 병아리를 쥐듯 섬세하게 이안의 눈 밑을 따라 손을 움직였다. 남자의 거친 숨소리가 멈추고 파르르 떨리는 눈꺼풀이 느껴졌다.

"늘 궁금했어요."

"……."

"당신이 왜 날 이리… 여기는지 도무지 알 수 없었거든요. 난 좋아할 만한 구석이 별로 없잖아요."

"'이리 여긴다'라. 단도직입적으로 말해야지. 난 당신을 사랑하는 겁니다."

아. 매들린의 손길이 멈췄다. 낯뜨거울 정도로 생생하고 적나라한 단어 선택이었다. 남자가 매들린의 손목을 장갑 낀 손으로 쥐었다. 그가 고개를 숙여 매들린의 손등 위로 거친 입술을 부볐다. 몸을 굽힌 그에게서는 겨울의 깨끗하고 명징한 냄새가 났다.

"당신을 영원히 안고 싶소. 언제나 그랬어. 추잡한 욕망이라고 해도 상관없어."

그 말을 들은 매들린의 빗장뼈 안쪽, 폐가 터질 듯 부풀어 오르는 것 같았다. 그가 말하는 게 단순한 우정의 포옹이 아니란 걸 알 정도로는 성숙했다. 어둠 속에서 얼굴이 빨개진 걸 숨길 수 있어서 그나마 다행이었다. 그녀가 손을 뒤집은 다음 손가락 끝으로 이안의 마른 입술을 훑었다. 한가지 바로잡을 게 있었다.

"이안, 당신은 추잡하지 않아요."

당신은, 당신은……. 아. 말을 하고 싶은데 시야가 흐리다. 안경이 없어서인가. 저택에서 흘러나오는 아스라한 불빛 때문일지도 몰랐다.

"당신은 아름다워요."

그녀가 내뱉고 스스로도 놀란 한마디였다. 하지만 말하고 나니 만족스러웠다. 기뻤다. 그녀는 그제서야 자신이 느끼던 공포와 죄책감에 제대로 된 이름을 붙일 수 있었다. 남자의 헌신이 눈부셔 무서웠다. 남들의 시선과 상관없이 아름다운 그의 모습에 지레 겁을 먹고 말았다. 공포와 어리석음이 지금껏 시야를 가려왔다.

환희로 빛나는 매들린을 본 이안이 몸을 떨었다. 그래, 당신은 아름답다. 매들린이 환하게 웃었다. 그녀의 순한 눈초리에 눈물방울이 맺혔다. 상처를 입은 당신도 아름답다. 극복하지 않아도 아름답다.

나는 무서웠다. 무서워서 도망쳤던 거야. 당신의 눈부신 애정으로부터……. 하지만 이제 전부 늦어버렸다. 그녀는 남자의 볼을 쓰다듬었다. 어린 새의 깃털 같은 보드라운 손끝을 남자가 온전히 받아들이는 게 느껴졌다.

"미안해요."

"되돌릴 수 있어."

그래야만 하고. 남자의 목소리는 다급했다. 정처 없는 손길은 매들린의 손을 생명줄처럼 붙잡았다. 그의 몸이 진동하듯 떨리고 있었다.

"우린 너무 멀리 왔어요. 전부 나 때문이에요……." 계속해서 눈물이 흘러나왔다.

"괜찮소. 당신의 잘못을 내가 용서할 테니, 당신도 내 잘못을 용서해주면 돼."

그 말이 도화선이 되었다. 자글자글 불꽃이 심지를 타고 심장을 향해 타들어갔다. 당신이 나의 끝인 걸까. 결국은, 결국은.

매들린이 고개를 저었다. 그리고 그때였다. 남자가 매들린의 뺨을 바들거리는 손으로 매만지더니, 그대로 잡아당겼다. 그리고 그렇게 고개 숙인 남자의 입술과 여자의 입술이 부딪혔다.

처음에는 충동적이고 갈급하고 그래서 서툴기 짝이 없었다. 입술과 입술이 비비적거렸다. 혀에서 짠 눈물 맛, 담배의 쓴맛이 느껴졌다. 숨이 찬 매들린이 입을 열자 뜨거운 혀가 밀고 들어왔다. 지금까지 살면서 감히 상상조차 해보지 못했던, 너무나도 적나라하고 선정적인 입맞춤이었다. 이안이 제게로 쏟아져 침투해 들어오고 있는 기분이었다.

상식적으로는 이래서는 안 된다. 상식적으로는. 남자와 얽혀서 안 된다고 판단하는 바로 그 순간에 그와 입을 맞춰서는 안 되었다. 생존본능, 자신을 보존하려는 본능의 경고등이 켜졌다. 그러나 뿌리치기에는 남자의 품은 지독하리만치 단단했고, 그의 몸은 채신머리없이 제 몸을 원하고 있었다. 산소가 부족해 뇌가 멍했다. 남자의 입술은 건조했다. 혀는 뜨거웠으며, 제 몸을 얽어오는 손목은 단단했다. 그토록 단단하고 강철 같은 외피 속 혀는 너무나도 부드러워 그것을 맛보는 자신이 감히 죄를 저지른 것 같았다.

부드러운 혀가 강하게 매들린의 입안을 훑었다. 그가 한 손으로 그녀의 뺨을 감싸 쥐었다. 매들린이 어지러워졌을 때가 되어서야 남자가 입술을 뗐다. 촉촉한 소리가 가까이서 들리자 최면에서 풀리는 기분이었다.

매들린이 눈을 가늘게 뜨자, 그곳에는 저를 열렬히 바라보는 남자가 있었다. 아직 흥분이 채 가라앉지 않아, 다분히 들짐승 같은 눈빛이었다.

"……."

둘은 서로가 신사나 숙녀가 할 법하지 않은 행동을 벌였다는 사실을 깨달았다. 이성이 한 박자 늦게 되돌아오면서 부끄러워 고개를 들지 못할 지경이었다. 그러나 후회가 되지는 않았다.

아직도 입가에 담배의 쌉싸래한 맛이 남아 있었다. 매들린이 혀로 아랫입술을 축였다. 그것을 기민하게 바라보는 남자의 눈동자가 흔들렸다.

"내게 돌아와."

아까의 입맞춤을 생각해보면 놀라우리만치 정제된 어투였다. 그가 똑똑히 한 번 더 말했다.

"저택이 당신을 기다리고 있소."

"당신이 나를 기다리고 있는 거겠죠. 오. 이안. 불쌍한 사람."

매들린이 남자의 언 손을 감싸 안았다. 그리고 마찬가지로 잔뜩 얼어있는 제 뺨을 남자의 손등에 가져다 댔다.

"당신을 어떻게 하면 좋을까요. 아무리 생각해도 모르겠어요."

"같이 돌아가지. 그리고……."

"잠깐만."

매들린이 거기서 말을 끊었다. 남자가 무슨 두려운 말을 할지 알고 있었기 때문이다.

"지금 당장은 안 돼요."

"하지만……."

"내게 시간을 줘요."

뜨내기처럼 온 건 맞지만 이곳에서 살아온 시간, 공들여 구축해놓은 인연들이 버젓이 있었다. 그들을 두고 시치미를 뗀 채로 떠날 수는 없는 노릇이었다. 게다가…….

"사귀는 사람이 있어요, 공부도 하고 있고요. 끝내기 전까지는 무엇도 확답할 수 없어요."

"……."

사귀는 사람이 있다는 말이 싫은 건지, 공부를 하고 있다는 말이 싫은 건지 이안이 대놓고 언짢은 기색을 표했다. 그가 아랫입술을 지그시 짓씹었다.

남자가 간호사 일을 하는 자신을 탐탁지 않아 하는 것은 알고 있었다. 대놓고 어깃장을 놓는 일은 결코 없었으나 은연중에 불편해하는 기색, 침묵이 있었다. 부러 사용인처럼 고생을 사서 한다고 생각하는 모양이었다. 어쩔 수 없는 일일지도 몰랐다. 아무리 냉혹한 이라 할지라도 그 역시 구세기의 신사였다. 의식적인 수준에서는 아닐지라도 옛 시대의 예법은 그의 몸에 속속들이 배어 있었다. 하지만 그는 무언가에 쐰 듯, 꿈꾸듯 중얼거렸다.

"기다리지."

"네?"

"그리고 이런 곳에서 살고 싶으면, 노팅엄 저택을 처분할 수도 있으니까 생각해 보······."

"아니. 그건 너무 멀리 나가는 것 아닌가요?"

몽롱했던 정신이 단번에 돌아오는 것 같은 한마디였다. 남자는 진지해도 너무 진지했다! 이러다가는 가족계획까지 세울 것 같단 생각에 정신이 아찔했다. 현실적인 두려움과 공포가 숙취처럼 엄습했다.

"이안. 우리에게는 시간이 필요해요."

"동의하는 바이군. 그러니, 서류를 준비하지, 조만간······."

"몸과 몸이 만나 불붙듯 서로에게 빠진다 해도 그게 오래 갈 보장이 없다니까요!"

"몸과 몸이 만난 적 있었단 말인가··· 우리가, 언제."

남자가 의문을 표하듯 눈을 가늘게 떴다. 그가 웃었다. 그게 웃음이라고 확신할 순 없었지만 말이다.

"내가 무슨 말을 하는지 알잖아요."

아니. 사람이 척하면 척, 알아들으면서 모르는 척 능청을 부리다니. 얼굴이 이미 한계치까지 빨개서 그 이상 더 빨개질 수도 없었다. 그는 너무나 갈급했고, 그 갈증을 매들린도 모르는 것은 아니었다. 그러나 서두르다가 지난번처럼 모든 것이 어그러질까 두려웠다. 머리에 흥분이 가득해서, 제대로 된 판단을 내릴 수 없었다.

한참을 그렇게 서 있었을까, 시간도 둘 사이에서 얼어붙는 듯했다. 하지만 그것도 영원할 수 없었다. 파티가 파하고 돌아가는 사람들로 대문가가 북적이자, 둘은 자리를 떠야 했다. 이안이 마지못해 사람들을 곁눈질했다. 그가 몸을 기울인 뒤 매들린의 귓가에 속삭였다.

"당신은 내가 있는 곳을 알지."

그것은 일종의 선언이었다. 이제 당신은 내가 있는 곳을 알지. 나에게 돌아올 방법을 알고 있지. 그러니 반드시 돌아와야 해. 강요보다는 확언. 그 말을 남기고 남자는 사라졌다. 그림자처럼 유연하고 부드러운 몸짓으로, 절뚝이는 것과 별개로 말이다.

매들린은 얼빠진 채로 그 자리에 한참을 서 있었다. 남자가 떠나고 남겨진 자리에는 깊은 상처 같은 공허만 남았다. 아. 이제 집으로 가는 택시를 불러야지. 그제야 바깥의 추위를 실감한 그녀는 자신의 팔뚝을 두 손바닥으로 감싸 쥐었다. 그녀는 눈을 감았다. 다리에 힘이 들어가지 않았고, 눈꺼풀은 천근만근이었다.

13. 꿈결 같은 시작

더 얻게 된 시간 속에서 우리는 무슨 일을 하게 될까.
어떠한 형태의 사랑을, 증오를, 선의를 베풀까.

미안해요. 미안해요. 정말 미안해요. 무슨 말을 해도 소용없 겠지. 하… 답이 없다. 혼잣말을 되뇌고 되뇌어봐도 떨리는 건 어쩔 수 없었다. 엔조 라오네의 집으로 향하는 발걸음은 무거 웠다. 하기야, 제대로 시작하지도 못한 관계를 결딴내는 마음이 편할 리가 없다.

엔조가 자신을 놔두고 가버린 걸 탓하고 싶진 않았다. 그쪽에 서 느꼈을 상실감과 수치심이 얼마나 클지 상상하기 힘들었다. 그리고 자신은 상처 입은 그를 두고 이안과 뜨거운 입맞춤을 나 누지 않았던가. 죄책감이 무겁게 얹혔다. 그러나, 어쩔 수 없었 다. 이기적으로 행동하지 않을 도리가 없었다. 더 어리석은 일 을 하기 전에 스스로 결단을 내려야 했다.

마침내 그의 집 앞에 당도하자 도로변에서 담배를 피우고 있 는 사내가 보였다. 매들린이 발걸음을 멈췄다. 예상보다 앞서 남자를 만나게 되자 심장이 철렁 내려앉았다. 엔조는 어쩐지 웃 자란 느낌의 얼굴이었다. 그런 얼굴은 매들린에게 결코 보인 바 없었다. 그는 언제나 치기 어린 청년이었다. 기쁨과 슬픔, 욕구 를 금방 드러내고 쉽게 삐지고 원하는 그 나이대의 남자. 하지 만 지금 그는 마치 노회한 사업가 같은 얼굴을 하고 있었다.

아니. 생각해보면 엔조는 지금과 같은 조숙한 얼굴을 많이 할 터였다. 젊지만 어엿한 사업가가 아니던가. 그렇게 수완이 좋다던데, 매들린보다 훨씬 어른스러운 남자인 게 분명했다. 한참을 그렇게 바라봤을까, 인기척을 느꼈는지 담배를 태우던 엔조가 매들린을 향해 고개를 돌렸다. 그가 꽁초를 발로 비벼 끄고 입꼬리를 당겨 힘없이 웃었다. 그러나 미간을 찡그리는 것이 어쩐지 고통스러워 보이기도 했다.

매들린이 손에 든 페이스트리 봉투를 등 뒤로 숨겼다. 엔조가 추천해준 이탈리아 베이커리 가게에서 사 온 거였다. 매들린이 다른 한 손을 흔들어 인사했다.

"엔조!"

"안으로 들어갈까요."

"아니."

그 말을 들은 엔조의 표정이 사정없이 무너졌다. 미소마저 사라졌다. 그러나 단호할 때에 단호하지 않은 게 더 잔인한 처사일 터였다. 상대를 희망 고문하는 것이야말로 가장 사악한 짓거리였다. 매들린이 페이스트리를 담은 봉투를 내밀며 말했다.

"지난번엔 정말 미안했어. 파티에 참석하는 거, 많이 기대했잖아. 많이 놀랐지?"

"아니에요. 매들린도 몰랐던 건데. 내가 왜 마음이 상해요……. 초대받은 건 내가 아니라 당신이었단 걸 진작에 알아봤어야 했던 건데. 나 같은 게 들떠가지고는. 그나저나 집에는 잘 돌아갔어요? 미안해요, 그때는."

"응. 잘 들어갔으니까. 사과할 필요 없어."

"그래도 그렇게 놔두고 먼저 가선 안 됐는데. 미안해요. 젠장. 홀츠먼인지 뭔지 그 빌어먹을 놈이랑 붙어서 이길 자신이 없었어요. 비겁하게도. 그래서……."

꿈결 같은 시작

"괜찮아. 내게 해명할 필요는 없어."

그때였다. 엔조가 별안간 페이스트리 봉투를 매들린에게서 빼앗았다. 그가 그녀의 빈손을 제 손바닥으로 꽉 쥐었다.

"내가 그 자식보다 못하다는 건 알아요. 붙잡을 수 없단 것도 알고 있어. 하지만 너무 분해서 참을 수가 없어. 내가 돈이 좀 더 많았더라면……!"

"그런 문제가 아니야."

매들린도 놀랄 정도로 그녀의 어조는 냉정했다. 아마도 엔조는 무언가를 오해하고 있는 모양이었다. 하지만 이안과의 관계를 알았다 하더라도 별반 차이는 없을 터였다. 엔조는 여전히 분개했을 것이다. 상대적인 박탈감, 가질 수 없는 것에 대한 원한. 이해하지 못하는 것은 아니다. 하지만 그렇다고 해서, 감히 이안과 자신의 관계를 돈만으로 얽힌 것이라 오해하는 건 아니 될 일이었다. 청년의 오해가 깊어지기 전에 바로잡아야 했다.

"엔조. 너는 내가 가장 아끼고 고마워하는 동생이야."

"매들린."

"그이는 내가 무척이나 증오했고 사랑하는 이이고. 미안해. 이렇게 될 줄 알았더라면, 더 확실히 널 거절했을 거야."

"그런 거라면, 애초에 나한테 기회 같은 건 없었던 거잖아요?"

하하. 엔조가 헛웃음을 지었다. 그는 역시 눈치가 기민했다. 그것이 남자의 약점이자 강점이었다. 매들린의 굳세고 차분한 눈길을 보고 그는 제게 승산이 없음을 직감한 것이다.

"가요."

"미안해."

"미안하다는 말을 지금 몇 번이나 하는지 알아요?"

엔조가 웃었다. 그가 담뱃재를 발로 찼다. 볼에 보조개가 푹 팼다.

"더 비참해지기 전에 가라고요. 매들린."

하나의 끝은, 새로운 시작을 알리는 법이다. 또 새로운 인생의 시작은 한 삶의 끝을 의미하기도 한다. 매들린은 이안 노팅엄을 생각했다. 그리고 자신의 이기적인 마음에 놀라, 몸을 떨었다.

엔조 라오네의 노회하고 무표정한 얼굴을 생각했다. 그런 그에게 고작 빵 봉투를 내밀며 이별을 고하려던 제 유치함을 생각했다. 그녀는 고개를 들어 잿빛 뉴욕의 하늘을 바라보았다.

한 달 뒤

매들린은 공부를 복습하는 중이었다. 당뇨병에 대한 노트를 끄적이며 그녀는 깊은 상심에 빠졌다. 이 병을 치료해줄 비기는 없을까. 그 방법을 알고 있는 사람이라면, 그녀가 무엇을 도와줄 수 있을까. 어차피 지금의 그녀는 고매하신 백작부인도 뭣도 아니었지만 말이다. 그녀는 상상의 나래를 펼쳤다.

노팅엄 저택에 숨어들어왔던 남자, 제이크가 이야기하던 사람들에 대해서 생각했다. 자아라는 한계에서 벗어나, 타인을 위해 헌신한 이들은 언제나 매들린을 매혹했다. 알베르트 슈바이처, 헬렌 켈러. 그들처럼 유명하진 않더라도 감히 그런 삶을 따라가길 바랐다. 아무것도 모르면서.

간호사 학교 수업은 따라가기 어렵지 않았으나 처음 듣는 내용도 많았다. 저택에서 일했을 때는 당장 투입되는 게 급했던지라 처치 위주로 배워나갔다면, 학교에서는 생물학의 기본적인 원리들과 과학 교과를 차근차근 가르쳤던 것이다. 하지만 여전히 해결되지 않은 문제들이 있었다. 예컨대 지금 그녀를 괴롭히는 당뇨병 같은 문제라든가.

똑똑. 방문을 두드리는 노크 소리에 매들린이 자세를 곧추세웠다. 그녀가 책장을 덮고는 자리에서 일어났다. 지금 이 시간에 누가 그녀를 찾는 것일까. 그녀는 피곤한 눈을 비볐다. 맥도먼드 씨네 사환 숙소에서 나와 근처의 하숙집에 세 들어 사는 중이었다. 집주인인 윌시 부인은 점잖은 사람이었다.

"누구시죠?"

"론필드 양. 손님이 왔어요."

"네?"

매들린이 문을 열었다. 방문 앞에는 윌시 부인이 서 있었다. 그녀가 매들린을 곁눈질하며 연신 헛기침했다.

"아가씨를 꼭 뵙고 싶어 하는 손님이 왔더군요."

윌시 부인의 얼굴을 자세히 보니, 그녀가 겁에 질려있다는 게 분명했다. 미약한 공포를 확인하고 나서야 깨닫는다. 이안이야. 윌시 부인은 환희로 빛나는 매들린의 얼굴을 보고 의아해했다. 얌전하던 하숙인이, 저 무시무시한 남자랑 무슨 관계인지 심히 의심스럽다.

"제가 내려갈게요. 윌시 부인."

매들린은 계단을 총총 내려가고, 얼빠진 윌시 부인만 덩그러니 남겨졌다. 아주 늦지는 않았다. 남자가 무지막지한 결례를 무릅쓰고 나타나지는 않았단 이야기다. 그렇다 해도, 여자들만 사는 하숙집에 불쑥 등장하기는 쑥스럽지 않았을까 싶은데. 아니, 아무래도 좋다. 매들린은 순수하게 기뻤다. 그와 정식으로

(비공식적으로 재회한 지는 그보다 좀 더 됐으니까) 재회하고 나서 매일이 꿈결과 같았다. 하지만 꿈이라기엔, 이안 노팅엄은 너무나도 구체적이다. 그의 살은 뜨겁고 무게감이 있으며 남자의 흉터는 거칠다. 촉감이 반응한다. 그의 눈물은 짜다. 그에게는 겨울의 냄새가 난다. 전 생애의 그가 희미한 유령이었다면, 지금의 그는 오감을 반응하게 한다. 매들린은 마치 예민한 지진계처럼 그를 감지했다. 그 역시 마찬가지였을 것이다.

이안은 문가에 서 있었다. 초대받지 못한 뱀파이어 같았다. 말쑥하게 차려입은 그는 힐끔 보기에 완벽한 신사의 전형이었으나, 잘 모르는 사람이 가까이서 보면 공포심을 느낄 수 있었다. 살짝 구부정한 거대한 몸체에, 뭔가 어두운 얼굴 한쪽, 그리고 날카로운 눈빛까지. 한낱 대학생 하숙 거리의 한복판에 마냥 서 있기에는 범상찮은 인사로 보인 탓이었다.

가엾은 윌시 부인이 놀랄 만해. 연락도 없이 불쑥 찾아온 이안을 나무라야 하는 일일지도 몰랐다. 특히 세입자 아가씨들의 정숙함을 누누이 강조하는 윌시 부인의 성향을 생각해보면 말이다. 하지만 다섯 명의 하숙인 여성 중 그 누구도 윌시 부인의 충고를 귀담아듣는 이 없었다. 다 각자 열렬한 연애에 몸을 담고 있었고, 통금 시간을 제대로 지키지도 않았다(그나마 매들린만 지키는 축이었다). 하숙집의 모범생 매들린마저 위험한 연애에 빠져있다고 오해할 게 뻔했다. 그러나 고개를 돌려 자신을 바라보는 남자를 보는 순간, 매들린은 그런 걱정일랑 까맣게 잊고 말았다.

남자의 무뚝뚝한 입매가 살짝 뒤틀렸다. 그 역시 잘 모르는 이가 보기에는 무시무시했으나, 매들린에게는 진실한 호의가 엿

보였다. 그가 몸을 살짝 뒤척였다. 매들린이 그 앞으로 재빨리 다가갔다.

"여기까지 왜 왔어요."

어제도 봐놓고서는. 매들린이 샐쭉한 미소를 지었다. 그런 모습을 본 이안의 얼굴이 놀라우리만치 누그러졌다. 눈매까지 호선을 그리며 웃고 있었다.

"열심히 공부하는 것 같아서."
"네. 열심히 공부하고 있었는데, 누구 때문에 방해받았어요."
"미운 말은 말지."
"하지만 난 안 밉죠?"
"당연하지. 내가 감히 당신을 어찌 밉다 하겠어?"
"하하."

당신이 그런 말을 하는 걸 누가 들으면, 그 자리에서 기절할지도 몰라요. 정말 미운 소리는 속으로 삼켜두기로 한다. 지금은 매들린도 너무나 황송해서 웃음밖에 안 나오니까. 그나저나 저이가 여기 온 이유가 있을 텐데. 설마하니 그저 '당신의 얼굴이 보고 싶었다' 같은 터무니없는 소리를 하진 않겠지.

"당신의 얼굴이 보고 싶었어."
"설마."
"그리고 신경 쓰이는 게 하나 있었고."

그럼 그렇지. 남자가 아무 이유 없이 제게 왔을 리 없었다. 그가 품에서 작은 무언가를 꺼냈다. 흐릿한 형체로밖에 보이지 않아, 눈을 찌푸렸으나 그것이 뭔지는 알 수 없었다.

남자의 손바닥 위에서는 너무도 작아 보이던 물건이 매들린의 손바닥 위에서는 그저 작았다. 적당하니 익숙한 무게감. 둥근 소가죽으로 된 지갑 같은 물건.

"이게 뭐예요."

"열어보시오."

이안이 뒷짐을 지었다. 그가 또 짐짓 시치미를 뗐다. 그의 시선 뒤편으로 땅거미가 지고 있었다. 매들린은 조심스럽게 가죽으로 된 케이스를 열었고, 그 안에는 안경이 있었다. 그것도, 런던의 본드 거리에서 맞춘 것과 똑같은 모양의 안경이.

"이건……."

"좋지 않은 시력으로 공부를 하는 건 무리잖소. 그뿐이니까, 사양하지 말고."

남자의 그저 그뿐이라는 말을 곧이곧대로 믿기에는 예전에 맞춘 것과 똑같은 안경을 선물하는 건 꽤 큰 정성이었다. 게다가 그 안경은 수제 제작품이었다. 적어도 런던의 본드 거리에 있는 그 안경점을 다시 찾아가야 맞출 수 있는 물건이었다. 매들린은 슬몃슬몃 올라가는 입꼬리를 안간힘을 써 억눌렀다.

"안 써보나?"

남자가 보지 않는 척하면서 재촉한다. 매들린을 곁눈질하는 게 뭔가 조급한 모양이었다.

"빨리 안 쓰면 큰일 나겠네요."

말은 그렇게 하지만, 안경집에서 안경을 꺼내는 매들린의 손길은 조심스럽기 그지없었다. 그녀가 조심스럽게 그것을 썼다. 그러자 다시 시야가 맑아졌다.

"사실 당신에게 이게 필요할까 싶기도 했어."

"왜요?" 안경을 낀 매들린이 슬몃슬몃 웃었다.

"내 모습을 당신이 보는 게 좋기도 하지만."

"……."

"싫기도 하지."

침윤된 목소리였다. 그 말을 들은 매들린이 안경을 벗었다. 그녀가 한 손으로 남자의 뺨을 감싸 쥐었다. 그녀가 가까이 그에게로 다가갔다.

"어차피 이렇게 가까이서 보면, 다 보여요." 당신의 흉터, 눈가의 주름, 동공의 광채.

"하."

"그러니까 그런 '미운' 소리는 하지 마시죠. 기껏 선물해놓고 점수 깎이면 억울하잖아요?"

다시 계단을 올라가 방으로 돌아온 매들린은, 낡은 의자에 앉아 책상 위에 펴둔 두꺼운 책을 다시 마주했다. 이번에는 안경과 함께였다. 남자를 만나고 나니 심장이 빠르게 뛰는 것과 별개로 눈꺼풀이 무거웠다. 그도 그럴 게, 매들린은 일하랴, 공부하랴, 연애하랴 몸이 세 개여도 모자랐다.

연애라. 남자를 다시 만난 지 한 달이 되었다. 남자는 어퍼이스트사이드의 호텔에서 지냈다. 호텔이 편하지는 않을 텐데, 걱정이 되는 한편으로 자기가 뭐라고 그를 걱정하고 있나 싶었다. 지금쯤 월시 부인의 매들린에 대한 평판은 나락을 기고 있을 텐데. 물론 그녀를 당장 내쫓거나 하지는 않겠지만.

그래도 이렇게 와줘서, 좋았어. 진작에 이렇게 만났어야 했던 게 아닐까. 그냥 하찮은 연애란 걸 하면서. 매들린은 어느새 꾸벅꾸벅 고개를 끄덕이며 졸고 있었다. 안경을 책상 구석에 벗어두고 엎드려 쪽잠을 청했다. 그녀는 꿈을 꾸었다.

몸이 두 개여도, 세 개여도 모자란다. 이 말은 과장이 아니었다. 돈도 벌고, 공부도 하고, 연애도 하는 삶이 쉬울 리가 없었다. 횟수로 따지면 두 번째의 삶이었지만, 이렇게 분초 단위로 숨 가쁜 삶은 처음이었다.

호텔에서는 정신없이 밝은 미소를 유지하며 부산을 떨다가, 호텔을 벗어나면 곧바로 안경을 쓰고 열렬한 간호학도의 신분이 된다. 한참을 공부하다가 다 떨어진 양초처럼 지치면 털레털레 하숙집으로 돌아온다. 도착한 집에는 언제고 새로운 무언가가 놓여 있었다. 이번에는 성성한 오색 빛 튤립 송이들이었다. 그것들을 건네주는 월시 부인이 너무도 아름답다며 호들갑을 떨어댄다. 근래 탐탁지 않던 그녀의 눈초리는 언젠가부터 양순해져 있다. 이유가 무엇일까.

아. 깨달음이 매들린의 뇌리를 스쳤다. 그러면 그렇지. 기어코 이안이 먼저 수를 쓰고 만 것이다. 그렇게 제 '경제적인 사정'에 개입하지 말라고, 들켰다가는 끝이라고 엄포를 놨건만, 어떻게든 월시 부인의 품속에 돈다발을 쥐여준 게 분명했다. 돈다발이 아니라면 보석이든 땅문서든, 뭐든. 그렇게 해서 월시 부인의 환심을 산 모양이었다. 이 사람이 정말…….

어쩔 수 없이 항복을 뜻하는 한숨이 미집이져 나왔다. 이런 건 그냥 모르는 척해야 하는지, 아니면 끝까지 거절해야 하는지 알쏭달쏭했다. 어쩌면 남자는 문제의식조차 없을 가능성이 높았다. 애초에 자신이 뭘 잘못했는지, 왜 자신이 월시 부인과 친분을 쌓으면 안 되는지 납득하지 못할 터였다.

"매들린. 이 튤립들, 너무 예쁜데……. 어머 당장 애네들을 꽂을 화병이 필요하겠네."

매들린이 어색하게 멈칫거리고 있자 월시 부인이 먼저 나서서 허둥지둥 부엌으로 사라졌다. 매들린은 피곤한 몸을 벽에 기댔다. 몸이 천근만근이었다. 오늘은 토요일. 내일이 되어야 하루 쉴 수 있었다. 적어도 일주일에 이틀은 쉴 수 있어야 사람 사는 것 같을 텐데. 물론 아직은 별세계의 일이었다.

　어찌 됐든 내일은 천금같이 귀중한 휴일이었고, 그 휴일은 이안과 보낼 참이었다. 그에게 한 주 동안 있었던 이런저런 일들에 대해서 종일 떠들 생각에 기대가 잔뜩 부풀어 있었는데. 월시 부인의 태도 변화에 대한 작은 깨달음이 그녀를 또 작은 번뇌의 구렁텅이 속에 빠트렸다. 어쩌면 자신이 그냥 넘어갈 일을 또 부러 또 키우고 있는 걸지도. 무능한 아버지와 전생의 죽음에 대한 반작용이 자신을 이리 예민하게 만드는 걸지도 모른다. 하지만 그런 고민을 하기엔, 그녀는 지나치게 졸렸다. 지금 자신이 전생에 있는지, 꿈결에 있는지, 현실에 있는지도 가물가물할 지경으로 지치고 잠이 왔다.

　"론필드 양. 이거 봐요. 이 컷글라스 병이면 꽤 그럴싸한 화병이 되지 않겠어요? 어머. 어머!"

　월시 부인이 조심스러운 손길로 컷글라스 병을 식탁 위에 올려뒀다. 그 뒤 벽에 기대 쭈그려 앉아 잠든 매들린을 툭툭 건드렸다. 호흡도 하고, 심장 맥박도 뛰는 걸 확인한 부인이 십 년 감수했다는 듯 가슴을 쓸어내렸다. 매들린 로엔필드인지, 론필드인지 저 아가씨가 제집에서 비명횡사했다가는……. 물론 하숙인 여성 중 그 누구도 잘못되기를 바라는 건 아니었으나, 매들린은 경우가 좀 달랐다. 으. 그 무시무시한 남자가 제 문간에 모습을 드러낼 것을 상상하니 소름이 돋았다!

프랑켄슈타인, 아니 프랑켄슈타인의 괴물이라고 해야 하는 게 맞겠지만 그건 알 바 아니었다. 남자는 두 눈 뜨고 보기 힘들었다. 물론, 참전용사들을 응당 존중해야 함은 상식인의 도리였다. 월시 부인도 그쯤은 알았다. 아니. 애당초 그녀는 몸이 불편한 사람들에 대해서 '관대'한 사람이었다. 그녀는 열심히 침례교회에 다녔고(그래서 하숙인 여성들이 교회에 다니지 않는 것을 무척 걱정했다), 자선 부흥회도 참석했다. '몸이 불편한' 교우들에게도 상냥했다. 하지만 남자는, 그녀의 내면을 무척이나 불편하게 만드는 구석이 있었다.

왜일까? 말을 붙일 때는 세상 예의 바른 영국인인데, 입을 다물면 너무나도 무서웠고, 제 하숙인과 그렇고 그런 관계라는 게 신경이 쓰였다. 지체 높은 양반이 이곳에 사는 여자와 연애 같은 걸 한다면, 결말은 늘 하나뿐이었다. 하지만 그녀는 그 불길함을 굳이 내뱉지 않았다. 그러기에는, 이안 노팅엄이 들이민 수표는 지나치게 유혹적이었기 때문이다.

눈을 뜬 매들린은 자신이 소파에 누워있음을 알았다. 기절하듯 잠이 든 자신을 하숙인들이 어찌어찌 소파에 옮겼다는 이야기를 듣자니 너무 미안했다. 눈앞에서 생긋생긋 웃는 로즈가 보였다.

"그 멋진 유령 기사 양반이 등장하는 모습을 볼 수 있을까 했는데 아쉽네요!"

로즈는 하숙인 중 가장 어린 축에 속했다. 테네시 내쉬빌에서 상경해왔고, 전화 교환수로 일하고 있었다. 숱 많은 짧은 단발이 푸들처럼 나풀거리는 게 귀여워 보이는 인상이었다.

"그런 말 말아. 윌시 부인이 또 기겁하신다고."

베스가 로즈를 툭툭 치며 웃었다. 머리를 질끈 묶은 그녀는 운송업 회사의 경리였다. 주판알을 긴 손가락으로 빠르게 튕기는 재주가 있었고, 어쩐지, 이사벨을 생각나게 하는 구석이 있었다.

"둘 다 정말 미안. 내가 또 정신을 놓고 잠이 들어버렸네."

"매들린. 우리한테 미안할 게 아니라 스스로를 걱정해야죠."

베스가 진지한 얼굴로 그녀를 노려봤다. 주근깨 어린 얼굴이 잔뜩 진지하게 일그러졌다.

"내일은 푹 자기나 해요!"

로즈도 거들었다. 그녀의 처진 눈이 걱정으로 더 처졌다. 매들린은 어찌할 줄 몰라 입만 뻥긋댔다. 잔뜩 화난 두 얼굴 앞에서 차마 내일은 아침에 일어나서 주중의 복습을 할 거고, 점심에는 이안과 센트럴 파크에서 만날 거라는 계획을 누설할 순 없었다.

"보나 마나. 내일 그 남자와 연애를 할 생각이지요?"

베스가 퉁명스럽게 내뱉었다. 로즈가 눈을 굴렸다.

"일단 약속이라……."

"꽤 열렬하네요. 그래도 안 돼요. 매들린. 내일은 쉬어요. 이러다가 브루클린 어느 하숙집에서 초상 치르겠어요. 가엾은 윌시 부인의 얼굴이 얼마나 새파래졌는지 모를 거예요."

"하지만……."

"그 사람 전화번호 내놔요."

"안 된대도."

이 대 일로 일방적인 실랑이를 벌이고 있을 때였다. 그때 귓전을 때리는 버저 소리가 지척에서 들렸다. 로즈와 베스의 고개가 동시에 돌아갔다.

"아이고. 아이고. 이를 어쩌면 좋아!"

월시 부인이 허둥거리며 거실을 이리저리 배회했다. 그런 그녀가 매들린이 깨어난 것을 보고 안도하며 한숨을 푹푹 쉬어댔다. 다시 벨이 울렸다. 월시 부인이 화들짝 놀랐다.

"누구길래 그러세요, 월시 부인." 베스가 팔을 걷어붙였다.

"그 사람이야. 그 사람!"

월시 부인의 미약한 공포에 질린 표정이 심상치 않았다. 보다 못한 매들린이 상체를 일으켜 세우자, 월시 부인이 팔을 휘저어 말렸다.

"누워있어요! 절대 무리하지 말고!"

그러는 사이 버저 벨이 한 번 더 울렸다. 사신의 노크같이 어쩐지 무게감 있는 소리였다. 일어서려는 매들린과 말리는 월시 부인, 계속해서 울리는 벨. 교착 상태를 타개한 건 로즈였다. 답답했는지, 그녀가 쪼르르 현관문으로 다가간 것이다.

"누구세요?"

"실례합니다. 월시 부인을 뵙고 싶습니다."

"로즈!"

베스가 뒤에서 말렸지만, 로즈는 막무가내였다. 그녀가 베스에게만 들리게 속삭이듯 작게 말했다.

"베스도 조용히 해요. 드디어 우리가 그 소문의 '오페라의 유령'을 만날 수 있는 거라고요!"

그러나 베스가 무례하다며 로즈를 다그치기도 전에 문 건너편의 남자가 말을 이어나갔다.

"노팅엄이라면 윌시 부인도 아실 겁니다."

그리고 문이 열렸다. 매들린이 로즈와 베스 사이를 성큼성큼 비집고 들어와 문을 열어젖힌 것이었다. 연인을 하숙집 동기들에게 소개하는 건 정말 피하고 싶은 상황이었다. 그러나 남자를 길거리에 마냥 서 있게 할 수도 없는 노릇이었다. 매들린이 한숨을 푹 내쉬었다. 저이는 어쩌자고 여기까지 와서는.

문을 열자마자 보인 것은 당연하게도, 이안 노팅엄이었다. 아주 가까이에서 맞닥뜨린 그의 모습은, 당연하게도, 평범하게 걱정하는 사람의 얼굴이라서 안심되었다. 매들린이 힘없이 미소 지었다.

"여긴 왜 왔어요. 여자들만 사는 하숙집이라구요."

계속 이러면 다들 자기 남자친구를 데려올지도 몰라요. 이 작은 하숙집이 복잡해질 거라고요.

"나, 나는 그저. 당신이 쓰러졌다는 소식을 듣고."

남자친구라는 표현에 경악했는지 그가 보기 드물게 말을 더듬었다. 그 모습에 왠지 부끄럽고 미안해졌다. 그는 당황하고 있었다. 매들린이 쓰러졌다는 말을 듣고, 체면을 다 던져버리고 이곳에 달려온 거였다.

"그냥 졸려서 잠에 든 거라구요."

아무렇지 않은 척 매들린이 어깨를 으쓱했다. 그 대답을 듣자 잠시 멍하던 그의 눈에 다시 이지가 돌았다. 이안은 예의 그 날카롭고 모난, 성난 사내로 돌아왔다. 그가 매들린에게 잔뜩 잔소리할 태세를 발동했다.

"무리하지 말라고 했잖소."

아예 자신들을 상대도 하지 않는 이안을 본 베스와 로즈는 공연히 멋쩍은 기분이 들었다. 둘은 슬금슬금 매들린 뒤편으로 빠져나갔다. 이대로 계단 위를 올라가 못 본 척을 해줄 작정이었다.

"아. 숙녀분들의 존함은 모르지만, 실례를 범했습니다." 뒤로 줄행랑을 치는 둘을 향해 이안이 가볍게 목례했다.

"헉. 진짜 귀족이네요."

"마피아들도 저 정도 예의는 차려."

그렇게 로즈와 베스가 숙덕거리고 희희덕거리며 계단 위로 사라지자 얼굴이 붉어진 매들린이 월시 부인을 찾으러 몸을 돌렸다. 그런 그녀의 손목을 거센 힘이 잡아챘다.

"여기서 차 같은 거 마실 생각은 없소. 어차피 곧 갈 거야. 괜히 여기 뭉그적거리다가 당신을 놀림거리로 만들 생각은 없으니까."

"놀림거리라니요. 차 한 잔은 괜찮아요."

매들린이 헛웃음을 지었다. 그런 그녀에게 이안이 싸늘하게 응수했다.

"기절한 것만으로도 이미 충분히 놀림거리요."

"기절이 아니라니까요. 잠 든 거……."

"그만두시오."

"네?"

"일. 그리고 나와 함께 갑시다. 더 좋은 곳에서 편하게 공부할 수 있소. 학교를 원하는 거면, 내가 직접 만들어주리다."

'학교를 원하는 거면, 내가 직접 만들어주리다'라니……. 고작 월시 부인에게 몰래 건네진 돈 몇 푼을 가지고 고민을 하는 자신이 바보가 되는 기분이었다. 그러나 화가 나진 않았다. 분노하기에는, 당장 남자의 표정은 어쩐지 너무도 간절해 보이는걸. 하지만 그렇다고 지금 자신의 노력을 바보 취급하는 남자의 말을 쉬이 납득하긴 어려웠다.

"이안. 여기서 이런 이야기를 하기에는 맞지 않는 것 같아요."

왠지 좀 더 길고 차분한 대화가 필요할 것 같았다. 매들린은 곰곰이 생각했다. 예전 같았으면 무턱대고 화를 냈을 것 같다. 하지만 지금은, 글쎄. 이런 게 남자의 방식이란 걸 알았다.

남자의 방식. 마치 지금껏 제 손목을 잡고 있는 저 장갑 낀 손아귀 힘처럼 요령 없고 직진밖에 모르는 그였다. 물끄러미 바라보는 매들린의 시선을 그가 느끼자 손에 들어간 힘이 일순 사라졌다. 공격받은 뱀처럼 순식간에 똬리를 푼다.

"난 진짜 괜찮아요. 스르르 잠이 든 거니까, 괜히 이렇게 걱정할 거 없어요. 월시 부인께도 이런 사소한 일로 당신에게 연락하지 말라고 말씀드려야겠네요."

남자가 무슨 말을 더 하려고 입술을 달싹였다. 그러나 그는 문장을 채 내뱉지 못했다. 나는 괜찮지 않다, 같은 말이었을까.

"난……." 그가 숨죽였다.

"그러면 좋아요. 서로 괜찮은 거 확인했으니, 내일 센트럴 파크에서 만나요. 사람 속에서 서로 못 알아보는 일 없게 푸른 챙이 있는 모자를 쓰고 나갈게요."

그가 고개를 끄덕였다. 달리 어찌할 도리가 없다는 듯이. 그가 한 손에 쥔 모자를 도로 쓰며 인사를 중얼거렸다.

"내일 보는 걸로 알겠소."

서서히 물러나는 그림자에, 월시 부인은 남몰래 안도했다. 하숙집의 쌀쌀맞은 긴장감이 걷히고 어느덧 다시 평범한 온기를 되찾았다. 마치 서리 거인이 왔다 간 분위기였다. 그러나 매들린은 아까 전, 남자와의 가벼운 말다툼이 싫지 않았다. 오히려 무언가를 확인하게 되어, 무척이나 안도 되는 구석이 있었다. 어쩐지 마음이 편안해진 그녀는 하품을 하고 기지개를 켰다. 내일 아침에 일찍 일어나서 공부하려는 건 포기해야겠어. 늦잠을 자야지.

철문이 닫히고 이안은 잠시 낮은 계단 가에 우두커니 멈췄다. 세상의 모든 그림자를 뒤집어쓴 것처럼, 남자는 그렇게 어둠 속에서 정물처럼 서 있었다. 그는 중절모를 고쳐 썼다. 어쩐지 아까 채 내뱉지 못한 말이 그의 혀끝에서 맴돌다가 툭, 떨어졌다.

"난 그냥 당신이 걱정되었어. 그래서, 당신을 한 번 더 보고 싶었어."

음. 그거였군. 남자는 제 말에 스스로 납득한 나머지 고개를 끄덕였다. 그런 것이었다. 하지만 내일도 볼 수 있단 말에도 일리가 있었다. 그는 몸을 돌린 후 척척 걸어 나갔다. 운전사가 그의 차 문을 열어줬고, 거대한 그림자는 차체에 미끄러져 들어갔다.

완연한 봄이었다. 꽃이 피고 만물이 생동하는 봄. 미 동북부의 봄은 다른 곳보다 좀 늦게 찾아왔으나 그래도 봄은 봄이었다. 혹독하고 괴로웠던 뉴욕의 겨울이 완전히 가시자 사람들의 행장은 완연히 가벼워졌고, 길거리에서 아이스크림을 파는 행상도 눈에 띄었다.

매들린은 하늘하늘한 옷차림이었다. 세로 줄무늬가 그려져 있는 원피스에 챙이 있는 하늘색 모자를 썼다. 피크닉을 위한 물건들도 이것저것 챙겼다. 같이 나눠 먹을 과일, 쿠키랑……. 먹을 건 절대 가져오지 말라고 이안이 호언했으나, 의리상 간식을 안 가져갈 수는 없는 노릇이었다. 은근히 매들린은 이것저것 싸 들고 다니는 잡화상 기질이 있었다.

이안은 단 걸 안 좋아하니까 쌉싸래한 계피 맛이 나는 과자를 챙긴다. 그가 햇빛을 정면에서 맞지 않도록 거대한 차양이 달린 양산 두 개도 잊지 않는다. 혹여 추울 수도 있으니까 담요도 가져가고. 이 모든 준비물이 한 바구니에 담기니 제법 무거웠다. 그래도 육체노동이라면 익숙했다. 이것들을 다 들고, 지하철을 탈 순 없으니까 택시를 잡았다.

택시 운전사는 말수가 적었다. 차창에서는 신선한 봄날의 햇볕이 쏟아져 들어왔다. 일요일의 여유. 그래도 적어도 이안과 함께 누릴 수 있는 시간을 헛되이 보내고 싶지 않았다. 그렇게 생각하니 마음이 자못 편해졌다. 이안과 싸우지 말자. 그와 함께 삶의 기쁨을 누리자.

소정의 팁을 지불하고 나니, 센트럴 파크 초입이었다. 여러 사람이 모여 각자의 주말을 누리고 있었다. 런던 하이드파크의 분위기와는 거리가 멀었지만, 그래도 이 숨 막히는 마천루의 정글 속에서 잠시 벗어날 수 있다는 해방감이 있었다.

매들린은 숨을 들이켜고 무거운 바구니를 더 단단하게 움켜쥐었다. 묶은 다음에 어깨 한쪽으로 늘어뜨린 머리칼이 그녀가 걸을 때마다 살짝 움직였다. 가벼운 몸이 마치 날아가는 새 같았는데, 나이에 비해 조숙해 보이기도, 어려 보이기도 했다.

얼마 안 가 매들린은 이안을 볼 수 있었다. 여러 명의 수행원들이 그를 에워싸고 있는 모습을 예상했는데, 의외로 그는 혼자였다. 그것이 불안정하거나 어색해 보이지는 않았다. 그는 그저 눈을 감고 지팡이를 짚은 채로, 햇살을 누리고 있었다. 딱 그의 몫의 햇볕을. 그것을 본 매들린은 어쩐지 가슴이 뻐근해져, 빠르게 뛰었다. 맨스필드 장미 한 송이. 창백하고, 연약하며 덧없는 생명체를 떠올렸다. 이상한 일이었다. 지금의 그는 결코 약하다고 할 수 없는데도 그러했다.

남자가 서서히 눈을 떴다. 장미의 꽃잎이 떨어진다. 매들린이 잠시 헤맸던 것과 달리, 남자는 곧바로 그녀를 찾았다. 마치 눈을 감았을 때부터 이미 예감하기라도 했던 것처럼 그렇게 매들린을 찾았다. 그의 시선을 받기 시작하자, 매들린은 공연히 부끄러워지고 말았다. 하지만 그녀 역시 평화롭고 단단한 미소를 지었음은 물론이다. 돗자리를 깔아놓고 여유로운 피크닉을 즐겼다. 매들린은 약간 얼이 빠진 이안을 충실하게 놀려댔다.

"이 세상에 영국인만 피크닉을 즐길 거라 생각한 건 아니죠?"

"도심에 이런 곳이 있다는 게. 그냥 너무 갑작스럽긴 하군."

좋다는 건지, 싫다는 건지 의사표명은 없었다. 하지만 표정은 그리 나빠 보이지 않았다.

"이거 먹어봐요. 호텔 제과점에서 파는 계피 과자예요."

"……."

남자가 살짝 지체하는 사이, 매들린이 냉큼 과자 조각을 그의 입에 넣어줬다. 주변에서 사람들이 보고 욕할 수도 있단 건 알았다. 확실히 정숙한 신사 숙녀들이 훤한 바깥에서 할 짓은 아니었다!

그녀가 입은 원피스는 팔꿈치가 드러나 보였다. 부드럽고 흰 살결에 쿠키 가루가 떨어졌다. 남자가 신경 쓰였는지 손끝으로 가루들을 털어냈다. 매들린의 숱 많은 진갈색 속눈썹이 부르르 떨렸다.

"맛은 어때요?"

"달지 않군."

좋다는 뜻이다. 저택에서도 다과할 때면 늘 가향차가 아닌 달지 않은 커피를 마시는 이였으므로. 받기만 한 게 미안한 모양이었는지, 남자가 품 안에서 무언가를 꺼냈다. 아니. 그런데 그건 고작 쿠키 따위와 비견할 게 아니었다! 손목시계인 건 확실했다. 그러나 이안이 케이스를 열자마자 매들린은 하마터면 욕을 내뱉을 뻔했다.

"미쳤어……."

프랑스에 부띠끄를 가진, 뉴욕에는 단 한 군데의 백화점밖에 입점하지 않은 공방의 시계였다. 매들린이 일하는 호텔의 손님들이 찰 법한 시계. 사각형의 각진 모양에 복잡한 무늬의 가죽끈이었다.

"……."

쿠키를 줬는데, 시계를 받다니. 아니, 저 남자는 시계 선물하는 게 그렇게 좋은가? 별별 생각이 머릿속을 맴돌았다. 매들린이 멀뚱히 쳐다만 보고 있자, 남자가 헛기침했다.

"생긴 게 별로요?"

"나는 이미 시계가. 아……."

지금은 없지. 엔조가 사준 손목시계는 어느덧 차고 다니지 않게 됐다. 당연한 일이었다.

"잘 됐다고 생각했소. 당신 손목이 계속 거슬렸거든."

그가 아무렇지 않게 내뱉은 말들이 어쩐지 너무 남사스럽게 들렸다.

"그래도 이런 걸 그냥 받을 순 없어요. 겸손을 떠나서 상식적으로 너무 당연한 이야기잖아요?"

지금껏 남자가 제게서 뭔가를 배웠다면, 이런 무시무시한 선물을 할 수는 없는 일이었다.

"날 위한 거라고 생각해 주시오."

물론, 에두르거나 겸양을 뜻하는 표현은 아니었다. 정말 단순히 말해서, '순전히 내 즐거움을 위해 선물하는 건데 뭐가 문제냐'는 식이었다.

"아무래도 이렇게 좋은 걸 차고 다니면 불편하고 신경 쓰이고……."

"그러면 반지는 괜찮을까."

"……."

"모르겠어. 당신에게 무엇을 줄 수 있고, 무엇을 줄 수 없는지."

"……."

"답답하군."

그가 고개를 숙였다. 한참의 어색한 침묵이 있었다.

"생각할 시간을 줘요."

매들린이 작게 말했다. 그녀는 손에 억지로 주어진 시계를 차지 않은 채로 소중히 만지작거렸다.

"……?"

이안이 다시 고개를 들어 올렸다. 그의 찌푸린 미간에서 물음표가 떠올랐다. 매들린이 입꼬리를 한껏 당겼다.

"한숨 자고 생각한다구요."

꿈결 같은 시작 113

그리하여 두 사람은 커다란 나무 그늘 아래에서 망중한의 시간을 보낼 수 있었다. 매들린은 담요를 허리까지 덮고 쪽잠을 자고 있고, 이안은 그 모습을 줄곧 내려다보고 있었다. 매들린은 자고 있어서 알지 못하는 사실이었지만, 이안의 얼굴은 마치 무언가 무척 신기한 것을 보는 것 같이 무아지경이었다. 그는 자신의 행운을 믿을 수 없었다. 매들린이 아무런 걱정도 근심도 없이 그의 무릎 가에 몸을 웅크리고 누워있다니.

이안은 천천히 제 왼손에 둘린 흰 장갑을 벗었다. 화상으로 울퉁불퉁한 손등과 피부 겉면이 드러나 보였다. 약지와 새끼손가락은 뿌리가 녹아 붙어있었고, 형체를 알아보기 힘들었다. 손톱은 녹아 없어져 있었다. 매들린은 완전히 수마에 빠져들어 있었다.

내가 누군지 알고, 어떻게 믿고. 나를 어떻게 믿고서. 이안은 중얼거렸다. 그가 그 울퉁불퉁한 손끝을 매들린의 꿀 비스켓 같은 금발 머리칼 끝자락에 살짝 가져다 댔다. 금색 강처럼 굽이치는 머리칼은 마치 스틱스의 강같이 황홀했다. 그곳에 온몸을 담그면 영생을 얻게 될까. 멍청한 생각임을 알면서도 멈출 수 없었다.

파르르. 매들린의 부드러운 속눈썹이 가늘게 떨렸다. 그것을 본 이안이 화들짝 놀라 손길을 뗐다. 그러나 다행히도 매들린은 눈을 뜨지 않은 채, 웅얼거리는 잠투정만 할 따름이었다.

"응, 거기다 둬요……."

꿈속에서도 일하는 중일까. 그곳에서라도 편히 쉬고 있음 좋으련만. 측은한 마음과 불퉁한 심사가 동시에 일어났다. 일. 마음 같아선 당장이라도 그만두게 하고 싶다.

아. 천천히 남자의 입이 벌어진다. 그가 손끝으로 매들린의 윤곽을 그려냈다. 그녀의 둥근 눈매, 부드러운 입술, 그리고 콧날까지. 그리고 손길을 잠시 멈추고 그는 조용히 생각했다. 역시, 윌시 부인에게 웃돈을 얹어줘서라도 하숙집의 하수도랑 난방시스템을 손봐둬야겠노라고. 그리고 문 사이로 잠깐 보이던 그 계단. 역시 너무 낡고 위험해 보이지 않던가. 조심해야지. 넘어지면 안 되니까.

잠깐이나마 쪽잠을 자고, 졸린 눈가를 비비며 같이 쿠키를 병에 담은 차에 적셔 먹었다. 이안은 살짝 초조해 보였으나 전체적으로 만족한 듯했다. 이상한 사람. 데이트 상대가 만나는 내내 잠만 자면 화가 날 법한데도 그는 불평 한마디 없었다. 오히려 무척이나 즐거운 여흥이라도 보낸 것처럼, 잔잔한 흥분의 기운이 그의 교묘하게 뒤틀린 입가에 가라앉아 있었다.

"아."

매들린은 어쩐지 어색한 감촉을 감지하고는 제 왼 손목을 바라봤다. 천연덕스럽게 채워져 있는 손목시계를 보자 웃음이 터져 나왔다.

"자는 동안 생각해 보겠다고 했지, 이런 식으로 얼렁뚱땅 넘어가겠다고는 안 했어요."

"물어봤소만."

"제가 괜찮다고 대답했던가요."

"아마도."

"아마도가 무슨 뜻이죠?"

매들린이 한숨을 쉬었다. 그래. 저 사람이 이미 사버린 걸 어쩌겠나. 일터나 학교에서 차고 다닐 엄두는 못 내겠지만 말이다. 결국, 수용해버렸다. 그 광경을 다소 흐뭇하게 지켜보던 이안이, 좀 더 자신감을 드러냈다.

"당신에게 주고 싶은 게 더 많소."

"학교라든가?"

"뭐. 그거야 당신이 원한다면 언제든지 만들어줄 수 있지. 고려해보시오."

"이안. 말은 정말 고맙지만, 우리는 아직 교제한 지도 얼마 되지 않았어요."

"세상에는 만난 지 하루 만에 평생 부부의 연을 맺고 사는 사람들도 많지 않소."

"중매로 인한 정략결혼이라. 그것참 듣도 보도 못한 놀라운 일이네요."

매들린의 입매가 살짝 일그러지자 이안이 입을 다물었다. 역시 이 주제를 계속 밀고 가는 건 위험했다. 그는 학습효과가 빠른 편이었고, 매들린에 한해서라면 더욱 그러했다. 그에게도 이제 타인의 감정을 고려하는 능력이 생긴 것이다.

"당신의 고집을 도저히 이길 수가 없군."

"조금만 기다려달라구요. 나 혼자 힘으로 하나라도 끝내고 싶은 거예요."

그쯤은 이해해줄 수 있잖아요? 볼멘 목소리라기보다는 틱틱거리는 장난기로 중화시켜본다. 매들린의 은근한 눈빛을 마주한 이안이 가만가만 고개를 끄덕였다.

"당신이 그렇게까지 말한다면야. 하지만 내 제안은 여전히 테이블 위에 있소."

뉘엿뉘엿 해거름이 질 때까지 이야기를 나눴다. 남자는 제 비즈니스에 대해서는 별로 말하고 싶어 하지 않아 했다. 매들린이 몇 번 추궁하고 나서야 마지못해 변함없이 일이 잘 진행되고 있다 얼버무렸을 뿐이었다.

"내 일은 그리 재밌지 않지만."

"그래도 궁금한 건 어쩔 수 없거든요. 이안은 내 일이 궁금하지 않아요?"

"궁금하지."

그가 담담하게 웃었다. 궁금하단 단순한 말로 자신의 통제 욕구를 간단하게 정리해버리는 남자였다. 그에게 문학적 재능이 없다는 게 어찌 보면 다행이었다.

"이제 슬슬 일어나볼까요?"

내일부터 일해야 하니까! 매들린이 부러 기운찬 목소리로 말을 하자, 이안의 표정이 살짝 가라앉았다. 자신도 귀족이었어서 아는 바이지만, 그는 아직 주중과 주말이라는 개념이 낯선 모양이었다. 일주일에 며칠간은 무조건 일을 해야 한다니, 이게 무슨 말 같지도 않은 법칙인가 싶겠지. 하지만 어쩌겠는가. 모두 그렇게 일을 하며 먹고 사는걸. 그러는 자기는 쉬는 날 없이 일하면서. 속으로 몰래 한번 남자를 꾸짖어본다.

매들린이 자리에서 먼저 일어나 남자를 일으켜 세웠다. 사실 자신보다 몇 배는 덩치 큰 그를 부축한다는 말에는 어폐가 있었다. 하지만 남자는 기꺼이 매들린의 손길을 받아들였다.

"계속 그곳에서 지낼 거요?"

"왜요. 월시 부인이 어때서요?"

당신이 그녀에게 뇌물을 주고, 이리저리 멋대로 조종하는 걸 알아요. 하지만 생각으로만 그칠 뿐이었다. 선물도 선물이거니와, 잠도 자서 그런지 매들린은 느릿하게 기분 좋은 상태였다.

"그저, 좀 불편해 보여서."

"별로 불편하진 않아요. 이스트사이드에 비하면 치안은 별로지만, 낮에 돌아다니면 그렇게까지는……."

"……."

'그렇게까지는'이라는 말이 남자의 심기를 건드린듯했다. 그가 중절모를 쓰며 헛기침했다.

"밤늦게 돌아다니지 않는 게 좋겠군. 요즘 치안이 안 좋은 건 사실이니까."

"마피아 전쟁인가."

"부둣가에서 총격 사건이 일어났다는데. 뉴욕이 무슨 범죄의 소굴이 되어가는 것 같아."

중년 남자가 마치 날씨 이야기를 하듯 근래 일어난 살인사건에 관해서 이야기했다.

"언제나 그렇듯 토미건으로 다다다. 그리고 끝이 났지."

찻잔을 갈아주면서 의도치 않게 이야기를 엿들을 수밖에 없었다. 남자들은 매들린에게 짧게 목례하고, 이내 시선을 거두었다.

"뭐, 마피아들이야 마피아들의 사정이 있는 거겠지만. 이번에는 좀 심하지 않나. 시장은 당연히 별일 아니라는 식으로 뭉개고 있지만, 이 동네 술이 다 그쪽에서 오는데 십 년 뒤에는 떼부자가 되어서 성을 바꾸고 그럴듯하게 살지 누가 알아?"

"그래. 알아서들, 젠장맞을, 잘 먹고 잘살라고 해. 여기도 마피아들보다 더한 놈들이 많지 않나. 주식도 그래. 투전판에 손은 많은데, 얼굴은 안 보이니 누가 누군지도 모르겠어."

　매들린은 식은 찻잔을 트레이에 옮겨 담았다. 소름 끼치는 이야기투성이였다. 살인은 언제나 그녀에게 무서운 주제였다. 사람을 죽이는 일. 사람을 살리는 데에는 그렇게 많은 연구와 노력이 필요한데, 죽이는 데에는 정말 아무런 노력이 필요하지 않다.

　사람은 그냥 죽는다. 가령, 계단에서 잘못 굴러떨어지기만 해도 간단하게 목숨을 잃는 것이다. 그녀는 기분 나쁜 생각을 머릿속에서 지워내려고 노력하면서, 다음 차를 우렸다. 타이머를 켜자 째깍. 째깍. 초침이 돌아가기 시작했다. 다시 우린 차를 내자, 대화의 주제는 이제 다른 거로 옮겨가 있었다.

　"그 홀츠먼 개자식의 멱을 딸 거야. 언젠가는 총 맞을 놈이긴 해. 누구의 총일진 모르겠지만."

　"그 자식 때문에 내가 입은 손실이……."

　헉. 매들린의 숨이 멈췄다. 그녀가 가까이 있는 걸 안 두 남자가 헛기침하더니 딴청을 피웠다. 매들린은 내색하지 않고 자리를 뜨는 데 성공했지만, 충격은 충격이었다.

　이곳에 오는 손님들은 대부분 엄청난 부자들이었다. 그러다 보니 의도치 않게 정재계의 이야기를 알게 되는 때도 있었다. 그런데 아는 사람의 이름이 그런 방식으로 거론되니 참으로 기분이 이상했다. 이야기해줘야 하는 걸까. 별로 좋아하는 사람은 아니지만, 어찌 됐든 이안의 친구, 아니 동료 아닌가. 아무리 상종하고 싶지 않은 사람이라고 하더라도 귀띔은 해줘야 할 성싶었다.

　"하하."

이안은 억지로 웃는 시늉조차 귀찮은 사람처럼 성의 없이 웃었다. 입꼬리는 움직이지도 않은 채였다. 시간이 꽤 되었는데도 빈틈없이 정장을 갖추어 입은 모양새가, 밤늦게까지 일을 한 게 분명했다. 처음에는 반갑게 매들린을 맞이하던 그는, 막상 매들린이 홀츠먼의 이야기를 꺼내자 티 나게 시큰둥해졌.

"아니, 나는 나름 알려준다고 알려준 거예요."

게다가 오늘은 평일이었다. 야간 수업을 듣고 나서는 길에 부러 그의 집에 들른 것이었다. 거기에다 뭘 기대한 건지는 몰라도, 이안이 머무는 장소는 뭔가 꾸며져 있었다. 협탁 위에 크림색 맨스필드 장미 다발이 꽂혀 있었다. 매들린은 고개를 저었다. 신경 써준 건 고마운데, 무슨 생각을 한 거예요.

"당신이 온 건 기쁘지만, 다른 남자의 이야기를 듣는 건 유쾌하지 않군."

"뭐예요. 가만 보면 사고방식이 진짜 이상해요. 나는 나름 조언하러 온 거라구요."

매들린이 꿍얼거렸다. 남자는 캐모마일 차를 그녀에게 건넸다. 남자의 손에 뜨거운 차가 엎질러질까 싶어 조심조심 잔을 받아든 매들린이 중얼거렸다.

"홀츠먼 씨의 특성상 그런 원한을 사는 건 놀랍지 않지만, 조심해야 하는 것 아닐까요. 그렇게 파티를 열어대는데 누군가가 침입해서 무슨 짓을 할지도 모르잖아요."

이안은 무심히 매들린의 입술을 응시하고 있었다.

"상관없을 것 같은데."

"네?"

"일하면서 그런 사소한 원한 사는 건 늘 있는 일이오. 매들린.

사람들은 언제나 손실에 대한 원망을 투사하길 원하지. 그런 적의가 부당하다고는 생각되지 않소만. 그런 원한을 감당할 깜냥도 없으면서 돈을 번다는 것 자체가 말이 안 되는 거요."

"애초에 원한을 살 일 자체를 자제하면 안 되는 건가요?"

남자는 침묵했다. 주제 자체를 좀 번거로워하는 기색이 역력했다.

"잘 모르는 게 많긴 하지만, 적대적 인수합병, 공매도, 로비와 담합 같은 건 알아요. 당신도 그렇고 좀 조심할 필요가 있지 않을까 싶어서……."

"당신은 알 필요 없어……."

"내가 알 필요 없단 이야기는 하지 말아요."

목소리를 높이고 싶지 않았다. 애초에 남자는 근사한 저녁을 기대하고 있었을 텐데 그에게 부러 싸움을 걸 의도는 추호도 없었다. 매들린이 이안의 한쪽 어깨 위에 손을 올렸다.

"난 그냥 당신이 걱정돼요."

"흠……."

이안이 눈을 감더니, 매들린의 손길을 느끼는 것처럼 낮은 한숨을 쉬었다.

"영국에서는 모든 것이 정적이어서 숨이 막혔는데, 이곳에는 모든 것이 너무 빨리 돌아가서 머리가 어지러워요."

"난 별 차이를 모르겠군."

어차피 단단한 지표면 같은 건 없었다. 세상이 무너진 걸 한번 지켜봤으니, 어디에 서 있건 큰 의미는 없었다.

"일을 좀 줄여요."

"그럴 순 없어."

꿈결 같은 시작

"이상하네요. 홀츠먼이 그렇게 유능하면 그가 하게 놔두면 되잖아요."

"그가 모든 걸 다 하게 놔둘 순 없소. 그랬다간 끝장이야."

매들린은 남자의 어깨 위에 올려둔 손을 거뒀다.

"괜찮을지도 몰라요. 재단을 꾸려서, 좋은 일도 하고…, 그렇게 산다면."

"그렇다고 지옥에 갈 사람이 천국에 가닿진 않지."

"천국을 기대하지 않더라도요."

매들린의 눈썹이 팔자로 기울어졌다. 그런 선량한 골든 래트리버 같은 모습에 남자의 입꼬리가 모르게 떨렸다.

"당신을 위해서라면 고려해 보겠소."

그렇다고 큰 기대는 하지 마시오. 매들린은 희미하게 미소를 지었다. 그녀가 허리를 숙여 이안의 이마 위에 작게 키스했다.

"잘 자요. 예고도 없이 불쑥 들이닥쳐서 미안했어요."

월시 부인답지 않다. 이건 전혀 월시 부인답지 않은, 충동적이고 무모한 행동이었다. 계획에도 없는 과소비라니?

매들린은 아침 커피를 홀짝이며 눈앞의 번쩍이는 냉장고를 의심스럽게 바라보았다. 번쩍이고 아름다운 진녹색의 외관. 소비자 전성시대의 상징과 같은 가전제품은, 매들린 앞에서 당당하게 그 자태를 뽐내고 있었다. 그리고 그 옆에는 역시 할부로 사들인 세탁기가 달달 돌아가는 중이었다.

"냉장고도 할부로 사셨다고?"

"네에."

"설마 하숙생들을 더 받거나, 하숙료를 올리시는 건 아니겠지."

"요즘 다들 할부로 사잖아요. 걱정 마요. 매들린."

룰루랄라. 로즈가 나갈 채비를 하면서 콧노래를 불렀다. 매들린은 조용히 GE에서 생산한 냉장고의 겉면을 손가락 끝으로 쓰다듬었다.

할부는 시간의 기술이었다. 미래의 시간을 끌어오는 금융공학. 매들린은 그 기술을 완벽하게 이해할 수 없었지만, 사람들은 분명 낙천적인 모양이었다. 그도 그럴 게 밝은 미래가 진수성찬처럼 차려져 있었다. 그 기회를 누리지 못하는 것은 바보 같은 일이었다. 어쩌면 나 역시 그 바보 중의 바보인지도 모르지. 기껏 운 좋게 시간을 좀 벌어놓은 주제에 그 기회도 전부 놓치고, 돌고 돌아 다시 똑같은 선택을 하고. 세상에 이런 바보가 또 있나 싶었다.

호텔에 정시에 맞추어 출근한 매들린은 자신이 지난주와 사뭇 다른 처지에 있음을 알게 되었다.

"부서 이동이라니요."

"그렇게 되었네. 로엔필드 양. 안타깝지만, 당분간은 서류 작업을 좀 도와줘야겠어. 회계부서에서 일손이 필요하다고 해서."

맨 위층에서 차 따르는 '티 레이디'들 중 하나인 매들린이 호텔 회계부서의 타이피스트로 자리를 이동하게 되었다는 소식이었다. 그것 자체도 날벼락 같은 소식이었지만, 이 소식을 총 지배인이 직접 전해줄 이유는 전혀 없었다.

"타이피스트 경력은 없는데요."

어. 물론 아주아주 오래전에, 그러니까 전쟁이 나기 직전에 타자기를 두드려댔던 적은 있었지만? 그건 경력이라고 할 수 없었다.

매들린이 얼떨떨한 얼굴로 말했다. 아니, 애초에 차를 따르는 자리에 지원했고, 채용할 때에도 억양 덕분에 뽑힌 거로 알고 있는데. 회계부서라니, 전혀 상관도 없는 자리지 않는가. 자리를 옮기는 것 자체에 대한 악감정은 없었으나 그래도 무언가 부자연스러운 느낌이 역력했다.

"어찌 됐든 타자기를 다룰 줄만 알면 괜찮다네. 지금 당장 일손이 급해서 그런 거니 양해해 줄 수 있나?"

뭐. 그가 그렇다면 그런 거지만. 아침부터 이어진 찜찜한 기분이 한껏 증폭되는 기분이었다. 매들린은 풀어놓은 짐을 다시 가방에 넣어두고 엘리베이터를 잡았다. 회계부서가 자리한 3층으로 향하는 내내 의문이 커졌다.

한참 새로운 일을 배우느라 정신이 없었다. 물론 대부분 자리에 앉아서 하는 일이라 몸은 상대적으로 편했다. 그러나 뭔가 찜찜한 기분이 계속해서 기름때처럼 남아 있었다.

이제 티 레이디들이 아닌 타이피스트들과 같이 밥을 먹고 커피를 마셔야 한다는 것이 어쩐지 어색했다. 하지만 그녀를 신경 쓰이게 하는 문제는 그게 아니었다.

"……."

강의가 끝나고 삼삼오오 집으로 돌아가는 길 내내, 매들린은 자신을 향해 따라붙는 시선을 느꼈다. 그녀는 어깨너머로 시선을 돌렸으나, 그곳에는 아무것도 없었다. 몇 번을 그렇게 뒤를 돌아보았을까. 부쩍 요즘에 뒤통수에 무언가가 따라붙는 것처럼 끈적끈적한 느낌을 받았다.

결국, 하숙집 방에 들어서고 나서야 긴장감이 풀리면서 응어리진 한숨이 나왔다. 어깨관절을 이리저리 돌려보고 팔을 움직이자 좀 나았다. 그러나 자리에 앉아도 좀처럼 잡생각들이 한 갈래로 모이지 않았다.

이번 데이트는 햄튼에서 보내기로 했지만, 매들린은 약간 걱정스러웠다. 사우스 햄튼의 별장은 언제나 불편했다. 전처럼 손님들로 바글바글하지 않아 다행이었지만, 지나치게 화려한 외관이라든지, 과시적인 분위기는 별로였다. 주인의 성정을 그대로 반영하는 것이리라. 그러나 정작 홀츠먼은 그 어디에도 없었다. 그편이 차라리 나았다. 서재에 도착한 둘은 자리에 앉았고, 매들린은 목에 두른 숄을 풀었다.
"요즘 뭔가가 이상해요."
결국, 매들린이 먼저 주제를 꺼내기로 했다. 싸움을 걸기는 싫으나, 확실히 해둬야 할 건 확실히 해둬야 했다. 안 그랬다가는 이안은, 또 자신의 방식대로 슬그머니 경계를 흐릴 게 분명했다.
"이상하다니."
이안은 매들린에게 고정되어있던 시선을 떨구었다. 오호라. 그 작은 제스처만으로도 김이 왔다. 매들린이 소년 같은 미소를 지었다.
"이상한 행운이 계속 생겨요. 누군가가 뒤에서 제 편의를 봐주고 있다는 심증이 강하게 들지 뭔가요."
"요즘 기분 좋은 일이라도 있나 보군."
"그보다는, 월시 부인의 누추한 하숙집이 갑자기 호화로운 맨션이 되었다든가, 아무런 연고도 없는 회계부서로 이동되었다든가 하는 일들이죠. 기분 좋다기보다는 이상한 거예요."

"운이 좋군. 축하하오."

이안이 아무렇지 않게 웃어넘기며 품속의 담배를 찾았다. 날렵하게 다가선 매들린이 담배를 쥔 남자의 손을 약하게 붙들었다. 이안이 올려다본 매들린의 얼굴 속 눈동자는 형형했다.

"이젠 솔직해질 때가 되지 않았나요. 이안."

"……."

"윌시 부인에게 날 챙겨달라고 부탁할 필요 없어요, 내 직장에도요."

"하지만 난 그럴 권리가······."

"있나요?"

"내게 당신을 걱정할 권리가 없단 말인가."

반문하는 이안의 말투에는 살얼음이 끼어 있었다. 이번에는 그도 한 치의 물러섬이 없었다. 즐거운 하루를 기대하던 분위기는 이내 긴장감으로 가득했다.

"걱정이 아니잖아요. 당신이 하고 있는 건 그저 노골적인 편의 봐주기에 불과해요."

매들린이 고개를 저었다. 전혀 이해를 못 한다. 귀족이 주말의 개념을 받아들이지 못하듯, 이안은 자신이 선을 넘고 있다는 사실을 이해하지 못하는 모양이었다.

"정말, 고집스러운······."

이안이 이를 악물며 중얼거렸다. 그가 열에 받친 듯 손을 쥐었다 폈다 했다. 매들린이 허리춤에 손을 올렸다. 자, 좋아요, 어디 해보자고요. 그렇게 한창 둘이 대치 상태에 있던 때였다.

"아닌 건 아닌 거예요. 솔직히 좀 민망하다고요."

"이 정도도 민망스럽다면, 결혼은 부끄러워서 하지도 못하겠군?"

음? 그때 남자의 입에서 튀어나온 말은, 정말 상상치도 못한 한 마디의 무언가였다. 약간의 짜증과 애정과 초조함이 뒤섞인 한 마디였다. 매들린은 얼이 살짝 빠져서 입을 다물지 못했고, 말을 내뱉은 장본인 역시 마찬가지였다. 자신이 내뱉은 말에 남자는 질식하는 것처럼 보였다. 그의 얼굴이 제대 직후보다 더 창백해졌다.

"결혼이요?"

"아냐."

"아까 분명히 결혼이라고 들은 것 같은데……?"

"잘못 들었소."

남자는 필생을 걸고 엎질러진 물을 담는 중이었다. 그의 얼굴에서 표정이라고 할 만한 게 모조리 사라졌다. 이전의 미약한 짜증이나 분노도 없었다. 그저 공백.

정서적으로 꽉 막힌 평소의 이안 노팅엄 다운, 중립적인 무표정이었다. 하지만 매들린은 그런 이안 노팅엄의 무표정이 일종의 전술이라는 걸 알았다. 그는 지금 극도로 당황한 상태였다. 어떻게든 이 상황을 모면하고 싶은 것이다.

"벌써 좀 앞서나가는 것 같지 않나요?"

"아니라고 했잖소." 남자가 자리에서 비틀거리며 일어서려고 했다.

"이안. 우리, 정식으로 '교제'한 지 얼마 되지도 않았어요."

"조롱하고 싶으면 상관없소."

"놀리는 게 아니라……."

그러거나 말거나 이안은 완전히 등을 돌린 상태였다. 그가 천천히 문가를 향해 다가갔다. 쾅. 남자가 완전히 문을 닫고 나갈 때까지, 매들린은 그를 붙잡지 못했다. 평소처럼 서로의 입장을 이해하지 못해서 남자가 화가 났고, 그래서 그가 걸어나가는 것이었다면 충분히 붙잡고도 남았다. 싸우는 것 자체가 두려운 시기는 지났다. 하지만 결혼이라니. 결혼이라니! 그 말에 당황한 건 이안뿐만이 아닌 모양이었다.

매들린이 제 손등을 볼에 가져다 댔다. 뜨거워. 패닉이 서서히 물밀듯 밀고 들어왔다. 결혼, 결혼이라니. 아니, 어쩌면 당연했다. 이안이 그 선택지를 생각하지 않을 이유가 없었다. 그저 좋은 시간을 보내기 위해 연애를 하는 젊은이도 많다지만, 여전히 대다수 남녀는 연애 후 결혼을 선택했다.

이안도 나이가 찰 만큼 찼고, 매들린은 어찌 보면 혼기가 지났다고 볼 수 있었다. 그러니 남자 쪽에서 진지한 가능성을 고려하는 건 이상한 일이 아니었다. 하지만, 기분이 이상한 건 사실이었다. 다시 돌고 돌아 남자와 결혼하는 게 맞는 것일까 싶었다. 이안도 같은 이안이 아니고 매들린도 같은 매들린이 아니었지만, 겁이 안 난다면 거짓말이었다.

그나저나 이야기가 왜 그리로 튀는 건데. 분명히 시작은 이안의 선 넘기였다. 그가 자꾸 매들린의 생활에 이리저리 간섭하는 걸 두고 뭐라 한 것에서부터 논쟁이 시작된 거였다, 그런데 그게 왜 갑자기 결혼 이야기로 넘어가냔 말이다.

"흠."

매들린은 곰곰이 생각했다. 결혼이라는 절차를 밟았다고 해서 배우자의 삶에 이래라저래라할 수 있다고 생각한다면, 그 생각을 철저하게 고쳐주는 수밖에. 이번에는 손쉽게 양보할 수 있는 문제가 아니었다.

별장의 정문 앞에는 롤스로이스가 주차되어 있었고, 운전사 한 명이 그녀를 기다리고 있었다.

"아가씨를 댁에다 직접 바래다 드리라 하셨습니다."

"감사해요."

매들린은 착잡한 마음 반, 이상하게 두근거리는 마음 반을 안고 차의 조수석에 탔다. 심장이 이상하게 두근거리는 것이, 엄청나게 조여왔다. 그리고 그런 그녀를, 3층의 창문에서, 한 그림자가 지켜보고 있었다.

그녀는 이 싸움이 다른 때보다 오래 갈 거라 예상하였으나, 일이 이렇게 풀릴 줄은 미처 알지 못했다. 그러니까 내심, 이안이 져주리라 기대했던 것일지도 몰랐다. 아직 감정의 무게추가 한쪽으로 쏠려있다는 게 분명했으니까. 그런 줄 알았으면, 나는 정말 오만하고 멍청한 사람이군. 한 번 죽었어도 배우는 게 없으니. 매들린은 눈을 천천히 끔뻑였다. 그녀는 그렇게 손에 전보 메시지를 쥔 채로 방 안에 우두커니 서 있었다.

[영국으로 돌아감. 곧 연락하겠음. 이안]

전보는 간명했다. 오해의 여지가 없었다. 이안 노팅엄은 영국으로 돌아갔다. 매들린을 남겨두고 갔다. 무슨 긴급한 일이라도 생긴 게 분명했다. 그러니까 말도 없이 간 거지. 하지만 그런 이성적인 생각에도 불구하고, 마음이 무거웠다. 작용-반작용의 법칙. 쏠린 감정의 무게추는 언제나 다른 한쪽으로 다시 기울기 마련이었다. 그 여파는 고스란히 상대방이 떠안게 되는 것이다.

매들린은 밀려오는 시원섭섭한 감정에 당황했다.

"아무리 그래도 그렇지. 감정적으로 꽉 막힌 데다가 말주변이라고는 하나도 없는 남자란 건 알지만, 결혼이라는 폭탄을 던져 놨으면 매듭은 지어놓고 가야 할 것 아냐."

에라이. 전보 쪽지는 책상 한쪽에 아무렇게나 던져뒀다. 역시 그날 돌아서면서, 거절당했다고 느낀 걸까.

조롱하고 싶으면 상관없소. 윽… 그렇게 생각한 거라면, 남자가 지금 어딘가로 '도망친 거라' 해도 이해할 수 있었다. 하지만 매들린으로서는 억울했다. 조롱이 아니었다. 그저, 놀란 것일 따름이었다. 딱히 싫지만도 않았고. 돌고 돌아 그와 다시 결혼이라는 관계로 묶인다는 것이 마음 편하지만은 않았다. 하지만 몇 년 전 그의 프러포즈를 받으면서 느꼈던 역함은 이제 없었다. 그저, 불안감. 한없는 불안감만이 있을 뿐이었다.

다음 날 아침, 전보가 하나 더 도착해 있었다.

[숄을 두고 갔더군요. 찾아가세요. H가]

별장의 주인인, 홀츠먼이 쓴 전보인 게 틀림없었다. 아. 내 정신 좀 봐. 매들린의 얼굴이 빨개졌다. 이안과 언성을 높인 날, 사우스 햄튼 홀츠먼의 저택에서 숄을 벗어두고 챙기질 않은 모양이었다. 그냥 가지세요, 하기에는 너무 비싼 숄이었다.

휴양지, 거기까지 또 어느 세월에 가냐 싶었다. 그냥 들렀다 가기도 그렇고, 차가 있는 것도 아니고. 우편으로 보내줄 수도 있을 텐데 싶었지만, 어차피 놓고 간 건 자신이었으니까.

어쩌면……. 아니면. 매들린은 가만히 생각했다. 이 메시지 밑에는 숨겨진 뜻이 더 있을 수도 있었다. 홀츠먼이 사람 쓸 돈이 없는 것도 아니었고, 숄 같은 건 언제든지 가져다줄 수 있는 사람이었다. 이안이 영국으로 떠난 이때, 매들린에게 친히 전보를 부쳤다. 뭔가, 해줄 이야기가 있는 걸지도 모르지.

결국, 숄을 가지러 간 것은 전보를 받고 며칠이 지나고 나서였다. 그녀는 홀츠먼의 별장에 가지 않을 핑곗거리를 어떻게든 꾸며내고 싶었지만, 그럴 수 없었다. 호기심이 고양이를 죽인다. 호기심은 언제나 매들린의 발목을 붙잡을 터였다.

며칠 휴가계를 내고 방문한 사우스 햄튼의 거리는 한산했다. 휴가철이 아닌 휴양지의 모습이 그렇듯 고적하고 황량한 느낌이었다. 매들린은 천천히 길을 거닐다가 크림색 석조 주택 앞에 다시금 섰다.

그녀가 이안과 말다툼을 했던 바로 그 장소, 그 방에 당도했다. 그곳에는 홀츠먼이 이미 위스키를 기울이고 있었다. 셔츠는 팔뚝까지 걷어붙인 채였고, 발은 다른 소파에 걸쳐져 있었다. 얼굴은 불콰한 것이 이미 몇 잔을 더 마신 모양이었다. 매들린이 들어온 것을 확인하자 그가 밝고 경쾌한 어조로 중얼거렸다.

"숄은 저기 저 협탁 위에 고이 뒀으니 가져가요."

"뭐죠?"

"전보에 적힌 그대로입니다. 꽤 비싸 보이는 물건인데 놓고 간 것 같아서 알려준 것뿐이에요."

"아. 당신이 고작 숄 때문에 저에게 전보를 치는 수고를 들였다고는 도저히 생각할 수 없는데요."

"허 참. 내가 얼마나 친절한 사람인데, 이안의 여자친구인 건 알지만 말이 너무 심하군요."

"이안의 여자친구로서가 아니라, 당신의 그냥 아는 사람으로서 하는 말이에요."

"흠."

홀츠먼이 조용히 위스키를 내려놓았다. 그가 물끄러미 매들린을 바라봤다. 평소에는 재치 있게 빛났을 푸른 눈동자가 잿빛이었다.

"보아하니 이안이 당신에게 언질도 안 하고 떠난 모양입니다."

"약간의 다툼이 있었거든요. 그래서……."

"이사벨을 만나러 갔을 겁니다."

"아."

홀츠먼이 몸을 등받이에 느슨하게 기대었다. 그가 틀어놓은 전축에서 유행가가 잔잔하게 흘러나왔다.

"시간 있으면 이야기 하나 듣고 가시죠."

무슨 소리를 하는지 들어는 보자는 심정으로, 매들린은 홀츠먼 앞에 앉았다. 그런 그녀 앞에 남자가 대뜸 술에 취해 중얼거리기 시작했다.

"나는 패배자예요. 어떤 짓을 하더라도 그녀에게 다가갈 수 없다는 걸 알지만……."

어쩐지 들어서는 안 될 내밀한 무언가를 들어버린 것 같았다. 매들린은 난데없는 남자의 고백에 살짝 당황했다.

"이사벨 얘기죠?"

매들린으로서는 둘이 같이 있는 장면을 본 적이 없었기 때문에, 잘 상상이 가지 않는 조합이었다. 능글맞고 가볍고 피상적인 홀츠먼과 이상주의적이고 혈기 넘치는 고집쟁이 이사벨이라니. 마치 태양 주위로 천천히 멀리서 공전하는 외행성처럼 남자는 그렇게 여자를 멀리서 갈망했던 걸까.

"우리는 어렸을 때부터 곧잘 어울려 지냈습니다. 알잖아요. 우리 증조부가 노팅엄 가문의 비서 비슷한 거였다고."

홀츠먼이 품 안에서 럭키 스트라이크를 꺼내 피우기 시작했다. 매캐한 담배 연기가 실내를 잠식하기 시작했다.

"그 망할 볼셰비키 개자식들이 그녀를 채가게 두진 말았어야 했어요."

"글쎄요. 그건 이사벨의 선택이었는걸요."

"……."

홀츠먼이 아무 말도 하지 않았다.

"어쩌면, 제가 주제넘게 말하는 것일 수도 있지만. 이사벨이 가장 힘들 때 곁에 있어 줬더라면 좋았을 것 같아요."

"앞으로 나설 용기가 없었어요. 그녀 때문에 나까지 우스꽝스러워지고 싶진 않았습니다. 가끔은, 나도 이런 말하는 게 싫지만……."

그가 담배를 조용히 아무렇게나 비벼껐다. 얼굴이 고통으로 일그러지고 눈은 더더욱 차갑게 식어갔다.

"이안 노팅엄이, 아니, 이사벨 노팅엄이 차라리 완전히 사라졌으면 좋겠다고 생각한 적도 있었습니다. 이런 생각을 하는 나 자신이 혐오스러워요."

진탕 취하지 않았더라면 절대 발설하지 않았을 속마음이었다. 매들린은 찬찬히 남자의 얼굴을 바라보았다. 해묵은 열등감과 원한 감정, 그리고 집착을 한 데 뒤섞어 놓은 모양새였다. 어쩌면 술에 취했다는 핑계로 이 이야기를 하고 싶어서, 매들린을 부른 게 아니었을까. 하지만 타인의 속사정을 너무 많이 엿본 기분이었다. 금도를 지키기 위해서라도 자리를 떠야 했다. 그녀는 천천히 협탁으로 발걸음을 옮겼다.

"시간은 손안에 쥔 모래처럼 빠르게 빠져나가요. 홀츠먼 씨. 후회하지 않을 선택을 하세요."

그녀는 잊지 않고 숄을 챙겨갔다.

수업 후 특별 강연 일정이 공지되자 교실은 조용한 흥분의 도가니였다. 매들린은 필기구들을 가방 안에 쑤셔 넣었다. 간호대학교 학생들을 위해 특별히 마련된 기회이니 다들 참석하라며 공지가 내려왔다. 학기의 막바지로 향하고 있었고, 이제 정말 호텔 일도 그만둬야 할 성싶었다. 그래야 병원 실습도 가고, 더 공부도 할 수 있을 터였으니까. 모아둔 돈이 좀 있었으니 생활이 걱정스러운 건 아니었지만, 그녀의 마음을 괴롭히는 건 다른 곳에 있었다.

이안이 이사벨을 만나러 갔다면, 그는 당분간 돌아오지 않을 터였다. 그가 당장 돌아온다고 하더라도 무슨 대답을 돌려줄 수 있을지 알 수 없었다. 사랑한다고? 괜찮다고? 당신이 어떤 모습이어도 난 괜찮으니까, 받아들일 수 있다고?

"매들린."

그녀를 부른 것은 다름 아닌 같이 수업을 듣는 동기 캐롤라인이었다. 캐롤라인이 걱정스러운 얼굴로 매들린을 바라보고 있었다.

"매들린, 교수님 이야기 들었죠?"

"어. 네."

"강의실로 가요. 건물이 다르니까 빨리 가야 안 늦을 것 같아요."

 부랴부랴 학생들을 따라 이동한 강의실은 커다란 원형극장 같았다. 커다란 칠판을 가운데로 두고 기다란 책상이 층층이 쌓여 있었다. 매들린과 캐롤라인은 맨 뒷자리에 앉았다. 의대생들로 보이는 이들이 맨 앞자리를 차지했다.

 척척, 다들 노트와 펜을 꺼내놓았다. 매들린도 서둘러 따라 했다. 머리가 온통 남자와의 문제로 혼란스러워서, 정작 강연자 이름은 생각도 나지 않았다. 미리 공지가 되었을 텐데도 한심하게 집중하지 못한 거다. 매들린이 조용히 캐롤라인의 귓가에 속삭였다.

 "캐롤, 선생님 이름이 뭐라고……."

 그때였다. 앞문이 열리고, 웅성이던 좌중이 정적에 잠겼다. 문가에서 호리호리한 형체 하나가 걸어들어왔다. 일정하고 오차 없는 정확한 보폭이었다. 중절모를 벗은 남자가 안경을 고쳐 쓰더니, 연단에 손을 올렸다. 멀리서 얼굴은 자세히 보이지 않지만, 예상보다 젊은 모습이었다. 나이 지긋한 노인이나, 중년의 남성을 예상했었는데, 의외였다. 그는 몇 번 목청을 가다듬더니, 사람들을 돌아보며 사무적으로 자신을 소개했다.

 "반갑습니다. 여러분."이라고는 하지만 진혀 반갑지 않은 목소리였다. 옆에서 캐롤라인이 팔꿈치로 매들린의 옆구리를 찔렀다.

 "말씀하시는 걸 들어보니 정말 영국인이시네요."

 "그렇네요."

 심드렁하니, 그 말을 듣던 매들린이었다. 그러다 일순 전기 충격을 받은 듯, 온몸이 뻣뻣하게 굳고 말았다. 남자가 천천히 칠

판에 자신의 이름을 크게 적기 시작한 때부터였다.

코넬 알링턴 박사. 그가 칠판에 적은 제 이름이었다. 아. 매들린은 그때부터 이미 탈출전략을 짰어야 했던 걸지도 모른다. 침착하게 뒷문으로 향하는 경로를 탐색하고, 뒤도 돌아보지 않아야 했던 걸지도. 하지만, 하지만. 그녀는 완전히 얼어붙어 있었다. 온몸이 부들부들 떨렸고, 사고가 멈췄다. 어떤 생각도 할 수 없었다. 알링턴 박사는 매들린을 아직 발견하지 못한 모양이었다. 그는 태연하고 무관심한 어조로 강연을 시작했다.

"우선 바그너-야우레크의 말라리아 열 치료 사례 연구에 대해서 시작해 보도록 하지요. 신경매독이 진행된 환자에게 말라리아 환자의 혈액을 주사한 결과 뚜렷한 호전 증상이 나타났습니다. 무척 경이로운 성과라고 할 수 있지요. 기전은 정확히 밝혀진 바가 없지만……."

알링턴은 차분하게 강연을 시작했으나 그의 목소리는 들떠 있었다. 신경의학계에서 최근 있었던 발전에 대해서 논하면서 이야기를 매끄럽게 이끌어나가고 있었다. 하지만 매들린은 그가 말하는 내용에 집중하기 어려웠다. 전혀 뜻하지 않은 장소에서, 뜻하지 않은 사람을 마주쳤을 때 느끼는 강렬한 당혹감만이 있을 따름이었다. 그리고 그렇게 가방에 물건을 쑤셔 넣고 서둘러 자리에서 일어서려고 할 때였다. 문득 판서를 하던 알링턴이 고개를 돌리더니, 그대로 매들린과 눈이 마주쳤다. 그의 시선이 잠시 머뭇했다. 한시도 쉬지 않던 손이 멈추고, 입이 다물렸다. 냉정하던 얼굴이 잠시 얼빠진 듯 굳었다. 매들린은 꼼짝없이 그 자리에 앉아 있었다.

강연이 끝나고 매들린은 캐롤라인에게 인사도 하지 못하고 서둘러 가진 것을 모두 챙겨 자리를 빠져나갔다. 하지만 남자가 좀 더 빨랐다. 그는 제게 사인이나 덕담을 부탁하는 의학도들을 뿌리치고 매들린을 향해 곧장 달려온 것이었다.

"매들린."

그의 목소리는 무척 다급하고 부들부들 떨리고 있었다. 이후 강연에서 딱히 동요하는 느낌은 없었는데, 그 역시 무척 놀란 모양이었다.

"……."

"역시 당신이었군요."

"오랜만이에요. 알링턴 박사님."

이제 빼도 박도 못하게 되었으니, 어쩔 수 없는 일이었다. 매들린은 아무렇지 않은 척 은은한 미소를 지었다. 그 표정을 확인한 알링턴이 고개를 끄덕였다. 오랜만에 본 그는 좀 더 냉철하고 완숙해 보였다. 살얼음 같은 비인간적인 표정에서 오는 우아함도 여전했다.

"이곳에서 만날 줄은 몰랐습니다."

"저도요."

"미국에서는, 무슨 일… 아니, 그보다…….." 그가 주위를 둘러보더니 한숨을 쉬었다. "이제, 괜찮은 겁니까."

"……."

재판과 그를 둘러싼 여러 가지 일들을 알고 있는 것이렸다. 매들린이 고개를 끄덕였다.

"괜찮아요. 그보다 박사님, 여기는 강연 일로 오신 건가요?"

"아니요. 고작 대학생들에게 강연 하나 하려고 대서양을 넘는 것은 너무 귀찮은 일 아닙니까. 그보다는 친구 부탁을 들어준 것

뿐입니다. 밥 한 끼 얻어먹는 대가죠."

그가 살짝 장난기 어린 목소리로 빈정거리더니 잠깐 머뭇거리며 질문 하나를 덧붙였다.

"로엔필드 양. 맞지요?"

"네. 아직 로엔필드 양이네요."

남자의 질문이 무엇을 함의하는지 쯤은 알 수 있었다. 이제 더 남자와 무슨 말을 해야 할지 알 수 없어진 매들린이 먼저 이별을 고했다.

"그럼, 미국에서 좋은 추억 쌓고 돌아가시길 바랄게요."

"로엔필드 양."

"네?"

"계속 붙잡고 있는 겁니다."

"……."

알링턴이 조용히 덧붙였다.

"포기하지 마세요."

어째서인지, 그가 살짝 웃는 것 같기도 했다.

"오늘 만나서 반가웠습니다. 로엔필드 양."

알링턴과 뜻밖의 재회를 하고 난 지 며칠이 지나도 어수선한 마음은 정리되지 않았다. 이안은 약속한 것처럼 답을 주지 않았다. 홀츠먼이 말한 대로 그가 이사벨을 만나러 갔다면, 이안이 유럽의 어디에 있는지 알 수 없는 노릇이었다. 결국, 기다릴 수밖에. 사전에 아무 예고도 없이 결혼이라는 폭탄만 던지고 떠나버린 그에 대한 분노가 차오르다가도 이내 썰물처럼 가라앉고는 했다.

"내가 당신과 결혼에 쉽게 고개를 끄덕일 줄 알고."

그런 이기적이고 회피적인 태도 때문에 지난 결혼 생활 내내 고통받은 게 새삼 생각이 났다. 이안이 자신의 어쩐지 비틀린 감정 표출 방식을 바꾸지 않는 이상 그와 결혼하는 건 잘못된 선택이 될 수도 있었다. 그때였다. 하숙집 1층의 응접실에서 라디오를 듣고 있던 그녀를 건너편에서 로즈가 불렀다.

"매들린, 매들린. 맥도먼드 씨가 전화를 걸었어요!"

수화기를 받아들자 뜻밖의 소식이 날아왔다. 수지 맥도먼드가 미국으로 온다는 이야기는 그녀의 가슴을 설레게 했다. 언제 가라앉았냐는 듯이, 심장이 두근거렸다.

"네. 네. 아저씨. 당연히 가야죠. 네. 몇 시에 가면 될까요?"

14. 예상을 빗나간

다시 만난 수지는 여전했다. 걸걸한 입담도 입담이거니와, 뻔뻔한 태도와 능청스러움까지 그대로였다. 그녀가 그대로 힘을 꽉 주어 매들린을 껴안더니 자리에 앉았다.

"어때요? 교화소 동기들을 좀 더 불러 모아보는 건? 여성 미식축구팀을 꾸려보는 것도 좋을 것 같은데요!"

"아서라. 농담이라도 그런 말 좀 하지 말고!"

맥도먼드 씨가 완전히 사색이 되었다. 사실 좋은 일도 아니고, 웬만하면 형을 살았던 일은 입에 올리지 말라며 주의를 줬다. 약간의 소동을 제외하면 화기애애하게 식사가 이어졌다. 이런저런 좌충우돌이 있었지만, 수지도 자리를 잡고 새 출발을 할 수 있게 되었으니 잘된 일이었다.

출소하고 출국하는 과정이 자못 험난했는지 수지는 밥상머리에서 온갖 불평과 욕설을 토해냈다. 그러나 그것도 잠시, 세속의 음식을 맛본 그녀는 너무도 즐거워했다. 식사가 끝나고 수지는 맥도먼드 부인을 도와 설거지를 했다. 매들린 역시 남은 자리를 치우고 있을 때였다. 그녀 옆으로 문득 맥도먼드 씨가 다가왔다.

"매들린. 잠깐 할 이야기가 있네."

뒤뜰로 나갔을 때는 완전히 깜깜한 밤이었다. 맥도먼드 씨는 답지 않게 초조했고, 많이 힘들어 보였다. 동생이 출소해서 돌아왔으니 즐거울 일만 남은 것 같았는데도 그게 아닌 모양이었다. 눈가가 푹 꺼진 것이, 잠을 며칠 설친 것이 분명했다.

"잘 지내고 있는 거지?"

"네. 윌시 부인께서도 안부 전해달라 하셔요. 다 잘 되어가고 있어요. 덕분에요."

뭐. 답답한 일들도 있었지만, 맥도먼드 씨가 전부 알 필요는 없는 일이었다. 그가 눈을 한번 느리게 끔벅이더니 말했다.

"수지는 착한 아이야. 그런데 저 아이에게는 치명적인 단점이 있지. 질이 나쁜 남자에게 끌리는 취향이라고 해야 할까."

"아……."

"나는 그런 식으로 신세를 망치는 여자애들을 수도 없이 많이 봤네. 매들린, 내 비위가 건딜 수 없을 정도로 많이 봤어. 자네가 처음 이곳으로 온 날, 그 말도 안 되는 편지 쪼가리를 받아든 것도 그래서였네. 어쩌면 후회할 수도 있는 선택이었지만 말이야. 수지 같은 여자가 또 길거리에서 얼어 죽는 꼴을 방관할 수 없었거든."

"감사합니다. 지금도 늘 감사하고 있어요."

"그러니까, 조심해. 매들린. 남자를 조심하라고. 순진한 사람들의 약한 지점을 파고들어서, 이리 떼처럼 파고들어 먹어버리니까."

이번에는 매들린 쪽에서 의문을 품을 수밖에 없었다.

"일전의 노팅엄 씨를 말씀하시는 거라면, 그분은 전혀 이상한 사람이 아니……."

"아니. 노팅엄 백작이 걱정되는 게 아니야. 내가 자네의 이전 삶에 대해서 다 아는 것도 아니고. 그저."

맥도먼드 씨가 할 말을 신중하게 가만가만 골랐다.

"최근에 부둣가에서 일어난 사건을 알고 있나."

"마피아들끼리의 총격전이요? 사람 몇 명이 죽었다고 들었는데요."

"총격전이라기보다는 학살이었어. 회합을 가지던 아일랜드 갱 간부들이 습격당해 전부 죽었네."

"……."

그런데, 그 마피아들 간의 알력다툼이 지금의 이 주제와 무슨 상관? 매들린의 미간에 미세한 금이 갔다. 지금 맥도먼드 씨가 무슨 뜬구름 잡는 이야기를 하는 건지, 알 수가 없었다.

"그 배후에 갈까마귀가 있단 소문이 지금 거리에 온통 자자해."

"갈까마귀요?"

갈까마귀라면 지난번에 이곳을 난장판으로 만들었던 무리가 아닌가. 그냥 하고많은 시정잡배들인 줄 알았는데, 생각보다 위험한 자들이었던 모양이었다. 매들린의 손끝이 파르르 떨렸다. 맥도먼드 씨가 한숨을 쉬었다.

"진작 경고를 해야 했는데, 너무 늦어버렸는지도 모르겠군. 하지만 일이 이렇게 됐으니 뒤늦게라도 옳은 일을 할 수밖에 없어."

"무슨 일이에요. 맥도먼드 씨……."

한참을 뼈금거리던 맥도먼드 씨의 입에서 나온 이름은 뜻밖이었다.

"엔조 라오네. 그 사람과 요즘 안 만나는 것 같지만, 조심하는 게 좋아. 그 녀석은, 그 녀석은."

맥도먼드 씨가 더듬거렸다. 말을 절었다. 할 단어를 고르다가, 망설이다가 할 수 없이 내뱉은 단어는 결국 다음과 같았다.

"야심가야. 지나치게 야심가야."

"야심가죠. 엔조는 무엇이든지 열심히 하는 사람이잖아요."

맥도먼드 씨가 맥빠진 한숨을 내쉬었다. 그가 10년은 더 늙은 얼굴로 매들린을 바라보았다.

"하. 이해를 못 하는구나. 매들린, 갈까마귀의 수장은 바로."

그가 매들린을 꼭 끌어안더니 귓가에 작게 속삭였다.

"그가 바로 갈까마귀의 수장이야. 매들린. 엔조 도살자 라오네가 그네들의 우두머리라고."

엔조 '도살자' 라오네. 그게 남자의 별명이었다. 어이가 없어서 웃음이 나올 지경이었다. 그 순진무구하고 맑은 얼굴에 도살자라는 닉네임을 감히 짝지을 수 없었던 것이다. 그녀는 오한에 몸을 떨었다. 엔조가 자신을 기만해오고 있었단 사실도 사실이었지만, 마피아의 소굴에 들어가서 따뜻하고 정다운 저녁 식사를 대접받고도 아무 눈치도 못 챈 자신이 너무 바보 같았다.

어떻게 그는 전부 숨길 수 있었을까? 일부러 보지 못한 척 한 걸까. 윌시 부인네 하숙집으로 걸어가면서 그녀는 오소소 돋는 소름에 몸서리를 쳤다. 꿈 많은 젊은이인 척했으면서 뒤에서는 그 모든 상상을 초월하는 미친 짓을 저질러왔다는 이야기였다. 평생 말 안 했을 거야. 무엇이 잘못인지도 몰랐을 거고. 매들린은 잠시라도 그에게 속았다는 사실이 분하고 무서웠다.

그리고 그때였다. 그녀는 불현듯 어디선가 측면으로 꽂혀오는 시선을 느꼈다. 고개를 황급히 돌리자 시야에는 칠흑 같은 어둠뿐이었다. 정말 아무것도 없었다. 아니. 정말, 아무것도 없다고 확신할 수 있어? 정말 그곳에는 아무것도 없는 거 맞냐고.

그녀는 다시 그쪽을 향해 돌아보는 대신 보폭을 빠르게 했다. 그러나 그럴수록 시선은 따라붙는 느낌이었고, 그녀는 목덜미에 무언가가 달라붙는 느낌에 진저리를 쳤다. 간신히 하숙집으로 도착했을 때, 거실에는 하숙생들이 앉아서 라디오 연속극을 듣고 있었다. 가운을 두른 월시 부인이 매들린에게 쪽지 하나를 건네주었다.

"로엔필드 양. 아가씨에게 전보 쪽지가 왔어요."

"감사합니다. 월시 부인."

그녀는 계단 위를 타고 올라가, 그대로 방문을 걸어 잠갔다.

[일주일 안으로 돌아갈 것. 이안이]

"미안하다는 말은 없지."

팔뚝으로 눈가를 훔쳤다. 눈물을 닦아내는 거라기보다는, 눈가에 내려앉은 피곤을 쫓아내려는 습관이었다. 그녀 자신도 무엇을 원하는 건지 확실하진 않았다. 말없이 그렇게 떠나버려서 미안하다. 결혼 이야기는 찬찬히 생각해보자. 나는 지금 어디에서 무언가를 하느라 돌아오는 게 늦어지고 있다. 이러쿵저러쿵.

전보니까 자세한 사항을 만연체로 늘어놓기를 바라는 건 아니었다. 그저, 그저, 그가 말했으면 했다. 조금이라도 좋으니까, 이야기해줬으면. 자신이 적어도 어떤 감정을 느끼고 있다고 만이라도 짧게 언질을 주면 어디 덧나냔 말이다.

"뭘 바라니." 하지만 속상해봤자 소용없는 일이었다.

매들린은 조용히 자리에서 일어나 이부자리를 개키고 출근할 준비를 했다. 몸이 과로와 근심 걱정, 긴장으로 무거웠다. 사무실에서도 학교에서도 자꾸만 감기는 눈을 억지로 붙들고 스스로를 다그쳐야만 했다.

수업이 끝나고 완전히 곤죽이 된 몸을 끌고 비척이며 교실 문을 나올 때였다. 뭔가 익숙한 형체가 계단의 난간에 기대어 서 있었다. 매들린은 완전히 얼음이 되어 제자리에 섰다. 그 형체가 엔조가 아니라, 알링턴이라는 것을 알고 나서야 긴장이 해소되었다.

"……"

"매들린."

알링턴이 중절모를 벗으며 인사를 했다. 그는 수업이 끝날 때까지 그녀를 기다리고 있었던 모양이었다.

늦게까지 영업하는 카페를 찾아 자리한 둘은 두런두런 이야기를 나눴다. 매들린은 하고많은 사람들 가운데 남자와 이야기를 나눌 기분은 아니었으나, 글쎄. 조언이 필요한 것은 사실이었다.

"그러니까 지금은 대학으로 가셨단 이야기네요?"

"네. 워릭셔대학교에서 강의를 하고 있습니다. 그보다 병원은 도저히 못 해 먹겠더군요. 그놈의 재징수지를 생각해야 한다는 점이 정말이지 신물이 나요."

"그렇죠. 무엇이든 현실을 생각해야 한다는 게 힘들죠."

"예를 들어 병원의 바닥을 닦을 물걸레를 사는 데에도 현실적인 고려가 필요해요. 그렇게 하나씩 타협하고 타협하다 보면 내가 만들고 싶었던 병원과는 거리가 먼 현실이 이루어지고 말죠."

결국은, 그가 씁쓸하게 웃었다. 매들린은 그런 그를 그저 바라보기만 했다.

"계속 임상도 하시는 거죠?"

"하기는 하는데······. 사실은." 알링턴이 말을 더듬었다.

"전쟁터에서 외과의였던 시절이 가끔 더 나았다는 생각이 들어요. 그때는 모든 게 단순하거든요. 사람이 사람으로 안 보여서. 사실, 이 뇌 안에서 무엇이 돌아가고 있는지 파악하는 건 너무나 어려운 일이잖습니까. 가끔은, 내가 환자들을 위해서 무엇을 한 게 있는지, 우리가 무엇을 할 수나 있는지 의심스러울 때가 있었습니다."

그가 한숨을 쉬었다. 늘 자신만만하고 오만한 줄로만 알았던 알링턴은 이제 자못 부드러운 얼굴로 매들린을 바라보고 있었다.

"그래도 캐나다에서 인슐린을 정제하는 방법도 발명이 되지 않았습니까. 재밌는 일들이 많이 일어날 겁니다. 오래 살아야겠지요. 의학의 발전을 목격하려면."

"나름 희망적이시네요. 저는 선생님, 저는 앞으로 무엇을 해야 할지 잘 모르겠어요."

"앞으로 병원에서 일하고 싶으시다면 제게 말씀 주세요. 추천서를 써드릴 수는 있습니다. 도움이 될지는 모르겠지만."

알링턴이 별거 아니라는 식으로 건넨 제안은 정말 고마운 것이었다.

"감사합니다."

"딱히 호의라기보다는, 당신이 정말 유능하고 열심히 일하는 사람이었기 때문입니다."

"참. 선생님에게도 이런 의외의 모습이 있단 걸 뒤늦게 알다니. 아쉽네요. 병원에선 솔직히 뭐라고 해야 할까, 거리감을 좀 느꼈었거든요."

"그렇습니까."

알링턴의 눈이 살짝 커졌다. 약간의 놀라움과 약간의 회한이 뒤섞인 설명할 수 없는 묘한 표정이었다.

"그것 역시 제 몫의 후회로 남겠군요. 진즉 당신의 예상을 빗나가야 했던 건데."

매들린은 약간 긴장했으나 오묘한 순간은 그뿐이었다. 그 뒤 둘은 뉴욕의 이것저것에 대해서 불평하다 자리를 떴다. 남자는 계산을 했고, 매들린에게 인사했다.

"매들린, 잘 있어요." 그 눈빛에 아쉬움은 없었다. 다행인 일이었다.

하숙집으로 돌아가는 내내 매들린은 알링턴의 쓸쓸한 표정에 대해서 생각했다. 무엇이었을까. 그러나 남자는 더는 그녀에게 묻거나 제안해오지 않았다. 놓친 것은 놓친 거였고, 다시 시작할 수 없는 것은 다시 시작할 수 없는 것이었다.

그녀에겐 알링턴은 언제나 약간의 수치심과 죄책감이 섞인 이름으로 남을 거였다. 하지만 알링턴이 말한 것처럼 '그것 역시 제 몫의 후회'일 따름이었다. 다른 삶 속의 일까지 지금 삶의 다른 사람들이 같이 짊어질 필요는 하등 없었다.

그래도, 좋은 모습으로 마무리를 지어서 다행이다. 매들린은 혼자 생각했다. 카페에서 이야기를 나눈 남자의 모습은 무척 안정되어 보였다. 전의 삶에서는 냉정하되 어딘지 권태로워 보이

예상을 빗나간 149

는 감이 있었는데, 지금은 나름대로 의료인으로서의 소명의식이 그의 중심을 잡아주는 것 같아 다행이었다.

그렇게 길을 걷고 있을 때였다. 왼쪽 골목에서 느껴지는 인기척에 그녀는 발걸음을 멈췄다. 아직 너무 늦은 시간은 아니었다. 이미 땅거미가 내려앉은 지는 오래고, 가로등이 켜져 있었지만, 누군가가 범죄를 저지르거나 할 시간은 아니었다. 하지만 무슨 일이든 일어날 수 있는 게 뉴욕이었고 매들린은 조금씩 뒷걸음질 쳤다.

"……."

부스럭. 뒤척이는 소리와 함께 용수철처럼 무언가가 튀어나왔다. 검은 고양이었다.

"아……."

어쩐지 허탈해진 매들린이 한숨을 쉬었다. 그녀가 저 멀리 도망친 고양이를 놔두고 계속해서 발걸음을 옮겼다. 그리고 그때였다.

"어때요. 즐거운 하루였어요?"

돌아봤을 때는, 해맑은 얼굴의 엔조가 서 있었다. 쓰리피스 슈트를 맞춰 입은 세련된 모습이었다. 그의 발치에는 담배꽁초 몇 개가 떨어져 있었다.

"뭐야. 설마. 따라온 거야?"

"기다린 건데요. 매들린, 도대체……."

"이렇게 갑자기 찾아오면 곤란해."

게다가 월시 부인이 이안에게 꼬치꼬치 뭐든 이야기하는 성격이라는 점을 감안하면, 엔조는 더더욱 여기 오지 말았어야 했다.

"나는 그냥……."

엔조가 살짝 혼란스럽고, 속상한 표정으로 매들린을 바라보았다. 그 모습만 보면 영락없는 이십대 젊은이였다. 그저, 치기 어리고 순진할 뿐인 미청년. 그 누가 그런 그를 도살자라거나 마피아의 두목이라고 감히 짐작하겠는가. 매들린은 자신이 그 사실을 안다는 사실을, 절대로 티 내지 않기로 결심했다. 하지만 생리적으로 무리였는지도 몰랐다. 자꾸만 동공이 확장되고 숨이 가빠졌다.

"나는 그냥, 당신이 보고 싶었을 뿐인데."

"그래도 그렇지. 갑자기 뒤에서 나타나니까 놀랐잖아. 보고 싶었으면 미리 전화로 약속을 남겨뒀으면 됐어."

"그 하숙집 주인아줌마가 외간 남자를 질색한단 건 유명하던데요, 뭐. 청교도 정신으로 무장하신 분이던데 이탈리아인이라면 더더욱 질겁을 하겠죠."

"윌시 부인을 그런 식으로 말할 것까진 없고."

"아무튼, 매들린. 이번 주말 바빠요? 데이트를 걸려거나 하는 건 아니고, 그냥 유명하다는 오페라 극단이 여기 왔다잖아요. 그 티켓이 어쩌다 생겨서. 매들린은 이런 거 좋아할 것 같아서요."

이번 주는 딱히 약속이 있는 건 아니었다. 하지만 엔조와 함께 무엇을 하는 건 있을 수 없는 일이었으므로, 어떻게든 거절을 할 핑계를 찾아내야 했다. 매들린이 난감한 표정을 지어내자마자 엔조가 아랫입술을 장난스럽게 씹었다.

"새로운 남자친구 때문에 힘든 거라면 둘이 갔다 와요. 자, 여기 티켓이요."

"아니, 이런 걸 그냥 받을 수는 없어."

"받아요. 어차피 내가 봐도 무식해서 못 알아먹는다니까요."

엔조가 억지로 쥐여준 오페라 티켓은 푸치니의 〈토스카〉였다. 매들린이 혀를 찼다.

"이탈리아어는 일단 나보다 네가 더 잘 알 것 같은데."

"이탈리아어도 오페라에서 쓰는 건 다 외국어 같다니까요."

"그래도 받을 수 없어. 사촌 누나한테 줘."

"말했잖아요, 걔는 오페라보다는 연극을 좋아한다니까요. 줘도 오히려 욕만 먹어요."

그렇게 한참을 옥신각신했을까. 매들린은 상대가 끔찍한 마피아 두목이라는 사실을 아주 잠깐 방기했는지도 몰랐다.

"매들린."

뒤에서 예기치 못한 제삼자가 나타나기 전까지는 말이다. 윌시 부인의 하숙집으로 가는 길목 앞에, 세 사람이 서 있는 광경은 퍽 부자연스러웠다. 어깨가 뒤틀린 거구의 남자 하나, 키 큰 말쑥한 남자 하나, 그리고 초조한 여자 하나. 그렇게 세 명의 사람은 이상한 비대칭의 긴장 구조를 이루고 있는 셈이었다.

"오. 당신이 바로, 그 소문의 '애인'이시군요."

엔조가 태연한 얼굴빛을 하나도 안 바꾸고 상대방을 바라봤다. 그가 곧바로 이안을 향해 손을 척, 내밀었다.

"엔조 라오네입니다. 매들린의 친구라고 해야 할까요."

엔조가 악수를 청했으나 이안은 정말 무례하게도 그 손을 마주 잡지 않았다. 그저 웬 손이냐는 듯이 멀뚱히 쳐다볼 뿐이었다. 엔조도 엔조 나름대로 그에 맞서 손을 거두지 않았다. 명백한 신경전의 양상에 매들린의 머리만 어지러웠다.

"소개를 안 하시니까, 제가 짐작해야겠군요. 댁이 바로 이안 노팅엄 씨죠?"

"보통은 백작이라고 하지."

"……."

정말 남자답지 않았다. 이안 노팅엄은 제 작위나 호칭에 별로 관심 없는 줄 알았는데, 이건 정말 처음 있는 일이었다. 평소 같았으면 매들린은 한 한 달 정도 이안을 놀려줄 거리가 생겼다고 좋아했을 터였으나, 지금은 그저 이 불편한 상황에서 어떻게든 탈출하고 싶을 뿐이었다.

"아시는지 모르겠지만 정확히 백작 같은 걸 없애려고 메이플라워 호를 탄 사람들이 세운 나라가 미국인데요. 이안 노팅엄 씨."

엔조가 생긋 웃었다. 이안에 비하면 고작 애송이일지도 모르는 남자인데도, 온갖 험한 일을 굴러서인지 이안의 기백에 전혀 눌리는 낌새가 아니었다. 오히려 초조한 쪽은 이안이었는지도 몰랐다. 이안이 눈을 가늘게 떴다. 뭔가 무척이나 무가치하고 성가신 것을 쳐다보듯 엔조를 일별한 그가 매들린을 향해 시선을 돌렸다.

"매들린, 당신을 기다리고 있었소. 학교가 끝나는 시간보다 늦어서 걱정했……."

"약속이 있었어요. 그보단 일주일 후에나 온다고 하지 않으셨어요."

"예정이 바뀌었어."

"……."

그놈의 일정은 몇 시간 안에 확확 바뀌는 모양이라고 쏴붙이고 싶었지만, 엔조 앞에서 싸우는 모습을 보일 순 없었다. 이안이 매들린의 손목을 붙잡으려는 때였다. 매들린이 반사적으로 몸을 물러섰다. 그 순간 이안의 얼굴에서 피가 전부 빠져나간 듯 창백해졌다.

"이안. 하숙집에는 나 혼자 갈 수 있어요. 엔조, 제안은 고맙지만, 오페라 티켓은 돌려줄게요. 보고 싶어도 도저히 보러 갈 시간이 없어요."

매들린이 엔조의 손바닥 안에 다시 꼬깃꼬깃해진 티켓을 돌려줬다. 엔조가 살짝 이안을 곁눈질했다.

"노팅엄 씨는 관심 있습니까? 카네기홀에서 하는 〈토스카〉 티켓 두 장인데."

"관심 없소."

"뭐. 그렇다면. 어쩔 수 없네요. 매들린, 얼굴 봐서 좋았어요. 또 봐요."

엔조가 눈을 접으며 웃었다. 그가 매들린의 어깨를 손끝으로 살짝 쓸었고, 그와 동시에 이안의 어깨가 흠칫 경련했.

엔조가 손을 흔들자, 롤스로이스가 미끄러지듯 나타났다. 차가 바뀌었다. 매들린은 자연스럽게 차 문을 열고 조수석으로 들어가는 엔조를 바라봤다. 누군가가 몰아주는 롤스로이스를 탈 정도라는 건. 아무튼, 이건 위험했다. 절대로 엔조와 이안을 같은 자리에서 마주치게 할 생각은 없었다.

"무슨 생각이지?"

그녀의 생각의 꼬리를 자른 건 냉랭한 이안의 목소리였다. 매들린이 그런 그를 향해 돌아섰다.

"제가 해명해야 할 일 같지는 않은데요."

"글쎄."

이안은 팔짱을 끼고 엔조의 롤스로이스가 사라진 도로변을 집요하게 쳐다보고 있었다.

"글쎄? 지금 그게 무슨 뜻이에요."

아니. 정말. 이 사람이. 진짜, 너무하네. 엔조와 투닥거리던 걸 무슨 밀회라고 생각하는 건지, 어이가 없었다. 아까 전, 알링턴 박사와 대화를 나누면서 들었던 차분하고 단정한 감정은 송두리째 사라지고 남은 것은 극렬한 분노였다.

애초에 말도 없이 대서양을 건너 유럽으로 간 건 남자였다. 전보도 딱 두 개를 성의 없이 남겼을 뿐이고, 그런데도 그는 자신에게 화를 내고 있었다.

"여기서 한바탕하기 싫으니까 돌아가세요."

"……."

남자는 아랫입술을 씹었다. 그의 표정이 잔뜩 굳어 있었다.

"돌아가시라고요. 지금 너무 피곤해요."

"누구를 만났지?"

"……."

매들린의 표정이 싸늘해질 차례였다. 그녀가 이안을 향해 고개를 쳐들었다.

"학교 사람이요. 같이 커피 마셨어요. 됐어요?"

"……."

이안이 어이없어하며 씩씩거리는 매들린을 한참 동안 바라보았다. 그는 말을 잃었다. 두 초록색 눈동자에서 어떤 불꽃이 일었다가 이내 사그라들었다.

"미안하오."

"……."

예상을 빗나간

"나는 이런 걸 설명하는 데에는 자신이 없어. 아까 당신과 저 남자가 같이 있는 걸 봤을 때… 젠장맞게 무서워져서."

"왜요. 왜 무서워요."

"모르겠소."

그가 허탈한 웃음을 내뱉었다. 남자는 미약한 두통을 떨쳐내기 위해 고개를 저었다.

"이안. 당신이 말하지 않으면 내가 알 수가 없어요."

"그러면 모르는 채로 있는 게 낫겠지."

남자가 이죽이며 대답했다. 매들린은 자신의 표정을 볼 수 없었다. 하지만 보지 않고도 알 수 있었다. 표정은 제쳐두고라도 자신의 속은 산산이 조각난 유리같이 깨져있을 거란 건 분명했으니까. 그녀가 고개를 기울였다. 차가운 물을 뒤엎어 쓴 것처럼 무언의 깨달음이 그녀를 덮쳤다.

이안 노팅엄은 여자의 얼굴을 잊을 수 없었다. 꿀과 금, 향유로 만들어진 것 같이 귀한 무언가를 손으로 직접 깨부순 느낌이었다. 매들린의 얼굴에서 배신감이 떠오르더니 이내 낙담과 포기의 감정이 스쳤다. 그녀가 힘없이 중얼거렸다.

"내일이면 후회할 소리는 하지 말고, 들어가세요."

그게 다였다. 차라리 화내주기를 바랐는지도 몰랐다. 매들린이 악을 쓰거나 욕설을 지껄이기를 바랐는지도. 그랬더라면, 순순히 욕을 먹고 인정할 수 있었을 테니까. 하지만 매들린은 그런 전술을 이미 꿰뚫어 보고 있는지도 몰랐다. 똑똑한 여자니까. 내가 생각하는 것보다 언제나 더 똑똑한 여자니까. 그렇다고 그녀에게 자신의 욕망을 곧이곧대로 이야기할 만큼 그는 순진하지 않았다. 겁에 질리게 만들고 싶지 않았으니까. 하지만 그 서툰 배려가 당신을 더 괴롭게 만든다면, 나는 어떻게 해야 하지?

이안은 차창 너머 명멸하는 뉴욕의 야경을 무연히 바라봤다. 네온사인과 빛나는 전구들이 서로의 무가치함을 뽐내는 광경을. 알려줘. 처음부터 끝까지, 내게 모든 것을 알려줘. 그는 눈을 감았다.

"무슨 고민 있어?"
"수지. 요즘 가게는 괜찮아요?"
"응. 외상 해달라는 사람들도 없고, 다들 인심이 괜찮네."
우려와 달리 수지는 카운터를 잘 보고 있는 모양이었다.
"요즘 이상한 사람들은 안 오고요?"
혹시 갈까마귀 무리들이 맥도먼드 식료품점을 들쑤시거나 하는 일이 있을까 봐 걱정이 되었다.
"별로? 노숙자들이 구걸하러 오기는 하는데."
고개를 갸웃거리던 수지가 카운터를 쳤다.
"아. 이상한 놈들이 기웃거리기는 했어. 분명히 짭새 느낌이 나더라고."
"경찰요?"
"응응. 그자들이야말로 주위에 뭐 이상한 게 없었냐고 묻던데. 내 생각에는 최근에 그 소매치기랑 관련이 있는 것 같아."
"음. 그래요? 조심해야겠네요."
아일랜드 거리의 치안은 거의 포기하다시피 하는 뉴욕 경찰이 갑자기 소매치기를 잡자고 탐문 수사를 벌일 리 만무했지만 벌써 수지의 아메리칸 드림을 깰 이유는 없었다. 별일 없으면 가 볼게요. 매들린이 빵 몇 개를 사들고 떠나려는 때, 수지가 그녀의 어깨를 툭, 쳤다.

"네?"

"매들린. 뭔가 힘든 일 있어?"

"아. 아무것도 아니에요."

그냥, 저를 엄청나게 속상하게 하는 남자친구와, 마피아인 것 같은 전 남자친구 말고는 딱히 문제는 없네요. 매들린은 한숨을 쉬었다.

"그러면 기운 내고!"

"수지도요!"

가게 문을 열고 거리에 나서니, 어쩐지 주변의 공기는 음울했다. 아일랜드 거리 특유의 활달함은 없고 사람들도 자취를 감춘 지 오래였다.

매들린은 월시 부인의 하숙집으로 돌아가기 위해 걸어갔다. 이안에 대한 분노와, 그에 대한 약간의 연민이 뒤범벅된 마음을 추스르느라 머릿속이 혼란했다. 남자가 자신이 누군가와 있을 때마다 무섭다면, 그건 무엇인가가 심각하게 잘못되었다는 뜻이었다.

기본적인 신뢰의 문제야. 역시 내가 미국으로 와버려서인가. 그래도, 그걸로 사과하기에는 너무 엉뚱한데. 생각해보자고. 그 사람은 옛날부터 그렇게 좀, 의심이 많았어. 그렇게 한참을 잡다하다면 잡다한 고민으로 시름 하고 있을 때였다.

"예수님, 믿으세요. 곧 새천년이 열립니다."

등 뒤에서 키 큰 신사 하나가 그녀에게 전단지 하나를 건넸다.

"괜찮아요."

매들린이 전단지를 받고 고개를 숙였다. 등 뒤에 차가운 무언가가 느껴졌다. 그것이 총부리라는 걸 눈치챌 때까지는 그리 오래 걸리지 않았다.

"지금 당장 오른쪽에 주차된 차에 타. 조금이라도 망설이면 네 뒤통수에다 구멍을 뇌줄 테다."

남자는 일단 전단지를 건네, 매들린의 악센트를 확인하고 그녀에게 총을 겨누었다. 타깃은 정해져 있었다. 옷감 너머로 느껴지는 딱딱한 무언가가 진짜 총인지 장난감인지 따져볼 겨를이 없었다. 그녀는 손을 들었다. 거리로 빵 봉투가 나뒹굴었다. 남자가 이끄는 방향에 차가 한 대 주차되어 있었다. 억지로 밀쳐져 뒷좌석에 앉은 그녀는 '억' 소리도 낼 수 없었다. 우악스러운 손길이 그녀의 뒷덜미를 잡아챘기 때문이었다.

"가는 동안 소리 지르기만 해봐, 아주 고통스럽게 죽여줄 테니까."

"워. 워. 맥도웰. 진정하라고."

운전석에 앉은 사람이 말을 걸었다. '아일랜드 악센트' 이 사람들은 아일랜드 쪽 마피아들이었다. 그렇다면 지금까지 저를 미행하던 사람들은 바로 이들이었나.

"하긴. 백정 놈 앞에서 죽여줘야지. 그래야 분이 조금이라도 풀리겠어."

"맥도웰, 여자 앞에서 나불대지 마."

미친. 납치범들이 나누는 짧은 대화를 바탕으로 상황을 추론할 수 있었다. 지금 저 아일랜드 마피아들은 갈까마귀의 경쟁 조직인 모양이었다. 아니면 갈까마귀에게 원한이 있든가. 그래서 엔조와 친분이 있는 자신을 인질로 삼을 요량인 거다. 하지만 자신은 지금 엔조의 아무것도 아니었다. 친구라면 친구라고 할 수는 있겠지만, 그들이 생각하는 그런 관계는 절대 아니었다.

"지금 뭐 하는 거예요!"

"닥쳐. 얌전히 따라오기만 하라고. 너도 알았을 거 아니야, 네 남자친구의 더러운 돈이 다 어디서 나왔을지."

남자가 매들린의 손목을 바라보며 깔깔거렸다.

"이런 비싼 시계를 걸치고 길거리를 돌아다니면 안 되는 거라고 가르치는 사람도 없던?"

"제발."

"애원은 그만."

남자가 이번에는 총구를 매들린의 관자놀이에 겨눴다. 매들린은 입을 다물었다. 생각을 하자, 생각을 하자. 시간을 최대한 끌어야 한다. 뒷좌석의 창문은 지금 까맣게 칠해져 있었고, 앞창을 통해 보이는 경치로는 정확히 어디로 가는지 알 수 없었다. 안다고 해도, 지금 외부와 연락할 수 있는 수단은 없다.

'하긴. 백정 놈 앞에서 죽여줘야지' 이 말로 미루어봤을 때, 놈들은 자신을 미끼로 이용해서 엔조를 데려올 방편인 모양이었다. 그렇다면 어떻게든, 엔조는 자신이 납치되었다는 사실을 알게 될 터였다.

그가 자신을 구하러 올까. 매들린은 회의적이었다. 이들이 멋대로 오해하고 있지만, 일단 자신과 그는 애인도 아니었거니와, 매들린은 그의 마음에 상처를 줬다. 그리고 왠지 엔조는 누군가를 구하기 위해 승냥이 굴로 걸어 들어갈 만큼 머리가 안 돌아가는 인간은 아니었다. 그는 가끔씩 냉정한 모습을 보여주었다.

결국, 가장 그럴싸한 시나리오는 매들린 혼자 죽는 것뿐이었다. 엔조가 거절하거나, 그에게 속았다는 사실을 알게 된 놈들이 해코지를 할 터였다. 그렇게 끝이 나겠지.

돌고 돌아 이역만리에서 또 개죽음이라니, 이 또한 대단한 일이었다. 이렇게 인생을 꼬기도 쉽지 않은데, 그걸 해냈다. 그러나 자조도 잠시, 끔찍한 절망과 후회가 그녀를 덮쳤다. 이안과의 마지막이 그렇게 되어버리면 죽고 나서도 후회할 것 같았다. 사후세계와 영혼을 떠난 문제였다. 젠장맞게 무서워졌다. 관자놀이에 닿아있는 차가운 금속성의 촉감이 소름 끼치게 느껴졌다. 그녀는 눈을 질끈 감았다.

"계속 울면 진짜 쏴버릴 거야."

내가 울고 있었구나. 매들린은 눈물을 멈추었다. 그녀는 울다가도 언제나 눈물을 멈출 수 있었다. 아주 어린 시절부터 가능했던 기술이었다. 게다가 죽음을 받아들이는 건 쉽다. 이미 한번 해본 일 아닌가.

"매들린요? 아까, 빵 두 개를 사서 갔는데요."

수지가 떨떠름하게 대답했다. 재수 옴 붙게 웬 영국인이 나타났단 말인가. 그러나 남자는 무척이나 초조한 모양이었다.

"젠장."

"죄송하지만 혹시 왜 매들린을 찾으시는 건지 여쭐 수 있을까요, 손님."

"제 애인입니다."

"아 네……."

재수 없는 영국인이라는 말을 취소해야 하나 마나 갈등이 일었다. 남자는 그러거나 말거나 좌불안석이었다. 살짝 걸음이 불편해 보이는데도 마구 상점을 돌아다니면서 다른 손님들을 불편하게 하고 있었다. 그가 갑자기 카운터로 바짝 붙더니, 수지에게 을러댔다.

"주인을 불러주십쇼."

"죄송한데, 제 오라버니는 지금 낮잠 시간……."

"급한 일이니까, 당장!"

"네?"

수지가 계단을 타고 올라가자 이안이 부들부들 손을 떨었다. 토하고 싶었다. 하지만 그런 약한 모습은 보일 수 없었다. 그것은 그가 어릴 때부터 속박되어온 구속이었다. 신사이자 남자이자, 백작이자, 어른으로서. 그런 그의 머릿속에서 뱀 같은 목소리가 사근사근 속삭였다.

알고 있었잖아. 그녀를 놔두는 순간, 버러지 같은 놈들이 꼬이기 마련이라고. 결국, 네가 잔뜩 쥔 손아귀 힘을 풀 수 없는 거라고.

라오네의 본거지를 찾아가는 건 쉬운 일이었다. 그러니까, 겉으로는 평범한 정육점처럼 보이지만 안에는 돈 세탁실, 번듯한 회계 사무실이 차려져 있는 곳 말이다. 그곳으로 들이닥치자마자 이안을 향해 토미건 몇 개가 겨누어졌다. 이안은 사무실 안쪽에서 엔조의 회계사들이 돈을 세고 있는 광경을 바라봤다. 엔조는 가운데의 의자에 왕처럼 앉아 있었다. 그가 이안을 확인하자 뒤의 수하들에게 고갯짓했다.

"아는 분이야. 총 내려."

"매들린 어디 있어."

"미안한데, 형씨. 저는 전혀 모르는 일이네요. 더군다나 의처증은 제 관할 분야가 아니라……."

"개수작하지 마."

이안이 웃었다. 저런 덜떨어진 양아치 버러지들이 설치는 게 우스웠고, 살의가 일었다. 자신에게 귀족적인 무언가가 남아있다면, 저런 인간 이하의 쓰레기들에 대한 혐오라 할 만했다. 그 증오를 엔조도 비슷하게 읽어내는 모양이었다.

"우스워요? 형씨나 저나 피차 비슷하다고 보는데요. 달러를 세탁하는 데에 지위고하가 있었군요?"

이안이 뭐라고 되받아치고 싶어도, 지금은 그런 말다툼을 할 시간이 없었다. 거두절미하기로 했다.

"본론으로 가지. 몇 시간 전, 아일랜드 거리에서 남자 한 명이 매들린을 억지로 차에 태우는 광경을 누군가 목격했다."

"뭐라고?"

엔조가 일어섬과 동시에 사무실에 전화기가 울리기 시작했다. 회계사들이 돈 세는 걸 멈췄다. 모두가 숨을 멈추었다. 심지어, 이안조차도 말을 하지 않았다. 엔조가 몸을 돌려 탁자를 향해 손을 뻗었다.

"제기랄."

"받아."

침착하게 말은 했지만, 이안도 미칠 지경이었다. 지금 저 이탈리아 마피아도 모르는 일이라면, 경우의 수는 하나로 좁혀졌다. 엔조가 받아들었고 수화기를 귀에다 가져다 댔다. 한참 듣던 엔조가 조용히 말했다. 그가 살짝 발랄한, 그러나 소름 돋는 톤으로 말했다.

"형씨. 내가 형씨를 어떻게 잔인하게 죽이기 전에, 죄 없는 사람은 얌전히 풀어주지 그래요? 그 여자는 나와 관계없다고."

전화는 끊긴 게 분명했다. 엔조가 수화기를 곧장 바로 패대기 쳤기 때문이었다.

"젠장! 젠장!"

"누구야."

이안은 지금 엔조의 분노는 조금도 신경 쓰고 싶지 않았다. 엔조가 앞머리를 헝클어뜨렸다.

"퍼거슨 잔챙이들이야. 젠장. 부둣가의 일로 악에 받쳐서는."

"언제, 어디서 만나기로 했나."

마피아 놈들 내력 따위는 알 바 아니었다. 고작 그따위 일로 매들린이 얽혔다는 걸 생각하면 화가 나 미쳐버릴 것 같으니 생각조차 하지 않기로 했다.

"내가 알아서 해결할 수 있어."

"닥치고 말하기나 해."

이안은 지금 엔조와 말다툼하는 시간조차 아까웠다. 하. 엔조가 받은 숨을 내뱉으며 다다다 쏘아붙였다.

"부둣가, 새벽 2시. 그리고, 당신 같은 사람들은 꼭 무슨 일이 생기면 짭새를 부른단 말이야. 이번에 그러잖아? 그러면 매들린은 죽어."

매들린은 눈에 안대를 두르고 있었다. 손목과 발목에는 밧줄이 묶여있었고 오랫동안 그렇게 있어서인지 온몸이 방망이로 맞은 것처럼 아팠다. 갑자기 엔조의 별명이 도살자라는 게 떠올랐다. 이안이 전쟁터에서 겪었던 광경이 어떤 것이었을지도. 사람과 사람이 서로를 사냥하고 사냥당하는 세상이었다.

매들린은 예전이나 지금이나 사냥당하는 쪽이었다. '도살자' 같이 그럴싸한 별명을 가지려면 몇백 번의 회귀로도 부족할 게다. 거기에 대해서 유감을 느끼지 않는다면 거짓말이지만, 다시 눈을 떴을 때 열일곱 살의 봄일 거란 기대는 없었다. 그녀는 더 이상의 기적을 기대하지 않았다. 요행도 세 번은 바랄 수 없는 법이니까.

"여자가 힘이 없네."

"상관없어. 숨 붙어있는지만 확인해."

마약이나 관세를 피해 밀수한 물품들을 하역하는 스태튼아일랜드의 외진 부둣가였다. 눈이 가려져 있어 정확한 풍경을 볼 수 없다는 게 아쉬운 점이었다. 적어도 매들린은 자신의 최후 풍경은 눈에 담고 싶었다. 툭. 툭. 차가운 총신이 기분 나쁘게 매들린의 머리를 건드렸다.

"엔조의 여자 취향도 나쁘진 않네."

"왜 앤디. 저런 요조숙녀가 타입이야?"

"아니. 재수 없어서 싫어."

"이봐, 다들 집중해. 곧 놈들이 올 거라고."

"놈들이라니. 분명히 혼자 오라고 해뒀어. 도살자 새끼가 한 놈이라도 더 끌고 오면 여자 머리에 총구멍을 내줄 거야."

대장으로 보이는 사람이 중얼거렸다. 그렇게 실없는 소리를 늘어놓던 자들이 갑자기 말을 멈추었다. 긴장감이 맴돌았다. 착 착. 총의 안전장치를 푸는 소리가 들렸다. 매들린은 어금니를 앙다물었다. 감각은 없었지만, 매들린은 직감적으로 총이 제 머리에 거눠져 있단 건 알았다.

"뭐, 어떻게 되든 간에 저 여자는 죽은 목숨이지만."

입에 수건이 둘려 있어서 말을 하지 못하는 게 아쉬웠다. 몇 번이고 말했다. 자신과 엔조는 아무 사이도 아니라고. 그러나 그들은 막무가내였다. 그만큼 복수에 눈깔이 뒤집힌 것이리라.

엔조는 바보가 아니다. 혼자 오는 무리수를 감행하진 않을 거야. 지척에서 차가 미끄러져 들어오는 소리가 들렸다. 그 소리에 곧장 총이 달칵거리는 소리가 들렸다.

"저 여자 안대 풀어. 적어도 애인이 뒈지는 꼴은 직접 봐두라고 해."

안대가 떨어졌지만 어둠이었다. 주변의 바지선과 강 너머 야경이 최소한의 시야를 밝혔다. 매들린은 버석한 눈가를 깜빡이며 주위를 둘러봤다. 제 앞에 토미건을 든 남자 두 명, 뒤에 몽둥이를 든 남자 두 명이 있었다. 저만치에서부터 롤스로이스가 다가오는 것을 보자, 아일랜드 조직원들은 경계태세를 갖추기 시작했다.

매들린의 가슴이 철렁였다. 설마. 아니다. 엔조는 바보가 아니다. 얼마 보지도 않은 여자를 위해 제 목숨을 버릴 사람은 아니다. 롤스로이스가 멈춰 섰다.

"일단 쏘지 마."

우두머리격으로 보이는 이가 손을 들어 올렸다. 천천히 운전석이 열리고, 그 안에서 한 사람이 나타났다. 남자였다. 중절모를 쓰고 멋들어진 인사를 하며 나타난 것은.

"안녕." 엔조였다. 서글서글한 미소를 지으며 그가 두 손바닥을 들어내 보였다.

"우리 친구들, 약이 많이 올랐네. 그래도 그렇지 말이야. 사람을 봐가면서 건드려야지. 무리수를 두셨어."

"하하. 사람을 봐가면서 건드리다니. 사람을 대낮에 죽이고 다니는 도살자놈이 할 소리냐."

"아니. 나는 건드려도 무방한데 말이죠."

엔조의 능글맞은 어조가 갑자기 착 가라앉았다. 그가 휘파람을 불었다. 그리고는 손가락으로 의자에 묶여있는 매들린을 가리켰다.

"저 여자는 정말로, 정말로 건드려선 안 될 사람이거든."

그리고 그 말과 동시에 사방에서 총들이 덜컥이는 소리가 났다. 매들린은 거의 혼절할 직전이 되었고, 네 명의 갱들도 마찬가지였다.

"젠장!"

욕설이 귓전을 두들겼다. 매들린은 아무것도 하지 못했고, 극한의 무력감에 휩싸였다. 무슨 일이 일어나고 있는 건인가.

손들어라. 뉴욕 경찰이다. 손들어라.

"저 미친 백정 새끼가 짭새를 불러들였어!"

"젠장!"

뒤에 선 갱 한 명이 매들린이 묶여있는 의자를 발로 찼다. 매들린은 그대로 의자와 함께 꼬꾸라졌고, 거친 바닥에 볼이 다 쓸렸다. 아팠지만, 고통보다는 토 나올 정도의 공포심이 그녀를 장악했다.

"미친 건가! 경찰을 불러들이면 너도 돼지는 건 마찬가지야!"

"어허. 다들 진정 좀 해."

엔조가 여유롭게 웃었다. 매들린은 갱들과 마찬가지로 지금

예상을 빗나간 167

일어나는 상황을 믿을 수 없었다. 마피아들끼리의 회합 장소에 갑자기 경찰이 난입하다니. 엔조가 경찰을 끌어들였을 거라고는 상상조차 할 수 없었다. 그러나 그 뒤 더 놀라운 일이 일어났다. 엔조가 손을 들자, 총을 든 경찰들이 일제히 총을 내린 것이었다. 일사불란한 지휘를 받는 것처럼 말이다.

"저 사람들은 내가 쏘라고 하면 쏠 거야. 마찬가지로 너희들이 쏘면 발포한다. 간단하지? 자. 이 자리에서 바로 협상하자고. 너희들이 멍청한 짓거리만 안 하면, 한심한 목숨 정도는 부지할 수 있을지 모르지."

"개소리 지껄이지 마! 경찰들이 왜 네놈 말을 듣는지부터 설명해!"

하지만 그런 말을 내뱉는 갱들의 목소리는 사정없이 흔들리고 있었다. 완벽한 동요. 수십 정의 총이 몸에 겨눠지는데 생리적으로 무서울 수밖에 없으리라. 그런 갱들의 허점을 발견한 게 즐거운 듯 엔조가 비웃었다.

"말했잖아. 건드려서는 안 될 사람을 건드렸다고. 그러니 당장 여자 부축하고, 풀어줘."

"……."

"머리가 돌아가면 지금 마피아들의 일에 경찰이 왜 개입하는지 생각을 해야 하지 않을까? 친구들, 여자만 풀어주면 없던 일로 해준다고 했잖아. 자. 나는 관대하지만, 높으신 분들은 안 그렇거든."

엔조가 다시 손을 올리자 경찰들이 다시 총을 겨눴다.

"젠장. 의원나리 딸이라도 되는 거야?"

"그러게 제대로 조사라도 하고 일을 벌였어야지!"

"닥쳐."

갱들이 이러지도 저러지도 못하는 사이 바닥에 거꾸러진 매들린이 끙끙거렸다. 바닥에 쏠리면서 입술이 터졌는지 입에서 비린 피 맛이 났다.

"풀어주면 약속은 지키는 거겠지? 개수작 부리면 같이 지옥으로 가는 거야."

"경찰 앞에서 거짓말하진 않는다. 어차피 마피아들 구정물 싸움에 공권력이 끼어들 이유도 없다는 건 잘 알잖아?"

매들린은 땅에 뒹굴면서 엔조의 말을 들었다. 지금 그는 자신이 알고 있던 순진한 청년이 아니었다. 비열하고 잔혹하며, 유들유들한 범죄자.

"……"

수런수런 갱들이 속삭이는 소리가 웅웅거리며 들렸다. 아까 전의 살의는 온데간데없이 당장의 목숨을 부지하려는 절박함이 생긴 것 같았다. 잔혹한 복수극을 계획했지만, 간부들이 죽고 남은 잔챙이들이라 그런지 허술함이 엿보였다. 엔조가 너무 당당하게 나오자 당황하는 것일 테다. 하지만 그럴수록 안심이 되기는커녕, 불안감만 커져갔다. 저런 류의 어리숙한 치들일수록 제 혈기에 치우쳐 일을 그르치는 법이었다.

"여자를 풀어줘." 엔조가 다시 말했다. 이번에는 웃음기가 싹 사라졌다. 최후통첩이었다.

"어쩔 수 없잖아."

"젠장."

결국, 의자에 꽁꽁 묶인 손목과 발목이 풀렸다. 밧줄이 풀리고 나서야, 매들린은 자신의 몸이 멍투성이라는 걸 알았다. 밧줄로 묶인 채 이리저리 끌려다니면서 생긴 타박상이었다.

갱들 중 하나의 부축으로 간신히 일어선 매들린은, 고개를 들었다. 그녀가 본 것은 침착한 얼굴의 엔조였다. 왜? 그녀는 남자에게 묻고 싶었다. 나와 너는 이곳에서 스치듯 만난 인연 아니었나. 아쉽기는 하지만 그 이후를 기약할 수 없는 딱 그 정도의 관계. 왜 왔어. 하지만 그 질문을 지금 할 순 없었다. 그녀의 입에는 재갈이 물려있었고, 갱들은 총구를 거두지 않은 채였다.

"자. 네가 말한 대로 그쪽으로 여자를 보낼 테니, 짭새들을 치워."

엔조가 고개를 끄덕이는 게 보였다.

"말 들었죠? 다들 물러서요."

엔조의 그 말과 함께 경찰들이 발걸음을 뒤로 옮기는 소리가 들렸다. 매들린은 후들거리는 두 다리로 몸을 간신히 지탱하고 있었다. 침착한 얼굴의 엔조가 힘들어하는 매들린을 보자마자 갸륵한 미소를 지었다. 어떻게든 공포에 질린 그녀를 안심시키려는 것 같았다.

"매들린. 이리로 와요. 한 발자국씩. 좋아. 옳지." 내게 이리로 와요. 매들린. 엔조가 두 팔을 벌렸다.

"윽, 아……."

매들린이 헝겊을 문 채로 끅끅 울부짖었다. 그녀도 모르는 새 두 뺨에 뜨거운 눈물이 흘러내리고 있었다. 말라붙은 눈물 위에 또 눈물이 흘렀고, 입술은 터져서 헝겊에 피를 물들였다. 너무 오래 묶여있어서 그런지 두 발에는 감각이 없었다. 그런데도 그녀는 한 걸음, 두 걸음 앞으로 나아갔다. 등 뒤에 겨눠진 총을 등지고, 그렇게 한 걸음씩. 최소한의 용기를 내야 했다. 그래야 살아 나갈 수 있었다.

　엔조는 한치의 동요도 없이 제게 두 팔을 벌리고 있었다. 바르작 몸을 뒤틀며 힘겹게 걷던 매들린이 마침내 남자의 품에 풀썩 쓰러지듯 안겼다. 그의 품에서는 모순적으로 포근한 냄새가 났다. 그리고 그때였다.

"으악!"

　뒤에서 비명과 함께 총소리가 들렸다. 두두두두. 천지가 요동하고 번개가 치며, 해일이 이는 것처럼 요란한 소리가 귓전을 때렸다. 엔조가 강한 손길로 매들린을 품에 안아 감쌌다. 그리고, 동시에 온몸이 찢기는 격통이 그녀를 집어삼켰다.

　매들린! 매들린은 엔조의 품속에서 정신을 잃었고, 그래서 그녀를 애타고 절박하게 부르는 남자의 목소리도 들을 수 없었다.

15. 감히 짐작할 수 없는

내게 확신을 줘요. 그래서 내가 당신을 붙들 수 있게.
…붙잡은 손을 놓지 않게.

"부둣가, 새벽 2시. 그리고, 당신 같은 사람들은 꼭 무슨 일이 생기면 짭새를 부른단 말이야. 이번에 그러잖아? 그러면 매들린은 죽어."

당장이라도 토악질이 나올 것 같아, 이안의 얼굴이 창백해졌다. 그가 밀려오는 구역감을 간신히 참은 채로 질문했다.

"좋은 수라도 있는가 보군?"

아. 살의를 눌러 담는 건 쉬운 일이 아니었다. 그러나 그는 놀라우리만치 침착했다. 당장 여자를 품 안에 안고, 어디 가지도 못하게 꼭 붙들고 있어야 했다. 그러기 위해서는 정신을 제대로 붙잡고 있어야 했다.

"경찰들은 인질 따윈 상관 안 하고 당장 놈들에게 총질이나 해댈 거야. 게다가 그렇게 날래지도 못해. 아."

중얼거리던 엔조가 이안을 올려다봤다. 그가 말했다.

"당신, '상류층'이잖아. 의원이나 주지사 정도는 움직일 수 있을 거 아니야. 그렇담 그 문제는 해결할 수 있을지도 모르지. 경찰나리들을 쥐락펴락할 수 있는 사람이 필요해."

홀츠먼. 이안이 고개를 끄덕였다.

"당장 내가 아는 사람을 부르지. 너도 준비해."

엔조의 품에서 정신을 잃은 그녀가 처음으로 느낀 감각은 강렬한 고통이었다. 아프다. 아파. 기절했는데도 아프다니. 신기한 일이었다. 매들린은 어둠 속에서 울었다. 한참을 웅크려 훌쩍이던 그녀는, 잠시 후 정신을 차리고 자신이 완전한 공허 속에 있음을 알았다. 나 죽은 건가. 이번엔 정말로. 하지만 이곳이 사후세계라면 이토록 아파선 안 되는 일이었다. 배가 너무 아팠다. 수천 개의 쇠바늘이 위장에 꽂힌 것 같았다.

"벌일지도 몰라."

매들린은 자조했다. 하하. 나직하게 웃은 그녀의 웃음기가 사라졌다. 엔조의 품 안에서 탄환을 피하지 못하고 죽은 건가 싶었다. 총 한 발 맞은 것도 아파 죽겠는데, 포탄에 몸이 찢긴 이안은 얼마나 아팠을까.

당신은 그 어둠 속에서 얼마나 괴로웠을까. 다시 과거로 돌아갈 수 있다면, 그런 요행의 기회가 주어진다면, 나는 당신을 더 세게 끌어안아 줬을 텐데. 하지만 속절없는 후회였다. 그리고 후회하기에도 이미 너무 늦었다.

"으윽……."

"너 때문에 일이 복잡해졌어."

한참 나락으로 떨어지는 정신을 일깨운 건, 허공에서 들리는 목소리였다. 음산하고, 기괴한데도 어딘가 몹시 익숙한 목소리. 그녀는 어두운 바닥을 손끝으로 더듬고 일어나, 주변을 돌아봤다.

"누구 있어요?"

침묵.

"누구, 거기 누구 있어요?"

그리고 그 말과 동시에 그녀가 딛고 있던 바닥이 사라졌다. 앨리스처럼 끝없는 지하로 추락하고 추락해서 중력조차 느낄 수 없었다. 바닥을 치고 나서야 둔해졌던 고통이 점차 다시 돌아왔다. 매들린은 소스라치며 몸을 떨었다. 추웠다. 질끈 감은 눈을 다시 뜨니, 눈앞에는 누군가가 서 있는 형체가 보였다.

매들린의 눈이 가늘어졌다. 주위를 둘러보니 그 형체뿐만이 아니었다. 기괴한 헌팅 트로피들, 칙칙한 태피스트리 융단, 어디선가 나는 타는 장작 냄새까지. 그녀는 자신이 노팅엄 저택으로 돌아와 있다는 사실을 깨달았다.

"농담인 거지……?"

누군가의 질 나쁜 농담도 아니고, 이게 도대체 무슨 상황이란 말인가. 그러나 그녀가 자신이 처한 상황을 완전히 받아들이기도 전의 일이었다. 형체가 점점 가까이 다가오기 시작했다. 비틀거리며, 화난 듯 몸을 뒤틀며. 한 발자국, 두 발자국. 가까이.

형체가 움직임과 동시에 매들린은 그가 이안임을 알았고, 강렬한 기시감에 휩싸여 입을 벌렸다. 나는 이곳을 알고 있어. 전생애에서, 계단에서 굴러떨어져 죽기 직전의 바로 그때였다. 손에 땀이 찼고 몸이 부들부들 떨렸다.

악마의 농간이야. 지금 그녀의 앞에 있는 이안은 창백했다. 얼마 전까지만 해도 서로에게 사랑을 속삭이던 남자의 모습이 아니었다. 그나마 꾸준한 재활과 활동을 통해 어느 정도 활기를 되찾은 이안과 달리 지금 눈앞의 남자는, 뱀파이어 성에서 막 튀어나온 것 같았다.

"비틀거리며 걷는 게 참으로 신기한가 보군."

눈앞의 그가 중얼거렸다. 매들린이 눈을 계속 깜빡였다. 다시 돌아간 건가. 그렇다면 지금까지의 일들이 다 꿈이었던 거야? 무엇이 진실인지 파악하지 못해 허둥지둥하고 있을 때, 이안은 점점 다가오며 매들린에게 윽박지르기 시작했다.

"그래. 그렇게 창부처럼 굴면, 멋들어진 왕자님이라도 나타날 줄 알았나?"

아. 저 말을 들으니 그녀가 보고 있는 이안은 정말 전생의 그가 맞다. 지금 자신이 환상을 보고 있는지, 아니면 잔인한 사후세계 속에 갇혀있는 건지는 중요하지 않았다.

매들린은 자세를 곧추세웠다. 이안이 목발을 짚으며 다가왔지만, 그녀는 전처럼 뒷걸음치지 않았다. 이상하게도, 너무나도 보고 싶은 남자를 다시 만났다는 생각에 반가워 눈물이 날 지경이었다. 갱들에게 납치당하는 수모를 겪을 줄 알았더라면, 이안에게 그렇게 말하는 게 아니었다. 화난 얼굴의 그가 마지막으로 보게 될 그런 걸 알았더라면 그녀는 그렇게…….

"왜. 이렇게 가까이서 보니, 무서워 죽겠는가 보군. 눈물을 흘릴 정도로 역겨운 게지."

내가 울고 있었나? 그래. 매들린은 곧 자신이 울고 있음을 알았다. 얼굴을 찌푸리며 조용히 눈물을 줄줄 흘리고 있었던 것이다. 그녀가 울면서도 뒷걸음치질 않자, 이안이 살짝 당황한 것처럼 눈살을 찌푸렸다. 그러나 그의 얼굴은 냉정했고 어조는 음산했다. 이안이 목발을 짚지 않은 손으로 매들린의 손목을 낚아챘다. 힘이 잔뜩 들어가 멍이 남을 것처럼 강하게 말이다.

"그 허우대 밑에서는 어떻게 울었는지 궁금하군."

"……."

가까이서 본 이안은 기억하던 그때와 같았다. 푹 패인 창백한 볼, 살의로 드글거리는 초록 눈까지. 하지만 여전히 그라는 생각을 하자 동요하던 마음이 차분하게 가라앉았다. 완전히 저승으로 끌려들어 가기 전에 마지막으로 보는 환상이 이런 거라면, 차라리 하고 싶은 말은 하고 싶었다.

"이안."

"……."

이안의 손아귀에서 힘이 살짝 풀렸다. 전혀 예상하지 못한 한마디를 들은 모양이었다. 그도 그럴 것이, 매들린은 전 생애에서 이안의 이름을 거의 부르지 않았으니까.

"보고 싶었어요."

"개수작까지 부리는군. 그것도 그 의사 놈팡이가 알려준 거겠지."

이안은 냉소했지만 낮은 목소리는 점차 떨리고 있었다. 매들린이 붙잡힌 제 손목을 들어 올리자 이안의 팔까지 딸려 올라갔다. 매들린이 이안의 손등 위에 입을 맞췄다. 동시에 이안의 전신이 뻣뻣하게 굳는 게 느껴졌다. 그의 압도적인 살의가 단숨에 휘발되며 엄청난 당혹감으로 변해갔다.

"무슨, 무슨 짓이지."

낮은 목소리는 이제 완전한 당혹감으로 물들어 있었다. 이안이 아랫입술을 씹었다. 하지만 손을 빼지는 않았다. 매들린의 축축한 입술이 제 거칠고 흉진 손등에 키스하는 감각이 너무 낯설고 충격적인 모양이었다.

"당신을 사랑해요."

"……!"

"……."

"정신이 완전히 나갔군. 사람을 농락하는 것도 정도껏 해. 그래봤자 너는……."

휴. 매들린이 눈썹을 들어 올렸다.

"그래봤자 나는 못 벗어나는 거겠죠. 당신에게서도. 이 빌어먹을 흉가가 무너져내리는 한이 있어도 같이 깔려 죽을 수밖에 없다고 말할 거죠?"

죽으면 죽을수록 겁이 없어지는지, 매들린은 명경지수 같은 마음으로 남자에게 말했다. 하지만 그녀는 물불을 가릴 계제가 아니었다. 겁에 잔뜩 질렸을 줄로만 알았던 매들린이 말을 쏟아내자 이안은 살짝 아연한 표정을 지었다. 지금 눈앞의 여자가 완전히 미쳐버렸나 생각하는 모양이었다.

"왜냐하면 이안, 당신은 날 사랑하니까."

그 말에 잠시 아연하던 표정은 이내 깨진 유리 파편처럼 완전히 산산조각이 났다.

"너……."

"당신은 날 사랑해요. 인정하세요. 솔직히 그 지긋지긋한 집착이며 표현 못 하는 거며 정말 싫었지만, 아무튼 사랑은 사랑인 거니까. 날 사랑해서 이렇게까지 구는 거라면 그렇게 말하세요."

"내 감정은 네가 멋대로 쥐고 흔들 수 있는 장난감 총 같은 게 아냐. 그런 걸 궁금해할 필요 없어. 넌 잠자코 이곳에서 나랑 함께하면 되는 거야."

"당신의 감정을 무기 삼으려는 건 아니에요. 그러면 이렇게 말할게요. 내가 당신을 사랑하면 어떻게 할 건데요?"

"매들린… 로엔필드, 개소리 지껄이지 마. 넌 나를 경멸하고 있어. 애초에 이런 일을 벌인 것도 날 모욕하고 욕보이기 위해서 아닌가? 사랑이니 뭐니 떠들어댄다고 해서 내가 쉽게 용서할 거라고 생각하면……."

남자는 '당신은 날 사랑해요'라는 말까진 부정하지 않았다. 그저 자신의 감정을 무기로 삼지 말라고 할 뿐이었다. 결국, 인정은 못 해도……. 그래. 그게 당신의 사랑 방식이었다는 걸 이제 알아. 옳고 그름을 떠나서 그게 사랑이라면 사랑인 거라고 해두자고.

"당신이 나를 먼저 놓아주길 바랐어요. 그래서 알링턴에게 보내는 연애편지를 꾸며내고, 흔적을 만들어내고. 당신이 눈치챌 때까지 계속 그 짓을 했어요. 하지만 그걸 다 봤을 텐데도 당신은 계속 참더군요. 몇 달간 아무 말도 하지 않다가 지금 이렇게 폭발해버렸죠. 역시 내 짐가방을 본 거죠?"

아니면 기차표? 알링턴이 학교 입학을 약속한 편지? 무엇이든 좋았다. 매들린이 자신을 떠난다는 물증을 확인하자마자 그는 완전히 눈이 뒤집히고 말았고, 그래서 여기까지 온 거였으니까.

이안은 아무 말도 하지 않고 매들린을 내려다보기만 할 뿐이었다. 그의 호흡이, 그의 폐부를 오고 가는 들숨과 날숨이 느껴졌다. 남자의 어깨가 천천히 들썩였다.

공기의 흐름이 완전히 가라앉았다. 노회한 사람이라고 생각했는데, 들여다 올려본 그는 기억했던 것보다 너무도 처연해서 가슴이 아팠다. 매들린이 나직이 속삭이듯 말했다.

"나는, 나는 당신이 한 번이라도 먼저 말해줬으면 했던 걸지도 몰라요. 가지 말라고, 사랑한다고 한마디만 했더라면, 그랬더라면 나는……."

"그러면 뭐가 달라지지?"

이안도 목소리를 낮추었다. 너무도 쓸쓸하고 괴롭다는 듯이.

"이안."

"그러면 뭐가 달라지냔 말이야. 당신이 누구와 놀아나건 내 곁에만 있으면 된다고 비굴하게 빌어라도 볼까. 마음은 필요 없으니까 몸이라도 있어 달라고."

"방금 내 말 못 들었어요?"

"……."

"난 분명 내가 당신을 사랑한다고 말했는데."

"넌 정말……."

"부정하는 게 편하면 부정하세요. 그런데 말이에요, 이안. 한마디만 하면 많은 게 달라져요. 그러니 그런 말 해서 뭐가 달라지냐는 말은 취소하세요. 그리고 나를 사랑한다고 말하고, 떠나지 말라고 해요."

매들린의 볼이 축축했다. 미처 잠그지 못한 수도꼭지처럼 계속해서 흐르는 눈물을 굳이 멈출 정신도 없었다. 그리고 그때였다.

"윽……."

남자가 아픈 신음을 입술 사이로 내뱉더니 고통을 참는 것처럼 눈살을 찌푸렸다. 어디가 아픈가. 매들린의 눈물이 그제야 멈췄다. 그녀가 재빨리 남자를 살폈다. 협심증? 다리에 마비라도 온 건가? 아니면, 포탄 증후군?

목발에 온몸을 기댄 남자의 이마에 식은땀이 송골송골 맺혀 있었다. 그가 갑자기 무릎을 굽히더니 몸을 웅크렸다. 몸체가 워낙 커서 커다란 산이 된 것 같은 기분이었다. 매들린도 놀라서 같이 무릎을 꿇었다.

"아파요? 정말 심하면 진정제를……."

"그만." 매들린이 남자의 손을 더듬어 짚었다.

"의사를 불러야……."

"싫어. 그냥."

그냥 이렇게. 나를 안아줘. 매들린, 나를 안아. 그렇게 힘없이 중얼거리는 이안의 얼굴이 창백하게 질려 있었다. 매들린은 조심스럽게 몸을 굽혀 웅크린 남자를 껴안았다. 그의 너른 등을 양팔로 다 감쌀 수 없어 안타까웠지만, 일단은.

이안은 제 얼굴을 매들린의 왼쪽 어깨와 목 사이에 묻었다. 그렇게 얼마간 껴안고 있었을까, 남자의 바들거림도 멈추었고, 매들린은 자신의 어깨가 축축해진 걸 느꼈다. 남자가 울고 있었다. 이 광경이 주마등이라거나, 죽기 전에 보는 환상이라거나, 뇌의 장난이라면, 어떻게 받아들여야 하는 걸까.

그렇게 둘이 부둥켜안는 동안 주위가 어둠으로 점점 잠식되는 것이 느껴졌다. 마치 무대의 조명이 하나둘씩 꺼지는 것처럼. 매들린이 남자의 얼굴을 보고 싶어서 그의 품을 떨치려 했다. 그러나 남자는 매들린을 더 강한 손길로 얽어맸다.

"가지 마."

매들린은 자신이 움켜쥔 이안의 몸까지 점점 어둠으로 물들어가고 있다는 걸 깨달았다.

"나를 두고 가지 마. 매들린, 제발. 제발, 나를 이 추운 곳에 혼자 놔두지 마."

낮은 목소리는 완전히 발가벗겨진 듯 날것이었다.

"이안……."

어느덧 자신을 껴안고 있는 남자까지 완전히 어두워졌다. 남은 것은 목소리뿐이었다. 나를 버리지 마. 남자까지 완전히 사라지자, 매들린은 앞으로 넘어졌다. 기도가 콱 막힌 것처럼 숨을 쉴 수 없었다. 죽기 전에 마지막으로 보는 광경치고는 너무 슬프지 않은가. 이안과 사랑을 속삭이면서도 그녀는 줄곧 이 순간을 마음에 담아두고 있었던 모양이다. 남자는 언제나 그녀 몫의 죄책감으로 남아, 지옥의 문턱까지 함께했다.

"으윽… 흐윽……."

매들린이 짐승처럼 몸을 떨며 울기 시작했다. 그때 그녀를 누군가가 불렀다.

"잠시 화풀이를 할까 했는데, 네가 너무 슬프게 울어서 내 기분까지 잡쳤어."

아까의 그 목소리였다. 매들린이 주먹을 쥐었다.

"누구세요? 누구냐고요!"

고개를 떨군 매들린의 눈앞에 구두를 신은 발이 보였다. 고개를 찬찬히 들자, 그곳에는 다름 아닌 자신이 서 있었다. 고고한 얼굴의 로엔필드 백작부인이었다. 머리칼을 틀어올리고 화려한 드레스를 입은 우아하고 처연한 여성. 그녀는 부채 하나를 말아 쥔 채 눈앞에서 울고 있는 매들린을 한껏 내려다보고 있었다.

"놀랐어?"

"누구냐고 물었어."

"미안하지만 답할 수 없는 질문을 던지고 있군."

매들린이, 아니, 매들린의 형상이 몸을 굽혔다. 그리고는 바닥에 주저앉아있는 그녀와 눈높이를 맞췄다.

"이곳의 역사에 대해서는 너도 알고 있잖아."

감히 짐작할 수 없는

매들린은 자신의 형상을 한 이의 황금빛 눈을 마주치며, 본능적으로 그녀가 보고 있는 것이 사람이 아니란 걸 알아차렸다. 이사벨이 했던 이야기가 떠올랐다. 켈트인들이 모시는 신들의 제단 위에 지어진 성당, 그리고 그 성당을 허물고 만들어진 것이 노팅엄 저택이라 했다.

"눈치가 빠른 편은 아니네. 하지만 이게 지금 누굴 탓할 일이 아니긴 하지. 어쨌든 내 잘못이긴 하니까."

눈앞의 여자가 한숨을 쉬었다.

"내게 제물이 떨어진 지 너무 오래되어서 그만 흥분하고 말았지 뭐야."

이어지는 알쏭달쏭한 이야기들에 갈피를 잡지 못한 매들린이 눈을 동그랗게 뜨자, 여자가 갸륵한 미소를 지었다.

"요약하자면 이래. 네가 하필이면 제단이 있는 곳 바로 위에서 피를 흘린 탓에, 내가 오해를 좀 했었어. 와! 드디어 내가 먹어치울 수 있는 공양물이구나 싶어서 집어 들었는데……."

웬걸, 제물이 아니라 그냥 운 나쁘게 굴러떨어진 어린양일 줄이야.

"생명을 잘못 거둬들인 실수를 해결하기 위해 벌인 일이 또 너무 커져 버리고 말았지. 원래 계획 대로였으면 목뼈가 부러진 너를 돌려보내 병상 위에서 천천히 죽게 했어야 했는데, 하필이면 돌려보낸 시간이 안 맞아버렸을 줄이야. 너를 엉뚱한 시간과 장소로 돌려보낸 탓에 미래가 완전히 바뀌고 말았어."

"그래서 지금이라도 내 목숨을 가져갈 건가요?"

"내가 왜."

여자가 괜한 추궁을 받아 기분 나쁘다는 표정을 지었다.

"날 믿지도 않는 사람의 공양물 따위는 받고 싶지 않거든. 신선한 제물이 싫은 건 아니지만 말이야. 게다가 난 사람보다는 가축이 더 좋아."

"날 돌려보내 줘요."

"허. 도와주고 싶어도 이번 죽음은 내 탓이 아닌 걸 어쩌냐."

눈앞의 켈트 신은 꽤 괴팍한 성정인 모양이었다. 눈을 굴리며 입술을 삐죽이는 그녀의 심술궂은 표정에 매들린은 공연히 절박해졌다. 눈앞에서 남자를 잃고 나니 지금 일이 상식적으로 말이 되는지는 중요하지 않았다. 그녀의 치맛자락이라도 붙잡고 절박하게 운다면 어떻게든 되지 않을까.

"제발, 나를 기다리는 사람이 있어요. 그 사람을 봐야 해요."

"사랑 이야기라. 참 흥미롭군."

"내가 너무 많은 잘못을 해서, 바로잡아야 해요. 이렇게 끝날 순 없어요. 그러니 무슨 대가를 치러서라도 살아야 해요."

"마음이 아프네. 비꼬는 게 아니라 진심이야. 하지만 나도 할 수 있는 일이 별로 없어. 네 의식이 희미해진 이 틈을 타 잠시 환영을 보여주고 말을 붙이는 것 외에는."

"흑……."

매들린이 몸을 웅크렸다. 죽음은 이렇게 외로운 것이었다. 한없는 어둠 속에서 자신의 모습을 한 누군가와 답이 없는 대화를 나누어야 한다는 것이 괴로웠다.

"네가 죽어버린 후의 일들이 궁금하지 않아?"

"……."

"백작이 완전히 미쳐버려서 저택의 악명만 높아졌어. 그의 나머지 삶은 느린 자살이었지. 너와 대화를 나누겠다고 영매를 부르는 일도 있었어. 자기도 믿지 않으면서 말이야. 그러다 제풀에 지쳐서 그냥……. 저택을 완전히 없애버렸어."

그가 제 손으로 저택을 부쉈다. 자신이 묻힐 무덤을 파헤쳤다. 칼로 가슴을 가르는 것 같은 고통이 닥쳐왔다. 갈라진 심장에서 피가 흘러나오는 것 같았다. 아프다. 아파. 총상보다 더, 괴롭다.

그리고 그렇게 가슴을 부여잡고 웅크린 때에 또 다른 누군가가 그녀를 불렀다. 매들린. 두 사람이 고개를 들었다. 허공에서 웅웅거리는 소리가 들리기 시작했다.

"악마도 부르면 나타난다더니, 정말 지긋지긋한 양반일세."

"……?"

"네가 운이 억세게 좋은 여자인지, 지독하게 재수 없는 쪽인지 헷갈린다니까."

그러는 사이 위에서 그녀를 부르는 소리는 더 크게 들리기 시작했다. 둘이 서 있는 어둠이 흔들릴 정도로 강렬하고 무서운 목소리였다. 매들린이 일어서서 뛰기 시작했다.

"이안, 이안!"

이안. 나, 살고 싶어요. 살아서 돌아가고 싶어요. 당신을 보고 싶어요. 매들린이 그를 불렀다. 그녀는 목이 터져라 외치며 끝없는 어둠 속을 질주했다. 그 끝에 빛이 있는 것을 확인했을 때, 그녀는 웃었다. 금발이 빛을 받아 반짝였고, 그녀는 따스한 빛 속에 잠겼다.

눈을 떴을 때, 그녀가 처음으로 바라본 것은 천장이었다. 알지 못하는 낯선 방에 누워있단 사실을 깨달았다. 무언가 엄청나게 길고 괴롭고, 또 애처로운 꿈을 꾼 것 같은데 잘 기억이 나질 않았다.

"아, 아……?"

목이 타는 것처럼 건조하고 입술이 버석해서 말이 제대로 나오지 않았다. 그나마 나오는 말들도 전부 고장 난 뿔피리처럼 새어나가는 기분이었다. 몽롱한 정신 속에서 그녀는 제 손이 불처럼 뜨겁다는 걸 깨달았다. 그리고 그렇게 불타는 것처럼 뜨거운 이유가, 이안 때문임을 알았다. 남자는 그녀가 누운 침대에 엎드려 누워있었는데, 매들린의 손을 꼭 붙잡고 있었다. 매들린이 붙들린 손가락을 꼼지락거리자, 남자가 천천히 일어나기 시작했다.

고개를 든 그의 얼굴은 완전히, 뭐라고 해야 할까. 피폐해 보였다. 지난 생애, 자신을 추궁하던 그 얼굴처럼 무서웠다. 늘 단정하던 머리칼은 헝클어져 있었고, 입술은 창백했다. 하지만 무섭다는 생각 자체는 들지 않았다. 매들린은 어이없게도 농담을 던져, 그의 기분을 풀어주고 싶었다.

"제가 해냈어요. 제가 해냈다구요."

쉰 목소리가 자신이 듣기에도 어색했다. 매들린이 피식, 웃었다. 제 꼴도 이안 못지않게 엉망진창일 거란 건 알았다.

"매들린."

"살았다고요. 나, 얼마나 누워있던 거예요?"

"지금, 농담할 정신이 있어?" 남자가 미간을 찌푸리고 울 것처럼 중얼거렸다.

이안이 장갑을 미처 끼지 못한 흉진 손을 뻗더니 매들린의 볼을 조심스럽게 쓸었다. 그렇게 매들린을 쓰다듬던 그가 별안간 생각이 났는지, 큰 목소리로 의사를 불렀다.

"천천히 불러도 될 것 같은데."

"웃기지 마. 당신 때문에 난 지옥에 있었어. 그런 주제에 여유로운 소리나 지껄이다니."

"지옥에 갔다 온 건 나잖아요."

"……."

"이안, 당신이 보고 싶었어요."

이안이 숨을 멈추었다. 그가 그렇게 그녀를 무언가 엄청나게 신기한 존재를 바라보듯 바라보았다. 굵은 눈썹이 엇갈렸다. 웃어야 할지, 울어야 할지 모르겠는 표정이었다.

"당신은 정말 이상한 여자야."

"기억해요? 빗속을 뚫고 달려와서 참전하지 말라고 난리를 쳤었잖아요. 새삼스럽네요."

"그때도 이상했지. 그런데 갈수록 이상해지는 것 같아."

"그래서 싫어요?"

하. 남자가 바람 빠진 소리를 냈다. 그가 축축한 눈가를 접으며 웃었다.

"내가 어떻게 당신을 미워하겠어. 그대는 이상해. 그리고, 또 그렇기에 사랑스럽소. 날 이렇게 웃게 만들 정도로."

병상에서의 해후는 안타깝게도 길지 않았다. 얼마 안 가 매들린을 진찰하러 의사와 간호사가 나타나는 통에 이안은 마지못해 자리를 비켜줬다.

"잘 부탁드립니다. 당연하지만, 문제없어야 할 겁니다."

"그런 말 좀 하지 마세요. 협박 같잖아요. 왜 괜히 선생님들 부담스럽게 그러세요."

찌릿. 이안이 째려다 보는 통에, 매들린이 입을 다물었다. 그래. 일단 다친 내가 죄인이지. 죄인은 가만히 있는 게 상책이다. 이안이 천천히 나가고 난 뒤, 의료진들은 침착하게 매들린의 상태를 점검했다. 아직 복부가 무척 아팠지만, 모르핀을 더 맞고 싶은 생각은 없었다. 의연히 받아들일 것은 받아들여야 했다.

"제가 얼마나 누워있었나요?"

"사흘 됐습니다."

침착한 얼굴의 의사가 대답해줬다. 의사가 진찰하는 사이 간호사가 매들린의 환자복을 조심스럽게 들춰, 환부를 확인했다.

"역시 전 총에 맞은 거죠?"

"치명적인 곳에 맞은 건 아닙니다."

맞기는 맞았나 보군. 아무리 빗맞았다지만 마피아들의 토미건에 맞고도 살아남은 게 신기했다. 계단에 굴러떨어지고, 총알 세례를 당하고도 살아남다니. 아무튼, 질기고도 질긴 목숨이었다. 아니. 질긴 건 매들린의 목숨이 아니라 이안일 수도 있겠다는 생각이 들었다. 모든 걸 놓아버리려는 자신을 건져낸 것이 이안이 아니었을까 싶었다. 꼭 붙든 큰 손이 그 증거였다.

"보기 흉한가요?"

매들린이 간호사에게 말을 걸었다. 흉터가 남는 것 자체에는 큰 유감은 없었지만, 괜히, 남자가 알면 슬퍼할 것 같아서 걱정이 되었다.

"괜찮아요. 크게 더 흉지거나, 곪는 일은 없을 거예요, 주기적으로 붕대를 갈아주면 돼요."

보기 흉하지 않다는 거짓말은 안 한다. 매들린은 이해했다. 자신도 간호사였으니까. 간혹 크게 다친 병사들이 그런 질문을 던지면 곤혹스러웠었다. 진실을 말할 수도 없고, 거짓말을 할 수도 없는 일이었으니까.

"그리고, 로엔필드 양. 지금 당장 말을 계속하기엔 피곤할 수 있으니까, 부디 휴식을 취해주시기 바랍니다."

궁금한 게 많겠지만 말입니다. 의사의 당부에 매들린이 다시 입을 다물었다. 하기야. 불안해서 계속 말을 걸고는 있었지만, 지치고 괴롭고, 은근히 배도 고팠다. 그녀는 입을 다물고 눈꺼풀을 다시 닫았다.

아마 뉴욕 전체에서 수배할 수 있는 가장 비싸고 좋은 병실을 마련한 모양이었다. 정말 여러 가지로 남자에게 막대한 신세를 졌다는 생각에 마음이 살짝 씁쓸했다. 하지만 병실의 쾌적함이 씁쓸함과 미안함을 압도했다. 매들린도 어쩔 수 없는 사람이었다.

눈길 닿는 모든 곳이 깨끗하고 아늑했다. 게다가 1인실이라니. 이런 병실이 존재한다는 것 자체가 신기했다. 솔직히 윌시 부인의 하숙집보다 호화로웠다. 개인 전담 의사와 간호사들이 챙겨주는 세심한 간호도 있었다. 깨어난 지 며칠이 더 지나고, 매들린은 이제 일어서서 병실 안을 돌아다닐 수 있었다. 이안이 팔짱을 낀 채 자신을 노려보지만 않는다면 좀 더 걷는 게 편할 것 같았다.

"저를 무슨 막 걸음마를 뗀 아이처럼 지켜보고 계시네요."
"총을 맞다 기절해서 죽다 살아난 환자 보듯이 하고 있네만."
"사실적시가 지나쳐요. 역시 신랄하시네요."
"환자는 한 사람으로 족하지 않소. 부부가 다 같이 아프면 그것도 보기 애처로우니 말이야."

"……."

부부라. 분명 부부라고 했어. 매들린이 씨익 '또 걸렸다'는 미소를 짓자, 이안이 고개를 돌렸다. 그의 귀 끝이, 아니 귀 전체가 불그죽죽해졌다. 몇 번 잔기침과 함께 얼굴을 찌푸린 그가 서둘러 대화의 주제를 전환했다.

"아무튼, 그렇단 이야기야. 다쳐본 사람으로서 말하지만, 상처 입는 게 그렇게 유쾌한 기분은 아니오. 평생 후유증이 남을 수도 있어. 앞으로는 조심."

"그 조심하라는 이야기를 이틀 사이에 골백번은 더 들었어요."

"그런가? 아직 모자란 것 같군, 천 번은 더 말해야 인이 박일까."

잔소리 듣는 걸 즐기는 취향은 아니었지만, 이안의 기세가 다시 돌아온 게 다행이었다. 눈을 떴을 때 본 창백한 얼굴의 이안을 다시 보고 싶지는 않았다. 평생 잊지 못할 슬프고 괴로운 광경이었기 때문이었다. 매들린이 천천히 발걸음을 옮기며 돌아다니다가, 팔짱을 낀 채 못마땅하게 자신을 바라보고 있는 남자에게 다가갔다. 남자는 의자에 앉아있었고, 지팡이는 아무렇게나 벽에 기대 세워둔 채였다.

그녀가 다가가자 남자의 입매가 질끈 다물렸다. 가끔 매들린은 남자가 자신을 편하게 생각하는 건지, 여전히 제 옆에서 긴장하는 건지 종잡을 수가 없었다. 아무럼 좋았다. 그녀가 손을 뻗어 남자의 화상 입은 쪽 얼굴을 쓸었다. 남자가 큰 개처럼 그 손길에 기대는 것을 느끼며 매들린이 나직이 말했다.

"물어보고 싶은 게 많지만, 지금 당장은 물어보지 않을게요."

"그래. 물어보지 않는 게 좋겠어. 나는 지금 욕심이 많아서, 당신이 내게만 집중해 줬으면 좋겠거든."

그 말을 하며 남자가 눈을 치켜떴다. 부리부리한 눈매는 다소 도발적으로, 순종적으로도 보였다.

"욕심쟁이네요. 바라는 것도 너무 많고."

"애초에 거기에 먹이를 주기 시작한 건 당신 아니었나? 이런 걸 보통 자신이 자초했다고 하지, 아마."

오. 이제 제법 받아치시네. 매들린이 푸스스 웃으며 고개를 숙여 이안의 이마에 입술을 쪽, 가져다 댔다. 아까까지만 해도 제법 자신을 상대하던 이안이 단단하게 돌처럼 굳는 것을 느끼며 매들린은 이마에 입술을 대고 웃었다.

"자, 먹이 하나 더."

"……."

"음?"

"더. 더 주시오."

아무리 받아도 모자라. 누가 하면 낯부끄러워 죽을 말을 하며 잠자코 볼을 내어주는 이안이 어째선지 너무도 사랑스러웠다. 결국, 어쩔 수 없이 볼에 간식을 하나 더 줬다. 이안이 희미하게 웃는 게 입술에 맞닿은 볼 근육을 통해 느껴졌다. 혹자는 공포심을 느낄 수도 있는 미소였으나, 그녀에게는 괜찮았다. 그러니 문제없을 터였다.

당장은 물어보지 않겠다 약속했지만, 매들린으로서는 궁금할 수밖에 없었다. 기절하고 난 뒤의 기억은 깡그리 없어졌으니 어쩔 수 없지만, 엔조가 어떻게 되었는지 알고 싶었다. 하지만 그렇다고 무턱대고 이안에게 물었다가는 피바람이 불 것 같으니 참는 수밖에.

학업과 직장도 문제였다. 며칠이나 무단으로 출근을 안 했으니 짤리는 건 당연했다. 매들린은 그 생각에 눈살을 찌푸렸다. 어차피……. 이쯤 되니 매들린도 이안 노팅엄이라는 자에 대한 경험치가 생긴 모양이었다. 회계부서로 간 거, 하숙집의 번쩍번쩍한 가전제품들, 전부 남자가 설계한 계획의 일부였다. 그녀는 자신도 모르는 사이, 이안이 짜놓은 거미줄 위에서 춤을 추고 있었다. 소름 돋아야 할 텐데. 어쩐지 소름 돋기보다는 차분해진다.

나도 같이 미쳐버린 건지도 모르지. 남자와 함께 같이 미쳐서 빙글빙글 춤을 추는 것일지도. 안 그래도 이상한 남자가 자신의 총상으로 인해 밖에서는 얼마나 길길이 날뛸지 상상이 가지 않았다. 책임감이 막중했다. 어쨌든 고요한 그의 내면에 이런 파도를 일게 한 건 바로 그녀였으니까.

이안을 제외한 그 누구도 병실에 누운 매들린을 방문하지 않았다. 생활에는 불편함이 전혀 없었고, 모든 것이 쾌적했지만 답답한 건 어쩔 수 없었다. 최대한 이안을 자극하지 않기로 결심한 매들린이지만, 도저히 참기 어려웠다.

이안은 아예 자신의 서류를 병실로 가지고 와서 매들린 옆에서 일을 하고 있었다. 매들린이 중간중간 말을 붙이면 붙이는 대로 족족 답해주면서도 일을 놓지 않는 집중력이 대단했다. 지금도 그랬다.

"수지가 보고 싶어요."

"그 붉은 머리 잡화점 여자 말하는 건가."

"개인적으로 소개해준 적도 없는 수지를 당신이 이미 알고 있다는 사실에 놀라워해야 할까요."

매들린이 살짝 초탈한 표정을 지으며 이안을 바라봤다. 서류에 시선을 고정하던 이안이 그제야 힐끔 매들린을 쳐다봤다.

"당신이 빨리 익숙해지면 익숙해질수록 좋지."

하. 기도 차지 않는다. 전쟁 전의 이안의 뻔뻔스러움이 되살아난 게 좋은 건지 나쁜 건지 모를 일이었다. 이안의 그 미묘한 능글맞음과 치밀한 성격이 맞들어지니 논리로 이기기 힘들었다.

"연애는 첩보가 아니에요. 이안. 나는 적군의 전초기지도 아니고, 당신이 지금 바라보고 있는 재무제표의 숫자도 아니라고요."

이안이 잔뜩 미간을 찌푸렸다. 기분 나빠하는가 싶었지만, 그가 들고 있는 서류를 내려놓자 입매가 살짝 올라간 게 보였다. '연애'라는 표현이 그를 무척 즐겁게 만든 건 분명했다. 아니. 요점은 연애 따위의 단어가 아닌데……. 이안이 매들린에게 대꾸했다.

"하지만 이번엔 당신도 내가 맞았단 걸 인정해야 해. 잠깐, 아주 잠깐 당신을 놓친 바람에 완전히 완전히 잃을 뻔했으니까."

"……."

'잠깐 나를 놓친 바람에 완전히 잃을 뻔했다'라. 자신에게 사람을 붙인 건 분명했다. 납치되기 며칠 전부터 등 뒤로 느껴졌던 시선이 갱들의 것인지, 이안이 고용한 사람들의 것인지 알 수 없게 되었다.

상황이 좋다고만 할 수 없었다. 평소 같았으면 이안과 끝장을 봐서라도 그 집착증을 누그러뜨려 놨겠지만, 솔직히 말해 정말로 납치당해버린 입장에서 할 말이 많지는 않았다. 통제 욕구를 완전히 확신으로 만들어버렸군. 그래서인지 이안은 지금 자신이 매들린을 감시하고 있었다는 사실까지 내비치고, 아주 뻔뻔했다.

"좋아요. 이해했어요. 나를 구하러 그렇게 많은 경찰이 움직인 것도 당신이 먼저 손을 써서라는걸. 줄곧 내 일거수일투족을 지켜보고 있었으니, 신상에 문제가 생긴 것도 금방 알았겠군요."

"그런가? 확인해줄 수 없는 사실이군."

그가 다시 서류를 보기 시작했다. 능청 피우지 마시지. 그렇게 한마디 쏘아붙일까 하다가도, 그녀는 먼저 할 이야기를 했다.

"이번에는 고맙다고 해야겠어요."

"……."

"오해하지 말아요. 나를 감시하거나, 내가 원하지 않는 편의를 봐주거나 그런 게 고맙다는 건 절대 아니니까요. 그저, 구해줘서 고맙다고요."

서류에 집중하는 이안은 그 말을 듣지 못한 척했으나, 매들린은 그의 입꼬리가 이미 위로 경사져 가고 있단 걸 확인했다. 철면피를 유지하지 못한 채로, 뿌듯한 미소를 만개하고 있는 그를 보니 이거 원 귀엽다고 해야 할지, 골 때린다고 해야 할지. 귀엽다는 생각이 들었다는 것 자체가 자신이 돌아버렸다는 증거였다. 어쩔 수 없었다. 이안은 그녀가 풀어야 할 문제이자, 마지막으로 내려온 구명줄이었다. 그리고 그 표현에는 모순점이 없었다.

미친놈. 홀츠먼은 이안 노팅엄이 완전히 이성을 놓아버린 모습을 처음 봤다. 그리고 그게 처음이자 마지막이길 바랐다. 두 번 봤다가는 황천길에 갈 것 같으니까. 총이라도 있으면 당장 자신을 쏴 죽일 기세였다. 모르지. 정말 죽였을지도. 충분히 그러고도 남을 남자라는 점에서 소름이 돋았다. 전쟁이 그를 그렇게 광인으로 만든 건지, 원래 광적인 기질이 개화한 건지는 모를 일이었지만. 핏기가 완전히 가서 얼굴이 새파랗게 질린 이안 노팅엄이 밤늦은 시간 제 집무실로 쳐들어왔다.

"음, 웬일인가?"

홀츠먼은 라디오를 통해 흘러나오는 심야 연속극을 듣고 있었다. H.G 웰스라는 영국인 작가가 쓴 〈타임머신〉 소설을 각색한 극인데, 미래와 현재를 오가는 게 허무맹랑하면서도 묘하게 흥미를 끌었다. 하지만 결말을 듣지도 못하게 되었다. 눈앞의 웬 귀기 어린 불청객 때문에 말이다. 홀츠먼은 짜증이 나기보다는 궁금하고, 또 긴장되었다. 이안은 용건 없이 찾아오는 법이 없었다. 게다가 지금의 저 모습은 절박해 보인다. 사태의 심상치 않음을 느낀 홀츠먼이 자리에서 일어나기 전에, 이안이 말했다.

"뉴욕 경찰청장을 만나고 싶다."

"갑자기, 무슨."

"매들린이 납치됐어."

점입가경이었다. 홀츠먼은 라디오를 껐고, 상황을 이해하려고 노력했다. 금주법으로 마피아들이 횡행하고 전반적으로 홍청망청한 사회가 되면서 뉴욕의 치안이 최악이긴 했지만, 매들린이 왜? 하지만 제게 온 걸 보니, 그냥 하는 소리가 아닌 것 같았다.

"저기, 백작 각하. 진정, 아니 진정은 안 되겠지만, 일단 좀 더 내게 정보를 줘야겠어. 그래야 무슨 일이 됐건 도울 수 있지."

이안이 잠시 터진 아랫입술을 깨물더니, 마치 군대에서 상부에 보고를 하는 어투로 굵고 명료하게 사건을 전달했다. 사람이 지나치게 흥분하면 오히려 차분해진다더니, 딱 그런 경우였다. 매들린이 마피아들에게 납치라. 젠장. 그 이탈리아놈이랑 얽힌 문제가 분명했다. 엔조 라오네에 대해서 어느 정도 알고 있다고 생각했는데, 이 지경까지 될 줄은 몰랐다. 뒤가 구리다고는 해도 어디까지나 마피아들과 공조 관계인 줄 알았지, 놈이 상대 일파에게 원한을 단단히 샀을 줄은.

"말했으니 이제 청장 번호 내놔. 주소도 상관없겠지."

이안이 한숨을 쉬며 눈썹을 들어 올렸다. 뉴욕시 경찰청장이라. 홀츠먼은 재빨리 제 두뇌 속의 인명사전을 뒤졌다. 땅딸막하지만 꽤 다부진 체격의 중년 남성이 금방 떠올랐다. 홀츠먼은 그를 개인적으로 아는 건 아니지만, 경찰청장은 임명직이니, 시장을 통해 금방 연락해볼 수 있을 터였다. 하지만 홀츠먼은 입을 다물었다. 그는 자신이 비열하게 굴고 있단 걸 알면서도 무시무시한 남자에게 말했다.

"내가 시장을 통해 개인적으로 부탁을 할 수 있지만, 솔직히 말해 무리한 부탁이야. 많은 수의 경찰들을 움직일 수 있을지는 장담할 수 없……."

그와 동시에 홀츠먼은 먹살이 잡혔다. 남자의 동작이 어찌나 날랜지, 또 얼마나 손아귀 힘은 강한지, 홀츠먼의 길쭉한 몸이 들어 올려질 정도였다. 재활이 아니라 군대 훈련이라도 받은 건지, 다친 사람 같지 않았다.

"낭비할 시간 없어."

"큭 윽… 이사벨."

홀츠먼의 입에서 이사벨이 나옴과 동시에 절대로 보고 싶지 않은 광경이 펼쳐졌다. 잠시지만, 이안이 분노로 완전히 눈이 돌아가는 게 보였다. 그가 놀라우리만치 거센 힘으로 홀츠먼을 패대기쳤다.

"이사벨을 만나게 해달라? 고작 그따위 부탁으로 흥정하려는 건가."

"이해가 빠르군."

홀츠먼은 발길질이나 주먹질을 예상하며 눈을 가늘게 떴으나, 이안은 묵묵부답으로 서 있었다. 그는 정확히 3초 뒤에 대답했다.

"좋다. 그게 너의 교섭안이라면, 천 번이고 만 번이고 얼마든지 만나게 해주지."

"……."

이안이 분노를 억누르려는 듯 고통스럽게 얼굴을 찡그리더니, 침음했다. 분노도 낭비라는 듯, 차분한 절망이 그의 이목구비에 내려앉았다.

"그러니까 무슨 수를 써서라도 매들린을 구해다오. 그레고리. 이렇게 부탁하마."

그리고 남자가 무릎을 꿇었다. 예상치 못한 상대의 행동에 홀츠먼은 뿌듯하기보다 무서워졌다. 오금이 저려서 일어나는 것도 힘들었다. 이안이 아마 살면서 처음으로 무릎을 꿇은 게 아니었을까. 선대 백작 부부에게도 절대로 안 했을 행동이었다.

홀츠먼은 살면서 이안이 제게 무릎 꿇을 일이 생길 줄 몰랐다. 그닥 기분 좋진 않군. 홀츠먼은 곧바로 전화기를 향해 다가갔다. 무서워하거나 꺼림칙해야 할 시간도 없었다.

전화번호를 돌리는 손이 덜덜 떨렸지만, 다행히 한 번에 전화를 걸었다. 지체할 수 없다. 정말로 매들린 로엔필드가 죽어버리면, 곤란해질 게 분명하니까. 또, 그녀가 말한 대로 시간은 모래알처럼 빠르게 손아귀에서 사라지니까.

정해진 면회시간이 끝나자 이안이 서류를 정리하기 시작했다. 어쩐지 한 손으로 느릿느릿 서류를 그러모으는 모습이 미심쩍었다. 정말 마지못해 나갈 준비를 하는 것 같았다. 굵은 눈썹이 미세하게 내려가 있고 미간이 잔뜩 찌푸려진 걸 보아 살짝 풀이 죽은 것 같기도. 아니, 정말이지 요새 나 왜 이러는 걸까. 총에 맞은 부위는 복부지, 머리가 아니었다. 그런데 남자가 귀엽다느니, 풀이 죽었다느니 어처구니없는 생각이 드니, 이건 분명 문제가 있었다.

그렇게나마 잔재주로 면회시간을 끌려는 이안의 술책은 간호사에게 가로막히고 말았다. 은은한 무표정으로 이안을 노려보는 것이, 아주 단호했다. 음, 간호사라면 응당 저렇게 무른 면이 없어야겠구나. 상대가 아무리 부자여도 환자의 건강을 최우선으로 생각하는 모습이 귀감이었다. 그러나 그런 잡생각도 이내 증발하고 말았다. 이안이 자리에서 일어나, 중절모를 집어 든 것이었다. 그가 누워있는 매들린을 향해 모자챙을 잡고 고개를 끄덕였다.

"내일 또 오겠소."

"네."

어쩌면, 남자보다 더 풀이 죽어 보이는 건 매들린일지도 몰랐다. 왜냐하면 매들린을 바라보는 남자의 표정이 좋지 않았으니까. 고작 하루뿐인데도, 정말 미안하다는 표정이었다. 남자가 저렇게 다양한 표정을 보여주니 신선했다. 아무튼 그렇게 느릿느릿 남자가 나가고, 병실에는 간호사와 매들린 둘이 남았다. 간호사, 브리지스 양은 손길이 야무지고 말수가 적었다. 젊지만 관록 있는 솜씨에, 환자의 처지에서도 안심이 갔다.

아무리 말수가 적다 해도, 매들린이 계속 말을 걸다 보니 그녀도 자연스럽게 대꾸하게 되었다. 정신없는 다인실에서는 이런 한담을 나눌 수 없을 거다. 바쁜 간호사를 귀찮게 하는 것 같아 미안했다. 하지만 누군가가 곁에 없으면 심장이 빠르게 뛰었고, 수다를 떨면 그나마 마음이 편했다. 그런 심정을 아는지 브리지스 양도 무심하게 어울려주었다. 매들린이 며칠간 대화를 통해 얻어낸 정보로, 그녀는 콜롬비아대학교 간호학과 졸업생이었다. 그녀는 그 전설적인 간호사 매리 너팅에게 직접 사사하였다고 했다.

"여자도 교수가 될 수 있는 세상이죠." 브리지스 양이 어깨를 으쓱했다.

"정말 멋있어요. 대단해요. 너팅 부인에게 직접 가르침을 받으면 얼마나 좋으셨을까요?"

"멋있을 것까지야."

매들린의 반짝이는 눈빛을 받은 브리지스 양의 귓가가 붉어졌다.

"저도 끝까지 공부할 수 있었으면 좋았을 텐데."

거리를 활보하다가 총을 맞는 통에. 매들린은 억지로 유쾌하게 덧붙였다. 하지만 가라앉은 분위기를 살릴 도리는 없었다.

"부군이 반대하시나요?"

브리지스 양이 처음으로 매들린에게 말을 걸었다. 그녀의 차분한 눈동자가 매들린을 향했다.

"일하는 걸 별로 좋아하진 않더군요."

일을 그만두면 학교를 세워준다고 했다는 말은 굳이 안 했다. 남사스럽게 들릴 게 뻔했으니까. 브리지스 양이 고개를 끄덕였다.

"고생한다고 생각하시는 거겠죠. 부군은 로엔필드 양을 정말……."

사랑하고 있어요. 브리지스 양이 한참 단어를 골랐다. 사랑? 아낀다? 어떤 표현이 좋을지 알 수 없어, 당황스러웠다. 그 어떤 표현도 적합하지 않은 듯했다. 브리지스 양은 매들린 로엔필드가 처음 병원으로 왔을 때가 지금도 생생했다.

여자는 피투성이였다. 그녀는 곧장 수술실로 들어갔는데, 이안 노팅엄이 이미 모든 것을 준비해 놓았기 때문이었다. 얼음처럼 침착하고 기민해 보이던 남자는, 여자가 수술실로 들어가고 나서야 무너져내렸다. 벽에 기대어 웅크린 모습이, 흡사 세상의 종말을 맞이하는 것 같았다. 그러니까, 그녀를 사랑하는 것이 아니라, 신앙하고 있는 것 같았다.

"이안은 제 남편이 아니에요."

매들린이 어색하게 대답했다. 로엔필드와 노팅엄이라는 성에서 알 수 있듯이 브리지스 양은 더 캐묻지 않았다. 둘 사이에 켜켜이 쌓인 사연의 무게를 부러 들추고 싶지도 않았고, 그러지 않는 게 현명하다 여겨졌기 때문이었다.

　매들린이 퇴원한 날은 가을이었다. 바깥이 쌀쌀한 나머지, 매들린은 작게 몸을 떨었다. 그런 그녀를 두고 이안이 코트를 벗어주려 했다.
"금방 차로 들어갈 텐데요."
"지금 가장 몸이 약할 때요. 잠자코 입으시오."
　병원 문턱에서 잠깐 실랑이를 벌이는 두 사람이었다. 그 모습을 물끄러미 지켜보던 홀츠먼이 중얼거렸다. 늘 웃는 상이던 그조차 못 볼 걸 봤다는 표정을 지었다.
"진짜 눈꼴 시려서, 원."
　그 말을 들은 매들린의 얼굴이 발그랗게 익자, 이안이 홀츠먼을 노려봤다.
"그럼 보지 마."
　늘 매들린에게 침착하고 공손한 말투를 쓰던 그가 돌변해 투박하게 대꾸했다. 아오, 진짜. 아니다, 괜한 말을 한 내 잘못이지. 그럼 그렇고말고. 홀츠먼은 혀를 찼다.
"자. 이제 별장으로 가보실까요. 밀주와 마약의 소굴 뉴욕에서 벗어나 꿈과 희망이 가득한 롱 아일랜드주로 출발!"
　다분히 비꼬는 투로 외친 홀츠먼이 운전석으로 들어갔다. 오늘만큼은 운전사를 자처한 자신이 바보 같았다. 덕분에 두 사람의 눈꼴신 애정행각이나 목격하게 됐으니 말이다.
　이안과 매들린이 뒷좌석에 탔다. 차체에 쏙 들어간 매들린과 달리, 이안은 차에 구겨앉은 모양새가 되었다. 다리가 원체 기니 어쩔 수 없는 일이었다. 차가 출발하고 나서도 둘은 계속 서로 속닥거렸다. 매들린이 장난스러운 말을 귀에다 속삭였고, 이안이 푸스스 낮게 웃었다. 그의 엄숙하던 눈가가 소년처럼 접혔다.

정말 못 볼 꼴이었다. 와우. 아무리 둘이 좋아도 그렇지, 나는 벽지 취급이군. 그러나 툴툴대는 홀츠먼의 은근한 마음 한편에 따스한 기운이 지펴 올라왔다. 절체절명의 순간에 이사벨을 두고 협상을 건 것은 미안했지만, 그도 꽤 한 고생했다. 시장에게 부탁하고, 의원들에게 사정사정하고, 경찰청장을 설득하느라 진땀을 뺐던 것이다. 그래도, *후회하지 않을 선택을 하세요.* 술에 진탕 취한 그에게 올곧은 얼굴로 그 말을 해준 여자였다. 그녀와 제 친구(라기에는 미묘하지만)가 행복한 모습을 보니, 기분이 과히 나쁘지는 않았다. 이해타산적인 그로서는 매우 낯선 감정이라고 할 수 있었다.

3층짜리 크림색 석조주택은 청명한 가을 하늘 아래 그 자태를 뽐내고 있었다. 매들린이 도착하기 전에 또 얼마나 들볶였는지 생각하면, 홀츠먼은 씁쓸한 심정이었다. 이안은 절대로 그녀에게 말하지 않을 사실이었지만, 가구를 바꾸고 천을 갈고, 샹들리에를 어쩌고저쩌고 어찌나 신경을 쓰던지. 물론 전부 사람을 시키면 되는 일이었으나, 남자는 살짝 초조해 보였다.

작업자들이 실내를 단장하는 광경을 치밀하게 바라보는 광경이라니. 저택을 단장하는 일은 전부 선대 백작부인에게 맡겨두던 이안이 말이다. 게다가 그는 그저 초조해 보이지만도 않았다. 어찌 보면 들뜬 것 같기도 했으니까. 그러니까 그건 기분 좋은 긴장감이라고 할 수 있었다. 맹수가 포식하기 직전의, 사냥개가 사냥감을 목전에 두었을 때의 그 흥분 말이다.

아무튼, 홀츠먼은 두 사람이 뒷좌석에서 내내 속닥이며 재밌는 이야기를 나누는 데에는 관심이 없었다. 매들린이 씨익 장난기 어린 웃음을 짓고, 이안이 눈을 접으며 웃는 것에도 단연 관심 없었다. 그보다 '햄튼의 밤'이 이제 영영 끝난 게 아쉬울 따름이었다. 떠들썩한 파티라거나, 음주라고는 이제 꿈도 못 꾸게 되었다. 쩝. 재미없어지겠네.

매들린은 이안의 코트를 걸친 채로 차에서 내렸다. 당분간 뉴욕을 떠나 홀츠먼의 별장에서 머무르기로 했다. 범인들은 전부 잡혔으니, 하숙집에서 살아도 된다는 매들린의 미약한 권유는 묵살당했다.

"아마도… 괜찮을걸요?"

"아마도라니. 당신 신변문제를 그런 식으로 어물쩍 넘어갈 생각 없소."

그렇게 논쟁이 일단락되었다. 결국, 그녀는 이곳에 도착했다.

"당신 짐은 이미 다 올려뒀소. 편하게 있으시오."

뒤따라 차에서 내린 이안이 다정하게 말하며, 고개를 숙였다. 동시에 매들린이 그를 향해 돌아볼 때였다. 쪽. 이안이 고개를 적당히 기울여 매들린의 입술에 자신의 입술을 포갰다. 아주 잠깐의 순간이었다. 살짝 촉촉한 소리와 함께 금방 떨어진 입술이었으나 그 무게와 감촉이 남아있어, 매들린은 딱딱하게 얼어붙은 채로 섰다.

"흠. 흠."

남자가 먼저 시치미를 떼며 걸어나가자, 그제야 상황을 이해한 매들린의 얼굴이 완전히 발그레해졌다. 이 사람 정말! 어쩌면 너무 부끄러운 나머지, 앞서간 남자의 귀 끝 역시 마찬가지로 달아올라 있단 걸 못 본 걸지도 모른다. 결국, 그녀는 숙맥처럼 놀라버렸다는 생각에, 잠깐 발을 구르며 분해했다.

한껏 벅차오른 심정을 발 구르기로 풀고 난 매들린은 별장 안으로 들어갔다. '햄튼의 밤'에서 한 번 봤고, 이안과 말다툼을 한 데이트에서도 본 집이었다. 그런데 실내가 뭔가 달랐다. 뭐라고 딱 짚을 수는 없는데, 좀……. 곰곰이 무엇이 달라졌는지를 생각하던 그녀를 일깨운 건 이안이었다. 그는 난간을 짚고 계단을 올라가고 있었다.

"당신 방은 2층인데, 같이 올라가지."

"이안!"

매들린이 쪼르르 이안을 따라 계단을 올라갔다. 그녀가 잽싸게 이안 뒤에 따라붙자, 그가 머쓱하게 웃었다.

"계단을 굴러떨어질 일은 없소. 익숙하니까……."

"그래도요."

마치 어미 새처럼 자신을 바라보는 여자의 모습에, 이안은 공연히 쑥스러운 것 같았다. 하지만 기분 나쁘다거나 수치스러워하는 기색은 없었다. 아무리 상처를 심하게 입어도 내색하지 않고 사람의 도움을 꺼리던 그였다. 남에게 도움을 받는 것 자체를 거북스러워하는 남자였다. 하지만 지금 그는 당장 제게 관심을 가져주는 매들린이 싫지는 않은 듯, 눈을 내리깔고 묵묵히 계단을 오를 뿐이었다.

"요즘도 재활해요?"

"그야 바빠서……."

이안이 말끝을 흐렸다. 그리고 그와 동시에 매들린의 올곧은 눈빛이 더 강렬해졌다.

"안 되겠네, 이 사람. 앞으로는 매일 같이 운동해요. 최고의 전문가를 모실 돈은 있잖아요. 돈은 그런 데에 쓰는 거예요."

"재밌는 발언이군."

둘이 대거리하는 모습을 1층에서 지켜보던 홀츠먼이 혀를 내두를 따름이었다. 저거, 저거 봐라? 이안이 계단을 올라가는 꼴을 도저히 못 봐줄 지경이었다.

매들린이 걱정할 이유는 전혀 없었다. 이안은 영국을 떠나면서 노팅엄 저택에 상주하던 재활 전문가들을 그대로 데려왔으니까. 매들린이 총에 맞은 이후로 운동을 못 한 건 사실이었으나, 엄살을 부리는 지금의 모습은 기도 안 찼다. 저놈, 저거. 맹수인 줄 알았는데, 완전 여우가 다 됐구만. 요리조리 갖은 술수로 사냥개들을 골려 먹는 여우마냥 교활했다. 그렇게 홀츠먼은 아주 조금, 매들린을 걱정했는지도 모른다. 저 순진한 여자가 저 모습에 다 속아 넘어갈 게 분명했으니까.

아니, 알 바 아니었다. 이안이 매들린을 홀리건, 매들린이 사기를 당하건 말건 정말 알 바 아니니까 신경 끄는 게 상책이었다. 홀츠먼은 투덜거리며 주방으로 향했다. 몰래 쟁여둔 위스키나 마실 요량이었다.

매들린은 앞으로 머무를 방에 들어섰다. 방문을 열자마자 그녀는 남자의 배려를 온전히 느낄 수 있었다. 노팅엄 저택에서 일할 때, 자신의 숙소를 생각나게 하는 배치였다. 물론 지금의 방이 훨씬 넓긴 했다. 하지만 화려한 장식 없이 따뜻한 색조의 벽지로 꾸며져 있어, 낯선 곳인데도 편한 느낌이었다.

침대 위에는 그녀의 단촐한 짐을 담은 가방이 놓였다. 매들린은 방 안으로 지체 없이 들어갔다. 빈틈없이 책이 꽂힌 책장이 눈에 띄었다. 그녀는 호기심 어린 미소를 지은 채 천천히 책장 앞으로 다가갔다.

책장 앞으로 다가서자 심장이 살짝 덜그럭거리는 기분이었다. 꽂이마다 분류가 되어 있었다. 간호학, 의학, 생물학 서적으로 꾸며진 맨 왼쪽 책장과 소설로 이루어진 가운데 책장, 그리고 맨 오른쪽 책장은 역사와 철학을 다룬 책들이 꽂혀 있었다.

매들린은 한참 아연하게 책장 앞에 서 있었다. 가슴이 묵직하게 가라앉았다가, 조여왔다가, 한없이 콩닥거렸다. 자신이 도착하기 전, 그러니까 입원해있을 때 남자가 방을 꾸미며 무슨 생각을 했을지. 그 마음을 감히 짐작할 수 없었다. 감히, 내가 감히 헤아릴 수 있을까.

"……"

이안은 방문 가에 기대 서 있었다. 나름 신경 써 준비한 약소한 선물을, 매들린이 어떻게 받아들일지 지켜보는 중이었다. 너무 신경 쓰는 것처럼 보이지 않기 위해 애썼지만, 매들린이 한참 우두커니 서 있기만 하자 걱정이 되기 시작했다. 설마 아직 아픈 곳이 있는 걸까. 자신처럼 포탄 후유증 같은 거라도 겪는 걸까. 매들린의 뒷모습만 보여서 알 수 없는 일이었다. 그런데 그 뒷모습이 갑자기 이상했다. 매들린의 어깨가 조금씩 들썩이기 시작했다.

"……!"

이제 숙녀가 머무를 방이니 함부로 들어가선 안 됐다. 하지만 작은 뒷모습이 흔들리는 걸 보자 그건 아무래도 좋았다. 이안이 천천히 매들린에게로 다가갔다.

"매들린. 당신 괜찮……."

"바보 같아요."

잔뜩 울먹이는 목소리를 듣자 심장이 철렁, 내려앉았다. 하지만 애써 그 감정을 무시했다. 당장 슬피 훌쩍이는 자신의 매들린을 달래는 게 더 시급한 문제였다. 이안이 어깨를 감싸 안으며 달래기 시작하자 매들린이 더 심하게 울기 시작했다. 손등으로 흐르는 눈물을 닦아내기까지 했다. 그것을 본 남자는 어찌할 줄 모르며 몹시 당황해했다.

"매들……."

"당신은 정말 바보예요. 왜 내게 이렇게 잘 해줘요?"

흐윽. 이안이 자세히 고개를 기울여 매들린을 바라보았다. 연신 눈가를 비비는 팔을 조심스럽게 한 손으로 치워놓자 그제야 여자의 표정이 보였다. 그녀는 웃고 있었다. 울면서 웃을 수도 있군. 잠시나마 꽁꽁 얼어붙었던 남자의 심장이 다시 맥동하기 시작했다.

"이토록 효과가 좋을 줄 알았더라면, 더 크게 만들어 줄 걸, 그랬어. 별수 없이 도서관이라도 세워줘야겠군."

"도서관보다 이게 좋아요. 그리고 날 울리는 게 너무 보람차고 좋은가 보죠?"

"기뻐서 우는 거라면 계속해서 울리고 싶은데."

"원래 이렇게 얄미운 사람이었다는 걸 잊고 있었네요."

매들린이 바람 빠진 웃음소리를 냈다. 그때 무도회장에서 자신에게 아무렇지 않게 춤을 청하던 이안을 떠올렸다. 살짝 능청스럽고 자신만만하기 그지없던 청년의 모습을 생각하자 심장이 욱신거렸다. 그 이안은 여전히 이곳에 있었다. 모든 시간의 이안은 여전히 사라지지 않은 채 남아 있었다. 그 깨달음에 가슴이 더 아팠다. 왜 이러지? 총에 맞은 후유증일까 걱정스러울 지경이었다.

"같이 돌아가면, 저택으로 가면……." 남자가 매들린의 귓가에 속삭였다. "당신만을 위한 서재를 만들어주리다."

매들린의 흐느낌이 잦아들어갔다. 몰래 이안의 서재에 침입해서 〈탬벌레인 대왕〉이니 하는 책들을 꺼내보던 나날들이 있었다. 말이야 '당신 책도 내 책이고 장미정원도 당신 거다' 얼버무리긴 했지만, 사실 그녀는 책은 핑계고, 남자에게 조금이라도 말을 붙여보고 싶었던 걸지도 몰랐다. 하지만 서재에 들어설 때마다 남자의 요새에 침입하는 기분이 들었다. 그가 이곳의 모든 것은 당신 거니 마음대로 하라고 했지만, 겁이 났다. 그의 마음속으로 들어가는 게 무서웠다. 그녀는 정말 겁쟁이였다.

"서재도 그렇고, 문설주에 달린 그 우스꽝스러운 가고일을 다 떼어버릴 생각에 벌써 흐뭇하네요."

"진심인가? 가고일을 우스꽝스럽다고 생각한 줄은 몰랐소. 나름 노팅엄 저택의 상징 아닌가."

남자가 눈썹을 기울이며 놀란 척, 농담을 던졌다. 매들린이 슬퍼서 우는 게 아니라 다행이었지만, 그래서 계속 울리고 싶다고 말은 했지만, 그는 있는 힘껏 매들린을 달래고 있었다.

"가고일에 대한 의견이 다르다니, 정말 문제가 심각하네요."

매들린이 씨익 다시 그녀 특유의 햇살 같은 미소를 지었다. 이안도 마주 웃었다. 그래, 당신은 우는 것보다 웃는 게 더 보기 좋아. 그리고 가고일을 떼어버린다 했으니, 그건 노팅엄 저택의 안주인이 되겠다는 이야기나 다름없었다. 적어도 이안은 그렇게 생각했다. 나중에 모르는 척할 수 없도록, 똑똑히 기억해두는 게 좋겠어. 그의 치밀한 성격이 어디 사라지는 것은 아니었다.

 잠이 오지 않는 밤이었다. 간신히 눈을 붙이고 수마에 빠져들었다. 그렇게 몇 시간을 잤을까. 그녀는 다시 그 어두운 곳에 있었다. 기억하지 못하는 데도 익숙한 차가운 곳이었다.
 그녀의 눈앞에 피투성이 남자가 앉아 있었다. 가까이 다가가자 피의 비린 냄새가 더 강해졌다. 매들린의 몸이 사시나무처럼 떨렸다. 제이크가 아니야. 서서히 고개를 든 남자의 정체는 찰스턴 경감이었다. 아니, 그녀에게 총질했던 갱이었다. 아니, 그는 엔조였고, 제이크였으며, 또 이안이었다.
 피 칠갑을 한 이안을 보자마자 매들린이 이를 앙다물었다. 본능적인 공포심에 사냥당한 사슴처럼 몸이 뻣뻣하게 굳었다. 이건 꿈이야. 분명히 꿈에 불과할진대, 나는 왜 이렇게 괴롭나. *매들린. 매들린.*
 "이안?" 목소리를 들은 매들린이 안간힘을 써 고개를 돌렸다.

 "헉."
 매들린이 눈을 뜨자 그녀는 제 손이 따뜻하다 못해 불에 델 것처럼 뜨겁단 걸 알아차렸다. 어쩐지 병동에서 눈을 떴을 때와 비슷한 상황이었다. 주변이 칠흑같이 어두워 아무것도 보이지 않았으나, 그녀는 제 손을 꼭 붙들고 있는 감촉을 알았다. 거칠고 강인한, 귀족답지 않은 손이었다. 매들린이 천천히 붙들린 오른손 방향으로 고개를 돌렸다. 그녀가 나직이 말했다.
 "이안."
 "……."

말이 없다. 어쩌면 손을 붙들고 있는 사람이 이안이 아닐 수도 있겠다는 생각이 들어 섬뜩했다. 매들린의 붙들린 손이 자유로워졌다. 손아귀 힘이 스르르 그녀를 놔주더니, 누군가가 의자에서 일어나는 소리가 들렸다. 문이 열렸다 닫히는 소리와 함께, 방문자는 완전히 방에서 빠져나갔다. 매들린이 다시 눈을 감았다. 이마에 식은땀이 맺혀 있었다. 이안이겠지……. 숙녀의 방이니 하면서 자신이 직접 꾸민 곳에도 함부로 못 들어오는 남자였다. 그런 그가 쑥스러움을 타 대답을 못 한 모양이었다.

매들린이 일어난 걸 확인만 하고 가는 걸 봐서는 그게 맞는 것 같았다. '언제 몸과 몸이 닿은 적이 있던가'라는 제법 능글맞은 말을 하는 그답지 않았다. 나름의 배려일 수도 있겠지. 괜히 내가 수치스러워할까 봐-사실 수치스러워할 일은 전혀 없는데도-모른 척하기로 했나 보다. 나름 자존심을 지켜주기 위한 배려라면, 충분히 이해할 수 있었다. 매들린은 조용히 모로 돌아누웠고 다시 잠을 청했다. 악몽이라도 꾸고 싶을 정도로 졸렸다. 그 바람이 무색하게도, 불면의 밤이 이어졌다.

다음날 일어나서 씻고 옷을 갈아입고 내려오자, 이안이 식탁에 앉아 있었다. 간밤에 아무 일도 없었다는 듯 테이블의 한쪽에는 신문을 펴두고, 아침을 먹고 있었다. 진한 커피 냄새에 매들린의 정신도 맑아지는 것 같았다.

"왔소?"

이안이 천천히 신문에서 시선을 떼 매들린을 바라봤다. 그녀는 단출한 드레스에 머리를 한쪽으로 묶어 늘어뜨렸다. 햇살을 뒤에서 받은 여자를 바라보며 이안이 살짝 고개를 들었다. 그 모습이 너무나 일상적이라서, 매들린은 살짝 아연해졌다. 하지만 그녀가 곧 표정을 고쳐 웃었다.

"배가 안 고파서 차만 마시려고요."

"먹는 게 좋겠어."

매들린은 이안의 맞은편에 앉았다. 그녀 앞에는 간단한 빵과 잼, 치즈가 접시에 담겨 있었다. 배가 안 고프다고 말은 했지만, 무색하게도 식욕이 돌아오기 시작했다. 그녀는 천천히 음식을 먹기 시작했다.

매들린이 식사를 하기 위해 음식에 눈길이 가 있는 동안 이안이 물끄러미 그녀를 곁눈질하고 있었다. 또, 그녀가 고개를 들려고 하면 곧바로 다시 신문을 바라보았다. 매들린이 씨익 웃으면서 식사하는 것을 남자가 바라보고 있을 때였다. 그녀가 돌연 재빨리 고개를 들었다. 타이밍을 잡지 못한 남자가 시선의 방향을 잡지 못했다.

"걸렸어요."

"……."

남자가 살짝 인상을 썼지만 싫다는 분위기는 없었다. 그의 흉진 얼굴에 그런 표정이 제법 어울렸다.

"괜찮으니까 너무 걱정할 필요는 없어요. 제가 무슨, 얼음 조각으로 만들어진 성유물도 아니고."

"괜찮지 않아."

"음?"

"괜찮지 않을 수밖에 없소. 납치를 당하고, 총에 맞고. 보통 사람이라면 평생 악몽에 시달릴 수밖에 없는 일들을 겪지 않았소? 그러니 괜찮지 않을 수밖에."

"……."

"괜히 아무 문제 없는 척하지 말고, 여기서는 편히 쉬는 게 낫겠……."

"고마워요."

"음. 고마우라고 한 이야기는 아닌데."

"당신도 스스로에게도 너그러워지면 좋을 것 같아요."

"이 이상 물러질 여유가 없소."

"그러면 적어도 서로에게 너그러워지면 되겠네요. 저도 당신을 이해하려고 노력할게요."

매들린의 그 말에 말문이 막힌 이안이 눈썹을 들어 올렸다.

"그러니까… 이번에 병상에 누워서 생각한 건데, 내가 이렇게 힘든데 그때 당신은 얼마나 아팠을까 싶었어요. 나 원, 내가 무슨 말을 하는지 모르겠네."

매들린이 허둥지둥 성급하게 이어나갈 말을 골랐다.

"우리 둘이 함께라면, 모든 걸 완전히 이겨내진 못하더라도 잘 살 수 있지 않을까요? 행복하지 않을까요?"

우린 행복하게 살 수도 있을 거예요, 같은 말을 하고 싶었을 뿐인데. 웅변조가 되어버렸다. 매들린이 살짝 입술을 깨물며 속으로 스스로 다그쳤으나 이미 엎질러진 물이었다. 부끄러워 다시 밥을 먹는 중, 남자가 천천히 입을 열었다.

"계약을 할 때는 서류를 꼼꼼하게 읽는 게 중요하지."

"네?"

"거래를 통해서 입은 손실은 보장해주지 않는다. 보장해준다면 어디까지, 몇 할 정도를 보장하겠다. 계약을 해지하고자 하면 이런저런 대가들을 지급해야 한다는 말들을 잘 살펴야 해."

"……?"

"그런 사항들을 제대로 읽지 않고 서명을 하게 되면, 나중에는 돌이킬 수 없소. 온전히 서명자의 책임인 거지."

매들린이 포크를 내려놓았다.

"내뱉는 말의 무게를 명심하란 말이었소. 당신은 지금 하자 많은 상대에게 희망을 주고 있으니까."

매들린은 살짝 어안이 벙벙했으나, 이내 다시 정신을 차릴 수 있었다. 그러니까 지금 저이는 이 행복하게 살자는 이야기를 '계약'이라고 표현하고 있었다. 놀라운 일은 아니었다. 이안이 가지고 있는 수십 가지 전술 중 하나였으니까. 자신에게 익숙한 틀에서 문제를 바라보기.

거절당하는 게 두려워서 그러는 걸까. 공연히 부끄러운 걸까. 이유는 잘 모르겠다. 하지만 스스로를 '하자 많은' 사람이라고 지칭하고 있는 것이 가장 마음에 걸렸다. 어쩐지 기분이 무척 상하는 발언이었다. 매들린의 얼빠진 침묵을 의식한 듯, 그가 작게 헛기침하더니 중얼거렸다.

"나라고 경고 따위를 하고 싶은 건 아니었소. 당신의 제안을 수락하고, 영원한 미래를 약속하고, 당장에 붙들고 싶은 마음이 가장 커. 하지만 나에게 엮여서 당신까지 진창으로 간다면, 그래서 당신이 후회한다면, 나는 더 버틸 자신이 없소."

아침에 듣기에는 너무 밀도 높은 고백이 아닐까 싶었다. 매들린이 천천히 고개를 끄덕였다.

"그러면 같이 그 진창을 구르죠."

"……."

"같이 뒹굴면 되잖아요. 그리고 자꾸 스스로 자신을 비하하고 계신데, 당신이라도 그건 금지예요."

"늘 생각하는 거지만, 당신 같은 부류가 사기를 당하기 딱 좋아."

그런 꼬집는 말을 하면서도, 남자의 얼굴은 달랐다. 그는 처음 보는 싱글벙글한 미소를 하고 있었다. 매들린이 뻔뻔한 표정으로 마주 웃었다.

"그래요? 그런 기질 하나는 아버지를 닮았나 보네요. 자, 아침 식사 끝났으면, 같이 산책할까요?"

같이 진창을 구르죠. 아, 너무나 기쁘다. 너무나도 기쁘다. 머릿속의 악마가 속삭였다. 침침한 곳에 웅크리고 있던 추한 존재가 천상으로부터 인정받은 것처럼 기뻐 날뛰었다.

밤새 끙끙거리며 꿈결 속에서 비명을 지르던 여자 곁을 지켰다. 암흑 속에서 두 눈이 반짝였다. 밤이지만 어둠에 적응해서인지, 여자의 윤곽이 세세하게 그려졌다. 조심스럽게 손을 뻗어 여자의 손등을 쓸었다. 자세히 보이진 않지만, 식은땀으로 번들거리는 이마와 입술, 그리고 앓는 목소리가 자극적이었다. 그 사실을 인지하자마자 스스로가 쓰레기처럼 느껴졌지만, 딱히 부정할 마음은 없었다.

그보다 매들린이 자신 없는 꿈속에서 너무 괴로워하지 않았으면 하는 마음이었다. 그리고 또, 그녀가 자신과 닮은 상처를 가지고 있다는 사실이 흥분되었다. 여자를 진정시키기 위해서라는 자기변명을 주워섬기며 이안은 천천히 매들린의 손등과 손바닥을 쓸었다. 약간 거칠어졌지만, 원체 부드럽고 섬세한 손이었다. 그 감촉에 괜히 위장이 배배 꼬이는 것처럼 속이 불편했다.

"매들린."

"흐윽… 안 돼, 안 돼."

"매들린."

천천히 매들린이 눈을 떴다. 그녀가 이안을 바라보면서 중얼거렸다.

"이안?"

이안은 너무도 놀라, 손을 놓았다. 자신을 바라보는 순진한 두 눈을 바라보자 죄책감이 커져갔다. 뜬눈으로 나머지 밤을 새웠다. 내가 도대체 아픈 사람을 두고 무슨 생각을 한 걸까. 자책하며 아침을 들었다. 그런데 여자는 언제나 자신을 놀라게 하는 재주가 있었다. 갑자기 같이 행복할 수 있지 않겠느냐니 이야기해대는데 평정을 찾기 어려웠다.

그런 말, 농담으로라도 함부로 하지 말라고 화를 내고 싶은 마음과 아무래도 상관없으니 당장 법적 효력이 있는 문서로 구속해버리고 싶은 마음이 서로 싸웠다. 결국, 중언부언 계약서니 서명이니 돌려 말할 수밖에 없었다. 제발 속 어지럽지 않게 말을 신중히 하라고. 희망으로 사람을 고문하는 것만큼 잔인한 건 없으니까. 그런데 여자가 또 그를 고문한다.

같이 진창을 구르죠. 그 말에는 고집스러운 이안도 저항할 수 없었다. 어찌할 도리가 없었다. 머릿속 그를 괴롭히는 악마적인 생각들이 고삐 풀린 듯 환희에 겨워 날뛰는데. 그때만큼은 그는 스스로를 벌할 수 없었고, 따스한 빛이 깊숙한 곳까지 내리쬐서 눈이 부실 지경이었다.

완벽한 유리 온실 속의 시간이 흘러갔다. 매들린은 어렸을 적, 어머니가 일곱 번째 생일 선물로 사준 수정구를 떠올렸다. 동그란 유리 안에 집이 있고, 작은 소녀가 춤을 추고 있는 모습을 생각했다. 뒤집으면 다시 밑의 눈가루가 날렸던 것도. 마찬가지로 가을이 겨울이 되고, 햄튼에도 첫눈이 내렸다. 비현실적인 시간 속 시간, 공간 속의 공간. 이 세상의 모든 근심 걱정에서 떨어진 이안이 손수 가꾼 테라리엄.

둘은 겨울 바다를 산책하고, 책을 나눠 읽었다. 밤이 찾아오고 벽난로에 불을 붙이고 나서는 세상 이모저모에 대해서 이야기를 나눴다. 의자에 앉아 오래오래 타닥타닥 타는 불씨를 바라보는 남자는 말수가 적었다. 하지만 그는 매들린이 던지는 모든 질문에 답했고, 그럴 때마다 고개를 돌려 그녀와 눈을 마주쳤다. 그럴 때면 그의 귓가는 불그스름했다.

남자가 이렇게 부드러울 수 있는지 미처 알지 못했다. 전쟁 전에도 순진하거나 여린 내면은 절대로 드러내지 않았는데 말이다. 이 이상 물러질 수 없다고 이야기했으면서도, 그는 자신도 모르는 사이 녹고 있었다. 얼음으로 된 심장이 튀어나올 정도로.

매들린은 전축에 판을 걸어놓고 음악을 틀어놓았다. 햄튼 별장의 홀은 텅 비어 있었다. 화려한 파티는 열리지 않으니, 오로지 둘만의 공간인 셈이었다. 홀츠먼이 툴툴거리면서 뉴욕의 아파트로 도망친 뒤에는 더 그러했다. 이안은 짐을 싸는 그를 보며 전혀 아쉬워하지 않았다. 오히려 빨리 가라는 듯 부추기는 말을 던지기도 했다. '여기서 더 늦으면 어두워지겠군'이라거나, '내일 사무실에서 일하려면 서두르는 게 좋겠어'라든지.

홀츠먼으로서는 이가 박박 갈릴 상황이었다. 그러나 그는 어이없어하며 내뺄 따름이었고(*더러워서 내가 꺼져줘야겠어.* 한마디는 남겼다), 넓은 저택은 자연스럽게 둘만의 공간이 되었다.

  전축에서 흘러나온 음악이 홀을 울렸다. 당대 최신 유행곡이 아닌, 느릿느릿한 왈츠였다. 전쟁 전의 음률은 우아하고 슬펐다. 멀찍이 기둥에 기대 서 있는 남자에게, 매들린이 다가갔다. 그녀는 부쩍 추워진 날씨에 답지 않게 얇은 실크 드레스를 입고 있었다. 사르르, 다리에 닿는 옷자락의 감촉이 좋았다. 무언가에 홀린 것처럼 자신을 바라보는 남자의 팔뚝을 잡았다.

  "이안, 당신이 원하는 게 나와의 춤이라면 어때요?"

  그 말을 들은 남자가 서글서글한 미소를 지었다. 천천히 미소가 피어 올라와 만면에 가득했다. 이렇게 웃기도 하는 이였다. 시원한 이목구비가 미소로 부드럽게 변하고, 당겨진 입꼬리에 흐뭇함이 묻어나왔다.

  "미안하지만, 다리 하나 없는 남자에게 춤을 권하는 건 현명치 못하군요."

  "상관없어요. 새로운 춤을 배우면 되니까."

  우리는 천천히 발을 움직일 거예요. 당신의 의족이 내 다리를 쳐도 좋아요. 아픈 우리는 숨이 차 허덕이겠죠. 그래도 괜찮아요. 하고 싶은 말이 많았지만 하지 않은 채 남겨두기로 했다. 그녀의 목전에 차올랐다 가라앉는 모든 말들을 남자는 이미 알고 있는 것 같았다. 이안이 살짝 입을 벌렸고, 그가 뭐라 말하기 전에 매들린이 속삭였다.

  "진중한 이안 노팅엄 씨, 저와 한 곡 추시겠습니까?"

  남자의 손이 그녀의 허리를 감싸 안고, 손과 손이 맞물렸다.

왈츠는 충분히 느렸고, 둘은 아주 천천히 움직였다. 춤이라기보다는 부둥켜안은 두 사람이 서로를 지탱하는 광경쯤으로 보였다. 매들린은 나른하게 숨을 내쉬며 남자의 넓은 가슴팍에 고개를 기댔다. 남자의 심장이 대형선의 엔진처럼 거세게 뛰고 있었다. 그녀는 천천히 눈을 감았다.

"당신의 집으로 돌아갈까요?"

"……."

남자의 심장이 더 거세게 뛰는 것이 꿈결처럼 아득하게 느껴졌다.

"그곳에서 영원히 같이 살까요?"

"아……."

남자가 낮은 탄식을 내뱉었다. 한참을 아무 말도 못 하고 깊게 호흡만 하던 그가 멋쩍게 중얼거렸다.

"결국, 청혼에 성공하는 건 당신이군."

저택에서 자신이 한 청혼을 떠올린 듯, 이안의 귓불이 붉었다. 매들린이 살풋 웃으며 말했다.

"그때 갑자기 무릎을 꿇은 거 참 별로였어요."

"그때 이야기는 그만합시다."

이제는 이안의 목덜미까지 불그죽죽하게 익어 있었다. 매들린이 어깨를 으쓱하며 답을 재촉했다.

"그래서, 답은?"

"답은 이미 정해져 있지 않소."

"그래도 똑. 똑. 히 말해줘야 알아들을 것 같네요. 제가 원체 듣는 귀가 없어서, 돌려 말하는 건 이해하기 어려워요."

남자가 미묘한 표정을 지었다. 극도의 쑥스러움과 민망함, 그리고 무한한 감동이 혼재된 눈빛이었다.

"청혼에 성공했단 말은 이미 했는데. 좋아요. 결혼합시다."

법적인 증서에 당신과 내 이름을 새기고, 돌이킬 수 없는 약속을 하자고. 그렇게 대답한 남자가 고개를 숙였고, 매들린은 위로 고개를 치켜들며 눈을 살짝 떴다.

거칠고 부르튼 화상 흉터가 있는 얼굴면이 볼에 닿았고, 그 다음에는 그보다 부드러운 입술이 매들린의 볼을 비볐다. 약간 핥는 것 같기도 하고. 매들린은 전에 꾸었던 늑대의 꿈을 생각했다. 그러나 생각의 흐름은 금방 끊어졌다. 이안이 매들린의 여린 입술을 파고들었기 때문이다. 기회를 놓치지 않고, 마치 오랫동안 꿈꿔왔던 순간이었다는 듯이 절박하게 키스하기 시작했다.

그 뒤로는 정신을 차리기 어려웠다. 뜨거운 혀와 타액이 섞이고 들숨과 날숨이 이리저리 엉켰다. 아까의 진중하고 간지러운 분위기를 일소하는 격정적인 움직임이었다. 이안은 매들린의 목덜미를 붙잡고 열렬하고도 깊게, 그러나 천천히 그녀를 몰아붙였다. 매들린은 이안의 가슴팍에 손을 대고 간신히 정신을 붙들었다.

결국, 한참 뒤에 숨이 넘어가기 직전에서야 남자가 매들린을 놓아주었다. 매들린의 흉곽이 크게 오르내렸다. 그녀가 정신을 못 차리자 남자가 약간 미안한지 얼굴을 찌푸렸다. 여자가 뒤로 넘어가지 않도록 부축해주었다. 가까스로 현실에 복귀한 매들린이 팔뚝으로 입을 훔치며 중얼거렸다.

"키스를 이런 식으로 이상하게 하는 귀족은 없을 거예요. 잘 모르지만, 아무튼 그래요."

소설이나 영화에서 보는 키스는 이런 게 아니었다. 이런 난폭한 게 아니었다. 그래서 살짝 낯설고 무서운 기분이었다.

"그래서, 싫다면."

"싫단 이야기는 아니거든요."

"흠."

"싫은 건 아니고, 너무 잡아먹을 듯이 구니까."

"억울하기 짝이 없어."

아직 본론은 시작도 하지 않은 데다가 각고의 인내를 더하고 더하며 참아나가고 있는데 말이다. '잡아먹을 듯이 군다'는 이야기나 듣다니. 억울한 마음에 살짝 뾰로통한 표정을 짓는 남자를 보자 매들린이 푸스스 웃었다.

16. 드디어, 드디어

자신을 걱정하고 있을 동기들과 하숙집 사람들에게 매들린은 편지를 썼다. 건강이 조금 안 좋아져서 영국으로 돌아간다는 내용의 편지에는 거짓은 없었다. 하지만 무언가 정리되지 않은 마음이 그녀의 가슴에 얹혔다.

수지에게 보내는 편지에는 말장난을 곁들였다. 맥도먼드 씨에게는 그간의 도움에 감사하며, 극진한 마음을 담았다. 물론 소정의 수표와 함께. 큰 액수는 아니었지만, 적어도 그간의 숙식에 대한 대가는 될 거라 생각했다. 그뿐만 아니라 제니, 캐롤라인, 그리고 펜대를 쥔 손목이 뻐근해질 때쯤, 그녀는 엔조를 떠올렸다.

"끙."

남자에 대한 마음이 아직 정리가 되지 않았다. 물론 연애 감정이야 일소된 지 오래였지만, 그보다는 안타까운 마음이 있었고 배신감도 있었다. 제 복부의 총상이 전부 그의 잘못이라 말하고 싶은 것은 아니었으나, 그보다 정말 실망스러웠다. 사람을 죽인 거겠지. 아니, 사람'들'을 죽였겠지.

"……."

마음이 끝없이 가라앉았다. 그때, 그 부둣가에서 저를 향해 두 팔을 벌리며 제게 오라고 말하던 남자를 떠올렸다. 아무리 능수능란한 범죄자라 할지라도 무서운 상황이었을 텐데 그는 차분했다. 잔잔한 미소를 한 채로 매들린을 달래는 데에 집중했다. 내가 무서워하지 않길 바란 거겠지. 사람은 복잡하다. 일면으로 판단할 수 없다.

매들린은 편지지를 빈 채로 놔두었다. 끝난 이야기를 굳이 붙잡고 이어나갈 수 없었으니. 대신 짐가방을 다시 열었다. 아직 행장을 다 풀지 못해서 물건들이 남아 있었다. 그녀는 조심스럽게 작은 상자를 꺼냈다. 그 안에는 엔조가 주었던 시계가 자리했다. 흠 하나 없이 새것처럼 깨끗했다. 옅은 하늘색의 가죽스트랩이 약간 바란 정도. 잠시 그것을 일별하던 그녀는 케이스를 다시 닫았다.

부둣가의 납치극 이후로 경찰은 엔조를 퍽 귀찮게 했다. 하지만 증거는 없었다. 그러니까 모든 것이 정황상 추측일 뿐이었다. 경찰들은 몇 건의 소소한 탈세 혐의를 꼬투리로 잡는 데에서 만족해야 할 게다. 그조차도 집행유예 정도로 마무리되겠지만.

그는 테이블 위에 발을 걸쳐둔 채 시가를 피웠다. 담배가 늘었다. 새벽 2시였다. 일에 열중하는 편이 나았다. 그래야 짙은 패배감과 모멸감을 씻어낼 수 있을 테니까. 단순히 그 상이군인 귀족 나부랭이에게 밀렸다는 자괴감이 아니었다. 자신의 악업으로 귀중한 인연을 헤칠 뻔했다는 죄책감에 가까웠다. 죄책감을 느꼈다는 사실 자체가 의외였다. 제 앞길에 놓인 걸림돌은 도덕이건 사회건 가뿐히 무시하는 자신답지 않았다.

감히. 너 따위가.

그때 그 분노 서린 백작의 표정은 꿈속에서라도 보고 싶지 않았다. 무섭다기보다는, '졌다'라는 마음이 들지 뭔가. 얼마나 구질구질하고 처절한 사랑들을 한 거람. 테이블 끝으로 시선을 돌리자, 그곳에는 꾸러미 하나가 있었다. 원형 손목시계였다. 동봉된 편지지에는 아무것도 쓰여있지 않았고, 엔조는 처음 그것을 받아들자 아무 생각도 할 수 없었다. 어떤 감정은 늘 뒤늦게 알아차리게 된다. 엔조 라오네는 매들린을 사랑했고, 그는 그녀를 영영 놓치고 말았다.

"하." 한 방 먹었다.

매들린은 검푸른 대서양의 해수면을 바라보았다. 흰색 장갑을 끼고 코트를 두른 그녀는 누가 봐도 젊은 귀부인으로 보였다. 챙이 내려간 둥그런 모자가 차가운 바람으로부터 귀를 가려줬다. 추운 날씨 때문인지 갑판에 나와 있는 사람들은 없었다. 덕분에 그녀는 홀로 바다를 바라보며 상념에 잠길 수 있었다.

크리스마스를 노팅엄 저택에서 보내고 싶다는 남자의 간청을 이길 수는 없었다. 인정하긴 싫지만 내심 토할 것처럼 긴장되는 것도 사실이었다. 그곳으로 가면 정말로 실감이 날 것 같아서 무서웠다. 남자와 결혼한다는 현실의 무게를 말이다. 그러나 미루고만 있을 수도 없는 문제였고(무엇보다 청혼을 한 건 매들린이었다!), 목표한 대로 봄에 식을 올리려면 서둘러야 했다. 그 전에 어떻게 노팅엄 가문을 설득해야 할지는 감이 오지 않았다. 이안은 그 걱정을 미리 일축했지만, 이전에 험담을 들은 기억이 있는 매들린은 걱정이 조금 되었다. 보통 사람들이 아닌데 말이다. 당분간 그 걱정을 하느라 다른 생각은 안 해도 될 것 같았다.

다행인지 이안은 굉장히 적극적이었다. 매들린이 얼마 안 가서 결심을 뒤집기라도 할까 봐, 그는 빨리 식을 올리고 싶어 했다. 일단 서류에 서명부터 하자, 정 급하면 미국에서라도 하자, 변호사나 성직자를 구해보겠다. 처음에는 농담인 줄 알았으나 갈수록 이안의 얼굴이 심각해졌고, 결국 매들린은 그를 진정시켜야만 했다.

"하지만, 이안. 여기서 다짜고짜 서류에 서명부터 하면 영국에 계신 당신 어머니께서 얼마나 서운해하고 놀라시겠어요."

"그렇다면 놀라지 않게 미리 전보를 부쳐드리지. 그리고 별로 상심하지 않을 거야. 내가 결혼한다는 사실만으로도 기뻐하실 분이니까. 상심한다 해도 어쩔 수 없는 일이고."

"그래도 인생에 하나뿐인 결혼식인데요. 그렇게 얼렁뚱땅할 순 없지요."

"결혼식에 대한 낭만이 있소? 알겠어. 그러니 서류 먼저 접수하고……."

저이가 왜 저러나. 어떨 때 보면 자신보다 더 아이 같은 구석이 있었다. 그게 싫은 것만도 아니었지만. 매들린이 그를 어르고 달랬다.

"성대한 식을 원하는 건 당연히 아녜요. 그저 이런 식으로 성급하게 진행하면 후회할 것 같아서요."

"후회? 후회라."

그 말을 들은 이안의 한쪽 눈썹이 살짝 올라갔다 다시 떨어졌다. 화가 난 건지, 서운한 건지 알 수 없었다. 남자에게 소인배같이 '삐졌다'는 표현을 쓰는 게 맞는지는 모르겠으나, 아무튼 이안은 꽤 집요한 구석이 있는 남자였다. 결국, 그 불안증을 잠재우려면 같이 영국으로 가는 길밖에 없었다.

이번에 적어도 끔찍한 뱃멀미는 없네. 당연한 건지도 모른다. 매들린은 지금 가장 좋은 일등실에 머물고 있으니 말이다. 화물칸이랑 가까이 위치한 값싼 객실은 정말 끔찍했었다. 하지만 그것보다 훌쩍이는 자신을 위로해준 동료 승객들의 온정이 더 기억에 남았다. 아무튼 두 번째로 건너는 대서양이었다. 후회가 많았다. 돌고 돌아 결국, 끝내지 못한 일들과 인연들에 대한 아쉬움이었다. 하지만 그래도 그녀는 살아남았다. 순전히 다른 사람들의 온정 덕분에 말이다. 맥도먼드 부부와 하숙집 친구들을 생각하면 마음이 아려왔다. 나도 다른 사람에게 그런 선의를 베풀 수 있을까.

"생각이 많나 보군."

남자가 다가오는 것조차 모를 지경으로 상념에 잠겨있던 모양이다. 그가 등 뒤에서 다가오자 시야에 그늘이 드리워지는 기분이었다.

"나름 정이 들었는지도 몰라요. 긴 시간은 아니었지만요."

매들린은 애써 밝게 웃었으나, 그 미소에 약간의 슬픔이 드리워진 것을 남자가 모를 리 없었다. 그가 한 손으로 매들린의 목덜미를 부드럽게 감싸 쥐었다. 거칠지만 뜨거운 감촉이 목덜미의 여린 살을 어루만졌.

"고작 2년 남짓 되는 시간이었지." 그가 중얼거렸다. "이제 당신은 여기 있어. 그러니 지금에 집중해."

지금에 집중하란 말은, 지금 '자신'에게 집중하라는 말이었다. 남자가 그렇게 여자를 자연스럽게 돌려세워 입을 맞추었다. 아무도 없었지만 나름 열린 공간이었다. 매들린이 자중하라는 듯 손바닥으로 남자의 가슴을 살짝 밀었고, 그는 천천히 다시 고개를 들었다.

"당신이 이렇게 거리낌 없는 사람인 줄은 몰랐네요?"

음흠. 매들린이 헛기침하며 주변을 빠르게 둘러봤다. 다행히 아무도 없었다.

"더 대담해질 수도 있겠지. 모든 건 당신이 하기에 달렸소."

이안이 고개를 기울였다. 살짝 구미가 돈 것 같은 표정이 뭔가 좀 낯설었다. 매들린은 한 발자국 뒤로 더 물러섰다. 몸과 몸이 잠시 떨어지게 된 것이 안타까운 듯 남자의 미간이 살짝 찌푸려졌다. 이렇게 애가 타서, 몸이 달아서 어찌하시려나. 매들린이 고개를 돌려 다시 바다를 바라봤다.

"저택이 어떨지 궁금하네요."

매들린이 애써 둘 사이의 긴장감을 해소하려 주제를 돌렸다. 위장이 묵직한 기분이 그리 편안하진 않았다. 아무튼 노팅엄 저택을 머릿속으로 그리니 마음이 좀 차분해졌다. 마지막으로 본 그곳은 흰색 천이 둘려 있었는데, 지금은 어떨지. 매들린은 그를 바라보며 대답을 기다렸지만, 남자는 그저 조용히 미소만 지었을 뿐이었다.

방을 따로 잡은 건 당연한 배려의 차원이었다. 그런데 그 사실을 인지하자 아까의 기묘한 분위기가 떠오르면서 생각이 많아졌다. 점점 사회가 개방적으로 변해가면서 자유연애라든가 남녀 간의 금제도 유명무실화되었다. 너도나도 몸부터 겹치는 게 세태였으니까. 이안이 아무리 귀족이라 할지라도 한창 시기의 젊은이인데 얼마나 하고 싶은 게 많겠는가. 그 정도는 머리로 이해할 수 있었다. 하지만 매들린은 아직 남자와 키스만 했을 뿐이었으니까. 한 침대에 몸을 누이는 건 결혼 후의 일이 되지 않을까 싶었다.

이전 생에서도 이안과 다른 방을 써왔던지라, 솔직히 잘 상상이 가질 않았다. 같은 침대에서 눈을 뜨고 아침을 맞이하는 것만 생각해도 얼굴이 발갛게 달아오른다. 음, 어쩌면 그녀는 하숙집 동생들이 놀려댔던 것처럼 연애 바보일지도 몰랐다.

같이 호텔에서 일하던 제니도 그랬었다. 저렇게 일과 공부만 해서는 세상 기쁨의 반절은 놓치고 사는 거라고 말이다. 거기다 대고 기쁨은 상대적인 거라고 반박했었다. 물론 제니는 콧방귀만 뀔 뿐이었다. *내가 뭐, 그게 세상만사 모든 거랬어? 매디. 현실적인 쾌락도 엄연히 존중받아야 마땅하다. 그리고 점점 그 욕망이 인정받는 시대가 올 거다, 나는 그런 지당한 말을 하는 것뿐이야.*

흠. 역시, 내가 좀 답답한가? 저는 역시 고리타분하고 자극에는 조금 무딘 면이 있는 건지도 몰랐다. 하기야, 전생에서 몇 년 동안 그 저택에서 살았으니 당연한 일일지도 몰랐다. 수도사들과는 달리 풍족한 먹을거리와 부드러운 실크 잠옷이 있는 삶이었지만 말이다. 하지만 그렇다고 해서 왕성한 젊은 나이의 남녀가 서로 눈에 불이 튀어 어떻게 되는지 모르는 바는 또 아니었다.

아는 것과 직접 경험하는 건 엄연히 다르니까. 키스 한 번에 혼이 나가고 가슴이 벌렁벌렁하는 자신의 모습이 갑자기 부끄럽기 시작했다. 매들린은 침대에 앉아 이마를 싸맸다. 제니와 로즈가 들으면 행복한 고민이라고 욕할 게 뻔하지만, 그녀는 제법 진지했다. 무섭다고. 아직 결혼식은 시작도 안 했는데 뭘 무서워하고 앉았는지 모르겠다. 하지만 말이다. 부부 생활이라는 게 쉬운 일은 아니지 않은가. 현실적인 문제들이 생기기 시작할 거다. 그리고 그녀의 몸은 지극히 '현실'이었다.

"하다 하다 내가 이제 자네 정신분석까지 해줘야 하나. 그런 건 뱃머리를 돌려 빈으로 가서 프로이트 박사님께 받지 그래? 자네 정도면 금방 예약 순번에 오르겠지."

홀츠먼이 비웃든 말든 이안은 진지했다. 이곳은 거대한 배 안에 위치한 식당, 비싼 배편답게 꽤 괜찮게 꾸며놓은 곳이었다. 법적으로 배 위는 금주법이 적용되지 않는 곳이었기에 술을 마음껏 먹을 수 있었다. 그래서인지 영국에는 볼 일 없는 미국 부자들이 삼삼오오 술을 퍼마시는 모습이 보였다.

"싫으면 네가 떠나야지."

"약속은 지키시지?" 홀츠먼이 뭐라 쏘아붙였다가 이내 제풀에 지쳐 관자놀이를 꾸욱 눌렀다. "일단, 요즘은 모든 게 전쟁 전과 다르다고. 친구."

"무슨 소리지?"

"고매한 귀족께서는 잘 모르시겠지만, 전쟁 전에 잘 알지도 못하는 사이끼리 대뜸 결혼부터 하고 그다음 관계를 쌓아나가는 고리타분한 시대는 지났단 말일세."

"……"

물론 홀츠먼은 이안의 프러포즈를 잘 알지는 못했다. 매들린이 한번 거절한 건 알지만, 그의 청혼이 얼마나 비참하게 박살이 났는지 몰랐다. 이안이 몹시 언짢은 듯, 그러나 조언을 듣기는 하겠다는 듯 위스키 잔을 노려봤다.

"지금도 돈 많은 옛날 부자들은 그런 식으로 살겠지만, 매들린은 뉴욕에 물이 들었어."

"그래서 하고 싶은 말이 뭐야?"

자신의 약혼녀가 미국에 물들었다는 말이 그의 무언가를 건드린 것 같았다. 자신이 알지 못하는 여자의 면모가 있다는 것 자체를 참을 수 없는 모양이었다. 아이쿠. 홀츠먼이 한숨을 쉬었다.

"결혼 전, 신혼부부가 울적함에 빠지는 건 의외로 자주 있는 일일세. 자유가 사라지는 것 같고, 내 선택이 맞을지 고민도 하게 되고. 나 자신은 아직 자랑스러운 독신이지만, 주위에 그런 경우를 많이 봐왔어."

"헛소리군. 나는 그녀에게 모든 걸 줄 수 있……."

"이해타산을 너무 따지지 말란 소리야. 나 같은 놈에게 이런 소리 듣는 건 좀 심각한 거야."

이안이 잠시 침묵했다. 홀츠먼은 맹렬하게 그의 입에서 쏟아져나올 독설을 예상했다. 그는 귀족치고는, 아니 귀족이라서 더 사람 열받게 비난을 쏟아부을 줄 알았다. 하지만 이안은 조용히 고개를 기울이더니 말했다.

"내가 모자란다는 건 충분히 인지하고 있네."

"이봐. 그런 소리는 아니……."

"나도 두려워. 그녀가 나를 끔찍하게 여길까 봐, 내가 그녀에게 모자란 사람일까 봐. 그래서 물질적으로는 아낌없이 모든 걸 주고 싶지."

"……."

"하지만, 욕심이 나는 건 어쩔 수 없어."

그 말에는 많은 감정이 함축돼 있었다.

"그, 그게 무슨 잘못인가. 젊은 부부가 서로에게 많은 걸…, 기대하는 건 당연한 일일세. 자네 약혼녀도 같은 마음일 테고."

윽. 홀츠먼은 노기등등한 노팅엄보다 울적한 노팅엄이 더 무서웠다. 장단 맞추기가 너무 어려웠다. 그 이야기를 듣는지 마는지 모를 이안의 초록 눈동자가 유독 어두웠다. 무엇을 생각하는 건지 위스키 잔의 녹아가는 얼음을 지켜보던 그가 대답했다. 아니, 혼자 중얼거리는 것에 가까웠다.

"내가 지금껏 지껄인 헛소리는 잊게. 나는 만족하고 있으니까. 모든 게 순조롭게 잘 진행되고 있지 않나?"

선상에서 파티도 열리는군. 매들린은 제 이름이 적혀진 초대장의 겉면을 손가락 끝으로 매만졌다. 이민자들이 엉겨서 아무렇게나 타는 배와 달리, 부유층이 타는 여객선은 역시 달라도 뭐가 다른 모양이었다. 성대한 파티도 열리고 말이지. 문득, 10년도 전에 침몰한 타이타닉호가 떠올랐다. 아버지와 함께 그 소식을 신문으로 접했던 기억이 났다. 침몰할 수 없다던 배가 침몰했다는 이유만으로, 사람들은 충격을 받았다.

무슨 불길한 생각을 하는 거야. 스스로를 다그치고 화장대 앞에 앉았다. 여자용 일등실은 여느 호텔 못지않았다. 그녀는 머리를 매만져 틀어 올린 후 단출한 화장품들을 꺼내 얼굴에 발랐다. 자못 병약해진 얼굴이 분을 바르자 생기가 감돌았다. 자리에서 일어서자 사부작사부작 드레스 옷감 소리가 들렸다. 따뜻한 옷감으로 만든 드레스는 가슴팍에 자연스러운 주름이 지어져 있었고 어깨에는 장미 모양의 장식이 달려 있었다.

"괜찮나."

머리를 자르고 웨이브를 넣어볼까. 방 밖을 나서서 선실 로비로 나가자 그곳에는 이안이 있었다. 지팡이에 몸을 기댄 것이, 살짝 피로해 보이는 얼굴이었다. 괜찮으려나. 의족을 끼운 채 오래 서 있거나 돌아다니는 것 자체가 부담일 텐데. 하지만 그가 저를 보기 전에 매들린은 언제 걱정했냐는 듯 밝은 미소를 지었다. 머리를 틀어 올리고 드레스를 입은 매들린을 본 이안이 얼굴을 대놓고 붉혔다. 매들린이 그에게 바짝 붙었다.
"이안, 우리 중간에 나갈까요?"
"파티는 시작도 안 했는데." 그리고 이제 자네는 내 약혼자요. 이안이 재빠르게 덧붙이는 말에 매들린이 고개를 내저었다.
"저야 약혼자의 의무를 이행하고 싶지만, 당신이 좀 피곤해 보여서요."
"아." 남자가 머쓱한지 제 관자놀이를 꾸욱 눌렀다. 그가 낮게 중얼거렸다. "미안하오. 요새 잠을 좀 설치는군."
매들린의 반짝이는 눈이 점점 신중한 빛을 띠기 시작했다. 그는 여전히 전쟁의 후유증에 시달리는 모양이었다. 이안이 잠시 매들린을 내려다보더니, 금세 그녀의 걱정을 알아차렸다. 그가 주저하며 덧붙였다.
"그런 쪽의 문제는 아니니까 걱정하지 말지. 일단 같이 갑시다."
그가 한쪽 팔을 매들린에게 내밀자, 그녀가 자연스레 제 팔을 감았다. 콩닥거리는 심장 소리가 매들린 자신의 심장에서 나는 건지, 남자의 심장에서 나는 소리인지 확실하지 않았다.
아주 천천히 로비를 통과해 계단을 오르자 확 트인 층이 나타났다. 중앙에 거대한 샹들리에가 빛을 뿜고 있었고, 악단이 연주를 하는 중이었다. 사람들이 삼삼오오 떠들어대며 챙챙 유리잔을 맞부딪히는 소리가 났다. 두 사람이 들어오자 먼저 테이블에 자리를 잡고 있던 홀츠먼이 손을 들었다. 그의 옆에는 이미 남녀 한 쌍이 앉아 있었다. 중년 부인과 젊은 남자 하나였다.

'이리로 오게.' 홀츠먼이 입 모양으로 말했다. 둘은 테이블을 향해 다가갔고, 이안이 먼저 사람들과 인사했다.

"반갑습니다. 헤이스팅스 부인, 에머스트 씨."

"아. 노팅엄 경. 반가워요. 햄튼에서 뵀죠."

헤이스팅스 부인이 먼저 이안과 악수했다. 예리한 눈빛을 한 여자였다. 희끗희끗해져 가는 머리를 짧게 잘라 뒷덜미까지 길렀다. 눈가의 주름은 연륜을 내포하고 있었다. 그다음으로 이안과 악수를 한 사람은 젊은 남자였다. 약관이 살짝 넘어 보이는 나이로, 연갈색 머리를 멋지게 넘기고 잘 맞춘 양복 차림이었다. 속눈썹이 길고 풍성했으며 피부가 희었다.

"처음 뵙겠습니다. 라이오넬 에머스트입니다."

"이안 노팅엄입니다."

존 에머스트 2세. 황색 언론으로 크게 성공해 재벌이 된 남자. 그의 아들인 모양이었다. 이안에 뒤이어 매들린이 소개되었다.

"오. 당신이 바로 그 미스터리한 노팅엄 경의 약혼녀군요."

"네?"

"아녜요. 만나서 반가워요."

여지를 남기는 듯한 여자의 말투에 적응하기 어려웠다. 그다음 악수를 나눈 라이오넬은 더 이상했다.

"안녕하세요."

"네. 처음 뵙겠습니다."

천사 같은 얼굴의 남자와 손을 맞잡자, 매들린은 그 서늘함에 잠깐 놀랐다. 하지만 더 이상한 것은 악수 그 자체였다. 오래 머무는 듯한 손아귀 힘, 그리고 떨어졌을 때 고운 손가락이 제 손바닥을 두드리는 느낌이 있었다. 그녀는 얼른 손을 빼 제자리에 돌려놨고 아무 일도 일어나지 않은 척 자리에 앉았다. 물론, 그 미묘함은 금방 뇌리에서 사라졌다. 수많은 사람들이 테이블로 와서 인사를 나누느라 정신이 없었기 때문이다.

노팅엄 백작이 약혼녀를 데려왔다는 소문이 언제 그렇게 난 건지-그녀는 줄곧 별장에서 지냈는데 말이다-다들 한 번씩 말씀 많이 들었다느니, 반갑다느니 아는 척을 했다. 물론 국왕 앞에서 데뷔탕트까지 마친 매들린이 당황하는 법은 없었다. 모르는 사람을 살갑게 대하는 것 정도는 할 수 있었다. 번듯하게 웃으며 사람들을 맞이했다. 사람들은 호의적이었다. 당연한 일일지도 몰랐다. 노팅엄 백작의 약혼녀에게 잘 보여서 나쁠 게 없을 테니까. 또 옆에서 이안이 서슬 퍼렇게 두 눈을 뜨고 있는데 조심스러울 수밖에 없었다. 물론 매들린은 사람들 쪽을 보니 이안이 어떤지는 알 수 없었다. 그는 인사를 나누는 매들린을 지켜보며 부드러운 미소를 짓고 있었다.

사람들이 물러난 뒤 떠들썩한 디너가 시작되었다. 저마다 담배를 피우고 이야기를 나누느라 시끌벅적했다. 그녀가 앉은 테이블도 마찬가지였다. 주로 떠드는 건 홀츠먼과 헤이스팅스 부인이었다. 스페인독감으로 남편을 잃은 후 가업을 크게 부흥시킨 여걸이었다. 남부 악센트가 강한 말투가 매력이었다. 홀츠먼은 그녀와 죽이 잘 맞는듯했고, 이안이 이따금 담배를 피우다 말며 그들의 대화에 종종 단답형으로 참여했다. 한참 주식 이야기가 나오다가 어느새 대화의 주제가 몇 년 전의 전쟁으로 흘러갔다.

매들린은 긴장했다. 별로 유쾌한 주제가 아니었으니까. 힐끗 바라본 이안의 옆얼굴에는 어떤 동요도 없었다. 일부러 그런 건지 그는 늘 매들린과 나란히 앉을 때 제 흉터가 안 보이는 쪽으로 앉았다. 그는 헤이스팅스 부인의 말을 경청하는 것처럼 차분히 여자의 얼굴을 보는 중이었다.

"전쟁이 일어날지 아무도 몰랐죠. 예상하지 못했어요. 게다가 그렇게 오래 끌지도 몰랐고요. 노팅엄 경, 감히 말씀드리지만, 저는 미국의 참전을 극구 반대했었답니다. 은행가들이야 돈 벌 궁리로 윌슨 대통령을 꼬드겼겠지만요."

"미국의 참전이 아니었으면 어떻게 될지 몰랐을 겁니다."

그다지 유쾌한 주제는 아니었다. 홀츠먼이 라이오넬을 향해 말했다.

"에머스트 씨는 그때 나이가 어렸지요?"

라이오넬이 한번 눈을 깜빡였다. 그가 질문을 던진 홀츠먼 대신 매들린을 향해 말했다.

"저는 그때 뉴헤이븐(예일대학교)에 다니고 있었습니다. 그리 어린 나이는 아니지요." 그는 조용히 말했다.

"하지만, 참전하고 싶어도 그럴 수 없었습니다. 형님이 그렇게 전쟁터에서 실종된 후 부모님께서 많이 힘들어하셨거든요." 황금에 가까운 암갈색 눈동자에 슬픔이 묻어나왔다.

"어쩔 수 없는 일 아닙니까. 그때는 다들 힘들었죠." 참전 여부를 밝히라는 뜻은 아니었는데. 홀츠먼이 살짝 실수했다 싶었는지 주제를 돌렸다.

"아버지께서는 어떻게 잘 지내고 계신가요."

"요즘 많이 안 좋으세요. 원체 호흡기가 좋지 않으신지라. 게다가 당신이 젊을 적 워낙 고생을 많이 한 게 병증으로 돌아오더군요." 그 말을 하는 라이오넬은 많이 걱정스러운 듯 한숨을 내쉬었다.

젠장. 또 말실수했군. 홀츠먼이 난감한 표정을 지었다. 가라앉은 분위기를 보다 못한 매들린이 구원 투수로 나섰다.

"그보다 춤이라도 추실까요?"

그녀가 살짝 이안을 바라보았다. 양해해달라는 눈빛을 보내니 그가 살짝 눈을 가늘게 떴다. 매들린이 홀츠먼을 자리에서 일으켜 세웠다. 플로어로 나가는 둘을 보며 이안은 손가락 사이에서 타고 있는 담배를 재떨이에 비벼껐다.

"작고한 형님께서 비행기 조종사셨다고 들었습니다."

에머스트 3세. 아버지의 이름을 그대로 받은 에머스트 가문의 상속자. 이안은 원래 에머스트 가문 사람들을 알고 있었다. 물론 어디까지나 가주인 에머스트 2세와의 친분이었지만 말이다. 따라서 지금 눈앞의 라이오넬이라는 애송이는 초면이었다.

"네. 그쪽으로 관심이 많았거든요."

침묵. 이안은 더는 눈앞의 남자와 말을 섞고 싶지 않았다. 태생적으로 예의를 차려버릇하는 습관이 있긴 했지만, 지금은 무척 피로했고 기분도 그다지 좋지 않았기 때문이다. 플로어에서 뭐가 재밌는지 자기들끼리 키득거리는 홀츠먼과 매들린도 눈에 거슬렸다. 둘 사이를 의심하거나 하는 건 전혀 아니었으나, 약간의 박탈감이 그의 골수에서 들끓고 있었다. 어쩌면 질투심일 수도 있겠지. 그는 쓸쓸하게 속으로 되뇌었다.

별장에서 같이 느릿느릿 춤을 추던 기억을 어찌나 곱씹었는지, 이제 어디까지가 자신이 덧붙인 상상이고 실제로 있었던 일인지 기억나지 않았다. 키스를 했을 때 그녀의 입안이 어땠는지만은 확실했지만 말이다. 뜨겁고, 부드럽고 또 연약한 감각에 소름이 돋았었다.

"약혼녀께서 참으로 미인이십니다."

라이오넬의 말 한마디가 그를 일깨웠다. 그제야 이안은 그를 처음으로 제대로 인지하기 시작했다. 살짝 곱슬기가 있으나 굽이치듯 넘긴 머리칼, 화려한 이목구비. 아버지를 닮진 않았으니 외탁인 모양이었다. 나름 예쁘장하다 볼 수 있겠지. 이안은 잘 알지도 못하는 젊은 남자가 함부로 매들린을 입에 올리는 것 자체가 싫었다. 하지만 딱히 무례라고 할 수도 없는 말이었으니, 그는 그저 다시 라이터를 더듬었다.

"좋은 사람입니다."

딱히 그 이상의 말을 더 덧붙이긴 싫었다. 매들린은 좋은 사람이다. 나에게 좋은 사람이고, 또 그 자체로 좋은 사람이지. 결점도 있겠지만, 가타부타 평가하고 싶지 않았다.

"부럽군요. '좋은' 분과 약혼하게 되다니."

"뭐. 에머스트 씨도 좋은 인연이 생기지 않겠습니까."

진심이라고는 1퍼센트도 없는 예의 치레였다. 헤이스팅스 부인까지 춤을 추러 나간 지금 테이블에는 두 사람뿐이었다.

"간호사셨다고요."

과거형. 뭐, 그렇지. 이안은 매들린이 계속 고된 간호사 일을 하는 데에는 반대 입장이었다. 그녀의 의사를 존중하는 것과 별개로 말이다.

"맞습니다."

"숭고함까지 갖추셨군요."

"본인은 선뜻 동의하지 않을 겁니다."

그때였다. 춤을 다 췄는지 매들린이 이안 쪽으로 왔다. 그녀가 허리를 숙여 이안의 귀에 속삭였다.

"제가 플로어에서 쭉 지켜봤는데, 당신 엄청 지쳐 보여요. 이만 돌아가자구요."

이안이 그제야 처음으로 피식 웃음을 짓더니, 제게 귓속말을 하는 매들린의 허리를 당겼다.

"나보다 나를 더 잘 아는군."

영국에 도착하기 전 마지막 밤이었다.

라이오넬 에머스트. 역시 내가 아는 누군가를 닮았어. 연회장을 빠져나오고 나서야 매들린은 뒤늦게 자신이 느꼈던 미묘한 감정의 정체를 깨달았다. 그것은 다름 아닌 기시감이었다. 그러나 그 기시감의 원인까지 파악할 순 없었다. 저렇게 아름다운 미청년을 본 적이 없는데, 이상한 일이었다. 물론 생각이 길게 이어지진 않았다. 이안과 함께 계단을 내려가면서 딴생각을 할 순 없었다.

"이안, 내일이면 도착이네요."

"고생했소."

음? 고생은 이안이 더 했죠. 매들린이 조심스레 이안의 턱 가를 쓰다듬었다. 어쩐지 연회 시작 전부터 피로해 보이는 그가 안쓰러워 마음이 조마조마했다. 춤을 추면서 힐끔힐끔 남자를 돌아보고 확인했다. 간호사로서 진찰을 내릴 순 없었지만 말이다. 물론 지금 그녀가 발휘하는 관찰력은 그것과는 상관없었다. 그보다는 좋아하는 사람일수록 더 신경 쓰이는 법이니 당연했다. 그녀는 이리저리 이안을 확인했다. 그 감시가 싫지 않은 듯 남자는 말 잘 듣는 짐승처럼 그 눈길과 손길에 어울려줬다.

"어디 보자……."

"상처 난 곳은 없소?"

"그럴 리가요. 그보다는……."

자신보다 갑절은 커 보이는 남자를 걱정하며 이리저리 안색을 살피는 매들린의 모습은, 혹자에게는 이상해 보일 수도 있었다. 그러나 남자 쪽은 전혀 싫은 기색이 없었다. 오히려 수많은 사람에게 둘러싸였을 때보다 여자와 단둘이 복도에 있을 때 더 편안하고 즐거워 보였다.

"원래도 딱히 외향적인 편은 아니었죠?"

"그다지 친구를 사귀는 편은 아니긴 했지."

"하긴, 처음 봤을 때도 좀 그랬어요, 당신은."

"그랬다라?" 남자가 살짝 미간을 찌푸렸다.

"다른 사람이랑 이야기 나누고 있는데 대뜸 찾아와서는, 사냥 재밌다고 하질 않나, 갑자기 왜 미워하냐고 따지질 않나."

"그거야 당신이 날 이유 없이 미워했으니까. 억울했을 뿐이오."

어… 그 말에는 솔직히 대꾸하기 어려웠다. 사실이잖나. 매들린이 그를 미워하며 죽다 살아났단 사실을 토설할 수 없는 노릇이었다. 할 말을 잃은 매들린의 모습에 이안이 픽, 바람 빠지는 소리를 내며 웃었다. 그가 무언가 생각난 듯 그녀에게 속삭였다.

"신혼여행지 생각해놓으시오."

다시 찾은 노팅엄 저택은 기억과 똑같았다. 여전히 고풍스럽고, 고고하고, 침범할 수 없는 요새 같은 분위기. 여러 사람이 황급히 돌아다니던 예전의 활기는 없어졌다. 전쟁 전에는 사용인들이, 전시에는 의료진들이 있었는데 지금은 그보다 훨씬 적은 수의 사람들이 있었다. 하기야, 만찬이나 연회니 하는 일도 자주 있지는 않을 테니까. 게다가 주인이 밖으로 나도는 터라 일도 적을 터였다.

차 밖에는 예전의 방식대로 사용인들이 줄을 서서 이안과 매들린을 기다리고 있었다. 새로운 얼굴들이 더러 보였고, 익숙한 얼굴들은 저마다 세월의 풍파를 맞은 모양새였다. 그 모습에 어쩐지 마음 한쪽이 뻐근했다. 전의 삶에서는 큰 관심 두지 않은 사람들이었으나 이번에는 다르기를 바랐다.

잘해야지. 뭐가 됐든 말이다. 사용인들보다 한 발자국 앞에 선대 백작부인과 에릭 노팅엄이 서 있었다. 시력이 좋지 않은지라, 차창 너머 힐끔힐끔 보면서 그들이 맞나 아닌가 가늠했는데 그녀의 옆에서 이안이 부드럽게 말했다.

"어머니와 에릭이오."

"앗."

매들린은 서둘러 차체에 눌려 구겨진 드레스 옷자락을 손끝으로 폈다. 다행히 틀어올린 머리는 장시간의 여행에도 불구하고 무사했다.

"괜찮으니까 너무 신경 쓰지 않아도 돼. 구면이지 않은가."

"아니, 그래도, 경우가 다르잖아요."

따지고 보면 약혼녀인데. 어쩌지. 매들린은 안절부절못했다. 돈도 없는 데다가, 불미스러운 일에 휩싸인 전적이 있는 사람을 받아주려나 걱정스러웠다. 그런 불안한 마음을 아는지, 이안이 다독이듯 말했다.

"걱정 안 해도 될 거요."

마침내 이안, 홀츠먼과 함께 차에서 내렸을 때, 매들린은 바람을 맞으며 생각했다. 드디어, 드디어……. 그녀는 회귀 후의, 전인미답의 영역을 걸어 나가고 있었다. 보지 못한 미래와 사건들이 기다리는 곳으로. 어떤 일이 일어날지 한치 예측도 불가능한 시간이었다.

선대 백작부인, 마리아나 노팅엄과 이안이 먼저 인사를 나누었다. 그다음 이안과 에릭이. 마지막으로 홀츠먼이 사람들과 인사를 나눴다. 이제 매들린이 나설 차례였다. 어쩐지 부끄러운 기분이 들어 매들린이 우물쭈물했다. 이안이 잠깐 머뭇거리더니 매들린을 향해 몸을 돌렸다. 눈을 깜빡이며 작은 가방을 목숨줄처럼 붙들고 있는 여자가 보기 나쁘지 않은 모양이었다. 그가 슬쩍 웃더니 말했다.

"이미 알고 계시겠지만, 제 부인될 사람입니다."

"이안!"

이런 식으로 격의 없이 저택에 도착하자마자 폭탄선언을 날리는 남자 때문에 심장이 하나로는 모자랐다. 다행히 선대 백작부인은 고개를 절레절레 흔들 뿐이었다.

"이안. 이미 네가 몇 번이고 전보와 전화를 통해 말해서 알고 있단다. 말 수 없는 네가 그렇게 인이 박이도록 자랑을 하는 통에 잊으려야 잊을 수 없지 뭐니."

"……."

매들린이 이안을 노려봤다. 자랑, 자랑이라고? 매들린이 청혼을 한 뒤로 언제 시간이 그렇게 났다고 전화와 전보를 했단 말인가. 뒤통수에 꽂히는 따가운 시선을 느낄 터인데도, 남자는 그저 득의만면 웃을 뿐이었다.

"자랑이라는 단어에는 어폐가 있군요, 어머니."

"에휴. 형님도 참, 로엔필드 양이니까 받아주는 거야." 속이 아주 시커매가지고는. 에릭이 중얼거리는 걸 홀츠먼이 받았다.

"그러게 말입니다. 최근에 저도 모르는 이안의 모습을 너무 많이 봐서, 솔직히 부담스러울 지경이군요."

"다들 그만해." 이안이 쯧 고개를 젓더니, 팔을 내밀어 매들린을 앞세웠다.

"모두와 회포를 풀고 싶지만, 지금 많이 피곤할 겁니다. 푹 쉴 수 있는 방을 주시죠."

저택의 새로운 차기 안주인에 관한 이야기는 이미 사용인들 사이에 돌고 있는 모양이었다. 그게 어떤 방식으로 전해지는지 모를 일이었지만, 적어도 적의나 냉랭함 같은 건 보이지 않았다. 오히려 약간의 희망 같은 게 느껴져, 조금 부담스러웠다. 심지어 세바스천은 눈시울을 글썽이기까지 했다.

"드디어 백작님께서… 감개무량하군요."

조금 부담스럽기는 하네. 세바스천과 악수하면서 매들린은 어색하게 미소지었다. 머리가 희끗희끗한 노집사가 도대체 속으로 무슨 생각을 하는 건지, 자신과 이안의 손자 손녀까지 그리고 있는 일인지는 당최 알 수 없었다. 아무튼 모두와 통성명을 하고 난 뒤 얼마 안 되는 짐을 풀기 위해 젊은 남자 사용인 둘이 나섰다.

그녀가 지낼 방은 위층에 있었다. 전의 삶에서 매들린과 이안은 몇 년 간 부부였지만 침실을 따로 썼다. 위층과 아래층에 따로. 그런데 이번에 그녀는 이안과 같은 층의 방에서 지내게 되었다. 뭐, 큰 의미가 있는 건 아니겠지만.

매들린은 정갈하게 꾸며진 침실에서 행장을 풀었다. 며칠간 여행을 한 피로가 몸을 짓눌렀다. 그렇게 가만히 의자에 앉아있는 그녀는 뒤에서 들리는 노크 소리에 다시 일어났다.

"누구시죠?"

"에릭입니다."

그녀는 어느새 에릭과 함께 복도를 걷고 있었다. 복도를 걸으면서 대화를 나눌 수 있을 정도로 넓은 저택이었다. 집이라기보다는 궁전이네. 하지만 다른 생각을 많이 할 수는 없었다. 오랜만에 만난 에릭은 어쩐지 많이 성숙해져 있었다. 전쟁을 겪고도 앳된 티가 많이 나던 얼굴은 살이 내렸고, 무척 정돈된 기색을 풍겼다.

"잘 지냈느냐고는 굳이 묻지 않을게요."

에릭이 멋쩍게 웃었다.

"고마워. 솔직히 그런 질문을 던지면, 대답하기 어렵거든."

감옥에 가고, 총에 맞고 하는 일들이 썩 유쾌하진 않았으니 말이다.

"뭐, 형님은 그다지 잘 지내지 못했거든요."

"……."

"그쪽이 미국으로 떠난 이후, 저택에 돌아와서 미친 사람처럼 재활인지 운동인지 하더군요. 처음에는 스스로를 고문하나 싶었어요."

"……."

할 말이 없었다. 매들린이 무슨 말을 더할 수 있겠는가. 그녀의 눈가가 자연히 축축해졌다. 자신이 미국으로 떠난 후, 이안이 어떤 마음으로 지냈을지는 떠올릴 수 없었다.

"그거 알아요? 여기 잘 둘러보면 신식 가전제품들이 많아요. 형님은, 어쩌면……."

당신이 이곳으로 돌아오기를 기다렸던 건지 몰라요. 그 뒷말을, 에릭은 내뱉지 않았다. 하지만 매들린은 알 수 있었고, 죄책감을 느끼며 몸을 떨었다. 그런 그녀를 보자 그제야 에릭이 실수했다는 듯 안절부절못했다.

"매들린, 울 것 같은 표정 짓지 말아요. 모든 게 잘 되었잖아요. 게다가 지금 당신이 울고 있는 걸 이안 형님이 알게 되면 나 쫓겨날지도 몰라요. 형님이 냉정한 건 알잖아요."

"울지 않아요."

"정말 울지 않겠다고 약속해야 해요?"

"……?"

동시에 에릭의 발걸음이 한 방문 앞에서 멈췄다. 에릭의 시선이 불안정하게 흔들렸다. 그가 말했다.

"화내도 괜찮아요. 슬퍼해도, 일단, 마음의 준비부터……."

그제야 매들린은 깨달았다. 그녀는 지금 이사벨 노팅엄의 방문 앞에 있었다.

"이사벨?"

"한두 달 전부터 이곳에 와서 요양하고 있어요."

"몸이 많이 안 좋은가요?"

"……."

요양이라는 말을 듣자마자 화들짝 놀라 이사벨의 안부를 묻는 모습에 에릭이 미간을 찌푸렸다. 뭔가 짠하고 안타까운 것을 보는 것 같은 얼굴이었다.

"매들린. 태어날 때부터 부자라는 건, 엄청나게 재수 없는 족속이라는 이야기나 다름없어요."

"그 이야기가 지금 왜?"

"이사벨처럼 이상주의자 행세를 하건, 형님처럼 현실주의자로 살건. 세상에 대해서 어리숙하고 잔인하게 굴 때가 있단 말입니다."

"……."

"이사벨의 그 행동이 아니었다면, 당신이 감옥으로 가는 일은 없었을 거예요."

에릭의 말투는 정돈되어 있었다. 사실을 직시하는 투에, 매들린까지 마음이 차분해졌다.

"그건… 에릭, 솔직히 말해 그 낯선 남자를 숨겨줬을 때, 처음에는 이사벨을 위한 게 맞았어요. 하지만, 그 뒤에는 저도 잘 모르겠어요."

"……."

"완전히 원망하지 않았다면 거짓말이겠지만, 그래도 보고 싶어요. 이사벨은 내 친구니까요."

에릭이 그 말에 한숨을 쉬었다.

"매들린, 당신은 정말 형님 옆에 꼭 붙어있어야겠군요. 그 정도 감시꾼이 있어야 사기를 안 당할 테니 말입니다."

"칭찬인가요, 비난인가요?"

"비난입니다."

에릭이 씁쓸히 웃었다. 그가 다시 표정을 굳히더니, 문에다 노크했다.

"에릭이니? 들어와."

문 너머로 들리는 것은 분명 이사벨의 목소리가 맞았다. 그 소리를 알아들은 매들린이 활짝 웃었다. 뒤돌아서서 그 모습을 본 에릭이 못 말린다는 듯이 고개를 저었다. 그 고초와 모욕을 겪고도 순수하게 사람을 반가워하는 저 얼굴이 참 신기했다.

문이 열리자 매들린이 본 것은 침대에 앉아있는 가냘픈 형상이었다. 뒤쪽의 창문을 통해 빛이 들어오고 있어서 얼굴이 자세히 보이지는 않았다.

"그럼 나는 이만 여기서 빠지지요."

에릭이 속삭이듯 말하고 물러섰다. 매들린은 한 발자국씩 방 안으로 들어갔다. 가까이 다가가자 형체가 이사벨임이 더 분명해졌다. 고고하고 아름다운 사람으로 기억했는데, 지금은 너무도 마르고 아파 보였다. 얼마나 많은 고초를 겪었는지 알지 못할 일이었다.

"이사벨, 나예요."

"매들린."

목소리가 잔뜩 쉬어 있었다. 매들린이 이사벨이 앉아있는 침대 가장자리 가까이 다가갔다. 여기서 보니 그녀는 숫제 겨울의 마른 나뭇가지 같았다. 심장이 덜컹거렸다.

"오랜만이에요."

"……."

멍하니 매들린을 바라보던 이사벨이 그녀의 다정한 목소리를 듣자마자 울음을 터트렸다. 회한과 슬픔이 뒤섞인 흐느끼는 소리에 매들린은 다시 한번 놀라고 말았다.

"미안해요. 내가 다 그르쳤어요." 이사벨의 목소리에 물기가 가득했다.

"……."

매들린이 동그랗게 눈을 떴다. 그제야 알아차린 사실은, 눈앞의 여자가 어리다는 점이었다. 혁명과 사상을 논할 때마다 눈에 불꽃이 튀던 그녀 역시, 결국 혈기에 치우친 한 젊은이란 것이 실감 났다. 동경의 베일이 걷히자 사람이 보였다.

"그때 너무도 무섭고 수치스러워서, 나는……."

"말하지 않아도 돼요."

매들린이 담담하게 말했다. 용서한다느니, 모든 게 괜찮다느니 같은 말은 하지 않는 편이 좋을 터였다. 사실과도 거리가 멀었을 뿐만 아니라 그동안 일어났던 수많은 일을 축소하는 발언이었으니까. 이상하게 마음이 차분했다.

"그동안 유럽에 있었어요?"

"독일, 스페인, 이탈리아. 방방곡곡을 돌아다녔죠." 그녀가 힘없이 웃었다. "내 치기 어린 시도는 실패로 돌아갔어요. 매들린, 어리숙한 귀족 여자가 세상 돌아가는 걸 바꿀 순 없는 거였어요."

그렇다고 또 역사와 시대의 무게에 깔려 죽어 순교자가 될 용기도 없었다. 그래서 결국에는 다시 이곳으로 왔다고 말하는 이사벨의 목소리는 바스락거렸다.

"수치스러웠어요. 지금 내가 살아있는 것도 전부 오라버니의 돈 덕분이라는 걸 누구보다 잘 알면서 부정하고 싶었던 걸지도 몰라요."

"이사벨."

어리숙한 귀족 여자가 세상 돌아가는 걸 바꿀 수 없단 건, 매들린도 잘 아는 사실이었다. 실제로 그녀는 전쟁을 막지도 못했고, 이안이 다치는 것 또한 막을 수 없었다. 전생보다 더 많은 고초를 겪기도 했다. 하지만 바뀐 것도 있었다. 이안은 몸과 마음을 다쳤지만, 한 발자국씩 나아가고 있었다. 매들린은 자신이 사랑하리라 예상하지 못한 남자를 사랑하게 되었다. 또한, 전생이라면 몰랐을 사람들을 알았다. 생명을 치료하는 법을 배웠다.

그리고. 이사벨, 당신은 내 회귀의 첫 번째 증거지요. 그래서 나는 당신을 그렇게 쉽게 용서해버렸던 걸지도 모르겠네요. 매들린은 쓸쓸한 미소를 지었다.

잠깐 어머니인 마리아나 노팅엄과 저택의 대소사를 의논한 이안은 대화가 끝나자마자 곧바로 매들린을 찾았다. 거동이 불편한 사람치고는 매우 빠르게 계단을 올라갔다. 매들린의 방에 그녀가 없다는 것을 확인한 그는 곧바로 발걸음을 돌렸다. 한참 매들린을 찾던 그는 복도에 가만히 서 있는 제 동생을 보자마자 신경질적으로 질문을 내질렀다.

"매들린은 어디 있지?

"집이 너무 넓다는 게 이럴 땐 참 안 좋죠."

어렸을 때야 숨바꼭질을 하기 좋았지만, 이제는 불편함이 더 크다며 에릭이 너스레를 떨었다. 실없는 대꾸를 들은 이안이 미간을 찌푸렸다. 시답잖은 농담 따먹기를 할 기분이 전혀 아니었다.

"헛소리 말고."

"이사벨이랑 이야기 나누고 있어요."

"……."

이안이 그 이야기를 듣자마자 에릭에게 고개를 까딱였다. 당장 비키라는 무언의 제스처에 에릭이 한숨을 쉬었다.

"형님. 형님이 이사벨이랑 매들린을 떨어뜨려 놓고 싶어 한단 걸 알고 있어요. 하지만, 만나게는 해줘야 할 것 아닙니까. 그래야 문제가 해결되죠."

"내가 원하는 시간과 장소에서, 적절한 방식으로 만나야겠지. 그리고 이제 문제가 일어날 여지는 없어."

"둘은 친구……."

"잘 알고 있다. 그 빌어먹을 우정 때문에 매들린을 잃을 뻔했어. 다시는 그런 실수할 생각 없으니 비키도록."

에릭이 입을 잠시 다물었다. 에휴, 이 빌어먹을 통제광 형님 같으니. 하지만 그만큼 이사벨과 매들린 사이에 있었던 일이 남긴 상처가 깊다는 의미였다. 에릭은 그때의 이안을 생각하면 기분이 좋지 않았다.

"형님이 우리 두 사람을 미워하는 건 어쩔 수 없지만, 이번에는 매들린을 좀 믿어봐요."

"미워한다니? 헛소리 말아라."

"비난하려고 없는 소리 지어내는 건 아니에요."

에릭이 침착한 표정으로 이안에게 말했다. 청년의 초록 눈동자가 복잡한 감정을 담고 있었다.

"그래도 형님을 원망하지 않아요. 아버지가 편찮으셨을 무렵부터 형님이 우리 집의 가장이었으니까요. 그 무게가 얼마나 컸을지 이제야 조금 알겠다니까요. 그 와중에 한 녀석은 열등감에 찡얼거리고, 한 녀석은 또 혁명을 부르짖으니 골 아팠겠죠."

"마음에도 없는 자학은 그만하지? 슬슬 소름이 돋으려 하는구나."

제 동생의 속내를 들은 이안은 무척 떨떠름해 보였다. 하긴, 이안은 살가운 것과는 거리가 먼 남자였다. 전쟁으로 인해 다치기 이전에도 그는 동생들에게 권위적이었다. 그 권위에는 언제나 가족으로서의 애정이 있었지만, 그래도 어린 마음에는 반항심이 들었다. 잠깐 매들린에게 수작을 부린 것도 어쩌면 그 반항기의 소산이었을지 몰랐다.

"매들린은 그런 형님께는 유일한 안식처였겠죠. 그런데 우리 두 사람이 그걸 빼앗으려 했잖아요? 부당하게 느껴졌을 만도 합니다."

"……."

이번에 이안은 부정하지 않았다. 에릭과 이사벨을 원망한 적 없다고 하면 거짓말이 될 테니까. 매들린은 온전히 그의 것이어야만 했다. 아무리 동생들을 사랑한다 해도 한 조각도 나누고 싶지 않았다. 그래서 에릭이 별장에 매들린을 초대한다며 득의양양하게 굴었을 때, 얼마나 증오스러웠는지 모른다. 치졸한 감정이란 걸 알면서도 어쩔 수 없었다. 다행히도 티를 내진 않았다.

갓 전쟁터에서 나와 온몸이 만신창이가 된 자신과 달리 에릭은 밝고 명랑한 청년이었다. 어쩌면 매들린과 가장 어울리는 한 쌍이 될지도 모른다는 생각에 믿지도 않는 신을 원망했었다.

이사벨에 대해서도 복잡한 감정이 있는 건 맞았다. 애써 그 미움을 부정하고 싶은 생각도 없었다. 애초에 둘은 오래전부터 신념이나 가치관이 완전히 달랐다. 사소한 대화가 언쟁으로 불붙고는 했다. 하지만 태생적인 성향 차이가 다가 아니었다.

전쟁 전, 매들린과 이사벨이 친해졌을 때부터 석연찮은 감정이 있었다. 그 핑계로 매들린과 말이라도 한마디 더 섞을 수 있는 건 좋았으나, 불안했다. 그는 제 혈육과 매들린을 나눠 갖는 건 사양이었지만, '거대한 이념' 따위와는 더더욱 나누고 싶지 않았다. 괜히 매들린이 이사벨을 따라서 위험한 행동을 벌일까 걱정스러웠다. 결국에는 그렇게 되고 말았지만 말이다.

막판에 증언을 뒤집은 건 매들린의 선택이었다. 그러니 온전히 이사벨만의 탓은 아니란 걸 머리로는 알면서도, 사건의 발단을 일으킨 제 동생이 못내 원망스러웠다. 그녀를 끝까지 내치지 못한 건 매들린의 당부가 적힌 편지 덕분이었다. 에릭이 제 형님의 복잡한 심사를 눈치챘는지 이안의 어깨를 살살 두드리고는 그를 지나쳐갔다.

매들린이 콧노래를 부르며 서가를 구경하고 있었다. 전생에서 남편이 애용하던 서재였다. 책의 배치도 거의 비슷한데, 뭔가 미묘하게 달랐다. 책등을 손가락 끝으로 훑던 매들린이 고개를 갸웃했다.

에드워드 기번의 〈로마제국 멸망사〉라든지 월터 스콧의 〈아이반호〉 같이 그가 어린 시절에 읽은 책들과 경제학책들, 존 메이너드 케인스라는 사람이 쓴 〈화폐개혁론〉 같은 책들이 섞여 있었다. 그리고 나이팅게일 자서전이라든지, 간호학 관련 책들이 군데군데 있었다.

"너희들이 범인이었구나."

매들린이 살풋 웃으며 책을 꺼냈다. 페이지 귀퉁이가 접혀있는 걸 보니 다 읽은 게 분명했다. 다시 제자리에 책을 꽂아 넣은 매들린은 계속 서재를 둘러보다가 익숙한 책등을 발견했다.

〈탬벌레인 대왕〉. 매들린이 추억에 잠겨 책을 펼쳤다. 오래된 종이가 그녀의 손가락 끝에서 바스락거렸다. 전생을 반추하자 왠지 서글퍼지기도 했다. 우리는 둘이 행복하게 살 수도 있었을 텐데. 지금도 너무나 행복하지만, 과거의 남자를 생각하면 마음이 아팠다. 그녀가 조심스럽게 페이지를 넘겼다. 그러다가 맨 끝으로 가자 연필로 뭉툭하게 적은 메모가 보였다. 아니, 희귀한 초판본에다가 낙서를 갈기다니, 누구의 짓이지! 분노한 매들린은 이내 낙서한 사람의 정체를 알 수 있었다. 휘갈겼지만 못나지 않은, 거친 글씨체는 분명 이안의 것이었기 때문이다.

이해할 수 없음, 도대체 왜?

"응?"

주인공을 이해할 수 없단 건지, 내용을 이해할 수 없단 건지, 이 책을 재밌게 읽었다는 매들린을 이해할 수 없단 건지 알 수 없었다. 다만 끝까지 책을 읽고 짜증이 나서 쓴 거란 건 분명했다. 낭만주의와는 거리가 먼 사람이란 걸 알지만, 얼마나 짜증이 났으면 책에다 낙서를 다 했을까……. 어차피 제 소유물이니 마음대로 다룬 거겠지만 말이다. 슬몃슬몃 웃음이 나오기 시작했다.

"재밌는 거라도 발견한 모양이군?"

뒤에서 이안의 목소리가 들리자, 매들린이 책을 서둘러 덮었다.

"어, 아무것도 아니에요."

"……."

이안이 어이없다는 듯이 웃었다. 그가 매들린의 뒤로 붙자, 어쩐지 몸 둘 바를 몰랐다.

"아."

이안이 매들린이 왜 웃었는지 짐작한 모양이었다. 이제 그가 쑥스러워할 차례였다.

"당신이 초판본에다 낙서를 다 할 사람일 줄은 몰랐어요."

"잠시 분별력을 잃은 모양이오. 그리고 그건 낙서가 아니라 메모요."

"일단 말해봐요. 뭐가 싫었던 거예요?"

매들린이 눈을 반짝였다. 비록 취향이 다를지라 하더라도 이안에게 솔직한 감상평을 듣고 싶었다. 매들린을 곁눈질하던 이안이 한숨을 쉬며 안락의자에 앉았다.

"일단 전쟁은 극본에서 묘사되듯이 전혀 명예롭거나 흥분되는 일이 아니오. 거기서부터 공감이 안 되니까 주인공이 하는 행동이 다 이해가 안 가더군."

"……."

"뭐, 일개 병졸의 입장과 '대왕'의 입장이 같다고는 할 수 없겠지. 많은 걸 소유하면 할수록 기분 좋아지는 것도 사실이니, 주인공의 탐욕스러움을 비난할 수만은 없어……."

그가 말끝을 흐렸다. 뭔가 살짝 불쾌한 기색에 매들린은 더는 추궁하고 싶지 않았다. 매들린은 모르는 일이었지만 약간의 동족 혐오가 배어 있는 말투였다. 그녀가 안락의자로 재빨리 다가가 이안의 어깨를 만졌다.

"빨리 결혼식이 열렸으면 좋겠어요."

그 말과 함께 이안의 머릿속에서 책에 대한 생각이 휘발되었다. 오늘 점심에 이사벨과 무슨 이야기를 했는지 물어보려 했던 생각도 덩달아 사라졌다. 그가 위를 올려다보자 생글생글 웃고 있는 매들린의 모습이 보였다. 이안은 볼 안의 여린 살을 잘근잘근 씹어가며 미소를 참아야만 했다.

환한 응접실에서 애프터눈티를 마시며 둘은 결혼식 계획을 검토하고 있었다. 이안이 내민 두꺼운 서류를 받아든 매들린의 얼굴이 그만 사색이 되었다. 일단 방대한 분량도 분량이었거니와, '결혼식 및 피로연, 신혼여행의 건'이라는 제목을 붙여도 무리가 없을 건조한 문체로 쓰여 있었다. 게다가 웨딩드레스며, 매들린이 입고 걸칠 것들에 대해서 너무나 많은 예산이 배정돼 있었다. 현실감각이 투철한 사람이라고 생각했는데, 이런 말도 안 되는 계획안을 냅다 결재 올리듯 내미는 것이 뭔가 싶었다.

"이건 아닌 것 같아요."

"어째서지?"

정말 아무것도 모르는 양 눈썹을 위로 기울이는 남자의 모습에 어이가 없었다. 평정을 찾아야 한다, 평정을 찾아야 한다. 눈앞에 있는 말도 안 되는 계획을 읽으며 생각했다. 공주의 결혼식도 이 정도는 아닐 터. 세간의 이목을 끌고 싶지도 않을뿐더러, 실속이 없다는 생각에 얼굴이 화해질 지경이었다.

"지나쳐요."

"지나치다라……."

이안의 숱 많은 검은 눈썹이 제자리로 돌아왔다. 그가 이번에는 미간을 찌푸렸다.

"왕족처럼 대성당에서 결혼하고 싶지 않아요. 화동들이 걸려 넘어질 정도로 긴 면사포도 필요 없고요."

"동감이오."

이안이 제 미간 사이를 손가락 마디로 꾹 눌렀다. 실용적인 걸 좋아하는 남자니, 거추장스러운 결혼식은 원하지 않을 게 분명했다.

"근데, 이 계획은 거의 그에 필적하는 아니, 그보다 심한 것 같아요."

매들린이 종이를 들고 이안의 앞에서 팔랑였다. 정작 상대방은 뭐가 마음에 안 드는지 고개를 기울이며 시선을 피했다. 솔직하지 못한 남자. 매들린은 자칭 이안 노팅엄의 전문가로서 그의 저의를 파악하고자 애썼다.

"아, 알아냈어요."

"뭘 알아낸단 말이오. 그때 그 열차에서처럼 내 생각을 맞춰보려고 하는군."

"하하."

매들린이 다시 그 카드를 펼치는 점성술사 같은 제스처를 취했다. 이안이 끄응 웃음을 애써 참아보려 했지만 실패했다.

"미국에서 한 이야기 때문에 그러는 거죠?"

"음?"

남자가 정말 모르겠다는 듯이 굴자 매들린이 콧방귀를 뀌었다.

"그때, 법원에 서류 제출한다는 걸 애써 말렸더니, 이제 제대로 해보겠다는 거잖아요."

"……."

"정말 괜찮으니까. 이런 건 당장 취소하는 게 좋겠어요."

피로연 하나 치르느라 온 영국의 장미를 다 꺾게 생겼네. 에릭이 했던 말이 새삼 와닿았다. 날 때부터 부자인 사람들은, 사고 체계 자체가 다르다고. 물론 말하는 본인도 날 때부터 잘 사는 이였지만 말이다. 매들린이 종이를 스윽 밀어 탁자의 다른 편으로 치웠다.

"어떤 게 좋겠소?"

"제 의견을 묻는 건가요?"

"……."

남자가 신중하게 고개를 끄덕였다. 그가 뭔가가 생각났는지 재빠르게 덧붙였다.

"물론, 결혼은 한다는 조건에서. 그리고 내가 의미하는 결혼은, 성직자 앞에서 맹세하고 관계 서류를 법원에 제출하는 것까지를 포함하오."

"농담도 참 짓궂으시네요. 제가 여기까지 와서 결혼을 안 하겠다 할 리가 없잖아요. 정말 약혼자에 대한 신용이 땅바닥에 떨어졌다고밖에는 말 못 하겠어요. 물론 그럴 만한 일이 있기는 했지만."

매들린이 씁쓸하게 미소짓자 이안이 고개를 저으며 매들린의 손 등 위로 장갑 낀 제 손바닥을 포갰다.

"농담이었어. 이제 그럴 일 없으니까 상관없잖소. 그보다 우리의 결혼식에 대한 당신 이야기가 듣고 싶군."

"내 생각이 그렇게 중요해……."

"중요해. 당신이 어떻게 생각하는지."

"그래요?"

"그렇소. 처음에는 당신의 의중 같은 건 아무래도 상관없다고 생각했지. 하지만 그건 실수였소."

실수. 단어의 선택이 미묘했지만, 뜻은 알았다. 매들린이 곰곰이 생각에 빠졌다.

"작은 결혼식을 하고 싶어요."

"그렇군."

"아주 작은, 소규모 결혼식이요. 가까운 친구들과 가족들만 모여서 작게 치르고 싶어요. 이곳 노팅엄 저택 가까이에서 했으면 좋겠고요. 물론, 당신의 사회적 위신과 체면도 중요하죠. 그건 잘 알고 있어요."

위신과 체면이라. 이안은 솔직히 말해, 그런 것에 단 1온스만큼의 무게도 두지 않았다. 어차피 제 몰골에서 점수가 깎일 텐데 무슨 소용일까. 하지만 그런 생각을 발설했다가는 매들린이 곧바로 경을 칠 터였다.

"그, 예배당 어때요?"

"예배당?"

이안이 진심으로 모르겠다는 듯이 어리둥절해하다가 이내 뭔가가 생각났는지 눈썹을 들어 올렸다.

"진심이오? 버린 곳이나 다름없는 폐가 같은 곳에서 결혼식을 하고 싶단 말인가? 거의 백 년 가까이 방치돼 있었을 텐데."

"세인트폴 대성당 정도로 화려하진 않지요. 하지만 당신 말대로 폐가 같지는 않아요. 세바스천이 이따금 관리해놓아서 깨끗하다고요."

"흐음."

드디어, 드디어 259

이안이 제 턱을 매만지며 생각에 잠기는 동안(여전히 한 손은 매들린의 손 등을 쓰다듬는 중이었다), 매들린은 잠시 과거를 회상했다. 예배당에서 같이 영화를 보던 중 이안이 쓰러졌던 일을 생각하니 마음이 가라앉았다. 그때를 기점으로 돌이킬 수 없이 메말라갔던 관계가 안타까웠다.

"그게 당신의 생각이라면, 그렇게 추진하리다. 하지만 그전에 좀 준비를 해두어야겠어."

"고마워요."

"왜 고마워하는 건지 모르겠군. 당신의 뜻이 내 뜻인데."

이안의 초록 눈이 오후의 느지막한 햇살을 받아 투명하게 반짝였다.

장소가 바뀐지라 하객의 명단도 줄었다. 어쩔 수 없는 일이었다. 매들린은 자신과 이안의 결혼이 사회 명사가 주최하는 거대한 행사처럼 치러지는 게 싫었다. 그 끔찍한 노팅엄 가문 사람들이 몰려와서 수선을 떠는 것도 싫었고, 냄새를 맡고 찾아올 지역신문 기자 양반들도 끔찍했다. 하지만 그러느라 이안이 초대하지 못하는 사람들이 많아지면, 또 그건 그것대로 문제였다.

벌써 노팅엄 백작부인의 마음가짐이 되어가네. 매들린 로엔필드에서, 매들린 노팅엄이 되는 일이 쉬울 리가 없었다. 그렇게 한숨을 쉬는 와중이었다. 2층에 나 있는 창문 너머로 홀츠먼과 이사벨이 보였다. 마른 이사벨이 홀츠먼과 이야기를 나누고 있었다. 그러다가 둘이 뭐가 웃긴지 깔깔거리기 시작했다.

"저 둘이 콩깍지 안의 콩들처럼 저리 화기애애할 때가 있었죠."

등 뒤에서 들리는 목소리에 매들린이 고개를 돌렸다. 마리아나 노팅엄 선대 백작부인이었다. 단순한 드레스에 온갖 자수가 놓인 가운을 걸친 그녀는 무언가 무척 나른하고 편안해 보였다.

"노팅엄 부인."

"정 없게 노팅엄 부인이라고 하지 말아요. 마리아나라고 불러 줄래요?"

"마리아나……."

"이제 가족으로 얽힐 사이인데 좀 더 친해져야 하겠지요."

마리아나와는 병원 때 자주 이야기를 나눴었다. 물론 이안에 대한 주제로 뭔가 말을 나눠본 적은 없었다.

"나는 수줍음이 많은 사람이에요. 중요하다고 생각하는 일들은 대부분 루이스에게 맡겼고, 루이스가 떠난 이후에는 이안에게 의지했지요."

작고한 선대 백작의 이름을 입에 올리는 여자의 얼굴은 묘했다. 물기 어린 눈동자에서 희석된 그리움이 묻어났다.

"그런데 병원이 많은 걸 바꿔놓았어요."

"저도요."

그 경험은 모두를 바꿔놓았다. 영영 돌이킬 수 없을 정도로.

"전쟁은 우리에게 너무나도 큰 상처를 남겼지만, 그때 이사벨과 함께 일하면서, 내 안에서 뭔가가 영영 바뀌어버린 것 같아요."

"……."

매들린이 두 눈을 깜빡였다.

"매들린이 그렇게 떠나고 이사벨까지 사라지니, 남자들이 만들어내는 적막감을 참 못 견디겠더군요. 이렇게 둘이 돌아오니

병원을 꾸리던 옛날 생각이 나서 참 좋아요."

"저도 그래요. 마리아나."

매들린이 눈을 접으며 햇살같이 웃었다. 마리아나는 그런 매들린의 환한 미소가 어색한 듯 눈을 깜빡이며 작게 미소지었다.

"다시 옛날처럼 무언가 할 수 있으면 좋을 텐데요."

아. 매들린이 순수한 기쁨으로 눈을 빛내기 시작했다. 마리아나가 그런 뜻을 품고 있었다는 사실이 너무 기뻤다.

"마리아나, 저도요."

매들린이 덥석 손을 내밀어 마리아나 노팅엄의 손을 잡았다. 그런 친밀감 넘치는 스킨십에 수줍음을 탔는지 백작부인이 어쩔 줄을 몰라 했다.

"우리 같이 많은 걸 해요."

그때였다. 둘의 지척에서 헛기침하는 소리가 났다. 매들린이 마리아나의 어깨를 너머 바라본 곳에는 이안이 살짝 멋쩍게 서 있었다.

"둘의 즐거운 시간을 방해하긴 싫지만, 지금 최종 하객 명단을 작성하지 않으면 안 되겠어."

뭐가 좋은지 히죽거리며 웃는 매들린의 모습에, 이안이 자신의 어머니를 물끄러미 쳐다봤다.

"이안. 매들린이 네 앞에서만 웃어야 하는 건 아니란다."

"저는 아무 말도 안 했습니다." 하지만 정곡을 찔려 언짢은 듯 그가 시선을 내리깔았다.

"아무튼 너희 둘이 다시 만나게 되어 너무 기쁘구나. 늦었지만 지금 이야기해야겠어."

"어머니, 지금은 하객들의 명단을 빨리 정해야……."

"매들린, 이안을 잘 부탁해요. 이 아이를 저리 살갑게 만드는 건 예나 지금이나 매들린뿐이니까."

"맙소사. 어머니."

이안이 저리 당황하는 모습은 처음 봤다. 매들린의 웃음이 이번에는 장난기를 띠기 시작했다.

"후후. 이안, 저랑 있는 게 살가운 거라면 문제가 있네요. 걱정 마세요, 마리아나. 제가 이안을 아주 사랑받는 아들로 만들어드리겠어요."

"음."

언제 둘이 저렇게 친해졌나. 서로 합심해서 자신을 놀리는 모습이 딱히 싫지는 않았다. 매들린에게 딱히 말하지 않은 이야기지만, 마리아나는 이안이 결혼식 소식을 전하자마자 무척 좋아했다. 무척 좋아한 정도가 아니었다. 전보를 보낸 다음 날 답으로 얼른 식을 치르라며 압박까지 해왔다. '전과니 공산주의자와 얽힌 추문 같은 건 상관없다, 네가 그렇게 사람 같지 않은 몰골로 밖으로 내도는 꼴을 보기 싫다' 했다.

그간 꽤 적적하셨던 모양이군. 이안은 제가 저지른 불효에 살짝 송구스러웠다. 하지만 그뿐이었다. 전생을 모르는 그는, 제 어머니의 인생 또한, 많이 바뀌어버렸음을 알지 못했던 것이다. 하지만 그게 중요할까. 남자는 하객 명단을 두고 토론하는 고부를 바라봤다. 이러니까 정말 가족 같네. 문득 든 생각에, 주체할 수 없이 얼굴이 달아올랐지만, 그는 자제력이 뛰어난 사람이었고, 금세 다시 평정을 찾을 수 있었다.

긴긴 금빛 머리칼을 단정히 틀어 올리는 과정은 고되고 힘들었다. 그래도 머리숱이 많아 예뻐 보일 거라며, 사람들은 격려의 말을 아끼지 않았다. 옅은 색조의 립스틱이 입술에 덧발리고, 다른 사람의 섬세한 손길로 단장 받는 기분은 묘했다. 자꾸만 얼굴을 간지럽히는 손가락들 때문에 웃음이 나오는 걸 애써 참아냈다.

그렇게 모든 게 끝났다. 매들린은 거울 속 자신의 얼굴을 보았다. 베일 뒤에 드리워진 얼굴이 은막에 영사된 이미지처럼 뿌옜다. 이게 나……. 아주 가까이 거울을 들여다봐야 자세히 보이는 얼굴이었다. 그렇게 신경 쓰지 않았던 얼굴 위로 복잡한 감정이 금방금방 드러났다. 나쁘지 않나? 이리저리 얼굴을 돌려가며 확인해본다. 반신반의하는 듯한 새신부의 얼굴 뒤에서 친구들이 너스레를 떨었다.

"젠장, 너무 예쁘니까 확인할 필요 없어요. 지금이라도 다시 생각해봐요, 매들린. 꼭 우리 오빠랑 만나야겠어요?"

이사벨이 욕을 더 하려다가 입을 다물었다. 수지도 키득거렸다. 둘이 떠드는 걸 보고 있노라면 대서양 너머 친구들을 애써 불러모은 보람이 있었다.

"웬만하면 봄의 신혼부부가 되는 게 좋지 않겠냐고 했는데, 오빠가 그것도 못 참고……. 아직 서리도 안 떨어졌는데 밀어붙였죠."

"하지만 그래야 연인을 쟁취하는 법 아니겠습니까."

매들린이 어색하게 웃었다. 저 지금 여기 있는데요. 그 연인이, 지금 당신들 눈앞에 앉아있다고요. 하지만 수지와 이사벨은 너무 흥분된 상태였고, 진정시킬 수 없었다. 무척 긴장되는 것과 별개로 이미 한번 입었던 드레스여서인지 몸이 편한 게 그나마 다행이었다. 결혼식 도중에 토하는 건 사양이었다.

이 드레스는 선선대 백작부인과 내가 입었던 거예요. 오래된 옷이긴 하지만 수선을 다 해놓아서 흠 하나 없을 겁니다. 그 말을 들은 순간, 전생과 똑같은 한마디라는 생각에, 심장이 조여왔었다. 전생의 결혼식에 대한 기억이 많지는 않다. 아버지의 죽음과 빚 독촉으로 경황이 없었던 데다가, 그 이후로 부러 되새기지 않았으니까. 저 멀리서 걸어오는 자신을 바라보는 이안이, 너무도 무서워서 주책맞게 울뻔했던 기억만이 있다. 저를 마지못해 돌봐주던 후작부인이 하던 말이 생각났다.

매들린, 밤에는 눈을 감고 그냥 버텨. 의연하게 닥칠 일을 견디란 말이야. 그 말이 너무도 끔찍하고 화가 났었다. 팔려가는 물건처럼 제 의사 따위는 완전히 무시당했다는 생각에 분했다. 하지만 그 와중에도 궁금한 게 있었다. 남자가 왜 하필 하고많은 '파산한 귀족 여자'들 가운데 제게 이런 제안을 해왔는지.

"아직도 모르겠어요. 그 사람이 저를 언제 봤다고 결혼을 하자고 하는 건지 모르겠다고요!" 그 말을 들은 후작부인이 살짝 동정심 어린 시선을 던졌던 기억이 있다.

"너를 몇 번 본 모양이긴 하더라. 전쟁 직전 사교계에서 여러 번 봤겠지. 전쟁 전에 데뷔탕트를 거쳤잖?? 그때 좋은 인상이라도 남긴 모양이구나. 하지만 매들린, 그런 게 중요한 게 아니야. 일단 그쪽에서 볼 때 이안 노팅엄이 하자가 있잖니. 그러니 파산한 너와 빨리 이어주려는 거 아니겠어?"

"……!"

아. 뒤늦은 깨달음. 매들린은 천천히 빙글빙글 남녀가 돌아가는 무도회의 광경을 떠올렸다. 그 누구도 갑작스레 끝날 거로 생

각하지 않았던 1913년 런던의 사교계를 말이다. 사람들이 능숙하게 짝을 이뤄 춤을 추는 광경을 보며 우물쭈물했던 기억이 있다. 그렇게 춤을 출지 말지 고민하며 몇 번 요청을 거절했던 것 같다.

이번 생과 다른 점이 있다면, 전생의 매들린은 대여섯 번째에, 기억도 나지 않는 어떤 영식의 춤 제안을 받아들였다는 점이었다. 그러니 이안과 춤을 추지 못했던 것이리라. 거절하지 못해서.

만약 그때, 그녀가 계속해서 무연히 서 있었다면, 남자는 이번 생에서처럼 멋들어지게 다가왔을까? 지금으로서는 알 수 없는 일이었다. 때로는 아주 작은 선택이 많은 것을 송두리째 뒤흔들어놓는단 걸 안 것이, 매들린의 두 번째 깨달음이었다.

이안과의 첫 단추부터 해서 많은 것들이 그렇게 바뀌었다. 그러나 지금 상념에 빠져있을 때가 아니었다. 등 뒤에서 재촉하는 목소리가 들렸다.

"로엔필드 아가씨. 이제 슬슬 준비해야 해요."

아마 로엔필드 아가씨라고 불리는 마지막 순간일 터였다.

"네. 준비됐어요." 그녀는 거울 앞에서 일어났다.

동화 속에서 신부는 신랑과 영원을 맹세하고 입맞춤을 하며 대단원의 막이 내린다. 작은 예배당을 꽉 채운 사랑하는 친구와 가족들이 눈에 들어오지 않는다. 구석에서 훌쩍이는 아버지는 더더욱. 이사벨도, 홀츠먼도, 선생님 오츠 부인도. 왠지 맥도먼드 부부와 엔조도 어딘가에 있을 것 같다. 하지만 수지가 있으니까.

아무튼 소중한 사람들조차 볼 겨를이 없었다. 엷은 면사포 때문에 시야가 가려져서인지, 길의 끝에 오로지 이안 노팅엄만이 있다는 생각이 들었다. 시력이 나쁜데도 남자의 표정을 알 수 있었다. 기대와 공포, 열정이 뒤섞인 표정. 남들이 볼 적에는 무척 무감해 보이는 겉모습의 이면에 거대한 화약고가 있었다. 무서워해야 할지도 모른다. 이번에는 정말로 돌이킬 수 없는 실수를 할지도 모르니까.

그리고 세 번째 기회는 없다. 매들린은 이미 무의식적으로 알고 있었다. 하지만 괜찮아. 괜찮지 않을까? 실수하고 엉망진창이 된다 해도 당신의 곁에 내가 있다면 말이야. 매들린이 결심을 내리고 미소지으며, 남자의 팔을 잡았다. 그 순간 그녀는 이안이 숨을 멈추고 경직되는 것을 느꼈다. 접촉 때문인지, 매들린의 화사한 얼굴을 가까이 봐서인지, 정확한 이유야 이안만이 알 터였다. 신랑 신부는 모두의 축복과 환호 속에서 그렇게 서약의 키스를 했다.

샴페인 잔을 두어 번 들이키자 살짝 머리가 띵했다. 술을 한참 안 마시다 보니 주량이 줄어든 모양이었다. 그걸 은연중에 파악하고 있었는지, 매들린이 한잔을 더 들이키려 하자 남자가 그녀의 손을 부드럽게 잡아 말렸다. 더 마시면 피곤할지도 모른다고 속삭이면서.

제 아내가 첫날밤에 졸까 봐 걱정되는 모양이었다. 그럴 리가 없잖아요, 이안. 사실 매들린은 너무 긴장이 된 나머지 술을 찾는 중이었다. 지나치게 긴장해서 피곤할 뿐이었다. 숙맥에다가 겁쟁이인 게 들키면 얼마나 분위기가 이상해질지 알 수 없었다. 하기야, 남자도 긴장은 되는 모양이었다. 왜냐하면, 그는 지금 홀츠먼과 이사벨이 치근덕거리는 걸 뻔히 보고도 아예 무시하고 있었기 때문이다. 그보다는 매들린에게 완전히 관심을 집중하고 있는 것이, 주의의 대상이 된 처지에선 부담스러웠다.

기분 나쁜 부담은 아니었다, 그보다는 정말 속에 나비나 개구리가 앉은 것처럼 매슥매슥하고 이상한 방식으로 긴장되었다. 조촐한 피로연이 끝나고 노곤해진 신랑 신부는 모두의 재촉과 성화 속에서 퇴장했다. 당장 이곳을 나가라는 축객령이 쏟아졌다.

"우리 저택인데, 어이가 없군."

이안이 못 말린다며 고개를 저었다. 그 모습을 본 매들린이 큭큭 웃었다. 둘은 속닥거리며 계단을 천천히 올라갔다. 전기등이 설치되어서 발을 헛디딜 염려가 없었다. 하나둘 천천히 난간에 의지하며 올라가던 이안이 돌연 멈춰 섰다.

"싫으면, 물러서도 괜찮소."

"……."

"하지만 같이 가는 순간 돌이킬 수 없어."

"알고 있어요."

"자제력이 넘쳐나는 사람이 아니라 미안하오."

꿀꺽. 침을 삼키며 매들린은 찬찬히 이안의 얼굴을 살폈다. 그림자가 드리워져 있어서 알아보기 어려운 얼굴 한편으로 안광이 빛났다.

"좋아요. 그리고 물러선다는 이야기는, 낭만적이진 않아요."

핏. 바람 빠진 것처럼 웃는 소리가 났다. 그가 매들린의 입술에 제 입술을 비비듯 키스했다.

"올라가요. 당신을 원해요."

침실은 이전과 달랐다. 딱딱하고 어두운 분위기가 아니라, 적당히 생활감 있는 색조로 꾸며져 있었다. 하지만 그걸 세세히 감상할 정신머리가 있을 리 없었다. 이안은 몇 번이나 생각하고 연습한 것처럼 쉽게 웨딩드레스를 벗겨냈고, 매들린은 그 능숙함에 어이가 없을 지경이었다.
"너무, 너무 잘하잖아요?"
"……."
이안이 그녀의 드레스를 내리며 목덜미에 코를 박았다. 들이쉬는 거센 숨결이 너무 적나라해서 기절할 지경이었다. 이안이 정신없이 쏟아내듯 말을 뱉었다.
"사랑하는 사람을 안고 싶어서 미쳐버릴 때. 외로움 때문에 자살하고 싶을 때가 있어."
"……."
무슨 말로도 대꾸할 수 없었다.
"그때 이 순간을 상상하고 또 상상하면 좀 낫더군." 내 손 아래에 잡히는 이 살결을 말이야.
"……."
"죄를 짓는 거라는 걸 알면서도 멈출 수 없지."
"그, 그만."
"난 분명히 경고했소. 같이 가는 순간 돌이킬 수 없다고."
매들린은 침대에 쓰러지듯 몸을 기댔고, 남자는 제 의족을 벗어 아무렇게나 바닥에 던져놓았다. 그가 제 옷을 벗는 소리가 났다. 매들린 역시 어떻게든 의복을 마저 벗어버리는 데에 성공했다. 이따금 느꼈던 격렬한 욕망의 불길이 지펴져 올라왔다. 이안이 그 모습을 보고 청년처럼 맑게 웃었다.

"순진무구한 당신이 이리 원하는 걸 보니 너무 귀여워 죽을 것 같군."

"그래도 봐줄 생각은 없잖아요?"

"당연하지. 말했잖소. 난 이 순간을 오랫동안 기다려왔다고."

두 몸이 전라가 된 건 시간문제였다. 매들린의 곡선으로 이루어진 하얀 몸과 이안의 뼈대가 큰 몸이 드러났다. 이안은 넋이 나가 할 말을 잃은 채, 거친 두 손으로 그녀의 몸을 탐하기 시작했다. 제 몸의 결손이나 흠 같은 것에 정신을 쏟을 수 없었다. 그는 그저 그녀 안으로 들어가고 싶어 미칠 지경이었다.

"정말, 도대체가……."

홀츠먼은 정말이지 세상에서 가장 알고 싶지 않은 사실을 알아버린 기분이었다. 망연자실해 하는 그를 앞에 두고 이사벨과 세바스천은 뭐가 흡족한지 만면에 잔잔한 미소를 띠고 있었다.

"며칠을 저 빌어먹을 방에서 나가질 않는구먼."

"아니 정확히 말하면 층이겠지. 그 안에서 둘이 알아서 잘살고 있을 테니까 걱정하지 마렴."

"이사벨, 저 둘이 어디 이민이라도 간 것처럼 말하지 마."

홀츠먼이 어이없다는 듯이 쳐다보자 이사벨이 데구루루 눈을 굴렸다.

"아니, 한창나이의 젊은 사람 둘이 이제 와 좀 재미 보겠다는데 열렬하지 않으면 이상한 거 아냐?"

"하지만 좀 지나치잖아?"

"그동안 답답한 게 많았겠지. 원래 저렇게 금욕적인 유형이 실전에서는 더 열정적이래."

"알고 싶지 않아, 정말 알고 싶지 않아."

홀츠먼은 중얼거리며 방을 빠져나갔다. 남은 건 세바스천에게 어깨를 으쓱해 보이는, 우쭐한 표정의 이사벨이었다.

"목, 목이 말라요……."

매들린이 끙끙거리자 남자가 금방 깨끗한 물이 든 잔을 가져왔다. 언제 이런 건 또 챙겼는지, 아무튼 준비성이 철저한 남자였다. 매들린이 상반신을 간신히 일으키자, 이안이 잔을 그대로 매들린의 입에다 가져다 댔다. 급하게 물을 대령하는 손이 떨려서인지, 아니면 매들린이 고개를 먼저 숙여서인지 물방울이 그대로 상반신에 흘렀다.

"으음……."

갈증이 풀려서 좀 살 만해진 매들린이 나른하게 몸을 풀었다. 나신에 흰 이불만 걸친 데다가 햇빛이 그녀의 부드러운 몸을 이리저리 빛내고 있었다. 그걸 그저 지그시 쳐다보기만 하는 이안이었다.

"뭐해요?"

매들린이 눈을 깜빡였다. 남자는 계속해서 매들린을 바라볼 뿐이었다. 문득 시선의 끈덕짐을 알아차린 매들린이 이불 속으로 숨으려 했지만, 불행히도 남자가 더 빨랐다. 그가 이불을 살짝 걷어내 매들린을 찾아냈다.

"으악."

"당신이 너무 이뻐서……."

속으로 살짝 뜨악했지만, 매들린이 억지로 멋쩍게 웃었다. 그걸 눈치챘는지 남자의 미간에 주름이 졌다.

"싫은…가?"

조심스러운 말투가 조금 가증스럽다고 느껴지는 것은 왜일까. 매들린이 헛웃음을 지었다.

"제발요, 눈 좀, 잠깐이라도 붙여요……."

"한 번만… 하겠소."

"정말, 양심이… 아, 없으시네요!"

물론 좋았다. 왠지 죄를 짓는 것 같았지만 좋은 건 좋은 거였다. 그보다 남자가 저렇게 생기 넘치게, 청신하게 웃는 걸 이토록 많이 본 적이 없었다. 병약해 보인다고 생각했는데, 체력 하나는 정말 대단했다. 에릭의 말대로 자신이 미국으로 떠난 뒤로 정말 미친 듯이 재활과 운동에 몰두한 모양이었다. 온몸이 흉터로 성한 곳이 없었으나, 타고난 체력과 노력이 받쳐주자 결과는 놀라웠다.

그의 상처투성이 몸과 결손을 볼 때면 가슴 한쪽이 묵직해졌지만 말이다. 이안은 그런 매들린의 안타까운 시선조차 게걸스럽게 탐하고 있었다. 매들린이 목을 젖히며 끄응 앓는 소리를 내자, 이안이 허점을 노렸다. 한 손을 뻗어 매들린의 몸 선을 타더니, 복부의 흉터를 더듬었다.

"간지러워요."

"……."

흥분과 욕망이 들끓는 와중에도 침착하게 상처를 관측하는 표정이 부담스러웠다. 뭔가 굉장히 심오한 생각을 하는 것 같았다.

"속상해."

"네?"

매들린은 남자가 무엇을 속상해하는지, 체력적으로 기진한 탓에 눈치채지 못했다.

"아니오. 매들린, 힘들어 보이니 가만히 누워있으면 돼."

"그것도 힘들다고요."

매들린이 흰 목을 드러내고 침대에 누웠다. 남자가 낮게 웃는 소리가 지척에서 들렸다. 천국의 나날 같은 하루는, 아무래도 체력적으로는 고되게 시작할 모양이었다.

17. 농담이라도

"우리가 두려워해야 할 것은 바로 두려움 자체입니다."
-프랭클린 루즈벨트, 제32대 미국 대통령 취임식에서

5년 후

"정말 이런 건 필요 없는걸요." 매들린이 무척 난처한 표정으로 상패를 바라봤다.

"그래도 저희 학과 최고의 후원자님이신데, 상패 들고 사진 한 장만 찍어주시지요."

"하지만 총장님. 저는, 어디까지나 익명의 후원자로 남고 싶은걸요."

"아니, 아니죠. 백작부인 같은 멋진 분을 알게 되면 모두에게 기분 좋은 일일 겁니다."

매들린의 얼굴이 시뻘게졌다. '백작부인'이라는 직함은 들어도 들어도 익숙하지 않았다. 마치 맞지 않는 옷처럼 품이 남아돈다고 해야 할까. 그보다는 그냥, '매들린'이라고 불러줬으면 할 때도 있었다. 아주 가끔 드는 생각이었지만 말이다.

매들린과 마리아나 노팅엄은 작은 후원 재단을 설립해서, 의학 공부를 하고자 하는 여학생들을 돕고 있었다. 비록 록펠러와 같이 무지막지한 자금을 운용하지는 않지만 나름으로 열심히 일을 살피며 필요한 사람들을 돕고 있단 자부심이 있었다.

가끔은, 피와 땀이 흐르는 현장이 그립기도 했다. 물론 그것 역시 배부른 소리란 걸 알기에 그리움이 오래가진 않았다. 적어도 이안의 새장이 훨씬 커진 것에 감사하자. 그리 생각했다. 그의 새장이 점점 더 커져, 세상을 집어삼킬 정도가 된다면, 그때, 매들린은 진정 자유로울 수 있을 테니까. 아무튼 그런 생각을 하는 사이에 저편에서 깔깔거리는 여학생들의 웃음이 교정을 메웠다. 매들린이 엷은 미소를 지었다. 그녀가 냉큼 트로피를 총장에게 건넸다.

"생각해 보니까 제가 곧 기차를 타야 해서요, 너무 아쉽게도 이만 가봐야겠어요. 즐거웠습니다. 제닝스 박사님."

가벼운 발걸음으로 사라지는 매들린의 뒷모습을 보며 제닝스 총장이 혀를 찼다.

"저렇게 학생들에게 장학금 기부를 하시면서도, 모습을 보이는 건 극구 사양하니."

매들린이 가벼운 발걸음으로 걸어 나간 교정의 한복판에는 남자가 서 있었다. 어쩐지 오랜만이라는 듯 묵묵히 주변 풍경을 둘러보는 그를 놀라게 해주고 싶었다. 살금살금 다가가는데, 뒤도 돌아보지 않고 이안이 눈치를 챘다.

"왜 가만히 쳐다만 보고 있소?"

물론, 남자는 뒤통수에도 눈이 달려있는 모양이었다. 아니, 매들린이 어디에 있는지 그냥 바로 아는 신묘한 능력이 있었다. 언제나 그랬다. 매들린이 손을 흔들었다.

"손 안 흔들어도 안다니까."

이안이 작게 중얼거렸으나 매들린이 들을 순 없었다. 어쩔 수 없었다. 그가 조심스럽게 손을 마주 흔들어 보였다. 행인들의 입장에서는 꽤 열렬한 신혼의 젊은 부부라는 생각이 들 법도 했다. 물론 저 둘, 그러니까 남자의 진상을 아는 사람들 입장에선 해괴하기 짝이 없는 광경이었지만 말이다. 그건 차라리 런던의 사교클럽에 떠도는 괴소문에 가까웠다. 일에 있어서는 피도 눈물도 없는 이안 노팅엄이 제 아내에게는 간과 쓸개를 다 내주듯이 한다고. 백작은 아무래도 두 얼굴을 가진 모양이라고 말이다.

"하지만 그런 것치고 두 분 사이에 자식은 없잖아요?"
 연기 자욱한 런던의 사교클럽에서 한 젊은이가 던진 말에, 좌중이 정적에 휩싸였다. 조지가 미간을 찌푸렸다.
"방금 말, 내 선에서 끝난 거로 하지. 난 아무래도 새파란 젊은이가 서슬 시퍼런 백작 각하에게 멱살 잡혀 박살 나는 걸 보고 싶진 않으니까."
"아니, 저는 딱히 뭔가를 말하려고 한 것은 아니고요."
 조지는 어깨를 으쓱했다. 저 바보 녀석. 부부에게는 각 부부의 사정이 있거늘. 나름 이안의 배려라거나, 각자의 인생 계획이 있는 것일진대. 하지만 그런 이야기는 굳이 하지 않는다. 어차피 말해봤자 알아들을 놈도 아니고.
"재미없는 백작 각하의 속내는 그만 짐작하지? 그보다는 쓸만한 종목이나 추천해줘 봐."
"아, 그거라면 남미에 유전 탐사하는 데가 있는데……."
 그때였다. 사교클럽의 사환 하나가 클럽의 회전계단을 타고 헐레벌떡 올라오는 것이었다.
"저, 저기. 전보들이 왔습니다."
"전보'들'?"
"어이, 토미. 뭐가 문제야. 왜 이렇게 끙끙거려?"
 와하하. 어른 남자들이 웃어대건 말건, 사환은 사색이었다.

"전쟁이라도 일어난 거야?"

사환 토미의 얼굴은 부정도, 긍정도 하지 않았다. 어쩌면 비슷한 재앙이 일어나고 있을지도 모른다는, 그런 분위기가 감돌기 시작했다. 숨 막힐 정도로 자욱한 담배 연기 속에서 양복을 입은 남자들이 일제히 시선을 집중했다. 어린 사환이 뻘뻘 식은땀을 흘리며 전보들을 하나하나 읽기 시작했다. 한마디 한마디가 더해질 때마다 남자들이 술렁이기 시작했다. 뉴욕에서 날아온 낭보는 믿기 힘들었다. 그러니까, 2시간 만에 주식이 절반이 날아갔다고? 시카고는 조기 마감을 했고, 사람들이 은행에 몰려 들어가 남은 주식을 팔려고 한다는 이야기였다.

가장 먼저, 젠슨이 일어났다. 그다음으로는 헨드릭이. 얼마 전까지만 해도 차분하게 남의 이야기를 하던 남자들은 말수가 없어졌고, 침묵 속에 공포가 모습을 드러내기 시작했다.

10월 24일 목요일, 증권거래소는 여느 때와 마찬가지였다. 큰 외부요인이 없는 상황, 다들 관망하고 있을 뿐이었다. 그러다가 오전 11시가 되고 하나둘, 사람들이 팔기 시작했다. 사겠다는 사람 없이. 그렇게 파도는 해일이 되었고……. 점심시간이 지나자 파산한 투자자 11명이 자살했다는 소식이 들려왔다.

"더 많은 사람을 도울 수 있으면 좋겠어요."
"그것도 좋지만……."
"왜요. 당신은 도움 없이도 멋진걸요?"
"당신의 정서적 지지 정도는 필요할지도 모르겠군."
"웃기네요. 정서적 지지라니요, 제가 얼마나……."
그때였다.

"노팅엄 경, 급한 소식이라 부득이하게 역에서 뵙니다."

기차를 타려는 이안에게, 긴급한 얼굴의 남자 하나가 달려왔다. 그가 남자의 귓가에 한참을 속삭였다. 소식을 듣는 이안의 눈빛이 차분해졌다. 그는 동요하는 대신 살짝 고개를 끄덕일 뿐이었다.

"곧 가겠네. 회의 소식은 수시로 파악해주게."

그가 침착하게, 그러나 자못 긴장감이 서린 말투로 매들린에게 말했다.

"매들린, 정말 미안하오. 먼저 저택에 가있는 게 좋겠어."

"무슨 일이에요?"

"간단한 일이오. 아무 일도 아니니까 걱정하지 마시오. 다만 좀 귀찮은 일이라 시간이 걸릴 것 같군."

그가 매들린의 볼에 가볍게 키스한 뒤, 희미하게 미소지었다.

"모든 일을 잘 해결하고, 곧 돌아가겠소."

이안이 매들린의 어깨를 조심스럽게 쓰다듬은 뒤 돌아섰다. 그 말 한마디를 남겨두고 군중 속으로 사라지는 남자의 뒷모습을, 매들린은 우두커니 바라보았다. 이안은 자신의 짐을 절대로 제게 지우지 않는다. 신체적인 아픔도, 마음의 상처도, 일터에서 일어나는 자잘한 스트레스까지 전부 다 자신이 책임지려고 한다. 그걸 지켜보는 매들린의 마음 역시 편치 않았다. 그저 할 수 있는 거라고는 그의 말마따나 '정서적 지지'뿐인 걸까 싶어 괜히 위축되고는 했다. "괜찮을 거야." 매들린이 혼잣말했다. 괜스레 기분이 안 좋을 뿐이었다. 알지도 못하는 미래를 점치는 재주는 없었다.

담배 연기로 자욱한 회의실은 숨 하나 쉬기 어려울 지경이었다. 영국 은행장들과 한가락 하는 증권가들이 모여 시작된 회의는 진전이 날 기미가 보이지 않았다. 그도 그럴 게 실타래를 풀어낼 수 없었다. 어디서부터 잘못되었지? 몇 번의 질문에 대답이 돌아오지 않았다.

이안은 건조한 아랫입술을 가만히 씹었다. 지금 당장 이 답답한 상황에서 벗어나고 싶었다. 어렸을 때부터 자제심을 요구받아 참는 것 하나는 잘하는 그였지만, 매들린과 결혼하고 나서부터 많은 것이 변했다. 응석받이가 된 건지도 몰랐다.

행복할수록 이런 긴장감을 견디기 점점 어려워진다. 언제나 모든 것을 알고 있다고 생각했는데, 지금 이 상황은 이안으로서도 낯설었다. 아냐. 난 이 기분을 알고 있어. 참호 속에서 하늘을 덮듯이 밀려오는 새까만 까마귀 떼를 봤을 때와 비슷한 감각이었다. 거대한 재앙이 닥쳐오는데 무력하게 견디고만 있어야 하는, 개 같은 기분. 그런데 전쟁터 때보다 지금이 더 무섭다. 손에 쥐고 있는 게 많을수록 점점 겁쟁이가 되어가는 모양이었다.

"월가에서 곧 필요한 조처를 하지 않겠습니까?"

"맞습니다. 이것도 곧 끝날 겁니다. 그저 심리적인 이유일 뿐입니다. 일시적인 시장의 발작인 게지요."

패를 뒤집으면 뒤집어볼수록 상황이 좋지 않았다. 이안은 이 사태가 간단히 끝나지 않을 거라 확신했다. 미국에서 시작된 대재앙이 이곳까지 덮치는 건 순식간의 일일 터였다. 그리고 그때가 되면, 자신은 모든 것을 지킬 수 있을까?

이안은 이틀 뒤에 돌아왔다. 매들린은 침대에 누워 잠을 청하고 있었다. 순간 침대 한쪽이 출렁이며 무게가 느껴졌다. 계속해서 눈을 감고 자는 척을 했다. 며칠 밤을 새우며 일에 매달렸을 텐데 부러 귀찮게 하고 싶지 않았다. 의족을 벗는 소리와 사부작사부작 옷감과 이불 소리가 들렸다. 한참 뒤 가늘게 눈을 뜨자 매들린은 깜짝 놀라고 말았다. 이안이 바위처럼 굳은 채로 자신을 내려다보고 있었기 때문이다.

협탁 위에 있는 작은 등 덕분에 그의 표정을 알 수 있었다. 두려움, 기대, 욕망. 어떤 감정이라고 딱 짚을 수 없는 복잡한 눈빛이었다. 매들린이 팔을 뻗어 왠지 아득해 보이는 남자의 턱선을 더듬었다. 그 손길을 느끼는 듯 남자가 눈을 감았다.

"일하고 왔어요?"

"마무리는 못 했지만, 대충 확인하고 왔소." 남자가 희미하게 웃었다.

"괜찮아요."

"……."

매들린의 나직한 위로에 남자의 표정이 묘하게 변했다. 난 아무 말도 하지 않았는데, 당신은 괜찮다고만 하지. 하지만 이안은 그 속내를 꺼내지 않았다.

"괜찮지, 않다면?"

"그래도 언젠가는 괜찮아질 거예요."

"난 당신에게 모든 걸 주고 싶어."

매들린이 대답하기 전이었다. 남자가 상반신을 숙여, 매들린의 입술에 키스하기 시작했다. 헐떡일 정도로.

시간이 흐를수록 상황이 심각해져 갔다. 미국에서 거대한 공롱 은행들이 하나둘 파산을 선언하기 시작했고, 성난 예금자들이 돈을 인출하기 위해 은행 앞에 장사진을 치고 있었다. 얼마나 이 위기가 계속될지 예측하는 사람들은 없었다. 미국이나, 영국이나 정치인들은 입을 모아 말했다. 공황은 이미 끝이 났다고. 하지만 그 끝은 계속해서 유예되고 있었다.

경제난은 매들린의 피부에도 와닿았다. 장학금을 필요로 하는 여학생들의 수가 늘기는커녕 줄어들었다. 생계 때문에 학업을 포기하는 이들이 그만큼 많아지는 것이리라. 오히려 장학금 대신 실질적인 구호물자를 지원하는 게 어떠냐는 제안이 들어오기 시작했다.

"어떻게 하는 게 좋을까?"

"……."

쉽게 결정할 수 있는 문제가 아니었다. 학생들의 학업이 달려 있다는 생각을 하면 말이다. 마리아나가 침묵하는 매들린을 보며 조심스럽게 의견을 내놓았다.

"매들린, 내 생각에는 당분간 장학금을 빈민들을 위한 기금으로 전환하는 게 어떨까 싶어."

"……."

매들린이 조심스럽게 고개를 끄덕였다. 그게 맞을지도 모른다. 한순간에 실업자가 된 사람들은 제 몸뚱어리를 광고판 삼아 거리를 배회했다. 이력을 잔뜩 적은 현수막을 어깨에 걸치고 빵을 구걸하며 직업을 달라고 빌었다. 밀려드는 빈민들을 보다 못한 성직자들이 의사당으로 난입해 당장 원조 대책을 세우라고 일갈해댔다. 총리는 모두가 최선을 다하고 있다고 얼버무렸다.

이안은 점점 집에 드물게 찾아오기 시작했다. 처리해야 할 일이 눈덩이처럼 불어나고 있다고, 홀츠먼이 넌지시 힌트를 줬다.

"너무 서운해하지 않았으면 좋겠습니다. 이안도 최선을 다하고 있으니까요."

그렇게 말하는 그의 눈에도 근심이 가득했다. 매들린이 고개를 저었다. 그녀가 단단하게 미소 지었다.

"단 한순간도 서운한 적 없어요."

그런 매들린을 곁눈질하던 홀츠먼이 조심스럽게 털어놓았다.

"매들린, 요즘은 말입니다……."

"네?"

"이 망할 놈의 자본주의가 순식간에 무너져내릴 거라며 이상한 소리를 지껄였던 이사벨이, 이해가 될 때도 있습니다."

"……."

"그만큼 모두가 흔들리고 있어요."

언제나 능수능란해 보이는 남자가 이렇게 불안해 보이는 건 처음이었다. 충격을 받은 매들린이 아무 말도 하지 않자 홀츠먼이 자리를 털고 일어섰다.

"물론 부인이 걱정할 일은 없을 겁니다. 당분간 저와 이안은 캐나다로 출장을 갈 거예요."

이안은 장기간 출장 후 예고도 없이 저택으로 오곤 했다. 그렇게 방문하고 나서 쉬고 있는 매들린을 확인하거나, 그녀를 안고는 했다. 마치 몸부림치는 것 같은 절박한 몸짓으로 제 아내의 몸을 탐했다.

매들린은 가끔 그를 받아내는 것이 버거웠지만, 거기에서 비틀린 만족감을 느끼지 않는다면 거짓이었다. 그런 제 모습을 이해할 수 없었다. 남자가 그래도 그만큼은 자신을 의지하고 있다는 데에서 오는 만족감인지, 순전히 육체적인 즐거움인지, 아니면 다가오는 이상한 불안감을 잠시라도 잊을 수 있기 때문인지 알 수 없었다.

아침에 일어나 시트를 더듬자, 그곳에 이안은 없었다. 살짝 철렁이는 마음을 안고, 이불을 끌어안고 침대에 앉았다. 협탁 위에 메시지가 놓여 있었다.

오늘 새벽 기차를 타고 런던으로 출발. 전보 보내겠소.

밑에 펜으로 죽죽 그은 글귀는 알아보기 어려웠다. 쪽지를 뒤집으니 눌러썼다가 서둘러 지운 자국이 보였다.

~~미안~~

무엇이 미안한 걸까. 오랫동안 저택을 비우는 게? 아니면 지난밤 들이닥쳐서 한참 몰아붙였던 게? 귀엽다고도 할 수 있는 면모에 입꼬리가 절로 올라가다, 이내 얼어붙었다. 어쩌면 지금 바로 진솔한 대화가 필요한 걸지도 모르겠다. 전생에서 그런 일이 일어난 것도 결국 대화의 부재 때문이었으니까.

"왜 맨날, 괜찮을 거라고만 하는 걸까."

바깥에서 새가 지저귀는 소리가 났다. 매들린이 아침 햇살 속을 거닐었다.

"당신이 어둠 속에 있을 때 건져내는 사람이 나였으면 좋겠어."

전신이 추웠다.

"같이 런던에 가자고요?" 이사벨이 고개를 기울였다.

농담이라도

"네. 이안을 좀 보고 싶어서요."

"은행장 나리들 만나고 다니는 것 같더군요."

"이안이 말해준 거예요?"

"그럴 리가요. 홀츠먼을 졸라댔지요."

홀츠먼과 이사벨은 공고한 연인관계였으나 결혼 서류에 서명을 하지는 않았다. 그렇게 같이 사는 둘을 이상하게 보는 이들도 더러 있었지만 요즘 같은 세상에 그런 게 전혀 없는 일은 또 아니었다. 이안도 딱히 재촉하지 않는 걸, 다른 사람들이 어떤 권리로 참견할까.

"이사벨, 신문을 읽고 있고 라디오를 듣고 있지만, 전혀 모르겠어요."

"지금 돌아가는 걸 알고 있는 사람이 하나라도 있다면, 그 사람은 피셔와 케인즈 교수를 합해놓은 것 이상으로 똑똑한 이일 거예요." 피셔와 케인즈는 현재 가장 유명한 경제학자들이었다.

"이사벨, 정말 제이크가 말했던 것처럼 이 세계가 무너지나요? 바뀌나요?"

"……."

이사벨이 눈을 크게 뜨고 매들린을 바라봤다. 그녀가 농담을 하고 있는 게 아닌 것이 분명해지자 이사벨이 복잡한 얼굴을 했다.

"그렇게 된다고들, 믿죠."

"그렇다면 어떻게……?"

"그 누구의 이기심 때문이 아니라 지금의 체제에 근본적인 모순이 있다고 믿는 거예요. 갈수록 노동자들의 실질임금은 줄어드는데 자본가들은 과잉생산하고, 또 그로 인해 이윤율이 줄고.

결국 지금처럼 공황이 찾아오게 된다는, 논리예요."

이사벨이 아주 명료하고 빠르게 말하는 통에 모든 것을 이해할 수는 없었다. 하지만 대충 가닥은 잡혔다.

"……."

"그걸 해결하기 위해서 또 다른 전쟁이 필요한 거고요." 매들린의 얼굴이 더더욱 새하얗게 질리자 이사벨이 고개를 저었다.

"하지만 그것도 결국 이론이에요. 매들린, 현실은 더 다양하고 많은 변수가 있어요. 그리고 우리 오빠 정도는 믿어도 된다고 생각해요. 강한 사람이잖아요?"

"이사벨은 어떻게 생각해요?"

"나도 모르겠어요. 독일에 있는 친구 말로는 사정이 나쁘대요. 이 위기를 이용하려는 사람들도 있겠죠. 곧 무슨 일이 일어나긴 할 것 같지만, 그 무엇도 확신할 수 없어요."

"이안이 혼자 힘들어하는 걸 보고만 있어야 하는데, 기분이 좋지 않네요."

"오라버니도 알 수 없어서 그런 걸 거예요. 지금 일어나는 일들에 대해서 불안감을 주고 싶지 않은 것이겠죠."

"……."

하지만 매들린은 이안이 알지 못하는 외부 상황에 대한 정보 같은 걸 원하는 게 아니었다. 힘들면 힘들다고 말해주기만을 바랐다.

"매들린, 세상이 무너져서 뭐라도 바뀌길 바라는 사람들이나 모든 것이 영원하기를 바라는 사람들이나 똑같아요."

"……."

이사벨이 살짝 콧잔등을 찡그리며 멋쩍게 중얼거렸다.

"다들 주어진 순간에 최선을 다하며 살 뿐이지요. 그 누구도 먼 미래까지 예측하진 못하니까."

이안과 밤을 보낼 때마다 인정하기 싫은 공포스러운 감정이 있었다. 물론 그것은 지난 생에서 그에게 느꼈던 공포감과는 달랐다. 그보다는 극한의 희열 끝에 무엇이 있을지 알 수 없어서 느끼는 낯선 감정이었다. 남자에게 통제되고 다뤄지는 데에서 오는 쾌감과 또 반대로 그녀가 그에게 일종의 지배권을 행사하고 있다는 사실에서 오는 즐거움이 있었다. 물론 착각일 수도 있겠지. 결국, 남자를 지배하는 건 나라고 정신적으로 합리화하는 걸 수도 있으니까. 대화보다는 언제나 몸의 대화로 이어지는 요즘의 나날들이 석연찮은 건 사실이었다.

매들린은 기차를 타면서 시시각각 변하는 풍경을 지켜보았다. 회귀하지 않은 시간을 살기 시작하면서 낯선 기분이 들었다. 언뜻 본 풍경이 아니라, 세상은 언제나 새로운 모습으로 그녀를 맞아주었다. 이사벨의 몸이 좋지 않아 혼자 나선 런던행이었다. 물론 자주 왔다 갔다 하는 곳이긴 하지만, 이안에게 통보 없이 갑자기 찾아가는 건 처음이었다. 이안이 묵고 있는 숙소는 런던의 핵심 금융지구인 시티오브런던에 위치해 있었다.

매들린은 역에서 내려서 신문 몇 부를 산 뒤 자신이 묵을 숙소로 갔다. 신문을 하나하나 펼쳐놓고 바라본 세상은 녹록지 않았다. 몇 개의 회의들. 미국은 미국대로 수입 수출을 닫아걸었고, 영국도 마찬가지였다. 세상이 혼란스러웠다. 이 혼란 속에서 이안은 어떤 위치에 서 있을지 알 수 없었다.

"당장 어디서 융통할 수 있는 돈이 없어."

"……."

몇 시간을 밤샘 회의를 하고서도 결론은 같았다. 이안은 피로에 지친 한숨을 내쉬었다. 사업이 쉽기만 했다면 거짓말이었지만 이토록 힘든 적은 없었다. 대형 금융기관까지 하나둘 쓰러지기 시작하자 연쇄작용처럼 파국이 시작되었다.

"게다가 유나이티드 스테이츠가 망할 때 그 누구도 손을 내밀어주지 않았지. 서로가 서로를 불신하고 있는 상황……."

"이미 알고 있는 이야기를 굳이 반복할 필요는 없을 것 같군요."

이안이 펜을 책상 위에 두드리며 말했다.

"중요한 건 당장 숨통을 틔워줄 자금을 구하는 것입니다. 미국인들이 그렇게 우리를 불신한다면, 우리 쪽에서 그들에게 믿을 만한 담보를 제공하면 됩니다."

몇 시간 동안 연석회의를 했지만, 노인네들이나 젊은이들이나 답을 구하지 못하기는 마찬가지였다. 유대인들이 문제라는 소리에서부터 시작해서, 처칠(당시 재무부 장관)의 오판으로 금이 바닥이 나버렸다느니 분석하는 이야기가 오고 갔지만 실제로 문제를 해결할 방안은 나오지 않았다.

엄청난 갈증을 느낀 이안은 손을 뻗어 물을 찾아 마셨다. 그러나 근본적인 허기는 달래지 못했다. 이럴 때면 언제나 매들린이 생각나서 문제였다. 그녀와는 말다툼도 나름 재미가 있었는데, 저 인간들이랑 1분 1초 시간을 낭비하는 게 짜증스러웠다. 요새 자주 보지 못하고 있군. 이래서야 결혼한 보람이 없는데. 햄튼의 그 별장에서처럼 온종일 붙어있고 싶었다. 물론 여러 가지를 하면서.

가라앉는 기분이 점점 더 급강하하기 시작했다. 그러면서 아내와 함께 보낸 지난밤이 생각나기 시작했다. 제 위에 여자를 태우고 이런저런 것을 했는데. 물론 그런 생각을 하는 게 지금 상황에 도움 되는 건 아니었다. 당장 극한의 스트레스를 해소하기 위한 요행에 다름없었다.

"오늘의 회의는 여기까지 합시다. 일단 캐나다 회의에서 나온 방안을 들고 미국에 가서 합의를 봐야겠지요."

가장 연배 많은 은행장이 한숨을 쉬며 자리에서 일어나기 시작했다. 미국인들과의 대화가 이루어지지 않는다면, 어떤 일이 일어날지 상상도 하기 싫었다. 아니, 그런 결과는 있어서는 안 되었다. 파산이 줄지어 일어날 테고 공룡 은행들이 쓰러질 게 틀림없었다. 이안의 투자회사도 예외는 아니었다.

하. 속절없이 한숨이 나왔다. 마른 얼굴을 손등으로 쓸었다. 자꾸만 온몸이 바늘로 찔리는 것처럼 고통스러웠다. 통제할 수 없는 게 세상에서 제일 혐오스러운데 지금의 이 상황은 그런 변수들로 넘쳐났다.

"저, 노팅엄 경?"

"무슨 일이지?"

얼빠진 얼굴의 비서에게 날카로운 말을 내뱉은 것도 어쩔 수 없었다. 그만큼 곤두서있으니까. 이안이 미안하다는 듯 얼굴을 풀고 고개를 저었다.

"용건을 말해보게."

"그 저, 전화가 왔습니다. 백작부인께서 지금 런던에 계시다……."

"무슨 소리지? 내 아내가 왜 여기 있는 건가."

자리에서 일어나려다 하마터면 쓰러질 뻔했다. 책상으로 손을 뻗어 균형을 잡았다. 제기랄. 욕설을 살짝 내뱉은 뒤 아무렇지 않게 비서에게 대답했다.

"당장 만나야겠어."

매들린은 초조하게 카페에 앉아 이안을 기다렸다. 비서에게 전화를 해두긴 했는데 제대로 전달이 됐는지 모르겠다. 언제 회의가 끝날지 몰라서 미리 와서 앉아 있었다. 다행히도 창밖 구경을 하는 게 재밌어서 시간 가는 줄 몰랐다.

처음 가출을 감행했을 때와 남자랑 같이 놀러 왔을 때가 생각났다. 둘 다 이제 아득한 과거처럼 느껴지는 것이 참 신기했다. 그런데 그것도 잠시였다. 카페에서 이안의 직장으로 전화를 하고 난 뒤 얼마 지나지 않아 거짓말처럼 남편이 나타났다. 키가 원체 커서 금방 찾을 수 있었다. 이안이 나타나자마자 매들린이 그를 향해 미소 지으며 팔을 흔들었다.

"여보!"

살갑디살가운 호칭에 사람들이 둘을 쳐다보다가 또 말았다. 이안은 부끄러운지 인상을 찌푸렸다. 괜히 멋쩍어진 매들린이 손을 슬몃슬몃 다시 집어넣었다. 이안이 한숨을 쉬며 의자를 당겨 매들린의 앞자리에 앉았다. 동시에 의족으로 이루어진 다리 한쪽에서 삐걱이는 소리가 났다. 소음이 거슬리는지 남자의 미간이 좀 더 찌푸려졌다.

"그렇게 인상 쓰면 주름 생겨요."

"뭐 어떤가. 이미 버린 상판대기인데."

"미운 말 금지예요."

"……." 남자가 피식 웃었다.

"이안, 갑자기 찾아와서 미안해요."

"그래. 당신이 이상한 소리를 해서 깜빡할 뻔했소. 이곳까지 왜 온 거지?"

"당신이 보고 싶어서요."

"그건."

"그냥. 요즘 본 지도 오래됐고, 잠시나마 당신과 이야기도 하고 맛있는 것도 먹고 싶어서요."

"하… 매들린. 미안한데 그럴 여유가 없어."

"상황이 많이 안 좋아요?"

그러니까 경제라든지, 당신이 투자 사업을 하고 있는데……. 매들린이 얼버무리며 중얼거리듯 말했다. 아. 그런데 바로 그게 실수였는 모양이었다. 이안의 표정이 불편하게 일그러졌다. 미약한 짜증과 일그러진 속내가 아주 잠시지만 보였다.

"당신이, 신경 쓸 주제가 아니오."

"어떻게 그래요?"

"모든 게 잘 되고 있어. 왜 굳이 걱정을 사서 하는 건지 모르겠군."

"힘들면 힘들다고 이야기해도 괜찮은걸요."

"……."

"이안, 무슨 일이 있는 건지 저도 알고 싶어요."

"매들린, 제발. 당신에게 말한다 해서 해결될 문제였으면 내가 이러고 있지 않을 거요."

"하지만."

"당장 돌아가시오. 지금 돌아간다면 밤에는 도착하겠군."

이안이 손목에 찬 시계를 보며 말했다.

"내 세바스천에게 이야기해서, 기차역 앞에 차를 대기시켜두리다."

유행하는 것처럼 둥근 모자를 쓰고 겨울 코트를 걸친 매들린은 아름다웠다. 멍하니 카페에 앉아 고개를 기울이며 생각에 잠긴 모습이 잡지의 표지로 쓰여도 괜찮을 거라고 남자는 멍하니 생각했다. 그런 남자의 쓸모없는 망상은 아무래도 좋았다. 매들린이 이안을 보자마자 해사하게 웃으며 손을 뻗었기 때문이다.

"여보!"

아. 그 호칭을 듣자마자 가슴 한쪽이 짜르르 울렸다. 이런 순간에는 어떤 표정을 지어야 할지 모르겠다고, 이안은 생각했다. 웃는 방법을 잘 몰라서 찡그리기만 하는 것 같았다.

자신이 자리에 앉자 삐걱거리는 소리가 났다. 젠장맞을 노릇이었다. 요새 몸이 고장이라도 난 것처럼 의도와는 상관없이 어긋날 때가 있었다. 하지만 가장 열 받을 때가 있는데, 그건 바로 매들린 앞에서 이런 어색한 모습이 나올 때였다. 매들린이 우물쭈물 묻기 시작했다.

"상황이 많이 안 좋아요?"

머리가 아팠다. 두통이 밀려오는 것처럼. 일단 스스로에게 가장 화가 났다. 왜냐하면, 매들린에게까지 걱정을 끼쳤다는 게 너무 부끄러웠기 때문이다. 결국, 모난 소리가 나와버렸다. 하지만 어느 정도는 진심이었다.

당장 여자에게 모든 어려움을 이야기해서 해결될 문제였으면 이러고 있지 않을 터였다. 그녀와 노닥거리는 대신 이곳에서 늙은이, 애송이들의 칭얼거림을 받아주는 것도 이미 너무나 짜증스러운 일이었다.

같이 호텔로 가는 선택지를 잠시 만지작거리다가 내려놓았다. 부적절할뿐더러 여기서 매들린을 몰아붙이는 건 정말 최악이었으니까. 그녀만큼은 하고 싶은 걸 다 할 수 있으면 했다. 그리고 그러기 위해서는 지금 이 난관을 벗어나는 데에 집중해야 했다. 그리고 그때였다.

"이안. 나는 돈이 없어도 괜찮아요."

"……."

이안은 저도 모르게 눈을 뜨고 매들린을 쳐다보게 되었다. 눈앞의 여자가 너무 놀랍고 이상한 이야기를 하고 있어서 이해할 수 없었다.

"바보 같은 소리처럼 들리겠지만, 당신을 돈 때문에 만난 건 아니란 이야기예요. 물론 제가 먹고 입는 데에 전부 그 돈이 들어가는 건 알고 있지만요."

"매들린. 나는 평생을, 당신의 그 착한 마음을 지키기 위해 싸울 용의가 있어."

"……."

"그리고 또 그렇기 때문에, 더더욱 돈이 필요해. 아무튼 걱정할 건 하나도 없소. 미국의 친구들에게 필요한 신용을 융통 받을 테니까. 급한 불만 끄면 모든 게 순탄할 테니까."

제발 나 때문에 걱정하지 마. 어쩐지 마지막 한마디는 의도했던 것보다 다소 절박하게 들렸다.

남자에게 화를 내고 싶은 마음 같은 건 애초에 없었다. 안 그래도 그는 이미 충분히 고통받고 있었고, 거기에 제 감정까지 얹는 건 좀 부당했다. 그의 말대로 힘들다고 고백해봤자 달라지는 게 없다면, 서로가 서로를 그저 말없이 응원하는 게 최선일 수도 있으니까. 사실 모르겠다. 무엇이 그나마 나은 건지.

매들린은 노팅엄 저택으로 돌아갔다. 이안에게서 소식이 오기를 기다리고 기다렸지만, 그는 짧은 전보와 편지를 보내올 따름이었다. 거기에 어떤 감정 같은 게 읽히지는 않았다. 아마 의도된 것이었으리라. 그리고 매들린은 그 의도를 얼추 이해할 수 있었다. 이안은 제 절박한 심경을 구구절절 알리고 싶지 않은 거다.

"인생이 왜 이리 쉽지 않은 건지 모르겠구나."

하늘도 무심하지. 왜 이렇게 제 인생에 질곡이 많은지 새삼스레 어이가 없을 따름이었다. 한참 자신이 감옥에서 괴로웠을 때보다 지금이 더 한탄스러웠다. 이안이 조금이라도 아프지 않았으면 했기 때문이다. 하지만 그 누군들 앞날을 미리 알고 살아갈까. 분명히 난관을 타개할 수 있을 거라 믿었다. 매들린은 천천히 전보가 적힌 쪽지를 손가락 끝으로 매만졌다.

[건강 챙기시오. 아침을 꼭 먹고, 신선한 바람 쐬는 거 잊지 않길]

정말 어려워진다면, 매들린은 저택을 파는 것도 고려해 볼 만하다 여겼다. 물론 저택 같은 걸 사고 싶어하는 사람은 별로 없단 게 문제였다. 귀족들은 저택을 팔고 런던의 아파트로 들어갔고, 빈 건물 안에는 노숙자들이 깃들어 살았다. 그들을 두고 무서운 이야기가 떠돌았다.

노팅엄 저택은 가장 마지막 생존자들 가운데 하나였다. 게다가 전쟁통에 병원으로서 역할을 했으니, 매들린에게는 꽤 정이 든 곳이었다. 하지만 유지비를 감당할 수 없다면 물러나는 게 맞는 일이었다.

매들린은 조용히 편지지의 겉면을 쓰다듬었다. 둘밖에 없으니까, 오히려 더 걱정할 게 없어. 둘밖에……. 어쩐지 지난 일을 회상하게 되었다. 지금 일과는 아무런 관계는 없으나, 거짓말처럼 행복했던 몇 달 전의 사건이 어쩐지 씁쓰레하게 다가왔다.

5개월 전, 프랑스 리비에라

이안은 일이 많은 만큼 또 과감하게 휴가에 투자하는 경향이 있었다. 전의 생에서는 상상하지도 못할 만큼 말이다. 프랑스 리비에라 코트다쥐르는 전 세계에서 몰려온 피서객들로 붐볐다. 따사로운 프랑스 남부의 햇살이 모두를 즐겁게 해주는 데다가 바다까지 청명했다.

"어때요?"

수영복을 입은 매들린을 두 눈으로 훑은 이안이 아주 미묘한 표정을 지었다. 무릎 위로 올라오는 짧은 치마를 한 제 아내를 보자 복잡한 심사인 모양이었다.

"역시 별로인가……."

"……."

이안이 뭐가 마음에 안 드는지 정색하자 좀 객쩍었다. 게다가 그 치밀한 시선을 돌리지 않고 계속해서 제 무릎 위 허벅지의 흰 살을 쳐다보는 것이, 뭔가 의아했다.

"이상해요? 뭐라고 말을 좀 해보지 그래요? 색깔이 마음에 든다거나, 안 든다거나."

이안이 한참 말이 없자 괜히 더 쑥스러워 눈을 내리깔게 되었다. 신혼여행 때도 못 입어본 수영복을 이제 와 입어보니 참 낯설고 신기했다. 막상 다른 사람들은 더 파격적인 옷차림으로 해변을 잘도 돌아다니고 있었다. 이 정도의 차림에 머쓱해하는 건 영국에서도 가장 고리타분할 두 사람뿐이었다.

"좀 추울 것 같긴 하군." 결국, 풀죽은 매들린의 모습을 못 이긴 이안이 마뜩잖게 한마디 했다.

"지금 7월이에요, 이안."

이안이 돗자리 위의 숄을 들어 건넸다. 그걸 받은 매들린이 마지못해 숄을 어깨에 걸쳤고 그러자 몸이 좀 가려졌다.

"더워서 죽을 일 있나요?"

"바닷바람이 은근히 춥소. 행여 감기라도 걸리면 낭패니까."

아무튼, 순 억지 같았다. 지중해성 바람은 습하거나 강하지도 않았기 때문이다. 매들린은 그래도 이안과 이렇게 한때를 보낼 수 있어 기분이 굉장히 들떠 있었다. 지난 생에서는 이렇게 해외를 돌아다닌다거나 망중한을 보내는 건 상상도 하기 어려웠기 때문이다.

매들린의 차림새도 차림새였지만, 이안의 옷차림도 퍽 자유스러웠다. 흰색 와이셔츠를 팔뚝까지 걷고 단추를 한두 개 풀었다. 긴 바지와 구두는 여전했지만 말이다. 원래는 아주 잘 정리한 앞머리가 몇 가닥 내려와서는, 미풍에 살짝 흔들리고 있었다. 그 나른한 모습이 어쩐지 아름다워 보인다면 그건 좀 지나치려나.

팔뚝을 가득 수놓은 화상 흉터도 멋있어 보였다. 그러나 매들린은 감탄만 하지 않았다. 조심스럽게 파라솔을 살짝 남자 쪽으로 조정했다. 괜히 남자의 살결이 다치면 안 되니까. 그런 배려의 그늘을, 남자는 살짝 눈을 감으며 즐기는 중이었다. 그렇게 잠시 노닥거리며 시간을 보내고 날이 조금 어두워지자 다시 호텔로 돌아갔다. 호텔 1층에 있는 카페에서 차를 마시며 앞으로 어디를 놀러 다닐지 즐거운 고민을 나눴다. 그때였다.

"노팅엄 백작 각하, 백작부인 아니십니까?"

고개를 들자 보인 것은 어딘지 익숙한 얼굴이었다. 매들린이 머뭇거리는 사이 이안이 먼저 선수를 쳤다.

"아. 두 분을 여기서 뵙는군요. 해블러 양, 에머스트 씨. 이쪽은 제 아내 되는 사람입니다."

"안녕하세요."

흡사 공작새처럼 아름다운 화려한 미모의 여성과 라이오넬 에머스트였다. 라이오넬은 이름을 듣고서야 간신히 떠올릴 수 있었다. 그 엄청난 통신사, 신문사 재벌 존 에머스트의 아들이라 했나.

이안은 잠깐 매들린을 향해 미안하다는 눈빛을 보냈다. 괜히 저 때문에 즐거운 저녁이 방해받는다는 식이었다. 하지만 매들린으로서는 전혀 문제 될 게 없었다. 오히려 이안의 친구들과 같이 시간을 보내는 게 좋았다.

"구면이군요. 두 번째인가요?"

라이오넬이 웃었다. 그때보다 어쩐지 세련되어 보이는 건, 기분 탓이겠거니 싶었다. 매들린은 남자를 향해 고개를 끄덕였다.

"여객선에서는 제가 좀 정신이 없었네요."

서로의 근황에 대해서 이야기를 나눴다. 주로 매들린과 라이오넬 사이에서 이루어지는 대화였다. 별로 공통점이랄 건 없는 사람인데도, 나머지 두 사람이 말을 별로 하지 않으니 어쩔 수 없었다.

"그나저나 두 분은 아직도 사이가 좋으시네요. 누가 보면 신혼인 줄 알겠어요."

여자의 이름은 릴리안 해블러였다. 결혼 전, 매들린이 햄튼 별장 파티에서 얼핏 보았던 여자였다. 그녀가 미소를 지으며 눈썹을 씰룩였다.

"10년이 안 넘었으니 사실상 신혼이나 다름없죠." 이안이 딱 잘라 말했다. 그 대꾸에 라이오넬이 픽, 웃었다.

"……."

이안이 살짝 거슬린다는 듯 라이오넬을 쳐다봤다. 하지만 그뿐이었다. 부자들 간의 미묘한 신경전 같은 건 알기 어려웠다.

"그나저나 두 분은 자녀계획은 따로 없으신가 보죠?"

릴리안이 한 번 더 공을 던졌다. 이걸 맞받아쳐야 하나. 매들린이 우물쭈물하고 있을 때였다. 이안이 단호하게 선을 그었다.

"저, 저는……."

"말씀하시는 것처럼 지극히 행복한 지금을 즐기고 싶습니다. 굳이 제 안사람을 더 부담스럽게 하고 싶진 않군요."

"아하. 부인 사랑이 지극하시네요. 부러워요."

몇 번 말을 더 섞었으나 이미 소강한 분위기를 되살리기는 어려웠다. 결국 이안이 피로한 척하며 일어서고 나서야 안도의 한숨이 나왔다.

"몸 상태가 이렇다 보니 좀 피곤해서 이만 올라가 봐야 할 것 같군요. 두 분을 만나서 즐거웠습니다."

그날, 호텔의 스위트룸에 누워 매들린이 이안의 땀에 젖은 머리칼을 쏠었다. 정말 신혼 같을 이유는 없는데, 남자는 그동안 바빴던 걸 보상이라도 받으려는 듯 집요했다. 여름휴가라는 기회를 놓치지 않는 사람이었다. 매들린으로서도 비꼬거나 놀릴 기운이 하나도 없었다. 너무나 지친 까닭이었다.

"정말, 이안. 몸 상태니 뭐니 그동안 괜한 걱정한 것 같아요. 이렇게 힘이 남아도는 걸 어째요."

"당신이 너무 약한 거요. 그리고 난 여전히 당신의 걱정과 배려가 필요해."

그가 손을 뻗어 저를 내려다보는 매들린의 뺨을 감싸 쥐었다. 처음에는 부드럽게 시작되었던 손길이 점차 의도를 가지고 끈적해지기 시작하며, 아래로 내려갔다. 매들린이 약간 감정을 실어 좀 강하게 몸을 뒤로 뺐다. 결국, 이안의 손은 허공에 어색하게 부유하고 말았다.

"미안하지만, 여기서 그만하죠? 저 정말 너무 졸려요."

"……."

"제발 그렇게 보지 말고요. 좀……."

"그렇게?"

"그러니까 뭔가 사탕을 받지 못해서 우울한 아이의 표정 말이에요."

"난 사탕 안 좋아하는데……."

"갑자기 논점을 흐리시네요."

잠깐 할 일이 없어진 손을 제 눈두덩 위에 두고 가만히 숨을 몰아쉬던 이안이 느닷없이 중얼거렸다.

"아이에 대해서 어떻게 생각하나?"

"아이요?"

어쩌면 매들린이 너무 빠르고 격하게 '아이요?'라고 되받은 걸 지도 몰랐다. 그 반응에 남자의 목소리가 곧바로 울적해졌으니 말이다.

"잊으시오. 별말 아니니까."

"이안, 뭔가 또 저 모르게 파고 들어가는 것 같아요."

매들린이 다시 몸을 붙여왔다. 이안의 손이 다시 매들린에게로 다가갔다.

"거짓말은 하지 않을게요. 결혼한 여성치고는 지나치게 생각 못 한 주제긴 해요."

"……."

"하지만, 당신과 함께라면 괜찮을 것 같기도 하고……."

"……."

"당신의 눈동자와 고집을 가진 아이라면, 얼마나 귀여울까 싶기도……."

하지만 문장을 다 이을 수는 없는 노릇이었다. 이안이 그대로 두 팔로 매들린을 품에 안고 반바퀴를 굴렀다.

"악!"

"앗. 미안, 매들린 괜찮아?"

"아니에요. 저에게 격투기 같은 건 쓰지 마세요."

둘은 깔깔거리며 밤을 지새웠다.

· ✿ ·

매들린은 조용히 몸을 웅크리고 누웠다. 어쩐지 모골이 송연한 감각에 소름이 돋았다. 눈을 뜨니 새벽이었고 사람들이 잠자리에 들었을 시간이었다. 기분 좋은 기억을 성냥처럼 피워올리고 잠이 들었는데, 벌써 마음과 몸이 서늘했다. 바깥에는 첫눈이 내리고 있었다. 손바닥으로 마른세수를 하고 숨을 들이마시고 내쉬며 호흡을 가다듬었다. 그때였다. 그녀는 깜짝 놀라 하마터면 소리를 지르며 침대를 구를 뻔했다.

"뭐예요, 이안!"

문가에 기대어 서서 저를 한참 동안 바라보던 그림자가 남편이라는 걸 알아차렸길 망정이지, 안 그랬으면 졸도할 뻔했다.

"미안."

남자의 목소리에 잠기운이 가득했다. 한 번도 이렇게 제 앞에서 흐트러진 적이 없는 그인데, 문가에 기대어 살짝 고개를 끄덕이는 걸 보니 무척 피로한 모양이었다. 매들린이 침대에서 일어나려 하자 그가 팔 한쪽을 내저으며 말했다.

"일어날 것 없소. 씻고 다시 올 테니까."

남자가 몸을 씻고 잘 채비를 할 때까지 잠이 오질 않았다. 털썩, 침대가 기울고 의족을 벗는 소리가 나서야 조금 안심이 되었다.

"왜 안 자고 있어."

"당신이야 말로요. 일 끝났어요?"

"이제 시작이지. 하소연할 생각은 없소."

이 위기만 벗어나면 돼. 남자는 그 말을 단전 아래로 삼켰다. 그런 이야기 자체를 할 이유가 없었으니까. 틀린 말은 아니었다. 당장의 신용만 확보된다면, 어떻게든 뚫고 올라갈 길은 보일 터였다. 그저, 지금 상황이 말도 안 되게 최악이라는 점만 제외한다면 말이다.

눈을 감고 침대에 누운 남자의 등 뒤로 따뜻한 온기가 느껴졌다. 매들린은 매들린대로 점점 몸을 제 쪽으로 붙여오는 남자가 느껴져 좋았다. 그래, 고작 이 정도의 순간이라도 좋았다.

"미국이요?"
"말했잖소. 미국에 간다고."
졸리지도 않는지 남자는 일찍 일어나서 전화를 걸고 있었다. 매들린이 뭐라고 말하려 하자 두 번째 손가락을 들고 양해를 구했다.
"어. 플라자호텔에서. 그래. 그곳에서 결착을 지어야겠군. 곧 봅세." 전화를 급히 끊은 그가 매들린을 바라보며 어색하게 웃었다.
"당장 내일 떠나는데, 그전에 당신을 한 번이라도 보고 싶었어."
"보긴 뭘 봤다고 그래요."
"미안."
남자의 그 바스락거리는 것처럼 위태로운 얼굴에, 입술 속에서 새어 나오는 말 한마디에 가슴이 문드러지는 것 같았다. 그래서였을까, 부담 주지 않겠다고 몇 번이고 생각했는데도 기어코 한마디가 나왔다.
"같이 가요."
남자가 숨을 멈추었다. 그리고 다시 천천히 내쉬었다. 미간을 손가락 두 개로 꾹 누르는 게, 마치 예상했다 싶은 몸짓이었다. 그게 어쩐지 속상하고 화가 났다.
"그건 미안하지만……."

"미안하면 같이 가요. 이안, 절대로 귀찮게 하지 않아요."

"귀찮은 게 문제가 아니오. 당신이 날 어떻게 귀찮게 할 수 있겠어?"

"……."

"그런 게 아니야. 거기서 좋은 기억 같은 건 없잖아. 매들린, 가지 말고 여기에 안전하게……."

"이제 괜찮아요. 밤에 혼자 돌아다니거나, 낯선 사람을 따라가거나 하지 않아요."

이안의 새장이 넓어졌다고 생각했는데, 스트레스 때문인지 아니면 뉴욕에 대한 염증반응 때문에 그런지 그의 반응에 날이 서 있었다.

"그런 문제가 아니오. 지금 분위기가 매우 좋지 않아. 여기서 의미 있는 일을……."

"같이 가고 싶어요. 업무차 출장인 건 알아요. 절대 방해하지 않겠다 약속해요. 그저, 당신이 힘들 때 옆에 누워있는 것만이라도……."

"당신의 존재 자체가 내 약점이오."

그가 매섭게 덧붙인 말에, 둘 다 퍼뜩 놀랐다. 말을 내뱉은 사람 쪽이 더 놀란 게 아이러니했다. 하지만 언제 놀랐냐는 듯, 이안은 곧 평정을 되찾았다. 그는 나름 스스로, 안에서 결론을 내린듯했다. 그렇게 찬찬히, 그가 오랫동안 생각하고 준비해온 것을 진술하듯, 건조하게 말하기 시작했다.

"만에 하나, 그러니 아주 만에 하나 말이야."

"……."

"모든 게, 뜻대로 풀리지 않고, 빌어먹을 운명의 신인지 뭔지 때문에 일을 그르친다면."

"무슨 말을 하려고 하는 거예요?"

"헤어져야 할 수도 있소. 우리 둘이 말이야."

지금 남자가 그런 말을 하는 것 자체를 이해할 수 없어 머리가 아팠다. 생리적으로 속이 안 좋고 뒤틀렸다. 아까 전까지 보고 싶었다느니 다정한 말을 해놓고는 왜 갑자기? 매들린이 천천히 다가갔지만 남자는 그 자리에 우두커니 서 있는 채였다. 그녀가 이안의 팔을 붙들었다.

"장난이라고 해도 그런 이야기는 하는 거 아니에요."

"매들린, 잘 들어봐." 그의 목소리가 떨리고 있었다. "지금 일어나는 모든 일은 내 탓이오. 위기를 과소평가해온 잘못이지. 하지만 그 정도는 내 선에서 오롯이 책임지면 돼. 그 과정에서 당신까지 힘들게 할 순 없소."

"괜찮다고 말했잖아요! 소박하게 살아도 된다고! 아니, 소박할 것도 없어요. 감옥까지 갔다 온 내가 무슨 영화를 더 바란다고 그래요? 도대체 당신 지금 무슨 소리 하는 거예요!"

돈 때문에 만난 거 아니라고 했잖아요, 저택도 필요 없고 사치도 필요 없다고 몇 번이고 말했잖아요. 도대체 이 이상 뭘 주겠다고, 이런 망발을 지껄이는 건지 매들린은 도무지 이해할 수 없었다. 가까이서 본 그의 눈은 완전히 돌아가 있었다. 그러니까, 매들린을 지키고 죽겠다는 식의 그런 광기가 있었다.

"이런 종류의 파산은 아주 지저분해. 자, 그래. 매들린 울지 말고 내 말을 들어봐. 이혼을 하게 된다면, 만약에 모든 일이 잘 풀리지 않는다면. 당신은 내 재산의 반을 가지고 가서 원하는 일을 시작……."

찰싹. 천둥번개 같은 날카로운 소리가 났다. 몇 초 뒤에서야 매들린은 자신이 무슨 짓을 했는지 깨달을 수 있었다. 휙 돌아간 남자의 뺨과 살짝 아릿한 제 손바닥. 그리고 낮은 신음까지. 내가, 이안을 때렸어.

"그, 그런 말을, 이상한 말을 하니까… 나는……."

"……."

이안은 천천히 고개를 들었지만 아무 말도 하지 않았다. 화가 났다기보다는 선선히 받아들이는 표정이 더 무서웠다. 매들린의 손이 덜덜 떨리고 있었다. 평생 폭력을 저지르기보다 당해왔던 그녀로서는 매우 낯설고 기괴한 감각이었다.

"나는, 이안, 당신과… 헤어질… 생각… 없어요."

"가보겠소." 남자가 서류 가방을 들고 나가려 했다.

"비겁해요."

"당신은 그 정도의 남자와 결혼한 거요. 그 선택을 철회할 기회를 주겠다는데 왜 마다하는 건지 이해할 수 없어."

"당신은 비겁하고 질 나쁜 남자야." 험하고 날 선 소리가 나왔다. 그녀가 그의 뒷모습에 대고 일갈했다.

"같이 진창을 굴러도 좋겠다고 했잖아? 이런 식으로 날 모욕하지 마요."

그는 계속 못 들은 척 문고리를 거칠게 잡아 돌렸다. 그때 매들린이 한마디 덧붙였다.

"내가 다른 사람과 행복한 꼴은 못 볼 거면서! 마음에도 없는 소리를 하고 상처 주는 게 그렇게 즐거워요?"

그 말이 어느 정도 유효타를 남긴 모양이었다. 남자가 잠시 멈춰 섰다. 그의 어깨와 등이 들숨 날숨으로 오르락내리락했다.

남자가 매들린을 향해 몸을 천천히 돌렸다.

"매들린, 방금 말하는 내내, 나 자신의 혀를 자르고 싶어 미치는 줄 알았소."

"거봐."

"하지만, 아버지의 일까지 겪은 당신을 그런 위험에 두 번 처하게 하는 건 더더욱 안 될 일이오. 그럴 바에는 내 목이 잘리는 게 나아."

그가 제 목덜미를 손으로 만지작거리며 희미하게 웃었다. 그 행동에 매들린이 할 말을 잃었다.

"그냥 가정이었소. 당신을 힘들게 하려는 건 아니었으니까. 그냥 잊으시오."

"농담이라도, 가정이라도 그런 소리 하는 거 아니에요."

"……."

그 말에 남자가 알 듯 모를 듯, 쓸쓸하면서도 불안한 표정을 지었다.

"전화하겠소."

남자가 완전히 방에서 나가고 나서야 매들린의 다리에서 힘이 풀렸다. 이혼이라니, 가정법이라 해도 너무나 잔인하고 끔찍했다. 이안의 마음속에 있는 끔찍한 괴물은 아직 똬리를 틀고 있는 모양이었다. 전생에서는 무한한 집착으로, 지금 생에서는 자기 학대라는 모습으로 말이다. 그가 모르는 사실이 있어. 내가 고통스러웠던 건 아버지가 파산해서가 아니었어.

물론 이번 생에서 힘든 게 없진 않았다. 아버지가 파산하고 나서 심적으로나 육체적으로나 여러 고난을 겪은 것 역시 분명 사실이었다. 그러나 그녀에게 더욱더 큰 상처를 준 것은, 지난 생에서 아버지의 파산 후 행동이었다. 그는 매들린을 놔두고 도망치듯 세상을 떠났었다. 그녀를 세상에 버려두고 사라졌었다. 그런 종류의 배신이 더욱 고통스럽다는 걸, 왜 저 남자는 모르는 걸까.

남자가 미국으로 떠나고 나자 남은 건 묵직한 고독뿐이었다. 그녀는 지나치게 우울하고 파괴적인 생각에 몰두하지 않으려 했다. 이안에게 왜 신뢰를 주지 못한 것일까. 아이가 있었다면 달랐을까? 뒤늦게 찾아온 생각에 매들린은 몸을 떨었다. 아직 태어나지도 않은 아이지만, 그래도 한 생명을 그런 식으로 이안과 저를 묶어줄 방편으로 생각해서는 안 될 일이었다. 하지만 그런 쪽으로 사고의 가지가 뻗어가는 걸 멈출 수 없었다.

프랑스 여행 이후로 매들린은 넌지시 남자에게 자녀에 대해서 물어보곤 했다. 진지한 의도는 전혀 없었지만, 이제 슬슬 가족을 늘려도 좋지 않을까 싶었던 것이다. 그러나 영국으로 돌아온 그는 다시 좀 주저하는 기색을 표했다.

"물론 당신이. 내 아이를 품는다면, 형용할 수 없을 정도로……."

"……."

"행복할 것 같군. 하지만."

"하지만요?"

"하지만, 당신의 미소와 내 고집을 닮은 아이라면, 그것 나름대로 좀 무섭지 않겠소. 좀 준비를 더 하고……." 지금은 나와 당신만으로 모든 게 완전하잖아. 그가 그렇게 말했었다.

사랑하지 않는다, 그렇게 울부짖었을 때는 내내 꽉 옥죘으면서, 막상 사랑한다고 할 때는 먼저 사라지고 마는 남자가 미웠다. 이 형용모순의 상황에 대해서 슬퍼하거나 절망하기는 쉬웠다. 그에게 손에 잡힐 만큼 단단한 확신을 주지 못했다는 자책감과 이 상황에 대해서 손쓸 힘도 없는 제 무력함에 대한 죄의식. 어느 쪽이든 빠져들기 쉬운 함정이었다. 그러나 인생이란 묘한 것이라서, 한 길이 닫히면 어김없이 또 다른 길이 열리곤 하는 것이다.

이안은 미국으로 떠났다. 아마도 결정적인 협상안을 도출해내기 위한 출장일 터였다. 이 시도가 실패하면 어찌 될지 알 수 없겠지. 기껏 힘내서 밝게 굴어봐도, 처진 집안 분위기는 또 어찌할 수 없는 것이었다. 언제 이곳을 떠나야 할지도 모른다는, 사용인들의 불안이 팽배했다.

일어나기 싫다. 하루하루 좋지 않은 소식들을 듣는 것도 지친다. 빳빳하게 다린 신문에는 로스차일드가 운영하는 오스트리아의 은행이 파산했다는 소식이 실려 있었다. 신문을 고이 접어 다른 사람들이 읽게 놔두었다. 제 몫의 편지를 하나둘 기계적으로 개봉하기 시작했다. 대부분 재단의 수혜자들이 보내는 감사 편지들이었다.

평소 같았으면 하나하나 주의 깊게 읽었을 편지들인데 평소처럼 읽기에는 어쩐지 마음이 무거웠다. 앞으로 더는 사람을 도울 수 없을 것 같아 한없이 마음이 착잡했다. 이 상황에서 후원이니, 장학금이니 지나치게 이상적으로 들렸다.

그렇게 편지들을 일일이 확인하고 난 다음 마지막으로 손에 집힌 것은 얇은 종이봉투였다. 미국에서 온 국제우편. 이안의 편지가 벌써 도착했을 리는 없는데? 뭔가 기이함을 느낀 매들린이 종이봉투의 겉면을 살폈다. 파크로우 카운티, 뉴저지. 매들린이 모르는 건물 이름이 적혀있고, 보내는 사람의 이름은 없었다.

"그쪽 동네는 가본 적이 없는데."

뉴욕이나 롱아일랜드 정도만 방문해본 매들린으로서는 낯선 지명에 고개를 갸우뚱할 수밖에 없었다. 게다가 발신인 이름조차 적히지 않아 의문이 더해갔다. 나이프로 봉투를 조심스럽게 개봉하고 안에 든 내용물을 꺼냈다. 아마도 이안의 친구들 중 하나가 아닐까 추측할 따름이었다. 편지는 다음과 같이 시작했다.

매들린 로엔필드 양에게

타자기로 쓴 글귀에 매들린의 심장이 거세게 뛰기 시작했다. 편지를 보낸 사람은 그녀의 결혼 이전 성을 알고 있다.

이 편지를 읽을 때쯤이면, 나는 이미 이 세상에 없겠죠. 언제부터인가 당신이 사라져서 간호사들에게 물었더니, 그 누구도 제대로 된 답을 해주지 않지 뭡니까. 답답할 따름입니다. 하지만 푸념할 시간이 없어요. 아마 난 곧 죽을 테니까.

이제 와 죽음이 무섭지는 않습니다. 어차피 이렇게 살지도 죽지도 못한 채 하루하루를 버텨내는 것보다 명예롭게 숨을 거두는 게 낫겠다 싶었으니까요. 물론 이곳에서의 생활이 늘 불행했던 것만은 아닙니다. 당신 덕분에 깨어있는 모든 순간이 고통스럽지는 않았어요, 그건 매들린만이 부릴 수 있는 마법이었습니다.

매들린, 난 이미 모든 것을 기억했어요. 당신의 간호와 설득 덕분에 내가 누구였는지, 가족은 어떤 사람이었는지 전부 깨달을 수 있었거든요. 하지만 기억하자마자 밝힐 수 없었습니다. 제가 이렇게 죽지도 살지도 못한 채 누워있단 이야기를 들으면 가족들이 실망하고 아파할까 봐 두려웠거든요.

하지만… 이제 그것조차 내 이기심이었단 걸 알게 됐어요. 막상 난 당신이 말도 없이 사라지니 허전하고 걱정되었으니까요. 저와 당신 같은 사이도 그럴진대, 피로 이어진 부모님은 어떠했을까요?

우리가 다른 세상에서, 다른 사람으로 만났더라면 더욱 좋은 친구가 될 수 있었을 겁니다. 당신은 좋은 사람이니까요. 정말 좋은 사람이니까요.

당신의 존, 환자 X가.

몇 번을 읽고 또 읽어봐도 같은 내용이었지만 감회는 깊어져 갔다. 뜨겁게 흐르는 눈물이 볼을 달구고 간 자리가 아려올 지경이었다. 그 재판을 겪으면서 온통 제 불행만 생각했는데, 남겨진 사람들 생각은 하지 못했다. 존, 당신을 어떻게 잊었겠어요. 그는 이 세상에서 그녀가 회귀했다는 사실을 아는 유일한 사람이었다.

편지를 읽고 또 읽으면서 한숨과 눈물이 나왔다. 하지만 봉투에는 한 장의 얇은 종이가 또 있었다. 그것은 육필로 작성된 짧은 편지였다.

노팅엄 백작부인께.

이런 편지에 으레 동반되는 구구절절한 자기변명과 후회, 슬픔에 너무 많은 문장을 할애할 필요는 없을 것 같습니다. 아들의 죽음으로 나는 이미 너무나도 고통받았고, 그 아이의 마지막 나날을 함께하지 못한 건 더더욱 괴로운 일이었으니까요. 그러니 너무 늦게 존의 편지를 보내는 점, 부디 용서해 주시길 바랍니다.

 그나마 나는 당신이 마지막까지 아이의 옆에 있어 준 것을 지난 몇 년간 유일한 위안으로 삼고 있었더군요. 부인과 같은 은인을 꼭 직접 뵙고 이야기를 나누고 싶군요. 부모 된 입장에서 듣고 싶고 나누고 싶은 이야기가 있어요.

 노팅엄 백작과는 개인적인 친분이 있습니다만, 그분이 아니라 당신에게 꼭 하고 싶은 말이니, 그러니 부디 가엾이 여기어 이 노망난 늙은이의 초대를 받아주길 간곡히 부탁드리는 바입니다.

존 에머스트 2세.

 추신 : 내게도 남은 시간이 얼마 없군요. 빌어먹을 병마가 내 목숨을 깎아가고 있답니다.

 추신 옆에는 휘황찬란한 서명이 있었다.
 "……?"
 재벌 존 에머스트 2세와 제가 돌봤던 환자의 관계를 어떻게든 추론해내려고 했다. 생각이 부유했다가 종잡을 수 없다가, 마침내 연결고리를 찾아냈다.
 "존 에머스트 3세. 그래, 그 사람의 이름이야."
 허스트라는 성과 에머스트라는 성은 너무나 비슷했다. 아마도 앞의 철자가 기억에서 사라졌던 모양이다. 참 운명은 기묘하고 알 수 없는 방식으로 움직이는 모양이었다. 라이오넬은 존 에머스트 2세의 또 다른 자식이고, 환자 X와 라이오넬은 형제 관계일 터였다.
 그제야 초면임이 분명했던 라이오넬의 얼굴이 왜 그토록 낯

익었는지 알 수 있었다. 존의 얼굴을 천으로 닦아주다 보니 손끝이 그의 생김새를 기억하고 있는지도 몰랐다. 그리고 골격도 알고 있었으니까. 라이오넬과 다치기 이전의 존은 아마 무척 닮았으리라. 머릿속을 차분하게 정리하고 난 다음에는 선택의 시간이었다. 물론 크게 고민할 여지는 없었다.

"당연히 가야지."

게다가 추신을 읽으니 판단이 더욱 섰다. 당장 뉴욕으로 가는 배편을 끊고, 거기서 뉴저지로 가는 길을 찾아야 했다. 문제는, 지금 그녀 곁에는 이안이 없단 것이었다. 그 역시 뉴욕에 있단 건 알지만 일로 바쁜 남자에게 더 큰 숙제를 내줄 생각은 없었다. 아마 금방 돌아올 수 있을 거야. 매들린은 1층으로 뛰어 내려갔다.

결혼하고 나서 운전을 배운 건 당연한 일이었다. 이안은 무척이나 걱정했지만, 그녀의 의지를 꺾지는 않았다. 그저 몇 번, 과속하지 말라고 지나가듯 말을 흘렸을 뿐이었다. 물론 운전을 배우고 나서도 정작 차를 몰 일이 많이 생기진 않았다. 그들에게는 전용 운전사가 있었으니 굳이 직접 운전할 기회가 없었다. 그래도 이안이 없을 때 매들린은 교외를 드라이브해 버릇했다. 남자가 없으니 심심하기도 했고 신선한 바람을 맞는 게 즐거웠기 때문이었다.

자동차에 올라타 시동을 걸고 이사벨이 있는 집으로 가는 데에는 30분 정도가 걸렸다. 이사벨은 마당에 나와 담배를 피우며 책을 읽고 있었다. 그렇게 담배를 피우지 말라고 주치의와 홀츠먼이 난리를 쳐서 그나마 양을 줄인 게 이 모양이었다.

"오. 매들린."

재떨이에 담배를 끄고 이사벨이 일어섰다. 아직 병색이 완연한 얼굴이었다. 폐는 한번 병이 들면 다시 낫기 어렵다고 한다. 공장과 공장을 전전하며 활동하던 그녀는 이미 돌이킬 수 없을 정도로 몸이 상해 있었다.

"담배 피우지 말라고 그렇게 잔소리를 해도 피우네요."

"잔소리하러 왔어요? 매들린, 이게 제 처음이자 마지막 담배예요. 유일한 인생의 낙이라고요. 이렇게 햇빛이 드는 곳에서 좋은 책을 읽으며 딱 한 대를 피우는 게 얼마나 기분 좋은 일인데요."

"잔소리하러 온 건 아니에요."

이사벨의 집 안으로 들어가자 놀라울 정도로 모든 게 친밀하게 느껴졌다. 공식적으로는 소유지만 실상은 두 사람이 동거하고 있는 집. 이사벨이 천천히 메모카드를 뒤지더니 질문에 대한 답을 내놨다.

"적어도 3주는 걸릴 거라 했지만 정확히 언제 돌아올지는 모르겠어요. 여기, 홀츠먼이 묵는 숙소와 사무실 전화번호요."

그녀가 넘겨주는 카드들을 받아든 매들린이 고맙다며 인사하고 떠나려던 차였다.

"오라버니에게 직접 묻는 편이 더 낫지 않아요?"

"싸웠거든요."

내가 그 사람 뺨을 후려쳤지. 후회한다거나 스스로가 끔찍하다거나 그런 피상적인 표현들로는 차마 표현해낼 수 없는 기분이었다. 남자는 그냥 맞았다. 맞고도 떨거나 반사적으로 피하지 않았다. 마치 매들린이 가하는 모든 폭력과 상처는 성스러운 것이라는 듯이 말이다. 그런 반응이 더욱 무섭고 괴로운 것이었다.

"홀츠먼과 나는 나중에 미국으로 가서 살까 해요."

"……."

"캘리포니아 같은 데서, 해변 옆에 작은 집이나 사두고. 그렇게 살려고요. 유럽은 내게 너무 안 좋은 기억만 줘요."

"우리는, 더구나 이안은 이곳을 떠날 수 있을지는 모르겠어요."

나는 가끔, 그가 나와 함께 다른 곳에서 행복하게 사는 것보다 이곳에서 죽는 편을 더 편하게 생각할까 봐 두려워요. 매들린에게는 발설하지 못하는 마음이 있었다. 그러나 굳이 털어놓을 필요는 없는 마음이었다.

금방 도착하겠다는 편지를 써 에머스트 2세의 편으로 부쳤다. 일을 저질러놓고 보니 막막했지만, 그렇다고 쉽게 생각할 문제는 아니었다. 그래. 당장 이안에게 전보를 보내자. 이사벨의 집을 향하면서 생각했던 계획을 그대로 실행하는 게 맞았다. 뉴욕에서 사투를 벌이고 있는 그에게 부담감을 더 얹을 생각은 없었으나, 말없이 떠날 수는 없으니 최소한 전후 사정을 설명할 필요는 있었다.

[뉴욕에 방문할 예정. 가장 빠른 배편으로 출발]

전보는 간결하고 짧아야 하는데 오히려 그렇기 때문에 머리가 더 아파져 왔다. 남자에게 환자 X에 얽힌 이야기와 에머스트 씨의 편지에 대해서 어찌 한 문장으로 설명할 수 있단 말인가.

[에머스트 씨를 뵐 일이 생겨서 뉴욕에 가야 할 것 같음]

흠. 이렇게 써놓으면 더 무슨 소리인지 모를 것 같다. 괜히 더 걱정만 시킬 것 같았다. 애초에 에머스트 씨와 저가 무슨 볼일이 있는지 의아해할 것 같았다. 머리를 싸매면서 단어를 넣고 뺐다가 결국 필요한 정보만 남기고 다 빼기로 했다.

[뉴욕 기준 토요일 오전 중 도착 예정, 플라자 호텔에서 봬요]

전후 사정은 만나서 이야기하는 게 좋을 터였다.

"정말 혼자 가도 괜찮겠어?"

"그래도 뉴욕에 있는 친구네 집에서 머무니까요. 그리고 제가 그곳에서 산 세월이 있는데, 밤에 혼자 다니는 것만 아니라면 나름 안전하답니다."

물론 마피아와 얽힌 소동이 있긴 했지만, 그것까진 부러 알릴 필요는 없었다. 적당히 생략의 꾀를 부리는 수밖에. 선대 백작 부인은 조금 걱정하는 눈치였으나, 매들린의 말마따나 뉴욕을 가장 잘 아는 건 바로 그녀 본인이었으므로 딱히 뭐라 말리진 않았다.

맥도먼드 부부는 순순히 방을 빌려주겠다고 했다. 뉴욕은 무법천지요, 마수들이 들끓는 소굴이라 생각하는 세바스천은 경악했지만, 그녀가 신신당부하자 차츰 진정했다.

마침내 출발 날짜가 잡혔다. 단출한 짐을 싸며 편지의 내용을 곱씹었다. 존의 아버지에게 무슨 이야기를 해야 할까. 가끔 존과 나누던 대화 내용을 곱씹고 또 곱씹었다. 제대로 기억해내야 했다. 그래야, 그의 아버지에게 조금이라도 더 추억을 돌려줄 수 있을 테니까. 그렇게 만반의 준비를 하던 차, 전보에 대한 답이 돌아왔다.

[마중 나갈 사람을 보낼 테니 같이 오시오]

"……."

그래도 오지 말라거나, 뭐라 채근하는 메시지는 아니었다. 물론 전보는 짧으니 그 속에 담긴 마음을 어찌 알까. 이안이 이리 고군분투하고 있는데 고작 이런 일로 귀찮게 해도 되는 걸까 싶네. 물론 매들린 딴에는 무척 중요한 일이지만, 그래도 죽네 사네 사투를 벌이는 이안의 절박함에 비할 바는 아니었다.

그런 생각에 살짝 풀이 죽을 것도 같았지만, 그래도 마음에 맺힌 일도 풀어내고, 이안의 얼굴도 볼 수 있어서 좋았다. 그 일에 대해서 사과도 해야겠지. 전보 쪽지를 소중하게 품 안에 넣은 매들린은 이제 정말로 떠날 준비를 마무리했다.

18. 어째서

대서양의 바다는 언제나 검푸르스름하니 불투명했다. 청정한 지중해의 푸른 바다와는 느낌 자체가 달랐다. 바다의 크기 자체가 다르니 당연한 일이었다. 하지만 그 광막한 해수면을 바라볼 때면, 매들린은 어쩐지 한없이 스스로가 작아지는 기분이 들었다. 언제나 그랬다.

다시 찾은 뉴욕은 분위기가 완전히 달랐다. 20년대의 흥청망청한 축제 느낌은 완전히 소강되어 있었다. 길거리는 더러웠고, 문을 닫은 가게들이 더러 보였다. 노숙하는 사람들이 힘없이 늘어져 있는 광경이 어쩐지 을씨년스러웠다. 축제는 완전히 끝이 났다. 이제 정산의 시간이었다. 물론 그 대가는 약자들이 더 크게 치러야 하겠지만 말이다. 배에서 내린 매들린을 맞이한 건 뜻밖의 남자였다.

"에머스트 씨?"

라이오넬이 방긋 웃으며 그녀를 맞이하고 있었다.

"여기는 무슨 일로?"

"아, 노팅엄 부인. 저희 아버지와 노팅엄 백작께서 친분이 있지 않습니까. 제가 대표로 부인을 모시게 되어 영광입니다."

아. 이안이 보낸다는 사람이 라이오넬인 모양이었다. 매들린이 표정을 다잡고 한껏 위로의 뜻으로 고개를 숙였다.

"형님의 일은 정말, 유감이에요."

"이렇게 가까이서 뵀는데도 은인을 몰라본 게 참 안타깝네요. 아버지께서 말씀 안 하셨더라면 까맣게 모르고 지나갈 뻔했죠."

번듯한 얼굴의 청년이 능숙한 손길로 매들린을 차로 이끌었다. 신원이 분명한 익숙한 사람의 모습에 안심한 그녀는 그가 인도하는 대로 뒷좌석에 앉았다.

"플라자 호텔로 가는 거죠?"

"곧바로 아버지께 가는 게 나을 것 같습니다."

"하지만, 이안을 먼저 보고 가야 할 것 같은데요?"

여기까지 왔는데 남편을 보지 않고 뉴저지로 가는 건 이상했다. 차에 타자마자 무언가 의아함을 느낀 매들린이 물어오자, 라이오넬이 침울한 표정을 지으며 응수했다.

"저희 아버지가 지금 많이 위독하십니다."

"……!"

"마지막으로 한 번만이라도 로엔필드, 아니 노팅엄 부인과 말씀 나누고 싶다고 하시거든요."

그러니 지금 당장 출발해야겠습니다. 운전사에게 출발할 것을 알리는 모습이 우아했다. 선상 파티에서, 또 여행지에서 봤던 그 모습 그대로.

돌아가는 꼴이 무척이나 더럽다. 누가 판을 짜놨는지, 아주 흉했다. 열 살 이후로 흥미를 잃은 체스였지만, 지금 상황은 마치 흑백으로 짜인 판 위에 말을 세워둔 느낌이었다. 미국의 은행가들은 냉소적인 걸 뛰어넘어 적대적이었다. 이런 불황의 시기에는 그렇다. 모두가 서로를 믿지 못한다. 신용은 마르고 서로가 서로로부터 빌려준 돈을 받으려 절박하게 악다구니를 쓰지.

　선불리 금본위제로 돌아가려 한 게 실수였다. 아니, 나라의 병증은 그보다 깊었는지 모른다. 내실 없는 겉뿐인 성장은 금방 제 밑천을 드러냈다. 파운드화의 가치가 맥을 못 추고 떨어지면서 영국 내 금이 빠른 속도로 밖으로 빠져나가기 시작했다. 그나마 미국회사에 투자를 많이 한 이안이었지만, 지금 그는 그렇기에 오히려 선택을 강요받고 있었다.

　미국이냐, 영국이냐. 유치한 진영논리지만, 인간은 원래 이런 식이다. 패권은 나눠 가질 수 없고, 힘들 때일수록 전선은 명확해져 간다. 미국은 이미 영국과의 전쟁계획을 굉장히 구체적으로 세운 상황이었다. 두 국가 간의 관계는 무척 좋지 않았다. 이럴수록 침착해야 한다. 울거나, 화를 내도 전혀 소용없단 걸 이미 뼈저리게 알고 있었다. 그는 지금 오로지 본능에 몸을 맡기고 한 치의 앞도 보이지 않는 어둠을 헤쳐나가고 있었다.

　독일과 오스트리아에서 들려오는 소식은 더욱 불길했다. 앞으로 몇 년 안에 지난 전쟁이 끝났을 때부터 우려했던 일들이 터지기 시작할 것이다. 은행가들은 지나친 욕심을 부렸고, 독일에 막대한 배상금을 물리는 데에 일조했다. 절대로, 절대로 그 나라가 갚을 수 없단 걸 알면서도. 결국, 그 대가가 어떤 방식으로든 돌아올 거야. 저를 포함해 악귀들의 판이지만, 당장 숨돌릴 기회만 주어진다면, 무엇이든 하겠다. 그게 제 다른 다리를 판돈 위에 올려놓는 행위라도 말이다.

　"솔직히 말해, '노팅엄 씨'의 제안은 감사하지만 말입니다."

　머리가 벗겨진 노회장은 안타깝다는 표정을 지었다. 노팅엄 백작 각하니 하는 호칭의 무용함이 여기서 드러난다. 그래. 돈은 사람을 평등하게 만들지는 못해도 가장 솔직하게는 만들지. 이안은 전혀 기분 나쁘지 않았다.

"담보물로 제시한 자산이 저희에겐 그리 안전해 보이지 않는군요."

지금이 몇 번째 거절인지 모르겠다. 물론 지금 말하는 노인의 속 역시 바싹바싹 마를 터였다. 돈을 가지고 있는 자는 가지고 있는 자대로 이 상황에서 최대한의 이득을 내고 싶을 테니까.

"새로운 절충안을 만들어볼 수 있지 않겠습니까."

"절충안이라 함은, 그러면……."

그가 제시한 2안에 홀츠먼이 욕을 지껄였다.

"너무하시는군요. 그 정도 돈에 지분을 그렇게 갈라 가지시겠다 하니 어처구니가 없습니다."

우리 선조들이 얼마나 힘들게 쌓아올린 탑인데, 홀츠먼이 자리를 박차고 일어섰다.

"체이스 씨. 이렇게 비열한 사람인 줄 몰랐습니다."

"그 말, 그대로 돌려드려도 될까요?"

노인은 전혀 화난 기색이 아니었다.

"노팅엄 씨. 사실 당신의 회사에 대해서 그간 관심을 가졌던 것은 사실입니다."

"……."

이안은 찬찬히 고개를 끄덕였다. 홀츠먼이 멋쩍게 다시 자리에 앉았다.

"하지만 사람이 모든 걸 취할 수는 없어요."

그걸 잊은 대가를, 지금 사람들이 치르고 있는 겁니다.

뒷좌석에 나란히 앉은 라이오넬과 매들린은 차창 너머 바뀌는 풍경을 바라봤다.

"부군의 사업은 번창하고 있겠죠?"

나른한 표정으로 의표를 찔러오는 통에, 매들린은 질문의 뜻을 한 박자 늦게 이해할 수 있었다.

"아, 네. 힘든 일도 있지만 잘 될 거라 생각해요."

"아, 그렇겠군요. 다들 힘든 시기 아닙니까."

에머스트 가문이 운영하는 신문사 역시 어느 정도 타격을 입었지만 견딜 만했다. 자극적이고 공격적인 만평을 실으며 사람들을 선동하고 자극하는 통에 판매고가 쏠쏠했다. 그런 사정을 얼추 아는 매들린은 미묘한 표정을 지었다.

"이상한 일이에요. 존은, 그러니까 에머스트 씨의 형님은 신문사 이야기는 한 적이 없거든요."

"그 일을 별로 좋아하지 않았어요, 형님은. 신문을 파는 일이 무슨 치부라도 되는 양 생각했죠. 문학을 사랑하는 고결한 사람이니 당연하지만."

비꼬는 투는 전혀 없었다. 그보다는 약간 쓸쓸해 보이는 표정에, 매들린은 고개를 끄덕였다.

"존은 고결한 사람이에요."

그 말을 들은 라이오넬의 표정에 스친 복잡한 냉소를, 매들린이 파악하기엔 힘들었을 것이다.

서명까지 마치자, 안도의 한숨이 비집어져 나왔다. 그런데도 정신 하나는 말짱했다. 무서운 일이다. 사람을 사랑하는 것은 정말이지 무서운 일이었다. 평소 같았으면 결연하게 마주했을 결과에 애태우고 절망하다가 끝내는 안도하게 만든다. 감정의 파고를 더 거세게 만들고, 쓸데없는 희망 때문에 웃고 울게 만든다. 판돈이 제 몸뚱이 하나라면 모르겠는데, 매들린과 닿을 수 있는 기회까지 걸려있다고 생각하니 협상 테이블 위에서 절박해지는 것도 어쩔 수 없었다. 그런 처량한 심경이 적어도 겉으로 드러나지는 않았기를 바랄 뿐이었다.

"유익한 만남이었습니다."

테오도어 체이스 회장이 능글맞게 웃으며 이안에게 손을 뻗어왔다. 그 손을 맞잡으며 이안은 나른하게 웃었다.

"덕분에 당장의 숨돌릴 기회는 주어지겠군요."

"저는 자선사업가는 아닙니다."

"알고 있습니다. 한순간도 잊지 않을 거고요."

먼저 자리에서 일어난 노회장이 물끄러미 이안을 보더니 한마디 덧붙였다.

"당신이 내 아들이었으면 얼마나 좋았을지 잠시 생각도 해봤는데, 차라리 이리 만나는 게 나을 것 같군요." 당신이 내 자식이었다면, 분명 조급해졌을 테니까요. 누구든 이겨먹으려는 성질머리라니.

"노친네가 한 그 말, 기분 나쁘라는 말이었지?"

홀츠먼은 여전히 분을 못 이기고 씩씩거렸다. 사실 화를 낼 수 있는 게 축복이었다. 어떻게 붙잡은 동아줄인데. 적어도 가족회사는 살아남을 수 있는 시간을 번 셈이었다. 지루한 서류작업에 끝이 보이자 뇌리에 스치듯 생각이 떠올랐다. 시계를 확인하자 이미 오후 세 시였다.

"매들린은 이미 도착했을 것 같은데."

"사람을 보냈다 하지 않았어? 호텔에 있겠지."

회사에서 일하는 직원을 보내긴 했는데, 매들린을 본 적 없는 사람이라 그녀를 잘 찾을지 걱정이었다. 이런 걸 쓸데없는 걱정이라 핀잔줄 이도 있겠지만, 충격적인 사건을 연거푸 겪은 이안으로서는 틈새 하나 허용하고 싶지 않았다.

게다가 사방 민심이 흉악한 건 더더욱 명백한 일이어서, 매들린이 행여나 불쾌한 일을 겪을까 걱정스러웠다. 물론, 그렇게 걱정하는 게 어쩐지 웃기다는 자각은 있었다. 그녀에게 모진 소리를 퍼붓고 한심하게 보인 주제에 말이다.

"호텔에 전화를 한번 해야겠어."

"그러시게나. 나는 여기서 좀 더 확인하겠네."

"이안이 에머스트 씨를 보냈으니, 그이도 알고 있겠군요?"

그녀가 편지를 받은 일이며 그에 얽힌 뒷사정까지 모두. 라이오넬 에머스트는 이미 이안과 면식이 있는 사이였다. 그러니 이 모든 일들을 우연의 일치라 치부하기는 어려웠다.

"네. 제가 먼저 말씀드렸죠. 부군 걱정은 안 하셔도 됩니다."

차가 뉴욕을 벗어나 점점 외진 곳으로 향하고 있었다. 뉴욕 근교가 외진 곳이라 할 수는 없었지만 말이다. 모든 게 이상할 것은 없는데, 매들린의 마음속에 어쩐지 석연찮은 감정이 피어오르기 시작했다.

"이안을 어디서 만나셨죠?"

"그야…, 신사들이 묵는 사교클럽이 여기도 많지 않습니까. 늘 누가 오면 소문이 돌지요."

그럴 리가? 지금 분초를 다투는 위급한 사건들을 처리하느라 정신이 없을 남자가 사교클럽을 다닐 리 만무했다. 게다가 이안은 영국에서부터 그런 사교 행위를 그다지 좋아하지 않았다. 시건방진 애송이들이 제 깃 세우는 꼴이 웃기다고 했을 정도니 말이다.

"아버지께서 정말 많이 위독하신가 봐요."

사실 선상 파티에서 라이오넬을 처음 봤을 때부터 존 에머스트 2세가 편찮은 건 알고 있었다. 몇 년의 세월이 흐르는 동안 돌이킬 수 없이 쇠약해졌다는 게 이해는 갔다.

"그렇죠. 지금은 정신력으로 버티고 계십니다." 그 말을 하며 라이오넬은 힘겨운지 차창 밖을 바라봤다.

이상해. 마중 나가라 보냈던 사람은 연락도 안 되고, 호텔에서는 매들린이 체크인하지 않았다는 말만 반복했다. 여자가 있는 위치를 짐작할 수 없자마자 곧바로 머릿속 경보가 울렸다. 편집증적일 정도로 특정 인물에 대해서는 경계심이 발달한 남자는 머릿속 시나리오를 하나둘 점검하기 시작했다.

길을 잃었을 리는 없다. 그렇다면 부랑자의 습격? 소매치기? 더 나쁘게는 흉악범의 소행? 엔조 라오네. 그 빌어먹을 짜증 나는 인간말종의 얼굴이 떠오르자 피가 식었다. 하지만 그렇다고 무턱대고 몇 년 전의 연적을 의심할 수는 없었다. 그의 사업은 여전히 번창하고 있었다. 지금은 할렘에서 무료 급식소를 열었다는데, 마피아 놈들이 하는 짓거리가 다 거기서 거기지. 의적 로빈후드 행세라도 하는 거다.

아무 이유 없이 욕하고 싶은 상대라 하더라도 그를 의심할 근거가 많지는 않았다. 제발 아무 일도 없어서, 그녀가 나를 비웃어줬으면 좋겠군. 왜 그런 걸 걱정하고 그런대요? 퉁명스러운 표정으로 묻다가 푸스스 웃어버리고 말 그 표정을 빨리 보고 싶었다. 칭찬도 받고 싶었다. 미안하다고도 하고 싶었고. 그녀를 안고 다시는 그런 소리 하지 않게 강해지겠다고 울고 싶었다. 하지만 운명의 장난인지 뭔지, 약해질 순간을 한 번도 허락하지 않는 게 제 인생인 모양이었다. 일단 빨리 쪽지를 비서에게 건네 저택으로 전보를 보내게 하고, 호텔로 향했다. 무작정 기다릴 생각은 없었다.

이때, 누구를 찾아가야 하나. 이안의 머릿속에서 인쇄된 것처럼 뚜렷한 얼굴들이 스쳐 지나갔다. 이럴 때는 가장 본능에 기반한 선택을 내려야 했다. 그는 망설임 없이 다음 행선지로 향했다.

"솔직히 가서 무슨 말을 해야 할지 모르겠어요." 매들린이 나직이 말했다.

"제가 안 그래도 힘든 분을 더 힘들게 하는 게 아닐까 싶기도 하고요."

"그럴 일은 없습니다. 아버지는 형님을 끔찍할 정도로 아끼고 사랑했으니, 형님이 좋아한 사람은 무조건 좋아할 거예요."

매들린은 어쩐지 그 말에 깔린 냉소를 파악할 수 있었다. 사람의 감정에 둔하다 생각했는데, 기시감을 찾아내는 데에는 능숙했기 때문이다. 오래전, 철없던 에릭이 저에게 접근하면서 이안에 대해서 비꼰 적이 있었다. 그런 차남의 콤플렉스가 느껴졌다.

어째서지. 하지만 이미 존은 죽었다. 어차피 형제들 중 가장 연장자는 라이오넬일 터였고, 그가 질투를 할 이유는 정말이지 하나도 없었다.

"그럴 리가요. 전 그저 이야기만 들어줬을 뿐이라 솔직히 너무 과분한 초대인 것 같아요."

"노팅엄 부인. 저는 부인을 처음 본 순간부터, 이렇게 나오실 거라 생각했습니다."

"……?"

"부인은 착한 사람이에요. 배 위에서 처음 뵀을 때부터 확실히 느낄 수 있었죠. 세상을 긍정하고 아름답게 보고, 누구에게나 선의를 베풀려는 그런 사람 말이에요."

생각해보면 딱히 별거 아닌 인상비평일 수도 있었으나 어째선지 싸늘하게 피가 식는 기분이 들었다. 하지만 이 불안감의 정체를 정확히 짚을 순 없었다.

머리를 빠르게 돌려, 병원에서 존이 했던 이야기들을 복기했다. 어렴풋이 기억인지, 상상인지 생각났다면서 동생들에 대해서 뭐라고 했었는데……. 그리고 매들린은 그걸 전부 노트에 옮겨적었었다. 그의 신원을 찾을 실마리라도 될 것 같아서 말이다.

"저는 착한 사람이 아닌데요."

"착한 사람이죠. 그 누구도, 대가 없이 온몸이 불에 지져져 죽고 싶어하는 남자의 넋두리를 들을 만큼 참을성 있진 않으니까요. 또……."

그가 한숨을 쉬면서 무감하게 문장을 이어나갔다.

"온몸이 반으로 부서진 백작의 아내로 살면서 기부까지 하시

어째서 329

다니요."

그가 조용히 웃었다. 차는 빈 공터에 멈춰 섰다. 조금만 도시를 벗어나도 사방이 고요한 게 미국이었다. 갑자기 갈대밭이었다.

"당황스럽군요." 이런 상황은 정말 지긋지긋했다.

"저도 유감입니다. '착한' 사람을 해하는 건 별로 취향이 아니라서."

남자의 품에서 아주 작은 권총이 나왔다.

"이거, 가까이서 쏘면 꽤 아파요."

수지는 한숨을 쉬었다.

"아니, 오라는 매들린은 안 오고 백.작.님은 여기 무슨 볼일이신지요."

"구면이군요. 본론부터 말하겠습니다. 매들린이……."

"설마 없어진 건 아니죠?"

"……."

"설마요."

이 세상이 도대체 어떻게 되어가는 꼴이람. 매들린 같은 세상 순한 애를 건들다니 다들 진짜 지옥에나 꺼져버려라. 수지는 딱 삼 초간 욕설을 욱여 내뱉더니, 침착하게 자신이 받은 편지를 보여줬다.

"처음에는 우리 숙소에서 자고 간다고 했거든요. 그러다가 백작님 묵는 호텔로 가는 걸로 약속이 바뀌었어요."

"……?"

"에머스트인지 뭔지를 만나러 간다고 적혀있더군요. 누군지는 차차 설명해준다는데, 설마 저 작자랑 얽힌 일, 저기, 백작님?"

이안은 편지를 손에 쥔 채 거리로 나갔다. 두려움보다는 극렬한 분노가 앞섰다. 인과를 그려낼 순 없어도 적어도 의심 가는, 욕설과 증오를 퍼부을 수 있는 상대 하나는 확실히 생겼으니까. 매들린을 건드린 사람은 이안의 분노와 먼저 마주해야 할 것이다. 오, 그 작자의 목을 비틀거나 배를 가르는 건 그에게 무척 괴롭고도 즐거운 일이 될 게 분명했다.

"절 죽일 생각으로 편지를 조작한 건가요?"
"반만, 딱 반만 조작했어요."
라이오넬은 매들린을 차에서 내리게 한 다음 고개를 까딱였다. 운전사 역시 품에서 총을 꺼내 들었다.
"그러니까, 아버지가 당신을 찾는다는 건 사실입니다. 죽기 전에 그 노인네가 갑자기 미쳐서는… 잘 알지도 못하는 여자에게 재산의 반을 떼다 준다는데 어느 자식이 눈이 안 뒤집히겠어?"
아름다운 얼굴의 남자가 이토록 역겨워 보일 줄은 몰랐다. 라이오넬은 매들린이 그 재산을 독차지할 거라 이미 기정사실화하고 있었다. 그런 이유로 사람을 죽이는군. 물론, 저 사람의 사고방식을 이해하려고 해선 안 돼. 그보다 시간을 벌어야 한다. 매들린이 천천히 말했다.
"저를 살해하는 거, 그다지 좋은 생각은 아닐 거예요."

1919년 노팅엄 재활병원
"매들린."

"존, 필요한 거 있어요?"

"물… 목이 말라서……."

컵에 물을 따라, 쿠션에 기대앉은 남자에게 건넸다. 천천히 유리잔을 입술에 대고 기울이자 남자가 간신히 목을 축일 정도는 되었다. 여전히 바쁘고 힘든 나날이 이어지고 있었다. 전쟁은 한창이었고, 이안에게 오는 편지는 감감무소식이었으며 매들린의 손등은 터져 쓰라릴 지경이었다. 남자의 입술 사이로 흐르는 물을 부드러운 천으로 닦아냈다. 일을 마친 매들린이 뒤를 돌아서려던 차에, 존이 입술을 달싹이며 그녀를 멈춰세웠다.

"기억이 나는 것 같습니다."

평소의 색색거리는 목소리가 아닌, 또렷하고 명징한 음성에 놀랐다. 마치 뒤를 돌아보면 전혀 다른 사람이 있을 것 같은 기분이었다. 그러나 존은 여전히 존이었고, 그는 전신에 화상을 입은 모습 그대로였다.

"기억이요?"

"전부는 아니지만, 몇몇 장면들이……."

간혹 두통을 호소하면서도, 그는 조각조각 난 기억의 파편들을 되찾고 있었다. 이대로 가면 존은 정말 가족의 품으로 돌아갈 수 있을지 모른다.

"남자의 얼굴…입니다."

"네, 계속 말씀해보세요."

당장 의사를 불러와야 할 것 같았으나, 그러는 사이 존의 기억이 사라질까 두려웠다. 빠르게 노트와 펜을 꺼내 뭐든 옮겨 적을 채비를 마쳤다.

"갈색 머리, 푸른 눈, 천사일지도 모르겠군요."

었다.

"존은 알고 있었어요."

"형을 안다는 것처럼 그렇게 지껄여대지 마."

"글쎄요. 당신이 아무리 그렇게 을러대도 저는 그의 친구였는걸요."

"하하, 그래? 그러면 그럴수록 내가 너를 죽여야 할 이유가 더 느는걸?"

당연하지 않은가. 라이오넬의 입장에선 이렇게 된 이상 더더욱 매들린을 죽일 수밖에 없었다. 자신이 품어서는 안 될 마음을 제 손위 형제에게 품었다는 이야기가 퍼지면 안 되니까. 존이 무슨 이야기를 했는지는 몰라도 매들린은 그 비밀과 함께 반드시 죽어야만 했다.

"저도 그 남자가 당신인 줄은 몰랐어요. 아까 전 당신의 행동을 보고 짜 맞추어낸 것일 뿐이죠."

"……."

"존의 이야기를 듣고 한참을 울었어요. 그 남자가 당신이 맞다면, 당신에게 용서를 구한다고 했어요."

그 말을 들은 라이오넬이 속이 뒤집히는 듯 무릎을 굽혀 가슴을 쥐어뜯듯 괴로워했다.

"오히려 용서해야 할 건 존이야. 난 그 사람의 동정심을 자극했어. 그를 죽인 건 나야. 내가 객기만 안 부렸다면 존은 입대를 하지도 않았을 거고 그렇게 죽지도 않았을 테니까."

"……."

그가 말하는 객기가 무엇인지는 굳이 캐어묻지 않을 생각이었다. 매들린은 자신이 이미 너무 많은 것을 알고 있다 느꼈으니 말이다. 침범하지 않아야 할 영역이었다.

"그 사람이 나 때문에 상처받고 잘못된 선택을 할까 봐 군대에 갔어요."
"……."
"지금은 그저……. 한없이 불쌍하군요."
"존, 그러면 그 사람에게 남기고 싶은 말은 있나요?"
"행복해졌으면 좋겠어요. 그냥, 그뿐입니다."

"네가 그렇게 존과 영감의 환심을 동시에 사는 꼴을 보니 참을 수가 없었어."
"그래서 날 죽일 거예요?"
"하……."
새삼 도덕적인 말로 비난을 퍼붓고 싶은 생각은 없었다. 이 사람은 이미 자신의 지옥 속에서 살아남기 위해 악귀가 된 걸지도 모르니까. 물론, 그렇다고 섣부른 동정이나 이해 같은 걸 할 일도 아니었다.
"존은 당신이 행복하길 바란다고 했어요."
"……."
"자, 그러면 당신 아버지가 저를 초대했다는 건 사실이겠네요?"
일부러 아무런 일도 일어나지 않은 것처럼 씩씩하게 표정을 고쳐 말하는 매들린을, 라이오넬이 믿을 수 없다는 듯이 쳐다봤다. 그런 그를 무시하고 매들린은 차 뒷좌석에 탔다.
"그 저택으로 당장 날 데려다줘요."

멀리서 담배를 피우고 있는 운전사를 놔두고 차를 출발시키는 라이오넬을 보며 매들린이 걱정했다.

"저 사람은 놔두고 가도 돼요?"

"걸어서 한 시간 거리에 마을이 있어. 알아서 하겠지."

"……."

둘은 차 안에서 말이 없었다. 흉악한 죄인과 바보 같은 여자가 같이 길을 가는 꼴이라니. 매들린은 웃음이 비집어져 나오려 해도 정작 나오는 건 바람 빠진 딸꾹질 소리뿐이었다.

"담배 피울래?"

"별로요."

"……."

"근데, 내가 당신을 살인미수 및 협박으로 경찰에 신고하면 어떻게 할 거예요?"

"그냥 감옥에 가야겠지."

"심경의 변화가 너무 지나치네요. 아까깐진 악귀처럼 굴었으면서 갑자기 의욕을 다 잃었어요."

"아직 총 안 버렸으니 운을 너무 시험하지는 마."

매들린은 입을 다물었다. 아직 흥분한 남자가 어디로 튈지 모르는 일이었으니, 조용히 있는 게 최선이었다. 남자가 한 손으로 핸들을 지탱한 후 다른 한 손으로 담배를 피우려 꼼지락거렸다. 연초 한 대를 입에 물고 라이터를 켜는데 계속 헛손질이 났다. 결국, 보다 못한 매들린이 라이터를 빼앗아 불을 붙여줬다.

그녀는 창문 레버를 움직여 열고 환기를 시켰다. 이안이 갑자기 보고 싶었는데, 거기에는 딱히 명명할 수 없는 애틋한 이유가 있었다. 미국의 풍경은 납작하고 어쩐지 외로웠다. 도덕도,

인간의 희로애락도 전부 압도해버리는 대자연이 어쩐지 무심해 보였다.

　빨리 도착해서 무전을 칠 생각뿐이었다. 운전석에 자신을 죽이려 했던 살인 미수범이 앉아있는데도 눈꺼풀이 자꾸만 감겨오는 것이 참 곤란했다. 터무니없을 정도로 안심했는지, 아니면 지나치게 긴장한 후라 몸에서 힘이 다 빠졌는지 모르겠다. 시차 적응도 하지 못한 채로 며칠째 스트레스를 받으니 안 그래도 약한 몸이 버텨나가질 못했다.

　"언제 도착하죠?"

　"곧."

　운전하는 내내 남자는 말이 없었다. 창문을 열고 줄담배를 피울 뿐이었다. 힐끗힐끗 돌아본 그의 옆얼굴에는 수치심이 역력해서 굳이 말을 걸고 싶지도 않았다. 남자의 말마따나, 한순간에 홱 돌면 바로 총을 꺼내 나쁜 짓을 할 수도 있으니 말이다. 그가 지금 저리 돌변한 이유는 결국 존에 대한 일말의 양심 때문이겠지.

　사람은 죄로 인해서 오히려 구원받을 수도 있는 것일까? 그처럼 이해할 수 없는 게 정녕 세상의 섭리라면, 매들린은 그 이치를 이해하진 못하더라도 거부하진 않을 생각이었다.

　파르테논 신전같이 우아하지만, 지나치게 고전미를 추구한 나머지 또 어색한 느낌이 나고 마는 저택이었다. 로스앤젤레스에는 이보다 더 화려한 저택을 가지고 있다고 하는데, 이 정도면 에머스트 일가의 부에 누는 안 될 정도였다. 딱 그 정도.

　"당신을 여기서 볼 줄은 몰랐는데……."

잘못 하나 저지른 게 없는데 어째서 눈치가 보이는 건지, 매들린이 눈알을 도록도록 굴리며 말을 잇지 못하는 사이, 라이오넬은 내빼고 말았다. 솔직히 그가 저지른 짓거리를 생각하면 당연한 일이었다. 게다가 눈앞의 귀기 어린 이안의 표정을 보면 더욱 말이 되는 행동이었다. 이곳이 에머스트 일가가 소유한 저택만 아니라면, 무슨 일을 내도 족히 냈을 모습이었으니까.

"뉴욕에서 이곳까지 그리 먼 거리는 아니오."

미국이라는 걸 감안하면 말이지. 이안이 손목시계를 보며 중얼거렸다. 그는 여전히 매들린이 선물로 사준 시계를 차고 다녔다. 가죽끈이 닳은 그대로 매고 다녀서 선물한 사람이 더 무안하게 말이다. 이안 딴에는 기분이 나쁠 만했다. 물론 어디까지나 남자의 상식선 하에서 기분 나쁠 만하다는 이야기였다. 매들린이 몇 시간 동안 자신이 알 수 없는 곳에 있었다는 것도 굉장히 불쾌한 일인데, 그것도 라이오넬인지 뭔지 하는 애송이와 단둘이 함께였다니 이가 앙다물릴 지경이었다.

"잠시 길을 헷갈려가지고요. 그뿐인데 왜 이리 화가 나셨을까?"

이안에게 사실을 말하면 당장 일을 그르칠 것 같았다. 일단 당장 살인이 나는 건 막아야 하지 않겠는가.

"에머스트 씨가 편찮으시다고 해서 연락은 이곳에 와서 하려고 했어요."

"직접 위층에서 확인하고 왔소만, 얼굴 한번 마주하지도 않은 사람치고는 늦지 않았나."

"말했잖아요, 그건 길을 잃어서……."

"저 남자가 제 본가까지 오는 길을 헤맸을까. 믿기 어렵군."

"아, 그건 뉴욕에 도착하고 나서 우연히 만나기까지……."

남자가 변명이 긴 매들린에게 심통이 났는지 고개를 돌렸다.

"긴말할 것 없겠소. 일단 에머스트 씨를 뵈어야 하지 않겠어, 이리 급하게 왔는데……."

"……."

이안이 어째서 저보다 빨리 이곳에 도착했는지, 그의 일은 어떻게 되어가고 있는지 묻고 싶은 질문이 많았으나 남자가 워낙 묘하게 뾰로통한지라 말을 붙이기 어려웠다. 뾰로통하게 보인다는 그녀의 생각을 지금 주위 사람들이 알게 된다면 경을 칠 터였다. 당장 에머스트 저택의 사람들도 눈치를 보며 얼어있었으니 말이다.

계단을 올라가자 최신식 기계로 가득한 복도가 있었다. 양 벽에는 에머스트 2세가 이룬 업적들이 명화처럼 가득 걸려 있었다. 각종 기사와 받은 상들로 도배가 되어있다시피 했다. 조금, 위축될 지경이었다.

"어떠세요, 많이 안 좋으세요?"

"그 상황에 대해서 그 남자에게 이미 들었을 텐데."

"참나, 속이 참 넓으시네요."

명백하게 불쾌해 보이는 남자의 모습을 보고서도 자꾸 안도의 한숨 섞인 웃음이 나왔다. 그런 매들린의 실없는 모습에 마음이 더 상한 듯 이안은 말없이 앞만 보고 걸었다. 복도가 어찌나 넓은지, 노팅엄 저택에 필적할 만했다.

아픈 노회장이 누워있는 방문 앞은 동향이었다. 문 앞에 흰 가운을 입은 주치의와 간호사들이 서 있었고, 수행비서로 보이는 사람 한 명이 매들린을 기다리고 있었다. 안경 쓴 비서는 아주 공손하게 그녀를 맞이했다.

"노팅엄 백작부인, 회장님께서 몹시 기다리고 계십니다."

좀 곤란하긴 하네. 몇 시간 전에 회장의 아들과 너무 많은 이야기를 했는데, 그걸 모른 척하고 있어야 하는 게 조금 걸렸으나, 아픈 사람을 더 고통스럽게 하고 싶은 마음은 없었다.

병실에 누운 회장은 몹시 말라 고목 나무 같았다. 형형한 두 눈은 천장을 노려보고 있었다. 그 모습에 마음이 약해지는 건, 어쩔 수 없는 매들린의 천성 때문일까. 그녀가 오는 걸 보지도 않은 채, 에머스트 2세가 중얼거렸다.

"매들린 노팅엄 백작부인."

"에머스트 회장님."

"회장님이란 겉치레는 놔둬요. 어차피 죽을 때 가지고 가지도 못할 직함이니."

"그건 백작부인도 마찬가지지요."

매들린이 병상 옆의 의자에 앉았다. 그녀의 재치 있는 대꾸에, 병색이 깊은 얼굴에 설핏 웃음이 비집어져 나왔다.

"편지를 읽고 온 거라면, 그 내용도 알고 있겠군요."

"……."

유산의 절반. 라이오넬의 말을 들어 짐작하고는 있었지만, 회장이 보낸 진짜 편지는 그 내용을 포함하고 있는 모양이었다.

"존은… 내 평생의 후회입니다."

"아드님이 기억을 다 찾은 줄 알았더라면 곧바로 알렸을 거예요."

"그 애가 당신에겐 일부러 숨겼더군요."

"드문드문 장면들을 떠올리긴 했어요."

"다, 다 얘기해줘요."

눈앞의 남자가 절박하게 아들과 관련된 기억의 조각들을 요구하는 모습에, 매들린은 할 말을 잃었다. 라이오넬도, 에머스트 2세도 한 사람의 부재로 거대한 흉터를 지고 살고 있었다. 잃어버린 시간을 되찾을 수 없어 그곳을 헤매는 유령처럼. 그래서 그녀는 다시 이야기를 해야만 했다. 아주 사소하고, 많이 각색된 이야기를.

"난 어쩌면 아버지와 사이가 그리 좋지 못했던 걸지도 몰라요."
"그래요? 저랑 비슷하네요."
"하하." 존은 웃었다.

"회장, 아니 에머스트 씨. 그 내용에 대해서 사실, 드릴 말씀이 있습니다."
"필요 없단 소리 안 하겠지. 이 파란만장한 시대에서 돈이 안 필요한 사람은 없어. 그게 설령 몇 대째 지독하게 부자인 댁내 남편 같은 사람이라도 말이야."

노회장이 의뭉스러운 표정을 지었다. 아까 전 존의 이야기를 들을 땐 아기처럼 울망거리던 눈빛이 금세 교활하게 바뀌었다. 물론 그 정도로 총기를 유지하는 것도 대단한 일이었다.

"사실, 전부 필요 없다는 이야기는 못 하겠네요."
"솔직해서 좋군."
"하지만 절반이라니요. 그랬다가는 전 줄지에 영국에서 제일 부유한 여자가 되어버릴 거예요."

"구체적인 내용에 대해서는 지금 밖에 변호사가 있으니 바로 부르지."

"이안을 도와주세요."

"그대 남편 말인가?"

이미 며느리를 대하듯 스스럼없이 저를 총애하는 노인의 모습이 당황스러웠다. 라이오넬이 저리 미쳐버린 게 아주 조금은 이해되었다.

"네. 은혜는 반드시 갚……."

"그대가 은혜를 갚을 때엔, 난 이미 죽고 없을 텐데."

"……"

"나는 그저 순전한 이기심으로 그대에게 유산을 제안한 걸세. 왜냐. 내 유일한 상속자는 존 녀석 하나뿐이었고, 앞으로도 그럴 것이기 때문에."

"……."

"하지만 전부 자네에게 주었다가는, 온갖 비방과 의혹이 제기될 게 분명하기에 자제했는데 뭐가 지나치다는 거지."

"저는 그저 제 할 일을 했을 뿐이에요."

"그래. 그래도 존이 유언장에서 그러더군, 그 비참한 순간에 오로지 자신을 인간으로 대우해준 건 당신밖에 없었다고."

곤란한 상황이었다. 완전히 거절할 수는 없는데, 또 그렇다고 이렇게 많은 재산이 지척에 있으니 마음이 좋지만은 않았다.

"나는 얼마 전까진 미칠 수도 없었어. 매들린, 내가 미쳐버리면 노망이라며 유언장을 무효화시킬 테니 말이야."

"이미 유언장을 만드신 건가요?"

"그래. 변호사의 관리 감독 아래, 내 가장 믿을 만한 입회인을 두고서 작성했어. 이미 밀봉한 채 법원 문턱까지 가있지."

"존……."

남자가 제 이름을 불렀으니 그녀도 남자의 이름을 부를 수 있었다. 그녀는 진지한 얼굴로 노인을 바라보았다. 존은 존과 똑같지만, 또 다르다. 약간의 자기비하가 섞인 독설적인 유머, 고집스러움. 그리고 이상한 자기 파멸적 기질까지.

"존, 그렇다면 알려줘야 할 게 많을 것 같아요. 그래야 당신의 뜻에 따라 유산을 관리할 수 있을 테니까."

"하! 말했잖아. 난 내 혈육은 한 명 빼고 다 증오스러워. 아내는 이미 죽어서 있지도 않지. 회사는 나 없이도 잘 굴러가고 있고, 지분은 이미 그 한심한 '가족들'에게 넘겼소. 당신에게 물려줄 건 그걸 제외한 내 사적인 재산의 반일 뿐이야." 긴긴 문장을 토해내고 난 뒤 노인은 잠시 기진한 듯 눈을 감았다. "나에게 유지 같은 건 없어. 그저 수치스러운 이름을 남겼을 뿐이지."

사람들에게 증오를 부추기고 혼란을 가중시킬 뿐이지. 이제 그 가족이란 이름으로 계속될 일이지. 그걸 후회하는 건 아니지만, 그렇다고 좋은 것도 아니지. 매들린이 곰곰이 생각에 잠긴 눈빛으로 고개를 숙이더니 다시 에머스트 2세와 눈을 마주쳤다.

"재단을 만들어볼까 해요."

"난 록펠러처럼 신앙심이 깊은 사람도 아니야."

"언론의 자유를 위해 헌신한 사람을 위한 상 같은 걸 만드는 거예요. 회장님의 이름을 따서."

"사후의 명성 따위는……."

"그건 아무래도 좋지요. 하지만 회장님이 이룩한 부인걸요.

그걸로 훌륭한 보도로 인류의 역사를 진보시킨 사람들에게 힘이 되는 상을 만드는 거예요."

"거창하군."

하지만 싫은 눈치는 아니었다. 그저 수줍어 보일 따름이었다.

"그걸로 내가 구원받아 천국에 가진 않겠지. 하지만 매들린, 자네 같은 사람이라면 믿을 수 있어."

"저를 얼마나 봤다고 믿으시나요?"

"오, 내가 사전 조사를 안 했을 것 같나?"

"……."

"존의 유언장은 곧바로 내게 왔어. 그 편지를 받아든 이후로, 나는 당신을 계속해서 예의주시해왔지. 영국에서 미국으로, 또다시 영국으로 가는 걸 보며 늘 마음속에 죄책감을 품고 살았지. 당신을 외면했었으니까. 이제 죽기 전에 올바른 행동을 하게 해 줘. 내 아들을 도운 당신을 돕는 일 말이야."

노회장과의 대화를 마치고 나자 다리에서 힘이 풀리는 것 같았다. 강행군을 마친 것처럼 사지가 후들거렸다. 문밖을 나오자마자 이안이 복도에 난 창을 통해 바깥을 응시하는 게 보였다.

"이안."

그를 불러봐도 남자는 대꾸 하나 없었다. 그저 조용히 바깥을 응시하며 침묵할 따름이었다. 괜히 무안해진 매들린은 입이 바짝 마르는 기분이라, 손을 꼼지락대며 남자를 쳐다볼 뿐이었다.

"다시는."

몇 초의 정적이 지난 후, 남자가 한껏 억누른 소리로 말했다.

"다시는, 이런 짓 하지 마."

"그건 내가 할 소리예요." 이혼이니 이별이니 그런 말도 안 되는 소리는 당신이 먼저 했다고요.

"……."

남자가 얇은 아랫입술을 씹으며 중얼거렸다. 완고한 눈가가 조금 누그러졌다.

"그래. 그때 내가 지껄인 말에 대해서 줄곧 생각해봤소."

"그런데요."

"결론은 이래. 내가 아무리 밑바닥을 굴러도, 팔다리가 사라지고 그 이상의 추물이 되어도 당신은 못 놓겠단 거야. 미안해."

"미안하다니요."

"내가 겨우 이정도 사람이라서 미안하단 거야."

당신을 위해서, 당신을 포기할 수 없는 사람이라서 미안해. 이안이 매들린에게 다가가더니 허리를 살짝 숙여 그녀를 폭 감싸 안았다. 남자의 너른 등을 손바닥으로 감싸 안으며 매들린은 그의 목덜미에 입을 맞추었다.

애틋한 해후를 마치고 나서야 제대로 이야기를 나눌 수 있었다. 저택은 무척 넓었고, 덕분에 단둘이 있는 방에서 시선 걱정 없이 노닥거릴 수 있었던 것이다. 아무튼, 유산에 대한 이야기를 듣자마자 이안의 표정이 대놓고 언짢아지는 통에 매들린까지 긴장하고 말았다.

"이상하군, 에머스트 2세는 내게 유산에 대해서 일언반구도 하지 않았는데."

"꼭 '제게' 주고 싶다고 하시더라고요."

"……."

"평소의 저 같았으면 성인 행세하면서 거절했겠지만요, 이번

만큼은 당신 사업에 보탬이 되면…….."

"그 문제는 잘 해결했소."

"아, 정말요?"

곧바로 화색이 돌며 즐거워하는 매들린의 얼굴을 보며, 이안의 표정이 더더욱 언짢아졌다.

"별로 안 궁금했나 본데?"

"아니, 정말 궁금했죠. 이렇게 헐레벌떡 달려온 것도 다 당신을 위해서……."

"당신이 회사 자금 사정까지 걱정하게 하다니 체면이 말이 아니군."

"뭐예요. 걱정하란 거예요, 말란 거예요."

"……." 남자가 그제야 조금 웃었다.

"걱정 안 하면 또 안 했다고 심통이지, 막상 걱정하면 자존심 상해하고. 어느 장단에 맞춰야 할지 모르겠네요, 정말."

"심통이라니 충격적인 발언이군. 내게 그렇게 말할 수 있는 건 당신밖에 없을 거요."

"부인의 특권이죠. 그리고 전 이 특권을 내려놓을 생각이 없어요." 그 말을 들은 남자의 미소가 하릴없이 깊어져 갔다.

"그나저나, 다른 가족들이 이 소식을 들으면 난리가 날 텐데."

"이걸 알고 있는 사람은 변호사와 라이오넬밖에 없을 거예요. 아직은." 그 말을 들은 이안의 표정에 살짝 긴장감이 어렸다.

"흠. 사실 그대가 에머스트 차남과 같이 도착한 게 새삼 놀랍긴 하군."

그도 그럴 것이, 유언장의 내용을 알면 가장 적대적으로 나올 사람이 바로 에머스트 2세의 아들인 라이오넬이었기 때문이다.

사실 날 죽이려고 하긴 했는데……. 그 이야기는 일단은 하지 않는 게 좋겠다. 일단은 이곳을 떠나, 잠시 생각을 정리할 필요가 있었다.

"이안, 그건 그렇고 나 너무 피곤해요. 어디 묵을 데는 없을까요?"

살짝 피곤해 보이는 매들린의 모습에 남자의 얼굴에 다시 치밀함이 돌아왔다.

"지금 뉴욕으로 다시 돌아가긴 좀 힘들 것 같고, 근처 머무를 숙소 같은 걸 알아보겠소. 이곳에서 자는 건, 좀 그렇군."

좀 그런 정도가 아니다. 일단 에머스트 2세의 유언장에 관한 내용을 전해 듣자마자 남자는 사업을 하는 얼굴로 조금 돌아왔다. 자신이 위험해질지도 모른다고 바로 경계태세를 갖추는 그의 모습에, 매들린은 절로 반성하게 됐다.

내가 너무 경계심이 없는 게 문제겠지. 아직도 천진난만하게 굴고 있는 게 문제일지도 모르겠다. 약간 심란해진 매들린의 표정을 확인한 이안이 얕은 한숨을 쉬더니, 그녀의 볼을 쏙쏙 무성의한 듯 다정한 손길로 쓰다듬었다.

"당신 걱정은 내 몫으로 놔둬. 그편이 더 효율적이니 말이야."

"그래요, 그럼 난 당신 걱정을 할게요."

"참으로 안심되는군."

"정말……."

쿡쿡 웃더니, 남자가 문밖으로 나갔다. 나간 후 다시 방으로 고개를 내밀어 한마디 남겼다.

"한 시간 뒤에 출발할 테니 잠깐이라도 앉아서 쉬어. 목마르면 물을 가져오겠소."

"괜찮아요."

아 정말 괜찮아요. 몇 번 말하고 나서야 남자가 나갔다. 갑자기 너무 졸려 눈을 감았다가 떴더니, 10분 정도는 족히 지났는지 푹 수그린 고개가 아팠다. 그리고 뭔가 싸늘한 시선이 느껴졌다.

"으악."

"쉿."

저, 저 흉악한 살인미수범, 아니 라이오넬이 삐딱하게 벽에 기대서서 매들린을 노려보고 있었다.

"여기서 날 죽일 생각이면 그것도 딱히 좋은 생각은 아니야."

"하."

"이안에겐 말 안 했어. 당신 아버지에게도."

"누구에게도 말하지 않는 게 좋을걸?"

"그 말 들으니까 오히려 이안에게 더 말하고 싶어지네. 그 사람은 내가 미래에서 왔다고 해도 믿을 사람이거든."

은은하게 굳건한 매들린의 표정을 보자 기가 질리기라도 했는지 라이오넬이 중얼거렸다.

"축하해. 유산상속 말이야. 덕분에 영국에서 떵떵거리고 살 수 있겠어?"

"그러게. 당신 몫을 뺏어서 미안. 아니, 사실 안 미안해. 당신의 살해 협박 덕분에 죄책감이 사라졌거든."

"형님이 당신 같은 여자를 좋아했다니 믿을 수 없군."

"존이 날 좋아했다고?"

그때 잠시였지만 라이오넬의 표정이 무척 아득해졌다가 조금 화나 보였다가 다시 잠잠해졌다.

"둔하기까지 하시네. 그 편지 읽고도 몰랐어?"

"분명히… 달리 만났으면 친구가 되었을 거라고."

"……."

라이오넬이 품속에서 담배를 꺼내 피우려다가 말았다. 그가 잠시 주저하더니 비뚤하게 웃었다. 그가 이번에 품 안에서 꺼낸 건 담배가 아니었다. 지갑이었다. 그 안을 손으로 뒤적이다가 작은 흑백사진을 꺼냈다.

"그래. 그렇게 생각한다면 어쩔 수 없지."

"이건?"

"형 사진. 나야 넘치도록 많이 있으니까, 당신에게 하나 줄 수는 있어. 적어도 형 얼굴은 알아야 할 것 아니야."

휙 던진 사진을 받아들었다. 그 작은 네모 칸 속의 남자는 처음 본 사람인데도 묘하게 낯이 익었다. 라이오넬과 소싯적 에머스트 2세를 반반씩 섞어놓은 것 같은 얼굴. 묘하게 수려한데도 강인함이 느껴졌다. 제복을 입고 정면을 바라보는 시선이, 제 앞날을 예견하지 못한 게 분명했다.

뉴욕으로 다시 올라오는 길 내내 매들린은 차 뒷좌석에서 잠이 들어 있었다. 이안은 조수석에 앉아 그녀를 편하게 눕게 해줬다. 지나가며 보이는 교외 풍경이 자못 을씨년스러웠다. 나아진 건 하나도 없었다. 후버 대통령의 정책은 그다지 효과적이지 못했고, 불황은 나아질 기미가 안 보였다. 당장 지금도 차창 밖으로 거대한 판자촌이 모여있는 광경이 보였다. 먹고살 방편이나 몸 누일 곳도 없어진 빈민들이 되는 대로 만든 마을이었다. 이름은 '후버빌'. 대통령의 이름을 따서, 당신 덕분에 이렇게 살게 되었다는 비명 같은 명칭이었다.

그 울적한 광경에서 시선을 떼고 뒷자리를 돌아보면, 매들린은 곤히 자고 있었다. 어쩐지 그녀가 말하지 않는 사실이 있는 것 같다는 느낌이 강하게 들었다. 하지만 추궁할 생각은 없었다. 애초에 그에게 추궁할 권리가 있었나?

라이오넬의 수려하다는 얼굴을 보니, 첫인상이 다시 떠올랐다. 정말 아버지를 하나도 닮지 않았다는 그런 짤막한 단평이. 남의 집안 지저분한 사정 같은 건 단 하나도 알고 싶지 않았다. 그저 그런 내력에 매들린이 휘말릴 필요는 없다 여겼을 뿐이었다. 돈도 사실은 안 받는 게 좋지 않을까 싶었다. 당장 회사도 숨통이 트인 상태였고 말이다. 하지만 매들린에게 또 포기를 종용하기엔 이미 너무 물러져 버렸다.

"마음에 들지 않네."

자꾸 손 틈으로 빠져나가는 것 같아서 좀 마음에 들지 않아. 게다가 이번에는 정말 위험했지. 그도 눈을 감았다. 아주 잠깐은 잠이 들어도 좋을 것 같았다.

뉴욕에 도착한 부부는 플라자 호텔의 스위트룸에 몸을 뉘었다. 계속 잠에 취해 정신을 못 차리는 매들린을 침대에 눕히고 몸을 씻기 위해 일어서려는 찰나, 무릎에 엄청난 통증을 느껴 다시 침대 위로 주저앉았다.

"젠장."

평소에 쓰지 않는 욕을 지껄이며(그야 매들린이 자고 있으니) 바지를 걷어 올렸다. 의족을 빼내니 상태가 안 좋았다. 새로 맞추든가 해야겠어. 너무 걸어 다니면 좋지 않다고, 기술이 그 정도로 좋지는 않다고 신신당부하는 의사의 말을 들었어야 하는 걸 머리로는 알지만 차마 가만히 앉아있을 수 없었다. 아무래도, 요새 무리했었나. 아까 전까지는 통증도 못 느꼈는데 이제 그래도 좀 살만해졌다고 아픈 게 웃겼다.

"하아……."

"여보. 괜찮아요?"

매들린이 눈을 비비적거리며 그를 올려다보고 있었다. 졸린 시선이 이안의 놀란 얼굴을 훑다가 이내 하반신으로 내려갔다.

"안 되겠다, 내가 연고 발라줄게요."

부스럭거리며 일어나려는 매들린을 남자가 손으로 조용히 눕혔다.

"왜요, 혼자 하려고요?"

"아니, 발라주시오. 하지만, 지금은……." 지금은 다른 걸 하고 싶어.

19. 아름다운 당신을

눈을 감고 잘 때도, 눈을 뜨고 있을 때도. 난 당신의 꿈을 꿔.

공주와 기사가 사랑에 빠져 평생을 담보로 한 영원한 맹세를 맺은 뒤에도, 결혼식에서 억겁 같은 키스를 한 뒤에도 이야기는 끝나지 않는다. 이야기는 끝나지 않고 이어진다. 적어도 난 기사는 못되겠군.

이안은 자신이 공주를 비탄에 빠지게 하는 괴물쯤 되지 않을까 자조했다. 물론 크게 신경 쓰이는 일은 아니었다. 결말이 달라져도 둘이서 행복하면 그만이니까.

매들린을 만나 숙원이라도 풀었는지, 존 에머스트 2세는 보름 뒤에 작고하였다. 호텔에 머무는 둘에게도 그 소식이 날아왔다. 장례식에 참석하는 발걸음이 무거운지 매들린의 발걸음이 축 늘어져 있었다.

"음?"

"네?"

"아무 말도 안 했소만."

"절 걱정할 필요는 없어요."

"난 정말 아무 말도 안 했소."

아무것도 아니라고는 했지만, 어쩐지 침울해 보이는 모습이 마음에 들지 않는다. 추념하는 대상이 이미 죽은 사람이라 할지라도, 매들린의 관심을 한 자락도 나누고 싶지 않았다. 그런 치졸한 제 모습이 역겨울지라도 어쩔 수 없는 일이었다.

대에 앉아 진지한 얼굴로 의족을 만지작거리고 있을 뿐이었다. 그 모습에 아까까지만 해도 예민했던 마음이 사르르 녹고 말았다. 매들린이 냉큼 이안 옆에 딱 붙어 앉았다.

"왜요, 의족이 요즘 불편한가 봐요? 저번에도 그러더니. 당신 장례식 참석한다고 무리한 건가요?"

"새걸로 바꾸면 또 바꾸는 대로 적응하는 데 시간이 걸리더군."

둘이 두런두런 의족과 짓무른 다리에 대해서 이야기를 나눴다. 연고는 무얼 바르는 게 좋다느니 하다가 매들린이 은근하게 이안의 어깨에 턱을 괴며 중얼거렸다.

"한동안 침대에 있어요."

"요즘 정말 왜 이래."

미국에 있으면 더 호방해지나? 이안이 헛웃음 지으며 매들린을 돌아봤으나 싫은 기색은 아니었다. 그보다 그 말을 들은 뒤 입꼬리를 주체하지 못하는 게 시커먼 속내가 적나라하게 드러났다.

"왜요, 싫어요? 계속 마구 돌아다니고 싶고 그래요?"

"아니. 당신은?"

"그건, 아, 대답도 듣기 전에 부딪히면 어떡해요. 아, 손 치워요!"

정말이지 오랫동안 갈구해온 평화였다.

자신이 한때 일했던 호텔 카페에 앉아 차를 마시노라니 기분이 새삼 묘했다. 그것도 제게 총을 겨눴던 상대와 마시니 차 맛이 더욱 이상했다. 물론 지금 마시는 얼그레이가 맛없다는 이야

아름다운 당신을

기는 아니었다.

"유언장이 공개되었어."

"……."

"나는 승복할게."

예기치 못한 라이오넬의 한마디에 매들린이 입을 벌렸다. 그 모습이 바보 같아서 웃기는지 라이오넬이 큭, 웃었다.

"왜. 지저분한 법정 공방이라도 기대하셨어?"

"이렇게 맥빠지게 포기할 거면서 그런 짓은 왜 꾸몄어요?"

"글쎄. 살 사람은 살아야 한다는 사실을 뒤늦게 깨달았거든."

"죽은 사람도 우리가 기억하는 한 살아있는 거나 다름없어요."

기억이야말로 떠나간 사람들이 계속해서 살아있는 사람들의 삶에 개입하는 한 방법이지요.

"아주 소네트를 지으시는구만, 셰익스피어 납셨어. 그나저나 이제 그만 일어나야겠군. 당신네 충견이 나를 계속 노려보는 통에 간담이 서늘하거든."

"이안은 사람 안 물어요."

"얼씨구."

이안은 저만치 떨어진 곳에서 팔짱을 끼고 앉아 초조하게 두 사람을 바라보고 있었다. 그걸 인자하게 바라보는 매들린의 모습에 라이오넬이 아주 학을 뗐다.

"아, 정말 싫다. 나는 먼저 간다."

"집 주소와 전화번호는 적어주셔야죠."

"……."

남자는 살짝 떨떠름한 표정을 지으며 수첩을 쭉 갈라 찢은 종이 위에 아무렇게나 제 주소를 휘갈겼다. 그걸 받아든 매들린이 이제 가보라는 듯 휘이휘이 손짓했다.

"당신을 보고 천사라는 둥 지껄이는 치들이 이해가 안 가."

"칭찬 감사해요."

"에휴."

짐짓 깊은 한숨을 내쉬는듯하던 남자는 뒤돌아서자마자 씩 웃었다. 이상한 여자지만, 나쁜 여자는 아니다. 그리고 이 혼탁한 세상에서 나쁘지 않다는 건 얼마나 귀한 일인가. 이안 노팅엄이 내 뒤통수를 그만 노려보면 참 좋을 텐데. 라이오넬은 홀가분한(?) 마음을 안고 호텔 최상층에서 엘리베이터를 탔다.

"저택을 떠난다는 게 실감이 안 나요."

"그건 나도 마찬가지군."

말은 그렇게 했지만, 이안은 솔직히 후련했는지도 모른다. 새 술은 새 부대에 담으라는 격언을 제쳐두고서도 말이다. 좀 더 볕이 잘 드는 곳에 집을 짓고, 매들린과 함께 살아가는 미래 같은 걸 꿈꾸지 않았다면 그건 거짓말일 테니까. 그녀가 좀 더 자유롭게 살 수 있는 곳이라면 어디든 상관없었지만.

미국에서 완전히 자리를 잡기로 결정한 뒤로 시간이 빠르게 지나갔다. 저택을 문화재 보호재단에 기부하고 그 필지를 알아서 처리하도록 내버려 둔 뒤 쓸만한 가재도구라든지 서류를 모아 미국으로 보내는 것만도 일이었다. 하지만 그것도 얼추 정리된 지라, 진짜 몸만 가면 끝나는 상황이었다.

"이안, 잠시만요."

"무엇 하게?"

매들린이 이안을 남겨두고 저택으로 다시 향했다. 어리둥절한 표정의 그에게 안심하라는 듯이 작게 웃어 보였다.

"차 안에서 기다려줘요. 잠깐 마무리 지어야 할 일이 있어요."

노팅엄 저택으로 들어가자 벽이 휑했다. 한때 회화와 태피스트리가 걸려있던 곳인데 그것들을 전부 옮기고 나니 다소 황량한 느낌까지 들었다. 천장에 매달려있는 샹들리에와 조각상은 여전했지만 말이다. 잠깐 감상에 젖어 주위를 둘러보던 매들린은 고개를 저었다. 시간이 많지는 않았다. 천천히 계단을 올라갔다. 이쯤이었나, 그녀가 떨어진 곳이. 대충 눈대중으로 짐작하다가 몸을 수그려 앉았다. 대리석 계단을 손으로 쓰다듬으며 조용히 속삭였다.

"고마워."

그리고 미안해. 정확히 짐작할 수 없는 이유로 눈물이 나오기 시작했다. 왜? 누구한테 미안한 거야?

"지난 삶의 이안에게 미안해. 지난 삶의 나 자신에게 미안해. 내가 저버렸던 가능성들에 대해서."

괜찮아. 등 뒤에서 들리는 것 같은 소리에 황급히 고개를 돌렸다. 그러나 아무도 없었다. 얼떨떨한 기분을 간직한 채, 홀린 것처럼 천천히 계단을 내려가 지하 문으로 향했다. 제이크와 얽힌 소동 이후로 발걸음 한 적 없는 곳이었다. 이안이 단단히 잠가두고 있을 거라 생각했는데 의외로 나무문은 잠겨있지 않았다.

힘을 주어 여니 끼이익 하는 으스스한 소리가 났다. 그러나 무서운 것만은 아니었다. 잠시 고민하다가 주방에서 준비해온 초를 켰다. 작은 빛이 어두운 통로를 밝혔다. 한 걸음 두 걸음

걸어가며 돌벽을 더듬었다.

이곳은 제이크가 있었던 곳이야. 짚더미가 어지럽게 흩어져 있는 모양새가 마치 그때가 어제 일인 것처럼 느껴졌다. 그곳에서 시선을 거둔 후, 뒤편의 복도로 향했다. 지하실을 들락날락했을 때조차 한 번도 가보지 못한 곳이었다. 텅 빈 포도주 창고가 양옆에 나 있는 좁은 복도였다. 그리고 나타난 것은…….

석실이었다. 방의 한가운데에는 딱 봐도 몇 세기 전 것으로 보이는 돌로 된 부조가 새겨져 있었다. 수염을 기른 남자가 창과 방패를 들고 있는 상이었다. 그 아래에는 작은 제단이 놓여있어서 음산함이 더했다. 이사벨이 말했던 그 옛날 이교도의 제단이 바로 이거로구나 싶었다. 제단 위 먼지를 조심스럽게 털어줬다. 그리고 잠시 고민하다 초를 든 채 묵념했다.

딱히 종교적인 의미를 담은 행동은 아니었다. 그보다는 기도의 의미였다. 이안이 행복하기를, 저쪽의 이안과 이쪽의 이안이 행복하기를, 그가 마음의 안식을 찾기를, 세상이 좀 더 나은 곳으로 변해가기를……. 그렇게 가슴 속에 맺힌 작은 응어리가 점점 사라져갈 때쯤, 위에서 그녀를 부르는 소리가 들렸다.

"그 사이를 못 참다니요."

"매들린, 당신 지하에 무슨 좋은 추억이라도 있었나 보오. 그곳에 숨겨둔 보물이라도 있나?"

"네. 지하창고에는 참으로 좋은 기억이 서려있지 뭔가요. 다 죽어가는 사람 치료해주고 감옥도 가고……."

"……."

입을 꾹 다무는 이안을 보며 매들린은 제 농담이 지나치게 독했나 걱정했다. 그러나 남자는 금세 기분을 풀었다. 매들린의 손을 잡아오며 중얼거릴 뿐이었다.

"새로운 땅에서도 날 사랑해줘."

"……."

"당신에게서 사랑한다는 말을 듣고 싶어."

갑자기? 의아한 것과는 별개로 심장 한쪽이 짜르르 울려왔다. 그러고 보니 남자에게 직접 '사랑한다'는 말을 한 기억이 없었다. 스쳐 지나가듯 말하기야 했겠지만, 기억을 되짚어봐도 분위기를 잡고 고백한 일은 없었던 것이다.

"날 사랑한다고 말해줘."

남자가 돌연 눈을 빛내며 요구해오는 통에 물러설 수 없었다. 하기야, 말하지 못할 것도 없었다. 사실이니까. 매들린이 한 박자 늦게 결연히 대답했다.

"당신을 사랑해요."

내뱉고 나니 후련하기도 했다. 그 기세를 몰아 이안이 갈급하게 재차 요구했다.

"나와 평생 함께할 거라고, 그렇게 말해줘."

"당신과 평생 함께할 거예요."

남자의 표정이 일견 미묘해지더니 일그러지는듯하다가 미소만이 떠올랐다. 그가 천천히 고개를 숙였다.

"나를 언제나 절망에서 건져내는 건 당신이지."

"알고 보니 난 어부가 적성인가 봐요. 당신 허우적거릴 때마다 건져내느라 팔뚝 힘이 제법 강해졌어요."

능청을 떠는 아내의 모습에 한참 웃던 이안이 숨을 갈무리했다.

"그래서 무서워."

"왜 계속 무섭다고 해요."

"사랑을 알게 되어서 무섭소."

아, 피를 뚝뚝 흘리는 살아있는 심장을 꺼내 바쳐오는 듯한 남자의 행동에 오소소 소름이 돋을 지경이었다. 그 심장이 흉측하고 무섭게 생겨도 받아들여야겠지? 아니, 언제라도 기꺼이 받아들 거다.

"나도 무서워요. 그래도 계속 날 좋아해 줄 거죠?"

"이렇게 무거운 이야기를 밝게 말하는 것도 재능이군."

"그래서 이번에는 라디오쇼에 나가보려고요."

"재주가 많으니, 직업이 열 개가 되겠어."

"그러게요. 날 당신 말고 누가 감당하겠어요?"

둘은 손을 꼭 붙잡고 저택을 나왔다. 과거와 지난 상념들을 놔둔 채 햇빛 아래로 걸어 나왔다.

"저기, 이안."

미국으로 온 지 삼 주째가 된 어느 날 아침이었다. 속이 어지럽고 뒤집히는 느낌에 매들린이 인상을 쓰며 중얼거렸다.

"괜찮소?"

옷을 입고 있는 남자가 그녀를 기민한 눈으로 살폈다. 아직 베개에 얼굴을 파묻은 채로 비몽사몽 앓던 매들린이 끙끙거렸다.

"아무래도 임신인 것 같아요."

"……."

그러니까 매들린은 오늘 날씨는 우중충하네요, 라든가. 찰스 린드버그가 대서양을 횡단했다지요? 같은 식의 가벼운 어조로 임신에 대해서 이야기하고 있었다.

아름다운 당신을 367

"왜 말이 없어요?"

여전히 벌거벗은 몸에 이불만 뒤집어쓴 채로 베개에 얼굴을 파묻은 매들린이었다. 그녀가 살짝 고개를 들자, 시선의 끝에는 잔뜩 얼어붙은 창백한 남자만 있을 뿐이었다.

"잠시만, 생각할 시간부터 줘야 하지 않겠소."

"생각할 시간이라뇨. 저의 일천한 생물학적 소견에 따르면 임신밖에 더 있어요?"

"하… 의사를 부르겠소."

"네. 고마워요."

매들린은 다시 눈을 감았다. 자는 거야? 설마? 이안이 천천히 다가가자 그곳에는 눈을 감고 아침잠을 자는 부인이 있었다. 천사 같이 잔다는 감상을 마무리 지을 새도 없이 황당함이 치솟아 올랐다. 그가 손을 뻗어 매들린의 맨 어깨를 부드럽게 잡고 흔들었다.

"왜… 아, 왜요…….."

"매들린, 그렇게 중요한 이야기를 하면서 어찌 그리 태평할 수 있어?"

"아닐 수도 있잖아요. 그리고 제가 졸린 건 당신 때문이에요. 아, 당신이 얼마나 나를 못살게 굴면 내가 이러겠어요."

아직 완전히 잠에서 깨지 않은 매들린은 좀 더 직설적인 편이었다. 그통에 이안까지 멋쩍어질 지경이었다. 하지만 그런 그녀도 사랑스러웠다.

"그래. 미리 축배를 들 필요는 없겠지. 그리고 난 솔직히 상관없소."

덧붙인 말이 의아하다는 듯이 매들린의 풍성한 속눈썹이 자르르 떨렸다. 그녀가 눈을 뜨고 오묘한 얼굴의 남편을 향해 되물었다.

"왜 상관없어요?"

"자식 말이야."

"원하던 것 아니었어요?"

"원하긴 하지. 그러나 없어도 괜찮아. 나는 이미 만족하고 있으니 말이오."

"내 사랑을 독차지하고 싶은 거라면 놔둬요."

얄미운 소리를 하면서 푸스스 웃는 아내의 모습에 절로 광대가 치솟고 말았다. 그런 남편의 모습이 재밌는지 매들린이 계속 약 올려댔다.

"혹여 아니더라도 너무 실망하지 말고요. 그리고 맞다면 그땐, 그때 가서 생각해봐요."

"저녁에 봅시다."

"네. 저도 좀 이따 일어나서 일을 해야겠어요."

에머스트 2세의 유지를 이어받아 설립한 재단은 규모가 굉장히 컸다. 그녀가 이안의 돈으로 운영하던 장학재단과는 비교도 안 될 만큼 말이다. 그만큼 신중을 기해야 할 요소도 많았다. 그녀 마음대로 할 수 있는 게 하나도 없었다. 하지만 그 과정에서 사람들과 일하는 것도 배울 수 있었다.

"음, 그 일을 꼭 해야 하나?"

이안이 답지 않게 머뭇거리며 단서를 달았다. 그 모습에 매들린이 푹푹 한숨을 내쉬었다. 그러나 이제 이안에 대한 나름 전문성이 생긴 걸까. 왜 일을 하면 안 되냐느니, 당신 사고방식이 잘못되었다느니 토를 달면 달수록 더 불타오르는 남자의 성정을 알고 있었다. 그보다는 우회로를 택하는 편이 안전했다.

"무리 안 할게요."

"지켜보겠소."

남자가 완전히 방문을 나가자 매들린은 안도의 한숨을 내쉬었다. 저 사람도 참 한결같다, 그리 생각하며 매들린은 밀린 잠을 이어 자기 시작했다.

그래, 알겠다. 알겠다고. 매들린은 제 배 속에 '아이'라는 존재가 들어있단 걸 머리로는 알고 있었다. 제 몸 역시 얼추 알고 있는 게 분명했다. 그야 속이 부대끼는 건 물론이요, 머리가 핑핑 어지러울 때도 있었으니까. 하지만 그렇게 견디기 어려운 정도는 아니었다.

아버지와는 달리 순한 성격인가 보네. 몸과 머리로 안다고 해도, 이안과 자신을 나누어 닮은 생명체가 이 세상에 태어난다는 건 역시 너무도 이상한 일이었다. 조금은 무섭다는 게 맞을지도 몰랐다. 이 어지러운 세상에 태어난 아이에게 어떤 일이 일어날지는 모르는 거니까. 하지만 그래도 운이 좋은 아이일 거다. 이 세상에는 훨씬 힘든 처지의 사람들이 제 몫의 생을 살아나가고 있었다. 두려움은 두려움으로 놔두자. 그저 남에게 베풀고 선의를 지킬 줄 아는 사람으로만 키우자고 매들린은 어지러운 마음을 갈무리했다. 만약 고난과 슬픔이 있다고 해도 언제나 그녀는 생을 택할 것이다.

매들린은 요즘 부쩍 저를 물끄러미 쳐다보는 남자의 시선을 느꼈다. 이해가 안 되는 건 아니었다. 티가 나기 시작하는 부푼 배가 저 자신도 낯설었으니까. 하지만 남자의 시선에 담긴 복잡한 감정까지 전부 아는 건 아니었다.

매들린으로서는 모르는 편이 나을지도 몰랐다. 들끓는 욕망이라든가, 갈증, 두려움 같은 것까지 알아버리고 나면 조금 부담스러울지도 모르니까. 지금도 줄곧 자신을 지켜보는 남자의 시선을 눈치챈 매들린이 순하게 웃었다.

"만져볼래요?"

"……."

"처음 만져보는 것도 아니고, 이리 와요."

그 따사로운 몸짓에 홀린 듯 다가가, 얇은 옷자락 위에 떨리는 손바닥을 가져다 댔다.

"아직 안 차는군."

"좀 더 기다려봐요. 자고 있을 수도 있잖아요."

"힘들진 않고."

"힘들기야 힘든데 기쁜 게 더 크죠?"

"나도 기쁘오. 지극히 이기적인 이유에서일지도 모르지만."

당신과 나의 피를 반씩 이어받은 아이가 일종의 보험처럼 느껴진다니, 난 정말 이기적이고 끔찍한 사람일지도 몰라. 차마 내뱉지 않은 속내는 깊은 심연 속에 가라앉았다. 그 어두운 마음까지 다 받아들이는 듯 매들린이 작게 웃으며 응수했다.

"이유야 어떻든 반가운 건 맞죠?"

남자가 희미하게 웃더니 고개를 숙여 매들린의 이마에 입을 맞추었다.

"당신이 이렇게 밝게 웃는데, 내가 어찌 반갑지 않을 수 있겠어."

"아. 축하해."

"오. 자네, 방금 그 말 정말 성의 없었어."

홀츠먼이 성을 내건 말건 이안은 여전히 무심한 표정이었다. 뒤늦은 혼인신고 후 신혼여행을 빙자한 장기간의 휴가를 갔던 이사벨 부부 역시 기쁜 소식을 가져왔다. 물론 그에 대한 이안의 반응은 미지근했다. 살짝 성가신 느낌까지 들었다.

"뭔가 이상한 느낌이 들어서 혼인신고를 해두길 잘했군. 안 그랬다면 난 자네에게 이미 죽은 목숨이었을 테니까."

"그건 두고 봐야지."

"오, 이사벨, 당신 오빠가 날 죽이려 해."

"네, 빨리 결판을 내세요."

이사벨은 건성으로 말하며 매들린과 떠들어댔다. 그 모습을 보며 홀츠먼이 고개를 저었다.

"뭐, 아무튼 이렇게 된 이상, 선의의 경쟁을 하자고."

"그냥 할 말이 없군."

어린 사람을 키우는 게 무슨 레이스 경주라도 되는 것처럼 말하는 홀츠먼이 한심스러울 따름이었다. 오랜만에 다 같이 모여서 레모네이드를 나눠 마시며 시간을 보내는 게 즐거웠다. 이런 쓸데없는 모임이 즐겁다니, 자신이 너무 물렁해진 건 아닐까 걱정스러울 지경이었다. 그때였다.

"잘나신 백작 각하도 어린애 기저귀 갈아주는 신세로 전락하시겠군."

모두의 시선이 꽂힌 곳에는 레이밴 선글라스를 쓴 남자가 비뚜름하게 짝다리를 짚고 서 있었다.

"저 자식 누가 들여보냈어."

라이오넬은 이제 이곳을 심심할 때면 들락날락하고는 했다. 매들린이 손을 흔들자 건성으로 마주 흔들었다.

"오해 마시고. 난 재단 서류 전해주러 왔을 뿐이니까."

"그런 건 우편으로 보내도 될 텐데."

홀츠먼이 어이없어하건 말건 라이오넬은 의자를 당겨 이사벨과 매들린 사이에 앉았다. 이내 셋이서 마구 떠들기 시작했다. 서류는 뒷전이 된 모습에 이안은 관자놀이가 미세하게 지끈거렸다.

"그래, 우리는 그냥 지폐 세는 사람이지, 암." 홀츠먼이 씁쓸한 표정으로 중얼거렸다.

"그 정도나 되면 다행이지."

"그나저나, 이안. 저 애송이는 예외야?"

"무슨 예외."

"지금 와서 갑자기 경계심이 풀어진 건 아니겠고. 확실히 내 사람으로 만들었다 이건가?"

"하." 이안은 가소롭다는 듯 홀츠먼을 비웃었다.

"그렇잖은가. 솔직히 매들린을 이야기할 때마다 자네가 뒤에서 어른거리는 통에 너무 불편했다고."

"저 녀석을 내가 왜 경계해."

"하기야……."

한참 둥근 탁자에 모여 앉아 이야기를 하는 세 사람을 보며 홀츠먼이 뒷말을 얼버무렸다. 그리고 그때 갑자기 이사벨이 담뱃갑을 꺼냈다. 불을 붙이려는 자연스러운 동작에 홀츠먼이 뛰쳐나갔다.

"이건 아니지, 당신 뭐 하는 거야."

홀츠먼이 담뱃갑을 멀리 던져버리자 이사벨이 이마를 탁, 쳤다.

"미안해요. 안 그래도 속 안 좋은 매들린 토하게 만들 뻔했네."

"그게 문제가 아니지."

"아니, 담배가 건강에 좋다고 그러던데."

매들린이 한숨을 쉬었다.

"이사벨, 자본주의가들의 말도 안 되는 선전에 넘어가는 거예요."

"허. 이렇게 말하면 내가 못 이기지."

뭐가 그리 재밌는지 하하 호호 깔깔거리며 호탕하게 웃는 세 사람을 보며 홀츠먼이 고개를 저었다.

"나는 지폐나 세러 가련다."

그날은 눈이 많이 내렸다. 미국의 동북부 지역의 겨울은 영국과 달리 혹독했다. 영국의 겨울이 뼛속 깊이 축축하다면, 이곳의 겨울은 시간조차 얼게 할 정도로 강렬했다. 이안은 초조하게 복도를 돌아다녔다. 어찌나 안절부절못했는지, 다리가 뻣뻣하게 굳었다. 그러나 통증조차 느낄 여유가 없었다. 그럴 수 없었다.

아! 악! 문 너머에서 들려오는 기진한 비명에 백 번이고 머리를 찧고 싶었으니까. 예정보다 이른 날짜에 진통이 시작되었으나 대비하지 못한 바는 아니었다. 의사와 조산사가 빠르게 도착했다. 이미 몇 번이고 머릿속으로 돌려본 시나리오인데도 어찌 이리 무력한지.

산고가 길었다. 시간을 헤아리고 또 헤아려봐도 너무 긴 것 같았다. 임신과 출산에 관한 책을 열 권 이상 독파한 것 같았으나 알면 알수록 끔찍할 뿐이었다. 그러니까 아이를 낳기 위해서 이 정도의 위험을 감수해야 하는 것인지 의문스러울 지경이었다.

과학기술이 제아무리 발달했다고 떠든다지만, 여전히 아이를 낳다가 많은 여자들이 목숨을 거두었다. 그리고 그 죽음은 그저 '운이 나빴다'고 여겨질 따름이었다. 만약 매들린이 그 '운이 나쁜' 경우에 해당한다면, 그렇다면 결코, 용서할 수 없을 것이다. 이 세상과 자신을 말이다. 그리고 아이까지. 물론 아이야 무슨 죄가 있겠는가. 그저 두 사람의 욕심에 의해 잉태된 존재였다.

그러나 이안은 원래 신사와는 거리가 먼, 비열한 남자였다. 남을 탓해서라도 매들린이 돌아온다면 기꺼이 비난할 각오가 되어 있었다. 일각이 여삼추라, 천년 같은 30분이 더 흐르고 나서였다. 문이 열리더니, 초췌한 표정의 의사와 간호사가 나왔다.

"긴급한 상황입니다."

"정말 빨리도 말해주시는군요."

"누굴 탓할 일은 아닙니다만, 큰 병원으로 가는 게 좋을 것 같습니다."

"……."

"태아가 움직이지 않아요."

"방법이 있을 것 아닙니까."

"그 방법은 여기서 구할 수 없……."

이안이 의사를 놔두고 방 안으로 들어갔다. 그리고 사색이 되어, 천천히 누워있는 매들린에게로 다가갔다.

"꼴좋죠?"

창백한 얼굴에 식은땀을 줄줄 흘리는 매들린을 보며 이안이 입안의 여린 살을 씹었다. 그리고는 누가 봐도 인위적인 미소를 지어냈다. 간신히 입꼬리를 당기고, 어떻게든 괜찮다는 듯이.

"그래, 정말 꼴좋군."

그러니까 살아야지. 힘을 내야지, 포기하면 안 돼. 당신답지 않잖아? 벌린 입술 사이로 나오는 건 짐승의 신음뿐이었다. 버림받은 개가 주인을 향해 내지르는 애원 같은 숨소리였다.

"매들린, 병원에 가자."

다시 방 밖으로 나온 이안이 의사에게 고갯짓했다. 최악의 상황을 가정해 수배해놓은 병실이 있긴 했으나 그건 어디까지나 '최악의 상황'을 가정했을 때였다.

"갑시다."

매들린과 의사, 간호사를 먼저 운전사와 함께 보내고 나서야 이안은 차체의 시동을 걸었다. 의사에게는 이미 언질을 해둔 터였다.

"만에 하나, 매들린이 조금이라도 위험해질 것 같으면, 당신이 내려야 할 선택은 명확하오. 여기에 선택의 여지 같은 건 전혀 없소."

"……."

"주저 없이 그녀의 목숨을 살리는 데에 집중하시오. 아이는… 괜찮아. 그녀부터. 알겠소?"

"노력하겠습니다."

'노력하겠습니다'라니. 노력하겠다 따위의 말은 전쟁터에서나 들었었다. 상황이 개차반 같고 전혀 나아질 기미는 안 보이는데, 억지로라도 상부에 보고서를 올려야 할 때나 쓰던 말이었다. 그런 말을 이제 듣는 처지가 되니 속이 뒤틀렸다. 오장육부가 고르디우스의 매듭처럼 사정없이 꼬여버렸다. 그렇게 쉽게 행복해질 줄 알았어? 그렇다면, 넌 세상에서 제일 멍청한 남자야.

펑펑 흰 눈을 내리붓는 검은 하늘이 그렇게 말했다. 그리고 그런 너를 믿어준 그녀는, 세상에서 제일 멍청한 여자쯤 되겠지.

몇 번이고 사경을 헤맸지만, 그때마다 매들린은 삶으로 돌아왔다. 너의 차례가 아니라고, 지금 죽는 건 너여서는 안 된다고, 욕심껏 제 손목을 잡아 오는 그림자가 있었다. 그에게 어째서냐고 물었다. 이제 그만 쉬고 싶은 것 같기도 하다고 했다. 그때마다 돌아오는 대답은 언제나 같았다.

너를 사랑해. 너를 사랑해······.

매들린은 눈을 떴을 때 어쩐지 평온한 기분이었다. 죽음은 아니다. 하지만 죽었다. 모순이야? 하지만 이 세상의 많은 진실은 모순적이다. 힘없이 고개를 돌려 이안을 봤다. 그가 웃고 있었고 또 울고 있었다. 모순인가? 그녀는 힘없이 중얼거렸다.

"아이는요?"

이안이 눈을 내리깔았다. 그의 속눈썹이 파르르 떨렸다. 얼굴이 창백해서 흉터가 더 도드라져 보였다.

"······."

"······!"

남자의 침묵이 견디기 힘들었다. 그리고 그보다, 너무 추웠다. 왜 이렇게 추운 거지. 온몸에 한기가 들었다. 매들린이 어금니를 부딪치며 몸을 떨자 이안이 그녀의 손목을 더 거세게 붙잡았다.

"괜찮소?"

"어쩔 수 없죠."

물론 거짓말이었다. 어쩔 수 없죠, 괜찮아요, 하나도 진심이 아니었다. 예상하진 못했지만 그래도 몇 달간 행복했으니까. 저택에서 비명을 지를 때, 이안이 의사에게 했던 말을 똑똑히 기억한다. 아이는 괜찮아, 그녀부터. 매들린의 눈가로 하염없이 흐르는 눈물을 보던 남자가 당황한 듯 안절부절못했다.

"의사를……."

"괜찮아요."

"그래, 매들린. 푹 쉬시오. 엄마가 건강해야 아들도 힘을 내지."

"네?!"

비극적으로 눈물을 흘리던 매들린이 갑자기 크게 호통치듯 소리를 내자 이안의 몸이 굳었다. 그가 삐걱거리면서까지 당황하는 건 처음 보았다. 하지만 그런 걸 신경 쓸 여유가 없었다. 매들린 자신부터가 일단 황당하고 경악스러운 상태였다.

"일단, 일단 진정해."

"지금 내가 진정하게 생겼어요? 아이 이야기를 왜 안 하고 뜸을 들여요? 우리 아이 괜찮은 거예요?"

"제발 누워계시오. 제발, 부탁할게."

이안이 쩔쩔매며 몇 번을 당부하고 나서야 매들린이 다시 정자세로 누웠다. 그녀가 천장을 바라보며 아랫입술을 잘근잘근 씹었다.

"말해요."

"아들이오. 살짝 고비가 있었지만 잘 태어났어. 평균 체중이고, 나처럼 검은 머리인 것 같군. 당신 한숨 자고 나면 같이 안아 볼까."

이안의 목소리가 퍽 다정해졌다. 그가 세상에서 가장 소중하고 대견한 존재를 대하듯 매들린에게 나긋나긋 말했다.

"처음에는 울지 않아서 많이 걱정했어."

"문제 있는 걸까요?"

"문제가 있으면 의사가 말을 해주지 않을까?"

늘 철두철미한 남자답지 않게 얼버무리는 대답이 왠지 불안했다. 하지만 매들린은 마음을 굳게 먹었다.

"상관없어요. 어떤 문제가 있든, 없든 난 그 아이를 사랑하니까."

"……."

"당신도 모르는 사이에 이미 서로 통성명까지 마쳤다고요."

"하하."

이틀간 한숨도 자지 못한 남자여서인지 웃음에는 기운이 없었다. 그러나 아내가 깨어난 것만큼은 기쁜지 얼굴에는 희열이 가득했다.

"일단 한숨 푹 자. 그러고 나서 우리 같이 아이의 이름을 지어줍시다."

"존이 좋을 것 같아요."

"좋아."

정말 그 이름으로 괜찮겠어, 라든지. 진심이야? 같은 말은 나오지 않았다. 그런 말이 나올 리가 없었다. 강보에 싸인 아기를 안고 울면서, 또 행복하게 웃으면서 빛나는 여자를 보고 어찌 그 마음을 의심할 수 있겠어.

존은 그 화상을 입고 죽어간 남자의 이름이었다. 매들린의 친구였다던. 하지만 아무래도 상관없었다, 그런 것은. 그보다는 작은 생명체와 눈을 마주치며 무한히 즐거워하는 여자가 사랑스러워 견딜 수가 없었다. 남자는 어떤 종류의 아름다움은 견디기 힘들다는 걸 깨달았다. 한참 아이를 어르고 달래던 매들린이 속삭였다.

"정말 당신을 닮았어요."

"머리카락 색만 닮은 것 같은데."

"글쎄요, 고집스러운 점이 꼭 아빠를 닮았는걸요."

"나는 침을 질질 흘리거나 철딱서니 없이 어머니를 고생시킨 기억이 없는걸."

말은 그렇게 비뚜름하게 하면서도, 이안은 두 사람의 모습에서 시선을 떼지 못했다.

"당신도 이리 와요."

"글쎄. 둘이서 완벽해 보이는데. 난 그저 바라보는 것만으로도 행복하군." 남자가 새삼 멋쩍게 굴자 매들린이 작게 코웃음 쳤다.

"같이 안아보자면서요, 이리 오래도요."

결국, 어색하게 의자에 앉아 아이를 안아든 이안은 괜히 눈물이 날 것 같아서 인상을 찌푸렸다. 약한 몸으로 사경을 헤맨 매들린이 옆에 있는데 아무것도 안 한 자신이 우는 건 아무래도 이상했다. 이렇게 기쁜데 눈물이 나는 것 역시, 도통 말이 안 됐다.

"가끔은, 너무 기쁠 때도 눈물이 나더라고요. 참, 모순적이죠?"

"이상한 일이군."

"조니가 아빠를 알아보나 봐요. 웃는데."

"웃는 게 아니라 우는 것 같은데."

"아이도 너무 기뻐서 눈물이 나는 걸까요."

"졸리거나 배가 고픈 걸 수도 있겠어."

어린 존 애거시 노팅엄은 호기심이 많은 아이였다. 활발하고, 잘 웃었다. 그 모습을 보며 이안은 절대 자기를 안 닮았다며, 다 엄마를 닮았다며 혀를 찼다. 그리고 그 말을 하면서 활짝 웃었다.

매들린은 몸이 많이 약해졌다. 계속 추워하는 통에 이안은 두 번째 이사를 고려하는 중이었다. 그 밖에도 남자는 인생의 자잘한 것들을 계획이나 향로에 맞추어 수정하고 있었다. 말은 하지 않았지만 둘째를 가지는 일은 없을 거라고, 그는 굳게 다짐했다. 매들린이 은연중에 그래도 형제가 있으면 좋지 않을까 말을 꺼냈다가 이안의 싸늘한 눈빛을 받고 말았다.

"아니, 죽을 뻔한 건 나인데 왜 그런 눈으로 봐요?"

"당신이 정신을 잃은 그 몇 시간 동안 내가 어떤 지옥을 봤는지 알면 그런 소리 못할 거요."

이안이 그 말을 하면서 피곤한 듯 손바닥으로 얼굴을 쓸었다.

"당신은 두 번이나 내게 그런 짓을 했어. 앞으로 또 그러지 마시오."

"제 의지로 벌인 일은 아니… 아니, 미안해요. 앞으로 노력할게요."

"노력한단 말보다는 확신을 줘."

매들린이 살짝 고개를 기울여 아이를 달래듯 이안을 바라봤다. 물론 유모가 있었지만, 아이를 돌보느라 부쩍 그런 제스처가 늘어났다. 마음에 들지 않기만 한 건 아니었다. 자신을 귀여워해 주는 것 같은 상냥한 반응이 싫지만은 않았다.

매들린은 아이를 조니라고 불렀고, 이안은 미들네임인 루이스라고 부르는 편이었다. 그보다는 그저 아가, 아이야, 할 때가 압도적으로 많았지만.

아이를 바라보는 의사의 표정이 심상치 않았다. 두 살배기 아기는 영문도 모르는 채로 멀뚱멀뚱 서 있을 뿐이었지만 말이다. 막 걸음마를 떼고 난 뒤 어디든 가려는 아이였다. 까르르 잘 웃기도 했고, 나름대로 몸짓으로 자기주장도 곧잘 했다. 그러나 어쩐지 옹알이조차 하지 않는 게 이상했다. 엄마 아빠가 불러도 반응이 없거나, 가까이서 얼굴을 마주해야 방긋 웃을 뿐이었다.

"더 자세한 검사를 해봐야겠지만, 청각 기능이 손상된 것 같습니다." 아무래도 산도를 나오면서 산소가 모자랐는지, 그 과정에서 청각 기능이 손상된 것 같다는 게 의사의 이야기였다.

"발성 기관 쪽은 특별히 문제는 없습니다만, 역시 확인을 해봐야겠습니다. 일단……."

"지금 확실히 알 수 있는 방법은 없습니까."

이안은 매들린이 사경을 헤맬 때처럼 이성을 잃은 모습은 아니었으나, 자못 절박함이 묻어나오는 태도였다.

"그건 검사를 더 해봐야……."

"그렇다면, 선생님, 가장 좋은 의사를 만나야겠습니다."

의사로부터 한참 긴 목록을 받아들고 나서야 이안의 질문 공

세는 멈추었다. 매들린은 내내 말이 없었다. 그녀의 침묵을 신경 쓰며, 아니, 두려워하며 이안은 아이를 안았다.

"조니."

매들린이 다른 방향을 쳐다보며 불렀으나, 아이는 반응이 없었다. 그보다는 저를 안는 품이 답답한지 이안을 바라보며 입술을 삐죽일 뿐이었다.

"미안해." 갑자기 튀어나온 이안의 말에 매들린이 화들짝 놀라 그를 바라봤다.

"무슨 말이에요?"

"그저. 나 때문이라는 생각이 들어……."

"먼저, 당신 때문이 전혀 아니고요. 굳이 따지자면 제 잘못이겠지만 그건 지금 생각할 게 아니에요." 후우. 매들린이 눈을 감았다.

"우리는 할 수 있어요. 존이랑, 당신이랑 나랑 함께 행복하게 잘 살 거라고요."

몇 초 동안 모든 걱정과 슬픔을 쏟고 난 매들린은 다시 씩씩한 모습이었다. 일견 개운해 보일 지경이었다. 이안은 그런 강인한 아내가 경이로운 한편으로 씁쓸했다.

"매들린, 이게 다 내 잘못이라는 생각이 드는 이유는." 그가 한 박자 숨을 고르고 존의 귀를 부드러운 손길로 덮었다.

"나 자신에게 병신이라느니, 쓰레기라느니 말했던 게, 후회스러워서야."

그 말을 끝내고 나서야 그는 아이의 귀를 곱게 감싸던 손을 덜어냈다. 놀이를 하는 줄 아는지 아이가 방긋방긋 웃었다. 아들에게 웃어주며 이안이 쓸쓸하게 말했다.

"존은 완벽해."

이안은 자신에게 향했던 칼날이 매들린과 제 아들에게 향하는 게 더 견디기 힘든 모양이었다. 매들린이 이안을 꼭 안았다. 세 가족이 꼭 감싸 안은 모양새가 되었다.

"그래요. 그러니까 자신을 해하는 말은 이제 하지 말아요." 당신이 아프면, 난 더 아파요.

"내가 말했죠, 당신은 아름답다고."

"……."

"아름다운 당신을 사랑해요." 둘은 입을 맞추었고, 존은 까르르 웃었다.

"조니!"

불러도 못 듣는다는 걸 알면서도, 괜히 이름을 부르는 것은 오롯이 자신을 위해서다. 라이오넬은 쓰게 웃으며 남자아이에게로 다가갔다. 바람의 방향이 달라진 걸 느꼈는지, 마당에서 풀을 뜯으며 놀던 소년이 고개를 들었다. 검은 머리칼에 붉은 장밋빛 뺨, 시리도록 푸른 눈동자.

거짓말처럼 매들린과 이안을 반반씩 닮은 아이였다. 매들린의 순진해 보이는 미소와 이안의 예리한 눈을 가진 아이. 미국에서 손꼽히는 가문의 후계자이면서 동시에 한없이 밝기만 한 어린아이였다.

- 삼촌

빠른 손짓으로 말하는 걸 알아들은 라이오넬이 크게 입모양과 수어로 말했다.

- 부모님은 안에 계시지?

- 네!

강아지처럼 빨빨거리며 제 바짓가랑이를 잡는 소년의 모습에 남자가 너털웃음을 터트렸다. 안 그래도 아이에게 줄 부활절 선물을 잔뜩 준비했는데 좋아할 반응이 선연했다. 함께 현관문 안으로 들어가자 매들린이 탁자에 앉아 무언가를 쓰고 있는 게 보였다.

우아하게 묶어올린 머리, 이지적이고 섬세한 이목구비. 창에서 비스듬하게 들어오는 햇살을 받는 모습이 마치 옛 대가들의 그림 같았다. 참, 이상한 여자였다. 갈수록 지성으로 아름다워질 수 있다는 게 말이다.

그녀가 서류를 조심스럽게 다른 곳으로 둔 다음 따뜻한 미소를 지으며 두 사람을 바라봤다. 그리고 수어로 말했다.

- 배고프지?

존이 눈을 깜빡였다.

- 네. 이제 손님도 왔으니 쿠키 먹어도 되는 거예요?

갑자기 매들린의 표정이 살짝 엄격해졌다. 그 모습을 본 어린 조니가 풀이 죽자 라이오넬이 몰래 속삭이며 말했다.

"그냥 줘. 애기 슬퍼하잖아."

"속지 마. 존은 이미 두 시간 전에 토피넛 쿠키를 해치웠다고."

- 많이 안 먹었잖아요.

말없이도 소란스러웠다. 겉으로는 조용하지만, 역설적으로 복닥거리는 기운으로 가득한 방은 활기가 넘쳤다.

"너무 자주 오지 않았으면 좋겠군."

쿠키를 두고 옥신각신하는 세 사람의 대화에 찬물을 끼얹은 건 이안이었다. 그가 미간을 잔뜩 찌푸리며 라이오넬에게 축객

령을 내렸다. 물론 그의 명령을 남자가 들을 리 없었다.

"저 백작 각하, 난 일하러 왔어. 재단 이사잖아."

"……."

됐다는 듯이 손을 한번 내저은 뒤, 이안은 매들린 옆자리에 앉았다. 여기서 감시하겠다는 의지의 표현이었다. 속으로 혀를 찬 라이오넬이 응수했다.

"아들 좀 봐줘. 나랑 노팅엄 여사님은 일해야 하거든."

재단 일이라면 또 상을 선정하는 시간이 돌아온 모양이었다. 그것뿐만 아니라 정말 다양한 사업을 하고 있었지만, 매들린이 가장 신중히 처리하는 일이 바로 이 시상식이었다. 그것을 눈치 챈 이안이 한숨을 쉬었다. 여전히 쿠키 욕심으로 눈이 땡그란 아들에게 말했다.

- 아빠랑 놀까?

눈을 살짝 굴리면서 실망하는 아들의 모습에 이안은 새삼스레 상처받은 표정을 했다. 하지만 존은 과하게 착했고, 놀아드린다는, 지극히 효자의 마음가짐으로 고개를 끄덕였다. 이안과 아들이 방으로 사라지는 광경을 보며 라이오넬이 혀를 끌끌 찼다.

"누가 애인 거야. 걱정된다. 정말."

"왜. 나처럼 사기당할까 봐?"

"흥. 본론으로 들어가기나 하자고."

서류 가방에서 조심스럽게 사진과 종이 더미를 꺼낸 라이오넬이 설명을 시작했다. 심사위원단이 고른 후보군이었다.

"어차피 내게는 결정권이 없잖아."

"그래도. 미리 알아는 두셔야지."

흑백 사진들을 찬찬히 살펴보던 매들린은 이내 말수를 잃었다.
"……."
"기분 좋은 광경들은 아니지. 알아."
사진 속에 담긴 세계의 모습은 비참하고 또 혼란스러웠다. 그것들을 말없이 바라보는 눈빛이 고단했다. 그러다 매들린은 한 사진을 보고 얼어붙고 말았다.
"제이크."
스페인에서 일어난 전쟁에 참전한 국제여단 소속 병사를 담은 사진이었다. 총에 맞아 쓰러지는 병사의 모습을 본 매들린이 소스라치게 놀라자, 걱정스러워진 라이오넬이 조심스럽게 그녀를 달랬다.
"괜찮아? 보기 힘든 장면이긴 해. 그만하자."
"아니야. 봐야 해."
나는 기억해야 할 의무가 있어. 매들린은 조심스럽게 사진을 내려놓았다. 피투성이 제이크는, 결국 타지에서 숨을 거뒀다. 적어도 그는 자신이 믿는 바를 끝까지 따라간 셈이었다. 그가 밤을 새워가며 전하고자 했던 이야기는, 매들린의 기억 속에서 희미해진 지 오래였으나 그녀는 남자의 그 불타오르는 눈빛을 기억했다. 역사는 탐욕스러운 검은 밤이었고, 사람들은 별처럼 제 몸을 불태우며 그 한없는 어둠을 밝혔다. 그리고 그렇게 다시 아침이 찾아왔다.

세 가족이 영화관을 가는 건 처음 있는 일이었다. 존이 어리기도 하거니와, 세 사람의 취향에 맞는 영화를 찾기도 어려웠고,

이안이 영화나 연속극에 무관심한 탓이었다. 게다가 전생에서 이안이 쇼크로 쓰러진 걸 본 매들린은 영화관에 가는 것 자체가 어쩐지 꺼림칙했다.

- 꼭 보고 싶어요. 제발요. 잔디도 깎고 코리도 산책시킬게요.

코리는 얼마 전 키우기 시작한 강아지였다. 얼어 죽어가고 있는 강아지를, 같이 길을 가던 존과 매들린이 데려와 얼떨결에 가족 구성원에 추가되었다. 이름을 '코리'라고 붙인 건 어쩌면 당연한 일이었다.

처음 코리를 봤을 때 이안은 할 말을 잃었다. 이러다가 세상 천지 도로변에 있는 강아지들 다 데려오겠다며 존 모르게 매들린에게 잔소리했다. 지금은 코리가 가장 사랑하는 게 이안이었지만.

아무튼 새로 개봉한 〈오즈의 마법사〉를 보고 싶다며 답지 않게 우는소리를 하는 아들만 아니었다면 절대 영화관을 찾지 않았을 것이다. 매들린도, 이안도 말이다. 그래도 세 사람은 영화관을 찾았다. 눈이 초롱초롱해져서는 이리저리 둘러보는 아들이 사랑스러웠다. 이안으로서는 정말 감회가 새로웠다. 매들린을 고생하게 했을 때는 그렇게 원망스러웠는데, 지금은 이렇게 가족으로 이어져 있다는 게 좋았다. 그저, '좋았다'라는 허무한 감상으로밖에는 표현할 수 없는 감정이었다. 그리고 그 가족을, 매들린과 함께 이룰 수 있어서 역시 좋았다. 영화관에서 표를 보여주려는 매들린에게 이안이 고개를 저었다.

"왜요?"

"한 타임. 다."

아주 많은 정보가 생략된 문장이었지만 알아듣는 데에는 무리가 없었다. 매들린이 힉, 숨을 멈추며 눈을 크게 떴다.

"지금 영화관을 통째로……."

"빌렸소. 어차피 이 시간대에는 운영 안 하던 걸 억지로 했어. 아냐. 우는 아이 티켓 강제로 뺏은 거 아니니까 그런 눈으로 보지 마시오."

"참……."

"……?"

제 엄마랑 똑같은 얼굴로 궁금해하는 존을 보며 이안이 쉿, 손가락을 입술에 가져다 댔다.

오즈의 마법사. 잿빛 세상이 일순 수만 가지 아름다운 무지개색으로 번쩍이는 장면에, 매들린은 숨을 멈췄다. 흑백 영화만 봤던지라 낯설고 황홀하기까지 한 경험이었다. 관객석에는 오로지 이안과, 존, 그리고 자신뿐인데도 말을 할 수가 없었다. 존은 그걸 보고 꺄르르 웃었다. 화면 밑에 크게 적힌 자막의 반은 못 알아보고 넘어가겠지만 그저 주인공들의 모험만 봐도 신나는 투였다.

노래의 선율이 은은하게 흘러나오는 가운데, 매들린은 이안을 바라봤다. 영화보다는 그 영화를 보는 두 사람을 보는 게 더 좋았다. 둘 다 하염없이 진지한 모습으로 은막에 집중하고 있었으니까. 그러다가 이안과 눈이 마주쳤다. 그는 마치 처음부터 매들린이 저를 바라보고 있었단 걸 아는 눈치였다. 그가 웃었다.

"난 언제나 영화보다는 삶이 더 좋아."

"그래요?"

"그래. 언제나. 비루하고 고된 일도 많지만, 영화에는 당신이 없잖아."

"……." 매들린이 활짝 웃었다.

"당신을 이렇게 사랑하게 될 줄은 몰랐어요."

"내 계략이 성공했군. 고백은 임살이 아니라던데, 거의 비슷하긴 하지 않나."

얼마 후 큰 전쟁이 일어났다. 유럽뿐만이 아니라 전 세계를 화마에 빠뜨릴 전쟁이었다. 매들린은 앞으로 목숨을 잃을 젊은 이들과 그들의 가족이, 또 희생당할 어린아이들과 약자들이 걱정되어 잠을 이루기 어려웠다. 그리고 그녀는 이안을 걱정했다. 지금 곱게 감긴 남자의 눈꺼풀 너머 무엇이 있을지 궁금했다. 그는 여전히 전쟁의 꿈을 꿀까?

"……."

침대에 누워 자는 줄 알았던 이안이 눈을 떴다.

"무슨 생각해, 당신."

"궁금해서요."

"……."

"악몽, 요즘도 꿔요?"

전생에서, 제 손을 붙잡고 죽은 동생의 이름을 부르며 울던 남자가 떠올랐다. 그때 뿌리치지 못해서 이렇게 긴긴 길을 왔구나 싶었다. 그러나 그 역시 즐거운 여행이었다.

"난……." 남자가 한숨처럼 나긋나긋하게 말했다. "난 당신 꿈을 꿔."

이안은 다시 눈을 감았다. 매들린이 작게 웃으면서 잘 준비를 하는 소리가 들렸다. 눈을 감고 잘 때도, 눈을 뜨고 있을 때도. 난 당신의 꿈을 꿔. 나는 당신의 꿈속에서 살아. 그래서 이제 삶을 알았지. 숨 쉬는 법과 심장을 움직이게 하는 법을 배웠지. 오로지 당신과 함께 살기 위해서. 그가 말하지 못한 말들은 부유하다가 잔잔히 가라앉았다. 그러나 어떤 종류의 깨달음은 영영 잊을 수 없다.

그날 밤 이안은 꿈을 꿨다. 남자의 꿈속, 밤하늘은 컴컴하지 않았다. 찬란한 은하수가 검은 하늘을 수놓고 있었다. 그러나 별들은 남자의 시선을 잡지 못했다. 그는 달이 좋았다. 스스로 빛을 내지 못하고 햇빛을 받을 뿐이라지만, 세상 그 어떤 피조물보다 우아한 밤의 여왕을 사랑했다. 달은 그 마음을 아는 듯 이안에게 아낌없이 빛과 그림자를 내려주었다. 사랑과 슬픔, 행복까지 전부 알려주었다. 보답받는 마음이 좋아서, 그는 꿈속에서 조금 울었는지도 모른다.

구원 방정식 2

초판1쇄 발행 2025년 9월 30일

지은이 보엠1800
펴낸이 이동향
기획·편집 조홍열 황신영
디자인 크리에이티브그룹 디헌
인쇄 및 제본 명지북프린팅

펴낸곳 어나더   **출판등록** 2016년 8월 18일 제2016-000101호
주소 경기도 파주시 문발로 240-21, 301호   **대표전화** 031-955-4070
홈페이지 www.40inbooks.com   **블로그** blog.naver.com/40inbooks
전자우편 40inbooks@gmail.com   **판권문의** osmu@40inbooks.com

ISBN 979-11-6977-544-1 04810
         979-11-6977-542-7(세트)

· 책값은 뒤표지에 있습니다.
· 파본은 구입하신 서점에서 교환해 드립니다.
· 이 책은 저작권법에 의하여 보호를 받는 저작물이므로 무단 전재와 복제를 금합니다.